当代中国文学理论批判丛书

丛书主编 李春青

新传统之创构

中国当代文学理论的
学术轨迹与文化逻辑

李春青 著

Contemporary Chinese
Literary Theory Criticism Series

北京师范大学出版集团
BEIJING NORMAL UNIVERSITY PUBLISHING GROUP
北京师范大学出版社

《当代中国文学理论批判丛书》

总　序

自 20 世纪 70 年代末以来，中国"新时期"文学理论东摇西摆地走过了近 40 年的风雨历程。当年那些叱咤风云，无比真诚地探寻"文学本质""美的本质""文学规律"以及"创作的奥秘"的领军人物们如今都已步入耄耋之年，其中许多人已经逝去了。而当年那些初出茅庐，被《查拉图斯特拉如是说》和《查泰莱夫人的情人》激动得脸颊潮红的热血青年们，如今也大都满脸褶皱、两鬓斑白，盘算着退休后的日子了。时光如水，思之令人心颤！然而文学理论向何处去以及相连带的中西问题、古今问题等当年曾经纠缠过老一辈们的困惑却像服了长生不老药一样依然健在着。莫非困惑注定是当代中国学人的"宿命"吗？

文学理论近 40 年来"走"过的道路，学界早就开始反思了。现在，我们对当年围绕"审美本质""审美意识形态""主体性""方法热""向内转"等话题的讨论已经清楚地明了了其缘由与得失。后现代主义、文化研究、日常生活审美化等也早成了令人生厌的老话题。甚至连"理论之死""后理论时代"等提法也很难吸引人们的眼球了。新一代学人越来越注重对各种当下文学与文化现象进行具体而细致的分析，而不再热衷于纯理论概念的炒来炒去了。在这种情况下，我们的文学理论似乎更加困惑了：这门学问真的还有存在的合理性吗？这就意味着，反思与批判依然是当今文学理论研究的重要任务。走过了近 40 年的历程，我们的文学理论究竟在多大程度上被"西化"了？中国古代文论在中国今日的文学理论话语体系中占有怎样的位置？我们的文学理论有没有属于自己的文化身份？这种文化身份是必要的吗？如果是必要的，那么如何才能建立起来？这些问题都只有通过反思才有可能找到答案。

从 2014 年下半年开始，我的老师童庆炳先生曾多次给我打电话，嘱托我一定要组织一套丛书，专门探讨"新时期"中国文学理论取得的成绩和存在的问题。他说我们北京师范大学文艺学研究中心是教育部重点研究基地，有责任对当下文学理论领域重大问题展开研究并作出回应。他甚至帮我策划这套丛书的具体内容，还亲自帮我邀请了一批作者。在老师的一再催促下，我拟定了 15 种选题，分别确定好作者，并且于 2015 年上半年申请到北京师范大学的自主科研项目支持，组织丛书的工作有条不紊地展开了。按照童老师的设想，这套书 2015 年年初布置下去，作者们用三个月时间搜集资料，三个月时间撰写初稿，再用三个月的时间修改润色，到年底就可以完成。他老人家想得过于乐观了：时至今日整整两年过去了，我们仅仅完成了六种。而且据我所知，这六部书的作者几年前在这方面就已经有了相当的研究。可以说六部书都是厚积薄发的产物，并非急就章。

《文学概论》教材的编写在近 40 年来的文学理论建设中起到了巨大的作用。像童庆炳先生这样的学者，在学术上的贡献，很大程度上正是通过编写教材来实现的。从某种意义上来说，一方面，教材引领了文学理论研究的发展，普及了文学理论的知识。而从另一方面来看，教材也是文学理论发展不同阶段的最佳标志，清晰地呈现着文学理论研究范式的转变。蔡莹副教授的《在规范化与个性化之间——中国当代文学理论教材建设三十年》正是对《文学概论》教材的专门研究，其学术意义自不待言。"文艺心理学"在 20 世纪八九十年代被称为"显学"，有大量的论著问世，并形成了若干近乎学术流派的研究团队，鲁枢元、童庆炳、畅广元、王先霈等先生分别是各个团队的领军人物。文艺心理学研究与 20 世纪 80 年代人文知识分子的政治诉求、价值取向以及思维方式都有着极为密切的联系，从这个意义上说，文艺心理学的研究关涉甚广，是我们考察一代知识分子心路历程的绝佳视角。田忠辉教授的《探究隐秘世界的努力——中国当代文艺心理学研究反思》对当年文艺心理学研究的发展过程、核心话题、学术意义进行了深入考察。古代文论一直是当代中国文学理论研究领域一个非常重要的方面，近 40 年来有大量成果问世，无论是数量还是质量都达到了空前的水平。古代文论还是当下文学理论建设不可或缺的思想资源，从这个角度上看，刘思宇博士的《重回天人之际：反思新时期古代文论研究方式的转换》一书的学术意义就不仅仅限于一个学科史的知识梳理，而且对于中国当下的文学理论建设也有着重要的参照价值。"典型"这个概念在中国现当代文学理论话语系统中曾经占有极为重要的位置，围绕这个概念形成的"典型论"集中体现了一代学人对文学的基本理解和思考方式。而且更为重要的是，典型论还可以被视为文学参与国民想象的一种文化实践，是文学对中国国家现代转型要求形塑现代国民的一种回应。典型论在中国发生和衍变的曲折过程正是中国国家现代转型艰难历程在文学理论上的折射。薛学财博士的《想象国民的方法——典型论在中国的兴起与衍变》一书绝不是简单的"旧

话重提"，而是具有独特的学术价值与现实意义的新阐释。从 20 世纪
90 年代后期开始，在文学理论界，"反思"就成为一个出现频率很高的
关键词，甚至可以说已经形成了一种"反思性文学理论"。当代文学理
论学科反思以文学理论自身为研究对象，这可以说是文学理论学科走
向自觉的标志，在某种程度上也有助于彰显文学理论知识生产的历史
感。其所建构的反思性文学理论知识形态甚至代表了文学理论的一种
发展方向，故而对"反思"的反思就显得十分必要了。肖明华副教授的
《走向自觉反思的文学理论》对这种"反思性文学理论"进行了梳理与批
判。就当代中国文论所面对的思想资源而言，中国古代文论是一个传
统，西方文论是一个传统，在中西融汇中形成的现代文论是另一个传
统。中国当代文论正是在这三大传统基础上的新的创构。因此，把中
国当代文学理论置于中国现代以来新的文化传统的形成过程中来审
视，追问中国当代文学理论形成的历史原因与文化渊源，进而揭示中
国当代文学理论形成的学术轨迹与其所隐含的文化逻辑就显得十分必
要了。李春青的《新传统之创构——中国当代文学理论的学术轨迹与
文化逻辑》在这方面展开了讨论。

时光飞逝！转眼间童庆炳先生去世已经一年半了。他的谆谆嘱托
言犹在耳，做学生的无能，无法圆满完成老师交给的重任，只能以这
套小丛书聊以告慰他的在天之灵了。

李春青

2016 年 12 月 12 日于北京京师园

目　录

引　言　走出"失语"焦虑

　　自清末民初以来，中国学术渐渐脱离两千余年的固有传统，走向了"世界化""国际化"，根本上是"西方化"的道路。然而旧的传统并没有也不可能就此烟消云散，它不仅顽强地存在着，而且常常显现出强大的生命力。于是，西方学术的强力吸引与传统学术的奋力抵抗扭结在一起，形成一股合力，促成了"不中不西、亦中亦西"的中国现代学术传统之生成。对这一新传统，热衷于西学者嫌其不西；执着于国粹者，怪其不中；或有论者谓其非驴非马，不成样子。殊不知，这恰恰是这一新传统之品性。值得反思与诘问的是，一个多世纪已经过去了，梁启超、王国维等前辈们开创的这一新传统何以还是那么脆弱、幼稚，乃至于不能挺立起自己那非中非西的独特性来。一个人的学术如果没有独特性，那么这个人的学术就是有之而不多，无之而不少，可以忽略而不计的。一个国家、一个民族的学术，同样如此。这就意味着，摆在当下中国学人面前最重大而急迫的任务既不是"西化"得如何纯粹，也不是学古人学得如何地道，而是新传统之创构——发展、丰富、挺立我们一个多世纪以来渐渐形成的学术新传统。"取今"与"复古"都是手段，"别立新宗"才是目的。在这一建立学术新传统的过程中，文学理论与批评是一个不可或缺的重要维度。

在西方学术话语处于强势地位的当下学界，中国人究竟应该如何做学问才能保持自己独特的学术品格——这是不是一个值得追问的问题？明眼人不难看出，其实这也就是所谓"失语"问题的另一种说法。有人说，学术是天下公器，哪里分什么"东方""西方"。学术只有对错是非，没有什么地域与民族的差异，所以也就无所谓"独立品格"，也就无所谓"失语"。如此来看，上面这个问题是典型的伪问题了。是不是真的如此呢？在我看来，对这个问题做简单地肯定或否定都是有问题的。要对这一问题做出恰当回答，至少需要做下面几个层次的辨析。

首先，对于当下中国学者来说，究竟应该如何处理中国文化学术传统和西方学术的关系是需要辨析的。我们的学术研究，从理论观念、学术术语到推论方式、研究方法，究竟是从何而来的？要弄清楚这个问题其实并不难，只要分析一下中国学界通用的书面汉语的构成成分就可以明了。作为现代以来中国学术之呈现方式的书面汉语既不是自古有之，也不是从外面照搬而来的。它是清末民初以来一代又一代中国学人创造出来的，是他们对各种因素进行组合重构的结果。其以现实生活中的通行口语为基础，融汇了传统文言文因素和外来语因素。因此不能小看现代书面汉语，它是古代与现代、高雅与通俗、中国与西方交融互渗的产物。① 既负载着传承中国传统文化的艰巨任务，又承担着实现中国文化现代性的伟大使命。以蔡元培、梁启超、王国维、鲁迅、胡适为代表的一代学人开创的现代书面汉语经过了一百余

---

① 有必要说明的是，在这种"中西交融"的过程中，日本学界起到了重要的、不可或缺的中介作用。日本学者用现成的古代汉语语词或者经过改造重组的汉语语词来移译西方学术概念，后来为中国学界所接受，从而构成了当下学界依然通用的现代书面汉语。

年的丰富与完善，最终成为当下中国学者们共同操练的言说方式，我们这代学人对这套现代书面汉语应该礼敬有加，应该大加赞美，更应该爱护与维护，而绝不应该对其价值熟视无睹、过分看轻，说什么"失语"！好像我们不用文言文写作就算不得中国人了似的。现代汉语的多元构成这一特点实际上已经提供了现代中国学术形成独特品格的可能性：较之古代，其有现代因素，较之西方，其有中国因素，较之精英，其有民间因素，这是一种独特的中国现代学术传统，是一个世纪以来中国学人对人类文化所做出的独特贡献。对于这一独特学术传统，我们应该自觉维护与传承，应该发扬光大。因此，从现代汉语构成的角度我们可以得出结论：建立有独特性的中国学术是可能的。

其次，从另一角度看，当今中国学界对世界文化学术的贡献确实是比较小的，与现代汉语所能够释放的能量相比可谓微不足道。即如文学理论这一学术门类来说，20世纪以来的外来理论，俄苏的、欧美的，相继占据了中国文学理论言说的主导地位。我们自己的理论或方法，无论是来自古老传统的，还是来自当下文学实践的，都渺无踪迹，丝毫构不成世界性影响，这是什么原因呢？原因之一，就世界范围来看，现代学术的评价体系、研究范式、术语系统等都是从西方文化学术传统中生成的，中国作为"后发现代性"的国家，在学术上融入国际体系时日尚短，甚至从某种意义上说，特别是某些学术领域，中国学术至今依然没有真正融入国际体系之中。这就使得中国学术不在西方学者视野中，因而根本不被关注。原因之二，作为中国学术主要书写方式的现代汉语虽然包含着来自西方的诸多因素，但毕竟是与英语等西方语言有巨大差异的、有鲜明特性的语言体系，这就使得除了专门的汉学家之外，能阅读汉语文献的西方学者几乎没有。从比例上看，懂英语的中国学者比懂汉语的西方学者不知道要多多少倍。这样一来，由于语言的隔阂，中国学术就很难被西方学界所关注了。原因之三，当下中国学术确实存在问题，我们的学术体制、教育体制存在诸多不合理之处，造成学人心浮气躁、急功近利，少有沉潜于学术之途探赜索隐者。整体来看，论著的数量越多，真正有价值的，特别是具有原创性的学术就越少，学术刊物与出版物中充斥着毫无价值的学术垃圾。这样的"学术"当然不会受到别人的关注了。

最后，也是最重要的，那就是如何理解学术的独特性。就学术研究而言，基于意识形态或者民族主义（当然民族主义也是一种意识形态）的"我们的""他们的"之分显然是有问题的。巴赫金作为苏联理论家之所以对西方学术产生重大影响，首先就在于他的研究超越了意识形态与民族主义立场，是从世界学术史的角度发现问题、解决问题的。中国学者心目中似乎都有一个"中国"与"西方"的二元对立模式，好像在"中"与"西"之间横亘着一条难以逾越的鸿沟，这对于我们学术研究的国际化是极为不利的。所谓学术的独特性不在于确立一套与别人完全不同的言说方式与话语系统，不在于形成自己不同于别人的概念与逻辑体系，而在于为人类学术文化的发展提供新的成果。这主要表现在下列几个方面：一是研究具有独特性的问题。用国内外学界能够理解的理论资源与方法研究新的问题，从而丰富学术传统。王国维借鉴康德、叔本华等德国美学家的思想和观点，转而研究中国古典诗词的审美特征，标举"境界"之说，这就是学术创新，并为人类美学和文学理论研究提供了新的因素。这是借鉴外国理论分析、命名中国传统审美经验的成功尝试。"境界说"的理论资源多来自德国古典美学，但它所指涉的具体内容却是中国传统审美经验，从而构成了一种"非中非西""亦中亦西"的新型文论形态。二是形成新的研究方法。一般说来，任何研究方法都是针对具体研究对象和基于必需的理论资源而形成的，因此都只具有有限的适用范围。面对新的研究对象就应该对已有研究方法进行改造，如此便形成新的研究方法。汤用彤曾说："新学术之兴起，虽因于时风环境，然无新眼光新方法，则亦只有支离片段之言论，而不能有组织完备之新学。故学术，新时代之托始，恒依赖新方法之发现。"①可见新方法之于学术创新的重要价值。在汤用彤看来，"言意之辨"实为魏晋玄学所操练之"新方法"，然这一方法并不是玄学名士们凭空创造出来的，而是对先秦《庄子》《易传》中相关论述的继承与改造。可以说没有哪种方法是放之四海而皆准的，为了证明某种方法的普遍有效性而"改造"研究对象，那就真成了削足适履了，其研究结果也必然毫无学术意义。三是通过具体研究总结出具有普遍意义的理论观点与方法。在学术研究中，任何新的理论观点和研究方法都应该是通过具体研究实践总结升华出来的，而不应该是凭空想象出来的。巴赫金的文学研究方法，所谓社会学诗学很大程度上是他通过研读陀思妥耶夫斯基和拉伯雷等人的作品总结升华出来的。在这方面中国学者应该大有所为，因为中国文学有大量极具特色的经典作品，文学理论家们理应通过总结中国文学审美经验而产生具有独特性的文学理论观点与文学研究方法。可惜的是，我们用中国文学经典印证西方文学理论观点和研究方法有余，而生发出自己的理论观点与研究方法严重不足。

中国有着悠久而辉煌的历史文化，长期处于东亚地区的主导地位，这自然会养成中国学人的某种优越感与自豪感，然而中国又是后发现代性国家，无论是政治、经济还是文化，融入世界发展潮流的时日尚短，在许多方面至今还远远落在发达国家后面，这也是不争的事

---

① 　汤用彤：《魏晋玄学论稿》，23 页，上海，上海古籍出版社，2001。

实。这种历史与现实的错位状态必然给当下中国学人造成文化心理冲突：自尊与自卑交织。文学理论界的"失语"焦虑正是这种文化心理冲突的显现。如果没有文化上的优越感和自尊意识，也就无所谓"失语"，别人的东西比自己的好，全心全意地学就是了，管他说的是谁的话。倘若没有文化上的自卑感，也就不必对外来的东西感到压力，为我所用就是，如果真的有强大的自我，是不会失去的。所以说，尽管中国的学术在各方面都取得了巨大的成绩，但那种根深蒂固的"失语"焦虑却依然随处可见、挥之不去。如何才能走出"失语"焦虑？下列几个方面似乎是值得注意的。

首先，要以开放心态对待外来学术。面对外来学术，中国学界一直存在三种不恰当的态度：一是预设了外国学术高于或优于中国学术的立场，认为凡是外来的理论与方法必然比中国的高明。比较突出的例子是研究中国传统学问的学者常常无视中国学界的研究成果，而对于海外汉学家的研究却津津乐道，即使有些海外汉学家的见解很肤浅、偏颇。二是盲目抵制，认为凡是借用外来观点和方法研究中国学术的，都是追新求异，是哗众取宠，一概靠不住。这类人自以为是在坚守中国固有的学术传统，但究竟是什么样的传统？汉学的还是宋学的，章句之学还是义理之学，玄学还是实学？其中任何一项都是真正的中国传统学术，遗憾的是，其中任何一项都不见有当下学者真正继承了。所以，他们坚守的所谓"传统"也是靠不住的。三是所谓"鸵鸟战术"，蒙起头来做自己的学问，对外来学术既不推崇，也不拒斥，而是假装其压根儿就不存在。这类学问如果是某类特别专门的考据也还无可厚非，如果也是理解、分析、阐释，那它的学术意义就大可怀疑了。东海西海，人同此心，心同此理，在当今国际化成为大势所趋的语境中，对别人的研究成果视而不见，师心自用，以为自己天下第一，只有自己生有一颗能够思考的大脑，这样的人的学问究竟有几斤几两，不问也知。

以开放的心态对待外来学术就意味着从心里消除彼疆此界的思维方式，在学问上无新旧，无中外，只有深与浅、对与错、是与非。无论欧陆还是英美，日本还是印度，俄国还是韩国，只要有独到之见，我们都兼收并蓄，视为我们共同的学术领域的新成绩。只有秉持这样的心态，我们的学术研究才可能获得世界性影响。

其次，对外来学术要善于“化用”而不是照搬。尽管我们追求开放的心态，力求打破学术研究的“中外”界限，但是国与国之间、地域与地域之间，特别是有着不同文化传统的民族之间，在学术研究上的差异是客观存在的。这就有个相互学习、取长补短的问题。如何学习外来的理论与方法，这是一个值得深入探讨的问题。如果以一个多世纪以来中国学界借鉴外来文化学术的历史经验为基础来看待这个问题，我们觉得，“化用”而不是照搬似乎是真正可行之路。任何理论与方法都是面对具体问题或现象而提出的，或者是对某些具体研究实践的归纳与总结，因此都只是具有有限的合理性和适用性。对于不同的问题与现象，这种理论与方法只具有启发意义而不具有直接的指导意义。这就意味着，当我们面对这些外来的理论与方法时，首先要考虑的是它们对我们发现问题、解决问题有哪些启发意义，而不是考虑如何把它们直接运用到我们的研究中去。例如，哈贝马斯的“公共领域”理论、布迪厄的“场域”理论都有具体的适用性，不能简单照搬使用，但是它们都可以启发我们在研究中国文化现象，如古代文学思想时，可以关注文人士大夫阶层的交往方式、文学评价机制、文人们建立并活动于其中的文化空间等，把这些现象当做研究文学思想的视角，如此我们就可以发现一系列有价值的学术问题。“化用”之后我们就不必标榜用了什么理论和方法了，但实际上是借用了或借鉴了，这样就可以既避免生搬硬套之弊，又无固步自封、无视国际学术发展新成果之嫌。在文学研究领域，除了场域之外，诸如陌生化、狂欢化、复调、隐喻、反讽、结构、解构、身份、互文性、性情倾向、情感结构等概念和理论，在用于研究中国文学现象时，都应该"化用"而不应该直接运用。

所谓"化用"最主要的是受某一外来概念或理论的启发，发现我们研究对象中的一些以前没有被发现的问题，并通过解决这些问题而丰富和推进我们的研究。"化用"的结果是形成一种新的思路，是学术研究产生某种突破效应。王国维、宗白华在研究中国古代诗歌与绘画特征时对于德国古典美学的借鉴就是一种成功的"化用"，丝毫不露痕迹，却突破了传统诗文评的理论视界，二人这方面的研究之所以产生持续不断，甚至历久弥新的影响，不是没有原因的。

最后，"激活"中国传统学术思想资源。我们身后"矗立"着三千多年学术思想传统，极为丰富灿烂。这些资源对于我们今日的学术研究是不是应该发挥某种作用呢？答案当然是肯定的。然而究竟应该如何利用这些资源呢？这是一个比较复杂的问题。有学者曾主张用传统文论的概念、范畴建构一种"中国式"的文学理论体系，以此解决"失语"问题，在下期期以为不可。那样做的结果只能"制造假古董"，丝毫无补于事。也有人主张选择将若干古代文论的概念、范畴加入今天的文学理论建设和文学批评实践中，虽然可行，但除了增加一些"中国的"色彩之外，也没有真正实际的意义。我以为，对于传统的学术思想资源，我们不能简单"拿来"，必须重新加以"激活"才行。所谓"激活"，最根本之点就是对传统学术思想资源加入一定的现代学术因素，使之发生"脱胎换骨"般的变化，成为一种具有现代意义的学术话语。显然，这里暗含着"古今融合"的意味。王国维、宗白华的"意境"理论正是现成的范例。"意境"和"境界"等语词中国古已有之，王国维、宗白华汲取德国古典美学家的思想，如叔本华的"直观说"等，对其进行重新解释，从而为这古老的中国诗文评术语注入了现代因素，使之成为具有现代学术意义的重要学术概念。其他许多中国古代重要的学术语词，诸如体认、涵泳、自得、活法、知人论世、以意逆志、吟咏情性、气韵生动等，都可作如是观。只要阐释得合理，古代学术资源是可以被"激活"的。

回顾三十多年来中国文学理论研究走过的道路，审视当下文学理论研究面临的种种问题，把文学理论研究置于中国文化传统的现代延续与当下文化建设的语境中予以反思，我们就会发现许多有意义的问题，也会自然而然地激发起一种文化上的责任感与使命感。摆脱"失语"焦虑，抱持"取今复古，别立新宗"之志趣，不畏艰难，奋然前行，这应是当下中国学人所应有的积极心态，也是今日文学理论研究应该秉持之精神。在"中国文化新传统"中言说，为着丰富和发展这一"新传统"而言说，这应该是当代中国学人的历史使命。

第一章　建立新传统的尝试

　　没有什么思想或理论是从天上掉下来的，中国当代文学理论是现代传统的合乎逻辑的延伸与展开。从古代到现代，中国文化出现了"三千年未有之大变局"，这是无可否认的事实。这一变局的结果便是"中国文化新传统"的产生。我们必须承认这个"新传统"，而且要充分认识它的重要性，因为今天中国学人所运用的概念、范畴、思维方式都是在这一"新传统"之内产生的东西。由于这一"新传统"的建立，现代以来，迄于今日，中国人文知识分子的言说，既不能被视为古人的，即使言说者是章太炎、刘师培这样的文化保守主义者，也不能被视为西人的，即使是胡适这样的"全盘西化"论者和陈独秀、李大钊这样的马克思主义者。因为处在中国现代文化语境与历史条件下，想做古人是不可能的，想做西人也同样是不可能的。"中国文化新传统"正是在中西文化冲突与融汇中形成的"非中非西，亦中亦西"的"第三者"，是属于中国的独特的、新的文化传统，在世界上是独一无二的。我们今日的一切言说，无不是这一"新传统"的自我调节与衍生的产物。在许多人看来，中国现代文化与古代文化完全是两种不同的东西，这是有道理的，因为确实出现了某种程度的"断裂"；而认为当代与现代也截然相异就大有问题了①。"中国文化新传统"尚处于形成阶段，虽然难免幼稚、粗疏，却又充满了生命活力，不是那么容易就断绝的。就文学理论而言，在当代与现代之间存在着极为密切的关联，完全可以说，当代中国的文学理论是一百余年以来逐渐建立起来的新的中国文化传统的一部分，是现代文学理论话语系统合乎逻辑的展开与延伸。这就意味着，想要深入地讨论中国当代文学理论的根本问题，往往需要从"中国文化新传统"的语境中展开才行。

第一节　言说者的变迁

随着我国经济的快速发展、国力的增强、国际地位的不断提高，复兴传统文化的呼声也越来越高了。因此国学热也罢，重建中国文化也罢，儒学复兴也罢，都是出于完全合理的动机，也都有深刻的社会原因。然而，问题并不如此简单。在百年来受到西方文明影响的今天，在现代化的生产方式和生活方式的基础之上，在现代汉语语境之中，复兴传统文化谈何容易！那么，今日中国知识分子应该做些什么，他们能够做些什么，这是首先需要认真检讨的大问题。为了回答这个大问题，我们有必要对中国传统主流文化的言说者、言说方式、言说语境的特点及其演变做一番梳理。

以由古希腊文化衍生蔓延开来的西方传统为参照，中国古代主流文化在运思和言说方式、话语形态、价值诉求等方面的确存在着十分

---

① 在这里，"现代"大致是指"民国"时期，即从清末民初到 1949 年；"当代"则指 1949 年至今。

鲜明的独特性。这种话语独特性背后隐含着作为言说者的中国古代知识阶层的生成演变、现实境遇、社会功能、人格理想的复杂性，这既是他们精神历程的编码方式，也是中国古代社会结构的符号化形式。如果说言说是古代知识阶层的身份标志，那么言说内容以及如此言说的方式则是特定文化语境与历史语境的产物，正是语境的"特定性"决定着言说的独特性，也正是语境的变化程度决定着一种话语系统的普适性程度。孔孟的言说之所以两千多年来始终拥有合法性，原因很简单，就是因为语境的变化程度很小，不足以改变言说的方式与价值诉求。因此，语境——言说者——言说方式——话语系统，应该是我们追问一种文化传统独特性以及普适性、合法性问题的逻辑轨迹。

一、传统言说者及其言说之合法性的获得

从比较微观的，即个体角度来看，言说者似乎是可以自我掌控的主体，而从较为宏观的角度看，则任何言说者其实都是一种被构成的结构功能，是特定的社会、文化、政治结构造就了特殊的言说者并决定其言说的可能指向的。主体性在这里仅仅表现为在可能的，即被允许的范围内做出抉择。例如，我们常常困惑：中国古代的言说者何以始终未能给出一套西方意义上的纯粹知识论的话语系统呢？中国古代主流话语何以始终以世俗的人伦关系、社会关系、人生理想以及人与自然的关系为关注焦点，而未能提供一套超越性的（指向彼岸的）宗教观念呢？这些问题都只有在言说者所处的文化语境和历史语境之独特性中寻找答案。文化历史语境在根本上正是多种维度的"力"所构成的结构，相对于这种结构而言，言说者是一种功能。

在这里，所谓言说者是指春秋战国之际形成的古代知识阶层。在先秦是指以诸子百家为代表的游士或布衣之士，在秦汉之后是指以读

书（著书立说）、做官（建功立业）为基本人生道路的文人士大夫。这个知识阶层是春秋战国之际渐次形成的君主官僚政体和建立在以农耕为核心的自然经济基础上的宗法制家族形式的产物。

所谓历史语境在这里不是指历史的经济结构，而是指几种主要社会力量自然形成的关系网络。我们并不否认这种关系网络是建基于特定经济结构的，我们只是认为，在中国古代，直接对士人阶层的言说行为发生重要影响的并不是经济结构，而是那种不同社会力量构成的关系网络。这个网络其实很简单，是一个由君权系统、士人阶层、庶民阶层三者构成的三角结构，这里存在着士人与君权、士人与庶民、庶民与君权的三重互动关系。作为言说者，士人的言说指向是被这种关系所限定的。

首先让我们看一看士人与君权的关系维度。对于士人阶层①而言，君权系统具有三层意义。一是努力跻身其间的理想目标。在士人阶层的自我意识中，他们天生就是要做官的。孟子在《孟子·滕文公下》中说过："士之失位也，犹诸侯之失国家也。"又说："士之仕也，犹农夫之耕也；农夫岂为出疆舍其耒耜哉？"做官成为士人阶层的天职，而从事其他职业，那必定是出于不得已。努力成为君权系统中的一员，也就是要为君主服务。士人们十分清楚，只有自己先服务于君主，然后才有可能让君主服务于自己。二是规范、制约的对象。士人阶层进入君权系统并不是仅仅为了个人的生存与荣华富贵，还有着更为宏远的目的——推行自己的价值观念体系。他们十分清楚，只有进入君权系统，并得到君主的大力支持，才有可能实现自己的价值理想。而要达

---

① 这里所说的"士人阶层"是就这个阶层的整体倾向而言的，并不否认有很少数的一些士人是厌恶做官而向往个体精神自由的。

到这一目的，就必须首先在价值观念上改造君主与其他执政者。所以士人阶层给自己规定的首要任务即规范、制约君主，使之接受自己的那套价值观念。孔子在《论语·八佾》中说："夷狄之有君，不如诸夏之亡也。"这就是说，夷狄之国没有合理的价值观念体系（仁、义、礼、智等），所以其有君主，还及不上华夏诸国没有君主呢。显然在孔子看来，合理的价值观念体系较之君主要重要得多，换言之，君权的合法性基础就是接受士人阶层提供的价值观念。三是能够决定自己生死存亡的现实权力。对于士人来说，君权又是极为可怕的、难于驾驭的力量。它实际上是居于自己之上的。因此，在对君主进行规范与制约时，士人们非常注重方式方法。这是造成中国古代文化之特征的又一重要因素。如从君主角度看，则士人阶层既是利用的对象，是实现和维持自己的统治所必不可少的有效工具，又是需要时时提防、充满敬畏，并不得不接受其教诲、听从其建议的强大势力。也就是说，君主要想得到士人阶层的全力支持，自己除了不能吝惜高官厚禄以外，更为重要的是还必须在一定程度上接受其价值观念体系，否则就会被视为"无道"而受到拒斥。这样看来，士人阶层与君权系统构成一种既互相利用、互相依赖又彼此制约、彼此提防的"共谋"关系。他们之间权力的张力平衡构成了汉唐以来中国古代社会最基本的政治结构。

我们再来看士人与庶民的关系维度。首先，士人大都来自于庶民阶层，他们在出仕为官之前也属于"民"的范畴。因此，他们与庶民阶层有一种天然的情感联系。士人思想家或政治家常常"为民请命"，常常提醒君主要爱护百姓，这并不是虚伪矫情之举，也并不是完全出于长治久安的考虑。他们的根系即植于"民"之中，自然会在许多方面表达他们的所思所想。因此，站在"民"的立场上向着君权系统言说，的确是士人所建构的文化话语系统的主要内容之一，士人文化观念也能够超越历史的限制，这是其至今依然有着极大魅力的原因。其次，"民"又是士人阶层所轻视的一个阶层——他们既无权力在手，又无学识于胸，只是浑浑噩噩地活着的一群愚氓而已。"劳心者治人，劳力者治于人""百姓日用而不知"的观点在士人心目中是根深蒂固的。然而士人阶层又绝不允许庶民百姓自然地生活，他们自认为肩负着教化百姓的重大责任——他们谆谆教导百姓要敬畏长上、安分守己。在这种情况下，士人阶层毫无疑问是站在君权系统的位置上来向着庶民百姓言说的。这种言说也构成了中国古代文化学术话语的一个重要方面。教化百姓，使之认同既定的现实等级关系与价值秩序——这恰恰就是士人阶层与君权系统"共谋"的主要内容。离开了士人阶层的协助，君权系统就无法对百姓进行有效统治。从百姓角度来看，有学识的读书人是他们的榜样，倘有可能，他们就竭尽全力将自己的子弟培养成士人阶层的一员。在各个地方，士绅都是这一地区百姓的行为楷模，他们的言行在很大程度上决定着庶民百姓的价值观念。因此，从士人与庶民这一关系维度看，前者作为后者之导师的社会身份不是出于知识阶层的妄自尊大，而是社会结构所赋予他们的一种功能。

最后看庶民百姓与君权的关系维度。庶民百姓既没有政治权力，也没有话语权力，可以说是沉默的一群，但是在中国古代文化话语系统的建构过程中，他们也发挥着重要作用。他们常常是"不在场的原因"。由于庶民百姓是社会物质财富的创造者，对于一个国家有着基础性的作用，故而他们即使默默无言，也同样具有强大的威慑力量。对于文化话语建构来说，庶民的作用主要表现在他们是士人思想家用以压迫君权、限制统治阶层权力无限膨胀的有力因素。他们是君主们最轻视的社会阶层，同时又是君主们最畏惧的社会力量——作为一个安分守己、日出而作、日入而息的劳动者阶层，他们是软弱的，没有发言权的；但作为一种被激发起来的社会力量，他们是毁灭性的，无坚不摧的。西周统治者鉴于商纣的教训，开始对"民"怀有敬畏之心，提出"敬德保民"的政治主张，从而为后世儒家的仁政思想、德治思想、王道思想提供了思想资源。事实上，在两千多年的历史长河中，士人思想家总是以"民"的代表者的姿态要求君主控制自己的欲望和不要滥用权力的。而且在他们的话语建构中，"民"不是作为一个个有生命的个体而存在的，而是作为一种价值、一个携带着大量文化蕴涵的"符码"存在的。士人思想家随时可以赋予这个"符码"某种新的意义。所以在他们的言说行为中，"民"几乎是一个不可或缺的重要因素。

从以上这三重关系中我们可以看出，士人阶层并非一个独往独来、无所凭借亦无所顾忌的言说主体，他们的主体性、独立性是有限的。实际的情况是，士人阶层无时无刻不受制于他所处的关系网络，是这种关系网络及士人阶层在网络中所处的位置决定着他们文化话语建构的方向。这就是说，中国古代文化学术的基本形态与价值取向主要是由士人阶层与君权系统以及庶民阶层的关系所决定的。正是这种关系的不断调整与变化决定着中国古代文化学术的发展演变；也正是由于这种关系在春秋战国之际形成之后从未发生过根本性改变，故而两千余年的中国古代文化也只是在先秦诸子所设定的范围内增减修补，从未发生过实质性的变化。士人阶层既是建构主流文化的主体，具有主动性，又是特定社会结构网络所呈现出的一种功能，具有受动性。对于文化话语系统来说，士人阶层是能动的主体；对于所处的文化历史语境来说，士人阶层又是功能。士人阶层的言说正是其所处的关系网络的功能形态。

通过以上关于历史语境的分析我们可以清楚地看到，中国古代知识阶层——士人阶层在政治上是处于统治阶级（君权系统）与被统治阶级（庶民阶层）之间的一个特殊社会阶层。他们一半在民之中，一半在官之中：未登仕途之时他们是民；进入仕途之后他们是官。作为民，他们是官僚系统的预备军；作为官，他们又是走上仕途的民。他们与位于其上的君权系统以及位于其下的庶民阶层都有千丝万缕的复杂关系。只是由于文化话语系统独特的整合作用和独立性，这群人才成为一个社会阶层的。这样一种可上可下的"中间层次"的社会地位，决定了他们在两大阶层之间发挥"中间人"作用的社会功能。他们对于安定社会、维持社会价值秩序来说，有着比阿尔都塞所说的"意识形态国家机器"更重要的作用。也恰恰是这种作为"功能"的特殊身份，使他们的言说总是指向现实的社会人生，而对纯粹的知识话语和超越的宗教话语的建构缺乏兴趣，不是他们没有这样的能力，而是他们所处的社会结构不需要他们这样做。

再来看文化语境。所谓文化语境在这里主要是指言说者所禀受的先前的话语资源，这种资源使言说者获得言说能力并从而成为一种新的言说的基础。话语资源在很大程度上决定着一种新话语建构工程的基本格局。那么，中国古代士人阶层在进行话语建构之始所面对的是怎样的话语资源？尽管汉儒的"诸子出于王官"之说早已受到现代学者质疑，但西周的礼乐文化是诸子百家话语建构的话语资源却是不容否认的事实。面对这样一种先在的话语资源，继承者（儒家）固然在其笼罩之中，否定者（道家）也是在它给出的可能性中得以生成衍化的。

西周礼乐文化是一种非常伟大的贵族文化，也是真正的世俗文化。作为一种话语建构，礼乐文化要解决的主要问题，一是周人统治的合法性问题，即小邦周凭什么取代大国商；二是宗周贵族靠什么来稳定社会秩序，巩固自己的统治。为了解决这两个极为迫切的问题，以周公旦为代表的西周贵族建立了这种以血亲与亲情为基础、以道德自律为手段，以把人伦关系格式化为目标的文化系统。这种文化的一切因素都是指向社会存在本身的，都是为着解决现实生活问题的，其世俗性、功利性是极为明显的。这一文化指向不仅仅在相当程度上决定了先秦诸子话语行为的形式与价值诉求，而且实际上已然规定了中国主流文化此后数千年发展演变的基本走向。

二、从言说者角度看儒学获得主导地位的文化逻辑

从以上所分析的历史语境、文化语境以及言说者在社会结构中的功能意义来看，儒学在诸子百家中是唯一可以获得主导地位的话语系统。换言之，儒学成为主导话语不仅是统治阶层选择的结果，更是士人阶层自己选择的结果，而这种选择的背后起着更根本作用的，则是前面分析的那种社会结构本身。

儒学的实质是士人精神与西周礼乐文化的结合。从士人精神的角度看，儒学传达着先秦士人阶层那种强烈的社会批判意识与进取精神，要求重新安排社会秩序，建立一个符合士人阶层利益的政治体制。从礼乐文化的角度看，它要求着"君君、臣臣、父父、子子"的严格等级制，要求以血亲关系为纽带的宗法式政治体制。这两种价值取向相互磨合、调整、重构，就形成了儒学文化话语体系。它一方面消解了贵族宗庙文化的僵化、死板与缺乏主体精神，为其注入了新鲜血液，如"仁者，爱人""民贵君轻""与民同乐"之类；另一方面又接受了贵族文化中的许多因素，的的确确包含着许多保守性，如"克己复礼""正名""刑不上大夫，礼不下庶民"之类。如此看来，儒学既不像道家那样根本否定社会政治制度以及意识形态存在的合法性，又不像法家那样纯然站在君权立场上说话，也不像墨家、农家那样基本上从庶民角度进行话语建构，而是找到了一种独特的言说立场，从而使言

说者自身的利益得到保证，使其独特的身份得到确证，这正是儒学最终得以成为主流话语的主要原因。对此，我们可以进一步阐述如下。

在一个存在着统治与被统治两种基本力量的社会共同体中，完全站在任何一方的思想系统都无法成为这个共同体的整体意识形态，因为它必将引起社会矛盾的激化而不利于共同体的长期存在。就根本利益而言，统治者与被统治者是天然对立的，因为统治就意味着一部分人的权利被剥夺，而另一部分人可以至少是一定程度上支配另一部分人。但是主流意识形态的作用恰恰是将不同人的利益整合为共同体的整体利益，这也就是在阶级矛盾激化的时候，民族主义常常可以起到淡化这种矛盾之作用的原因。意识形态要起到这种作用就必须在维护统治合法性的前提下尽量照顾到社会各阶层的利益，特别是被统治者的利益。这样，意识形态就要扮演双重角色：时而站在统治者的立场上向着被统治者言说，告诫他们这种统治是天经地义的、合法的，是必须服从的，否则他们的利益将更加受到损害；时而又要站在被统治者的立场上向着统治者言说，警告他们如果过于侵害被统治者的利益，他们的统治就可能失去合法性而难以为继。儒学的基本特征恰恰就是极力扮演着这种双重角色，所以即使在孔子和孟子率领众弟子奔走游说、处处碰壁、惶惶若丧家之犬的时候，他们的学说也已经具备了成为大一统社会的主流意识形态的全部质素。儒家甫一诞生，就是以整个社会各个阶级共同的教育者和导师的身份出现的。他们以替全民确立正确的价值观念为自己的天职。在他们眼里，即使是君主，也是受教育的对象，而且从某种意义上说，教育君主似乎是更重要、更迫切的任务。因为在他们看来，天下之所以不太平，原有的价值系统之所以崩毁，主要是因为以君主为代表的统治者们的贪得无厌。所以他们的学说首先是为了教育统治者的。当然，他们也没有忘记教育人民的神圣使命。劝说人民接受统治者的统治、承认既定的社会等级秩序、认同自己被统治者的身份的言说，诸如"礼、义、廉、耻""孝、悌、忠、信""君君、臣臣、父父、子子"等都是儒家学说的基本内容。

所以，通观儒家典籍，除了客观地记载了一些历史事实之外，主要只说了三件事：第一，统治者如何有规则地行使自己的统治权；第二，被统治者如何自觉地接受统治；第三，一个个体的人如何有意义地做一个人。看看《论语》《孟子》《大学》《中庸》，除此三者，更有何事？

对于一个社会共同体来说，一种成熟的和有效的主流意识形态必须能够使统治者与被统治者之间的关系由对立转换为相互依存，必须使这种实际上更有利于统治者的观念系统看上去对每一个国家成员都是公正合理的，必须使这种具有行为规范功能的评价系统对统治者与被统治者双方都具有约束性，从而具有某种超越于双方利益之上的性质。如果说这种意识形态具有欺骗性，那么这种欺骗性并不仅仅是对被统治者的，它就像善于劝架的和事佬，说服对峙的双方都自我克制，各退让一步，从而构成一个可以合作的、相互依存的共同体。这种意识形态唯一的价值指向就是这个共同体的稳定与和谐，它并不直接为哪个阶级服务。但是由于在这个既定的共同体中，阶级地位本来就是不平等的，所以这种旨在稳定现实秩序的意识形态实际上更有利于统治者，因为稳定和谐就意味着统治者的统治能一直有效地持续下去。这种意识形态要求统治者为此付出的代价是克制自己的欲望，将自己的利益部分地转让给被统治阶级。由此可见，这种意识形态充当的是协调者的角色——说服在根本利益上对立的阶级各自牺牲部分利益来换取双方的和平共处。可以说，这种意识形态实际上正是统治者与被统治者之间利益磨合的结果，而这种意识形态的建构者也就是那些刚好成为两个阶级之间讨价还价的"中间人"角色的人物。

以孔子为代表的儒家在历史的演进中恰恰就扮演了这样一种"中间人"的角色。从政治倾向上看，先秦诸子实际上都多少代表了或接近于某个社会阶层的利益。而只有儒家才适合做"中间人"。何以见得？老庄、墨家、杨朱之学基本上是否定任何统治的合法性的。老庄的"绝圣弃智""灭文章，散五彩"式的彻底反文化主张，实际上是否定一切精神控制，更别说政治控制了；道家对以"自然"为特征的形上之道（或天地之道）的推崇，实际上是否定现实统治者的权威性；道家对那种古朴淳厚的原始生活方式的张扬更直接地是对现实政治的蔑视。墨家的"兼相爱，交相利"本质上是对统治者特权的否定；"非攻""非乐""节用""节葬"是对统治者政治、文化生活的批判。"尚同"虽然看上去是主张统一天下百姓的价值观念，但由于代表这种价值观的天子乃由百姓选举而生，故而这种统一的价值观念根本上是以天下百姓的利益为基准的。杨朱一派的思想已经难窥全貌，就其最有代表性的"拔一毛而利天下，不为也"之观点看，无论"利天下"是释为"以之利天下"还是"利之以天下"，都表示一种凸显个体价值的精神，这可以说是对战国时代诸侯们以国家社稷利益为号召而进行兼并与反兼并战争的政治状况最彻底的否定，当然也是对任何政治合法性的彻底否定。如此看来，老庄、杨朱之学在政治方面有些像无政府主义，墨家之学则近于平民政治，这都可以被看作被统治者向统治者提出的挑战。法家、纵横家之学则刚好相反，完全是站在统治者立场上寻求统治的合法性与有效性。法家主张统治者应该充分利用手中的权力，通过惩罚与奖励的手段，使政治控制达到最佳效果，在法家看来，平民百姓不过是一群任人驱使、任人宰割的牛羊犬马而已。至于纵横家，除了为诸侯们策划攻守之策外别无任何积极的政治主张。如果把统治者与被统治者看成社会整体构成的两极，那么法家、纵横家毫无疑问是完全选择了统治者的立场。

如此看来，道家、墨家、杨朱学派、法家等都无法充当社会"中间人"或"调解者"的角色，因而也不能承担建构社会主流意识形态的重任，他们的学说不仅不可能为统治者所接受，而且也不可能为士人阶层所选择，因为这些学说在根本上也否定了士人阶层作为一个相对独立的知识阶层存在的合法性，它们对于知识阶层都具有一种自我结构的性质：或者使之成为普通百姓（道家、杨朱学派、墨家），或者使之成为统治者的工具（法家、纵横家），均无视士人阶层自身的独特价值。唯有儒家既可以充当社会的"中间人"角色，因而为社会结构所必需，又可以使士人阶层获得某种相对独立性，从而最终为他们所选择。可见在中国古代儒学成为主流意识形态并不是偶然的事情，绝非汉武帝之类心血来潮的结果。

三、现代言说者身份的重构及其言说之可能性

中国现代的言说者是现代知识分子。我们当然可以说，中国现代知识分子是传统文人士大夫的转换形式，实际上中国现代知识分子身上也的确存在着太多的传统文人的习性与基因，但是这是两种具有根本性差异的言说者。这种差异的关键之点不在于古代汉语与现代汉语的差异，甚至也不在于西方学术话语的大量引进而导致的言说方式与价值取向的根本性区别，而是在于社会结构的变化导致了言说者身份的转换。现代社会当然依然分为社会管理者与社会大众两大阶层，但社会大众本身构成因素的变化却使得传统社会那种"中间阶层"被消解。传统社会联系统治者与被统治者的是士人阶层，他们的身份性标

志是掌握文化知识并从而成为统治阶层的后备力量。现代社会中知识阶层则成为无数专业领域的从业者而不再以成为社会管理者为主要角色期待。由商人（生产资料拥有者），专业知识分子（教师、医生、律师、科学家、工程技术人员、各种人文社会科学的研究者、企业白领等），政府公务员以及一些特殊职业者共同构成的所谓"中产阶级"，取代了古代士人阶层而成为社会的中坚力量。现代社会的中产阶级与作为"中间人"的古代士人阶层在社会身份上有着根本性差异，这种差异主要表现在下列几个方面。

第一，二者承担的社会功能不同。士人阶层是传统社会结构的产物，其社会功能亦为这一社会结构所规定，即沟通统治者与被统治者，使社会成为一个严密整体。士人阶层是通过为社会提供价值观念体系来实现自己的这一社会功能的。其中的一流人物（如孔子、孟子、荀子、董仲舒、"北宋五子"、陆象山、王阳明等）所进行的是话语建构，即创造性的工作；二流人物（子游、子夏、伏生、辕固生、大小毛公、马融、郑玄及其他汉代经生、王通、孔颖达及一干清代儒者等）所承担的是传注、传承儒家经典的工作；三流人物，即不曾著书立说的广大文人士大夫则负责推广、宣传、实践儒家价值观。正是通过士人阶层的不懈努力，儒学作为主流意识形态才历久不衰，始终支配着中国人的思想，以至于今天还有人希望通过复兴儒学来实现当下意识形态的建构。

相比之下，今天的中产阶级则是现代社会的产物，社会要求他们为社会提供专业知识、财富、技能而不是价值观念体系。他们被自己所从事的专业所规定，成为巨大社会机器不可或缺的零部件。

第二，由于社会功能不同，古代士人阶层与现代中产阶级在人生理想、价值追求方面也大相径庭。士人阶层承担着为全社会提供价值观念的重任，因此他们志向高远，具有极其强烈的社会责任与担当精神。诸如"以天下为己任"、以道自任、追求圣贤人格等是他们的共同理想。他们有自己固守的"道"，而且"道"就是他们的精神生命。中产阶级则不然，他们无须在具有普遍适用性的话语建构和完满人格的追求中实现自己的价值，而是在其所从事的专业中来实现自己、确证自己。专业作为一个个相对独立的"文化场域"或"知识场域"都有各自独立的评价标准和评价机制。从业者只要在自己的"场域"中积累足够的"资本"，拥有一定的话语权，就可以实现自己的价值，并因此得到社会的认可，从而获得与自己的中产阶级身份相符的社会地位。他们无须成圣成贤，也无须"代圣贤立言"，仅凭自己的专业知识就足以获得社会的认可与其他社会阶层的尊重。

第三，在审美趣味上，士人阶层是"雅化"的，现代中产阶级是现实的。对于古代士人阶层而言，除了在人格追求上尽力提升自己，以便与其社会导师身份相配之外，在审美层面上也同样尽力使自己与社会大众区别开来，将自己打造成某种"精神贵族"。精益求精、玄妙远奥、典雅清丽是其审美趣味的主旨。只有不同于流俗的审美趣味才可以符合并确证他们特殊的社会地位与身份。中国现代中产阶级则不然，他们的审美趣味是现实的，即主要以娱乐为目的，他们从来不想成为社会大众的导师，他们将自己定位为社会大众，因此无须通过审美活动来证明自己的特殊性，如古代文人必须通过诗词歌赋、琴棋书画来证明自己的文人身份。他们当然也有自己不同于其他社会阶层的独特审美趣味，如在居家打扮、阅读、欣赏影视节目等方面都与工人、农民有所不同。但这些都是以舒适、娱乐为目的而不是刻意追求的，他们一般不会像古代文人那样为了获得某种"资格"而花费几十年的工夫去练习书法或绘画，如果他们肯这样做的话，那一定是出于特殊爱好而非别的目的。

上述区别说明今日的中产阶级与昔日的士人阶层虽然看上去都处于社会的"中间"地位，但实际上已然是完全不同的两种阶层，二者不可同日而语。明了这种区别对于我们从事今天的文化建设具有十分重要的意义，这主要表现在下列几个方面。

第一，重新建构古代士人文化那样的精英文化已是不合时宜的选择。

毫无疑问，精英文化还没有到"寿终正寝"的时候，它还会在相当长的时期内存在，与主流意识形态、大众文化并行不悖。但是随着社会文化教育的不断普及，中产阶级队伍也在不断扩大，在可以预见的未来，这个社会阶层将成为社会的主体，在这种情况下，那种少数知识精英垄断文化知识和话语权的时代可以说一去不复返了，与之相应，也就不可能再有对社会大众具有教化功能的精英文化出现，今日知识分子倘若非要执着于此，那除了上演一出现代版的《堂吉诃德》之外，不可能有其他意义。这就告诫今日知识分子，务必放下高高在上、俯视群氓的社会精英的架子，不要以社会的导师与人类的良心自居，应该学会把自己的言说真正建立在平民立场之上。由于社会结构和言说者身份的根本性变化，传统文化，无论是儒家还是道家抑或佛家，重新成为今日之主导意识形态的可能性是不存在的。

第二，应该高度重视大众文化的积极意义。

从历史角度看，大众文化是现代社会真正意义上的新型文化形态，具有无坚不摧的发展态势与无与伦比的生命活力。随着社会的进一步发展，中产阶级必将成为大众文化的主体而不是站在一旁品头论足的看客。事实上，目前大众文化的生产者与消费者也主要是中产阶级。如前所述，中产阶级不会像古代士人阶层那样去主动建构、传承某种意识形态，但是这并不等于说他们不能拥有自己的意识形态。随着中产阶级逐渐成为社会主体，大众文化渐渐成为社会文化的主体，在大众文化与中产阶级之间必然形成某种"共谋"关系：中产阶级促进大众文化的蓬勃发展，大众文化成为中产阶级思想观念、情感趣味的表达；以往的精英文化作为历史流传物而被大众文化所吸纳，原本自生自灭的民间文化形式上升为大众文化而得到广泛传播；大众文化的洪流吞噬了高雅与浅俗、主流与支流、精英与民间等种种文化差异，形成一种不雅不俗、非深非浅、亦庄亦谐的新型审美趣味。届时，一种符合社会大众普遍利益的主导性意识形态就会悄然而生。因此，大众文化实际上拥有极为重要的社会功能。今日知识分子不仅不应该盲目排斥大众文化，而且应该积极投身其中，为建设成熟的大众文化努力，就像古代士人阶层努力建设精英文化那样。他们的历史使命不再是创造新的高雅文化或精英文化，而是凭借自己的知识积累与文化修养提升大众文化的品位，使之渐渐远离低级趣味而成为成熟健康的文化形态。

第三，精英文化向大众文化过渡时期需要公共知识分子。

毋庸置疑，我们所处的时代依然是从精英文化向大众文化过渡的时期。精英文化作为数千年来维系社会稳定与进步的文化形态曾经起到过极为重要的积极作用，即使在今天，作为优秀文化遗产也还具有强大的影响力。但随着社会的进步，文化的普及，知识阶层的不断扩大，精英文化迟早会退出历史舞台而为大众文化所取代，成熟的大众文化当然是在传统精英文化基础上发展起来并吸纳其精华的文化形式，而绝非我们当下所看到的那种臭哄哄、乱糟糟的东西。但在这种成熟的大众文化形成之前，知识分子还要承担某种超出自身专业范围的社会责任，因此需要"公共知识分子"。所谓"公共知识分子"，简单说来是指那些关心普遍的社会问题、一心维护社会大众利益并通过大众传媒发表反思性和批判性言说的人。他们代表社会大众发言，但与传统精英知识分子不同之处在于，他们是站在平民立场上发言的，他们批判、呼吁、解剖、质疑却从不教化，更不标榜自己的特殊身份，他们就是社会大众中具有言说能力的那部分人。

另外，除了一部分人主要从事这种反思与批判的工作之外，每一位知识分子，特别是人文社会科学领域的专家学者，都有义务在专业化学术研究之余扮演公共知识分子的角色，面向全社会发言，当然，是以平民的身份发言。当大众文化从现在它所固有的、自发的反抗性、批判性发展为自觉的反思能力与批判能力时，"公共知识分子"的历史使命也就完成了。

第二节 中国文论传统的断裂与重建

"中国文化新传统"是在古代文化传统"断裂"的历史契机中应运而生的，中国文论的古今演变可以视为"中国文化新传统"生成的一个侧影。中国文论原本有一个古老的传统，包括以社会功用为旨归的政教传统与以诗文作法、风格特征等为主要旨趣的诗文评传统。在清末民初之后这一古老传统发生了"断裂"，随之中国学界开启了现代文论传统的"重建"工程。无论"断裂"还是"重建"，都可以说是从三个相互联系、相互交织的层面展开的，即意识形态、知识形态和趣味。中国现代人文知识分子为重建文论传统付出了极大的努力，他们以"取今复古，别立新宗"为基本原则，在融汇中西文论思想的基础上探索文论发展的新路径。其中王国维对文学艺术根本特性的追问、宗白华对人格理想与艺术境界相通处的思考，朱光潜对文学艺术审美心理机制的探索，都给我们留下了极为宝贵的学术遗产。我们今日的文论建设，正应该在先哲的基础上更进一步，创造一种不中不西、亦中亦西，既有传统文化底蕴，又有现代学术品格的新的文论话语。中国自古以来就有文学，也有文论，但是中国古代的文学与文论与西方18世纪以来形成的文学与文论相去甚远，故而当长于吟诗作赋的中国传统文人遭遇西方近世的文学与文论之后先是茫然无措，接着便颇有"今是而昨非"之感。于是摆脱秉承了两千多年的旧传统，重建可以与西方文学与文论比肩的新传统，便成为清末民初乃至整个现代文学界一种不容被忽视的普遍诉求。这意味着，中国文论传统进入断裂与重建的大变革时期。那么"断裂"究竟意味着什么？"重建"有哪些实绩？我们今天应该如何继承"重建"中国文论传统的历史使命？这对于今日中国学人来说无疑是需要深入反思的问题，因为从某种意义上说，今日中国依然处于相近的文化语境之中。在下面的讨论中，我们将尝试对上述问题进行探索。

一、中国文论传统及其"断裂"

中国文论传统究竟是指什么？概而言之，这一"传统"实际上由两个相对独立的传统构成，一是指肇始于西周贵族文化的"政教"传统，二是形成于汉末魏晋时期的"诗文评"传统。前者主张诗文的使命在于政治教化，是意识形态建构的重要组成部分，从周代贵族的"诗教""乐教"传统，到孔子的"兴观群怨"说，再到汉儒说诗及"润色鸿业"之说，直至周敦颐的"文以载道"、王安石的"治教政令，圣人之所谓文也"等文学主张，都是这一传统的代表性观点。后者是古代文人趣味的话语形态，关注诗文自身的个性特征以及风格与修辞，把诗文视为个人情趣的表达，从曹丕的"文以气为主"到陆机的"诗缘情"、钟嵘的"吟咏情性"再到严羽的"兴趣"说、明人的"童心"说、"神韵"说、"性灵"说都是这一文论传统的代表性观点。① 在中国古代千百年的漫长历史中，这两大文论传统相互补充、并行不悖，各自都对文学的发展演变起到了不可或缺的重要作用。大体观之，两汉之前，是政教传统占据主导地位，魏晋之后则是两种传统各胜擅场、难分轩轾。它们分别代表了古代知识阶层两种身份：士大夫与文人。前者以治国平天下为职志，以"道"的传承者为己任，试图借助于诗文的话语建构为社会建立价值秩序；后者则沉浸于玩味个人情趣，极力打造"雅"的诗文形式，并乐此不疲。有趣的是，到了魏晋之后，古代知识人常常是这两种身份交织在一起，同时存在于一人身上，只是随着此人社会境遇的变化而有所侧重而已。应该说，这两种身份具有互补性，使古代知识阶层既可以承担社会责任，充当"立法者"或"传道者"角色，又可以保持个人精神世界的丰富性，成为诗文书画的作者与欣赏者。这正或许是两大文论传统经久不衰的主体心理原因。

　　然而到了 19 世纪后期，这一切都发生了变化，古老的文论传统出现了"断裂"。从清代黄遵宪、梁启超等由传统文人士大夫向现代知

---

　　① 《尚书·尧典》里的"诗言志"之说常常被理解为诗歌是用来表达思想情感的，从字面意思看这种解释不能算错，但是联系具体语境，如"神人以和"的说法，则这里的"志"不一定是指个人的思想情感，与后世的抒情言志不能等量齐观。至少不能把"诗言志"归入由文人雅士为主体的"诗文评"传统。《毛诗序》亦有"吟咏情性"之说，但在经学语境中，这里的"情性"不是指个人情感、情趣，而是指"民"对执政者的普遍好恶情绪。后世"诗文评"传统中的"情"或"情性"才主要是指个人的情感、情趣。

识分子过渡时期的代表人物提倡"诗界革命""小说界革命",到陈独秀、胡适等中国第一批现代知识分子的代表人物倡导"文学革命"与"文学改良",再到王国维、宗白华、朱光潜等中国现代第一批真正具有专业特点的文论家、美学家对文学审美特性的探寻,中国现代文论史上相继出现了多种不同价值取向的文论主张,可谓众声喧哗。在这种众声喧哗中,中国的古代文论传统,委实遭到重创,可以说是"断裂"了。黄遵宪、梁启超、陈独秀、胡适、王国维、宗白华、朱光潜等人都是从中国古已有之的那个传统走出来的现代的新的文论传统的重建者。在他们筚路蓝缕的开拓之功的基础上,一种既不同于古代传统,复有别于西方文论传统的中国现代文论传统渐渐建立起来。尽管在一个多世纪的历史长河中这一传统遭受过种种挫折,但其基本精神却从未断绝,以至于今天的文论研究依然受其沾溉。这一基本精神就是四个字"融汇中西"。陈寅恪曾谓:"其真能于思想上自成系统,有所创获者,必须一方面吸收输入外来之学说,一方面不忘本来民族之地位。此二种相反而适相成之态度,乃道教之真精神,新儒家之旧途径,而二千年吾民族与他民族思想接触史之所诏[昭]示者也。"①王国维亦云:"余谓中、西二学,盛则俱盛,衰则俱衰,风气既开,互相推动。且居今日之世讲今日之学,未有西学不兴而中学能兴者,亦未有中学不兴而西学能兴者。"②这种在中西融合的基础上建立新的学术传统的观点在 20 世纪二三十年代是具有代表性的。即使表面上主张"全盘西化"的人物,如胡适,其治学路径与观点,骨子里依然离不开

---

① 陈寅恪:《审查报告三》,见冯友兰:《中国哲学史》下册附录,4 页,北京,中华书局,1961。

② 王国维:《〈国学丛刊〉序》,见《观堂集林(外二种)》,702 页,石家庄,河北教育出版社,2003。

"融汇中西"四个字。例如，他的中国哲学史与中国古代小说研究，杜威的科学研究"五步法"固然为其所取法，乾嘉学派的考据方法也同样为其所承继。甚至可以说，"融汇中西"既是中国文论传统"断裂"的原因，又是其结果。这里的逻辑是这样的：西学的进入导致了中国学人对延续千百年的文论传统发生怀疑，但渗透到骨子里的传统文化"惯习"又不是轻易可以抛弃掉的，于是"融汇中西"就成了唯一选择，甚至不是选择，而是必然结果。这是一代中国学人的宿命，根本无法摆脱，至今犹然。中国学界常常激愤于在国际学术界中没有我们的声音，其实这并不是由于我们的学术都了无创新、一无是处，而主要是因为现代学术规则是西方人制定的，我们是后学。在学术上处于优势地位的人是很少重视后学者的观点的。再加上我们主要是用汉语写作，就更使西方学者即使有意了解我们的学术，也是困难重重，只好望洋兴叹了。客观地说，我国有些当代学者，如研究中西比较哲学的张世英、研究美学与中国文化的李泽厚，在学术视野与思想深度上并不逊于詹姆逊、伊格尔顿之类的"大师"级西方学者，至于研究中国学术的，则有更多的堪称世界一流学者的，可惜我们在整体上受关注度不够，人家自然对我们的学术缺乏了解的兴趣与能力。在这样的语境中，我们所能做的就是严格按照现代学术规范进行我们的学术研究，努力发现问题，解决问题，并且根据研究对象的独特性而形成自己独特的研究方法与视角。久而久之，我们就会形成新的学术传统，就会像中国古代文化那样获得独特魅力与价值。至于我们的学术在国际学界是否受到重视，那是中国全方位崛起这一系统工程的一部分，是水到渠成的事，不是学者们奋发努力、呼吁呐喊就可以奏效的。

中国古代文论传统的断裂与现代文论传统之重建在初期原是一体两面的事：断裂的过程就是重建的过程，重建的过程也就是断裂的过程。这一过程表面看是属于文学领域的事，实际上则关联甚广，根系甚深。概而言之，意识形态之革新、知识模式之转换、趣味之丕变，乃是三大直接原因。从这三者入手，我们方能对中国现代文论传统的形成、演变及特征有一个较为真切的了解。

二、意识形态的变革与文论传统的"断裂"和"重建"

中国古代的主流意识形态是统治集团（皇帝、宗室、功臣、外戚、宦官等）与士大夫阶层共同建立起来的，是这两大权力集团相互协商、妥协、共谋的产物，因此也就是二者共同利益的话语表征。士大夫阶层有着双重身份：就其官员身份或者做官的心理预期而言，他们是统治者；就其出身以及相对于君权的权威来说，他们又是被统治者。这种身份的双重性就造成了其言说的双重性：他们常常是被统治者的代言人，要求君主和其他执政者敬天保民、仁民爱物；他们又常常是社会的"立法者"，要求黎民百姓承认既有社会秩序，安分守己。在战国以后的君主官僚政体中，士大夫的向背往往决定一个政权的兴废，故而君主们为了获得士大夫阶层的支持，往往把建构国家意识形态的权力交给他们，士大夫阶层也就成为实际上的"立法者"，他们所制定的价值规则即使对于君主和他们自身也都有着很大的约束力。出于其身份的特殊性，以他们为主体建构起来的意识形态话语系统也就有三个核心词：一是"忠孝"，代表了统治者对被统治者的要求；二是"仁爱"，主要代表了被统治者对统治者的希望与期待；三是"和"，代表了统治者与被统治者对既定社会政治秩序与乡里家族秩序的共同认可。由这三个核心词演绎而成的"三纲五常"，既规范着国家君臣上下的政治关系，也规范着家族内部长幼尊卑的伦常关系，所谓"家国一体"，从意识形态角度来看，确非虚言。对于中国古代那样以君主官僚政体、科举制度、文官政府为特征的政治形态与以宗法血亲为纽带的家族形态来说，这种意识形态可以说是极为完善、极为高明而且有效的，因为这种意识形态确实不是凭空想出来的，不是某种政治道德理念的产物，而是直接根植于现实土壤之中，根植于人情事理之中，经过长期修正完善而成了深入人心、根深蒂固之文化"惯习"。停留在话语形态的意识形态是没有意义的，只有成为"惯习"的意识形态才是有效的。然而到了清朝末年，这种延续了千百年的国家意识形态面临着崩坏的危机。

　　国家主流意识形态的危机往往都是从政治制度动摇开始的。鸦片战争之后，又经历了太平天国和捻军的起义，清王朝已经摇摇欲坠了，如果没有外来思想的参照，这种情况无非是导致再一次的改朝换代，就像以往多次发生过的情况一样，这对于中国的知识阶层来说是很自然的事情，因为自古以来就是如此。儒家公羊学的"三世三统"之说就是讲王朝更迭的。《易传》也早就有"汤武革命，顺乎天而应乎人"的古训。然而这一次不同了：逐渐接受西方政治思想影响的中国知识精英们不是仅仅怀疑一家一姓王朝的合法性，而是开始怀疑君主官僚政体本身的合法性了。于是与以往的改朝换代之际不同，清末民初的知识阶层对以"三纲五常"为核心的官方儒学产生了怀疑，对来自西方的民主宪政思想则心向往之；对于"五四"前后的知识分子而言，西方资产阶级的"科学""民主"以及"自由""平等"思想成为其意识形态之核心。至于无政府主义、自由主义等主张，均可视为这一总体意识形态中的不同分支。无论具体政治主张如何，意识形态的巨大变化都使现代知识阶层产生了一种全新的价值观：来自英、美、法、德以及日本等现代文明国家的文化是先进的、值得效法的，而运行了两千余年的以儒家为代表的中国传统文化是需要批判或改造的。由于中国知识阶层意识形态的革新乃是在外力逼迫之下的被动选择，中国面临列强入侵、亡国灭种的危机，因此来自西方的种种思想主张往往都被当作自强的工具，其是否合理与恰当倒在其次，居于主导地位的标准乃是是否有效。这就意味着，彼时的意识形态建构在很大程度上确实是受到"救亡"动机的牵引与制约的。如果找个"关键词"来标志现代主流知识阶层意识形态之特征，那么大约没有什么比"变"这个词更合适了。无论是"启蒙"还是"救亡"，无论是"革命"还是"改良"，都旨在求"变"。现代知识阶层的共识是：老旧的中国只有"变"才能"强"，才能获得新生，才能立于现代世界民族之林。因此，求新求变就成为彼时意识形态之基调。这种意识形态对现代文学创作以及文论传统的形成无疑具有重要影响。

现代知识阶层的意识形态建构具有复杂性，这表现在它既不是纯粹的西方思想，亦不复是中国传统思想，而是一种非今非古、非中非西、亦今亦古、亦中亦西的新的思想系统，这就是一种处于不断建构过程中的中国现代知识阶层的意识形态。中国传统士大夫精神与外来的资产阶级思想观念同为这一意识形态系统中的重要组成部分。尽管那些保守的现代知识分子极力强调"国粹"之重要，要求继承并弘扬传统，但他们依然大量吸收了西方思想因素；尽管那些激进的现代知识分子常常宣称与传统决裂、全盘西化，但骨子里却依然流淌着前人的血液。总体观之，现代意识形态有如下三种情形：一是保守派的意识形态，以"现代新儒家"为代表。梁漱溟、张君劢、熊十力、冯友兰等人都坚持以中国传统儒学为本位建构现代中国的国家意识形态。但是他们又无不吸纳西方思想，力求使儒学获得现代性意义。例如，张君劢就明确提出"复兴儒学是现代化的途径"。他认为儒家主张"理智的自主"，强调"心的作用与思想"以及对"万物"的理解均有与古希腊哲学相通之处，都可以获得现代意义。[①] 从张君劢的这一主张中不难看出西方思想的踪迹：其"现代化"之说是以西方现代文明为标尺的，因为按照中国传统社会的固有逻辑来看，是没有现代化问题的。因此从根本上说，张君劢是要按照西方思想的标准，从传统儒学中找出可以契合的内容，予以发扬之，使之具有现代意义。其所欲建构的意识形态，在伦理道德方面继承儒家，在政治方面接受西方民主精神，因此是一种"嫁接"式的思想系统。其他如梁漱溟、熊十力、冯友兰、贺麟等所谓"新儒家"的主张大抵如此。二是所谓全盘西化者的意识形态。借西方思想来改造中国文化传统，进而改造中国现实政治，以西方发达国家为榜样，使中国跻身现代国家行列是以胡适为代表的全盘西化论者的基本主张。中国传统文化的"断裂"，就其话语表征而言，主要就体现在这批"全盘西化"派身上。胡适在价值观上恪守自由与民主，在政治上主张宪政，虽然治了一辈子中国的学问，但基本上没有一句赞扬传统文化的话留下。陈独秀、李大钊都是从旧学中走出的人物，但由于坚持马克思主义社会发展论，把中国传统文化定义为过时的"封建文化"，虽承认其在历史上曾经的价值，但对其当下意义却是绝对否定，认为经济基础的变化必然导致意识形态的变化，传统文化无论如何辉煌，在当今的经济基础上，也是明日黄花，毫无意义可言了。然而即使如此激烈否定中国传统文化，他们身上依然流淌着古人的血液，其所建构的意识形态依然是中西融汇的产物。即如他们所共同认同的"三民主义"就是最为集中的体现。作为一种意识形态，"三民主义"可以说是西方民主主义与中国古代儒家的"大同"理想、"仁政"思想的结合体，既不是中国传统的，也不是纯粹西方的，是二者

---

① 黄克剑、吴小龙编：《张君劢集》，495～497 页，北京，群言出版社，1993。

的结合。三是调和派的意识形态。清末民初的知识分子，坚持文化保守主义与全盘西化的都是少数人，大多数人都是主张调和中西的。前引王国维、陈寅恪等人是从学术研究角度坚持此一主张的，青年时代的鲁迅则从拯救民族国家的角度秉持此说。其云：

> 中国在今，内密既发，四邻竞集而迫拶，情状自不能无所变迁。夫安弱守雌，笃于旧习，固无以争存于天下。第所以匡救之者，缪而失正，则虽日易故常，哭泣叫号之不已，于忧患又何补矣？此所为明哲之士，必洞达世界之大势，权衡校量，去其偏颇，得其神明，施之国中，翕合无间。外之既不后于世界之思潮，内之仍弗失固有之血脉，取今复古，别立新宗，人生意义，致之深邃，则国人之自觉至，个性张，沙聚之邦，由是转为人国。人国既建，乃始雄厉无前，屹然独见于天下，更何有于肤浅凡庸之事物哉？①

《文化偏至论》写于 1906 年，是一篇直接系统阐释中西文化优劣的论文，也是鲁迅单篇文章中为数不多的纯学术论文。这篇论文表达了鲁迅关于中国文化与国家命运极为深刻的见解。"外之既不后于世界之思潮，内之仍弗失固有之血脉，取今复古，别立新宗"不仅是一个世纪以前中国知识阶层追求的目标，而且依然应该是我们今日中国知识阶层所应追求的目标。鲁迅此论最伟大、最可称道之处在于提出了百年来中国知识阶层的历史使命：在大力吸收外来先进思想的前提

---

① 鲁迅：《文化偏至论》，见《鲁迅全集》第 1 卷，57 页，北京，人民文学出版社，2005。

下，有选择地继承中国文化传统的合理因素，建立中国现代文化传统。这一文化传统是一种新的建构，其必然是非中非西、亦中亦西的。延绵数千年的中国传统文化虽然灿烂辉煌，却不可原封不动地用之于今日，因为今日中国已非昔日之中国；创造了现代文明的西方文化虽然处于世界主导地位，但同样不能照搬和移植于中国，因为中国传统文化的土壤依然深厚。在这种历史语境中，唯有"取今复古，别立新宗"乃为最佳选择。"取今"即吸收外来文化，"复古"即继承传统文化，"别立新宗"即是在融汇中西的基础上开创新的文化传统。这一见解也是"学衡派"知识分子的共同主张。以梅光迪、胡先骕、吴宓、柳诒徵等人为代表的"学衡派"是主张融汇中西，建构中国新的文化传统的一派中国学人的代表。此派主张之最有价值者，乃在于强调继承孔子及其所代表的儒学传统中蕴含的人文主义精神，以改造今日日益物化的世界，强调儒家人伦精神、人格理想的现实意义。这是白璧德新人文主义思想在中国的应用。新人文主义反对物质主义、科学主义，强调学术研究应追求人文价值、人文关怀，对中国传统文化，特别是儒家文化持有强烈的"了解之同情"，其与胡适所秉承的杜威的实用主义（实质是科学主义）刚好相反，故而"学衡派"对胡适等人所倡导的"新文化运动"亦予以激烈批判。

　　清末民初以来三种不同立场的知识分子意识形态建构的情况大抵如此，无论选择怎样的路径，其融汇中西的内核是无法改变的。其实知识阶层的意识形态建构是如此，官方的意识形态建构同样如此，其主导意识形态都既不是中国传统的，也不是纯然西方引进的，而是中西融汇的，其区别乃在于继承中国传统部分庶几相近，而引进西方的部分则相差甚远，这就造成了中国现代两大主流意识形态的对立与冲突。

建构中国现代性意识形态是一项伟大的事业，从康有为、梁启超、章太炎、王国维、蔡元培、胡适、陈独秀、李大钊、鲁迅、周作人、梅光迪、吴宓直至当下在中西文化传统的海洋中苦苦寻觅的中国人文学者，都是这一伟大事业的承担者、参与者，就现在而言，这项事业依然是未竟之功，也许还需要一个世纪甚至更长的时间来完成，但是鲁迅所昭示的这条文化建设之路无疑是正途，是值得一代又一代中国知识分子为之奋斗终生的伟大事业。

在以"积贫积弱""愚昧落后"为特征的、时时存在"亡国灭种"危机的现代中国，意识形态建设的众声喧哗最终被一个旋律所统摄，这就是"富国强兵，振兴中华"。与这个宏大的目标相比，原本是作为价值理想而存在的各种主义，无论是无政府主义，还是自由主义都成了手段，因此这种意识形态的特点就呈现为一个核心词：变革。变革就是告别腐朽没落的旧我，迎接朝气蓬勃的新我，唯有变革，中国才有出路，才有希望。

中国现代意识形态建设工程在文学艺术的创作与文论思想上的影响是显而易见的。从黄遵宪的"诗界革命"到梁启超的"小说界革命"，从文学研究社的"为人生而艺术"到鲁迅的"遵命文学"，从左翼作家的"革命文学"到文化大革命时期的"为阶级斗争服务"，主张文学为政治服务、为现实服务的文学思想是一脉相承的。这是中国现代主流意识形态的必然产物。在现代文论传统中，不难看出中国古代政教思想的影子，"讽谏""教化""润色鸿业""文以载道"之类，应有尽有。由此可知，在意识形态层面上，中国现代文论传统的建立同样离不开融汇中西的路子。意识形态主导的文论话语主张把文学作为改造世界的工具，直接以政治的标准来规范文学。把启蒙的或改良的或革命的意识形态直接作为文论主张是此派文论的基本特征。此派文论往往重视文学的社会作用而忽视其审美价值，故而未能对文学自身的审美特征、规律进行深入探讨，未能提出新的批评范畴与理念，可以说其文论思想较之其创作实践更显贫乏。这种文论主张就某一特定时期的社会现实而言可能会具有重要的干预作用，是历史进程所必需的，但长远来看，从纯学术的角度衡量，则缺乏深刻的学理内涵，其影响也会随着社会环境的变化而弱化。

三、现代知识形态的形成与文论传统之新建

一个世纪以来的中国，除了主流意识形态处于断裂与重建的过渡之外，知识形态也同样处于从旧传统向新传统的转化过程之中。这一转化过程也同样构成现代文论传统形成的一个重要的前提条件。除了史书记录史实，诗赋吟咏情性之外，古代文人士大夫在千百年的历史长河中形成了一套较为稳定的言说方式与话语形态，这就是子学与经学的二重变奏。子学以先秦诸子为基点和规范，凡欲独出机杼，有所树立者，皆以子学范式出之。经学以儒家经典为阐释对象，凡欲代圣贤立言或寻觅经典之微言大义者，俱以经学范式出之。由于古代知识阶层所思所想盖不外于人的生命与世间伦理，故而无论子学还是经学，大体乃在于以"立法者"姿态宣讲为人处世之理，而于外在于人的纯物质存在兴趣索然。如此形成的知识形态必然遵循"应该原则"，以善恶是非为评价标准，缺乏"真"与"假"的衡量尺度。表现在言说方式上，自然是独断论的、布道式的，而不重视逻辑的严密性与自洽性。现代学者谈起中国古代知识阶层的思维方式，以西方的逻辑演绎式思维方式为参照，往往名之曰"类比思维"或"关联性思维"。何以如此呢？在我看来，最主要的原因乃是中国古人思考一切问题均以"人"自身为本位，以人世间为范围，对天地万物的理解亦均比附于人事，如

此则着眼于人与事物某种相通性，论其同而不究其异，这自然就导致了"类比"与"关联"的思维特征，于是直觉、体认、想象与联想也就成了最基本的运思方式，而不大善于运用比较、分析与论证。对此，清末民初那些受到西学影响的学人已然有清醒的自觉，梁启超尝云：

> 我国学者，凭瞑［冥］想，敢武断，好作囫囵之词，持无统系之说。否则注释前籍，咬文嚼字，不敢自出主张。泰西学者，重试验，尊辩难，界说严谨条理绵密。虽对于前哲伟论，恒以批评的态度出之，常思正其误而补其阙。故我之学皆虚，而彼之学皆实。我之学历千年而不进，彼之学日新月异，无已时，盖以此也。[1]

此种见识，即使在一百年后的今天来看，依然堪称切中肯綮之论。清末民初以来，中国知识界渐渐意识到西方学术文化之重要，于是效仿西方人的言说方式、思维方式渐成潮流。在此语境中，传统的代圣贤立言、依经立义的知识模式受到冷落，而自出机杼、以逻辑推理的方式寻觅事物道理的论证方式受到重视。在此基础上，知识自身固有价值得到彰显，要求学术独立的呼声也高涨起来，王国维的说法具有相当的代表性：

> 学术之所争，只有是非真伪之别耳。于是非真伪之别外，而

---

① 梁启超：《国民浅训》，见《梁启超全集》第 10 卷，2845 页，北京，北京出版社，1999。

以国家、人种、宗教之见杂之，则以学术为一手段，而非以为一目的也。未有不视学术为一目的而能发达者，学术之发达，存于其独立而已。然则吾国今日之学术界，一面当破中外之见，而一面毋以为政论之手段，则庶可有发达之日欤！①

学术的价值就在学术自身，学术就是目的而非手段，清末民初的一流学人大抵有相近主张。章太炎说，"学在求是，不以致用"②。即使一生充溢政治热情的梁启超，也曾经大声疾呼"科学精神"。稍后的胡适更发誓二十年不问政治，一心向学。这都显现出一代学人建立现代学术的努力与雄心。当时西方现代的学科分类开始引进，中国现代意义上的大学相继出现，知识分子专业化趋势日益明显，传统士大夫那种"通经致用""治国平天下"的政治情怀渐渐为对专业的热衷所替代。以往学问的重要性在于其有用于江山社稷，今日学问的意义就在于追问真相。这是以往所没有的观念，即使是乾嘉学派，其整理古籍、决疑辨伪，最终目的是正本清源，骨子里还是为了有益于世。因之，现代知识形态不同于往古的关键之点在于"求真"成为主旨之一，堪与"致用"倾向并驾齐驱了。抛开治国平天下的理想，放下存心养性、成圣成贤的祈望，认识到学术自身的价值与意义，对于中国现代学术传统来说，这是一件大事，具有划时代意义。在学术评价系统中，不仅有善与恶、好与坏的旧标准，更有了真与伪、是与非的新标准，这对于各门现代学术的建立都至关重要。例如，中国文学史、中

① 王国维：《论近年之学术界》，见傅杰编校：《王国维论学集》，215 页，北京，中国社会科学出版社，1997。

② 章太炎：《与钟正楙论学书》，见傅杰编校：《章太炎学术史论集》，67 页，北京，中国社会科学出版社，1997。

国文学批评史成为一专门的学问，就有赖于此。中国现代文论传统之不同于古代之诗文评者，亦在很大程度上有赖于此。

如果说学科独立意识是中国现代知识形态生成的主要标志之一，那么学科分类则是学科独立意识的直接成果。中国古代对各种学问门类自有一套分类方式，也呈现出一个历史演变的过程。按照《庄子·天下》的说法，上古时期原本有一个整一的"道术"，后来由于天下动荡而遭到破坏，被"一曲之士"们分裂为各种不同的学术了。这就是诸子百家之学。据历史的记载，西周的贵族时代有"六艺"之教，故而"礼乐射御书数"大约可算是中国最早的学科分类了。两汉之时，诸子之学被边缘化，儒学成为主流，但各类学术文化依然有所发展，故而有刘向、刘歆父子的"七略"分类。凡属经籍，莫不涵盖。两晋以后，"四部"分类形成，于是"经史子集"便成为中国古代最基本的学科分类模式。应该说，就中国的传统文化学术而言，这种分类是合理的，是符合实际的。西方学术的学科分类也有一个漫长的演化过程，大约到18世纪后期自然科学与社会科学彻底分离之后，现代意义上的学科分类方始形成。对于清末民初的中国学界来说，对西方现代学科分类模式的引进就成为改造传统学术的不二法门。1904年张百熙、张之洞等主持修订《奏定学堂章程》，制定"癸卯学制"，提出"八科分学"方案，规定在大学堂以经学、政法、文学、医学、格致、农、工、商八科授学，清亡之后，北洋政府教育总长蔡元培主持颁布《大学令》，取消"经学科"，改"格致科"为"理科"，遂成"七科之学"。这可以看作现代学科分类意识在中国官方教育体制中的实际成绩，至少在形式上已经完全是现代西方的学科分类了。

总之，学术独立意识、求真意识以及现代学科分类构成了中国现代知识形态的基本框架，这种新的知识形态大大促进了中国现代学术发展与新的学术传统的建立，其在文学研究上的表现首先就是"文学概论""中国文学史""中国文学批评史"这类知识形态或学术门类的出现。学人们开始把"文学""文论"作为一个知识领域来系统考查了。这里当然有一个转化的过程，从以传统的文体论、风格论为核心，渐渐转向以文学的基本性质、范围、功能为核心。对"文学"这一词语的界定，也由传统的经史子集无所不包向着现代文学概念，即小说、戏剧、散文、诗歌之总名转变。以新的知识模式为依托的文论话语主要体现在对传统文论的整理方面，这首先表现在"中国文学批评史"这门学问的建立上。中国古代原有"诗文评"传统，从汉末曹丕作《典论》起，至清末止，著述之丰，卷帙浩繁。然而以"诗文评"为主要研究对象的"中国文学批评史"却是不折不扣的现代学科，是在西方知识模式指导下形成的学术门类。陈中凡、郭绍虞、朱东润、罗根泽、方孝岳等学者通过对"诗文评"及相关材料的发掘与梳理，使之形成统序，建构为一个独立的研究领域。他们的研究主要是以来自西方近代的文学观念为标尺，对古代材料进行取舍，使之呈现一种系统的知识形态。对于现代文论传统的建立来说，中国文学批评史研究的主要作用在于提供可资借鉴的材料，而不在于提供新的学术理念。古代的"诗文评"的作者大都是诗文作者，故其所言说，也就大抵包含着自身创作体会与趣味，是非对象化的，也就常常有独到之处。现代的"文学批评史"作者与古代诗文毕竟隔了一层，不仅不是作者，而且往往也不是真正的欣赏者，在趣味上与古人相去甚远，如此则其言说必然是对象化的，以理性建构与外在梳理为主，自家体贴涵泳而自得者绝少。这也是中国传统"诗文评"话语与现代"中国文学批评史"或"古代文论"话语的根本性差异之一。

四、趣味之丕变与中国现代文论传统之形成

除了意识形态和知识形态之外，对于现代文论传统的建立至关重要的，亦即真正可以标志古代文论传统之断裂的，乃是趣味。或者可以说，意识形态与知识形态的巨变最终都要沉淀为趣味的变化才会真正导致文论传统的断裂与重建。我们这里所说的"趣味"有两层含义，一是中国传统意义上的，即品味、情趣、旨趣、兴趣的意思，趣味有高下、雅俗之分。二是西方美学意义上的。我们知道，趣味这个概念在康德美学中居于核心位置。中国的西方美学史研究中所说的"鉴赏判断""判断力"实际上都是指"趣味"。由于德语的"geschmack"这个词同时有"趣味"与"鉴赏"的含义，而且宗白华在翻译《判断力批判》时选择了"鉴赏"这个词，因而后来研究者就习惯于"鉴赏判断"的说法了，其实更准确地说应该是"趣味判断"。趣味是一种主体能力，是人们判断美丑的能力，是人们对一件物品能否产生美感的能力，所以说趣味是审美问题的核心。有了趣味，人才能成为审美主体。康德美学就是建立在对趣味这种主体能力的反思之上的，正如他的认识论是建立在对纯粹理性与知性的反思，他的伦理学是建立在对实践理性的反思之上的一样。康德在《判断力批判》中提出的著名的审美判断的四个契机之说：无利害计较而给人快感；不涉及概念而普遍地使人愉快；无目的的合目的性；不依赖于概念而具有必然性。其实这也就是趣味的四个特点。这些特点表明，趣味不是一种观念系统而仅仅是一种主体心理能力，因此它不是意识形态，因为它没有功利的目的；它也不是知识形态，因为它不借助于普遍的概念。趣味的普遍性和必然性乃是基于人类"共通感"的存在。"共通感"这个概念在康德的美学中带有点神秘色彩，从今天的角度看，作为一种独立心理能力的"共通感"其实是

不存在的，康德用这个概念所指涉的其实是趣味的普遍性本身。人是社会的存在，人的各种能力的形成不仅仅是一个个体问题，而更是一个社会问题，是社会共同体使人成为他所是的这个样子的。这就意味着，在相近的生活条件下，人们会产生相近的感觉、体验以及对事物的评价标准。因此，尽管趣味判断从来都是个体性的心理活动，但是这种个别的心理活动却有着高度的相近性。对于这种相近性，康德称之为"共通感"。

综合中西文化传统关于趣味的理解，我们可以说，趣味是一种融合着理性与感性、意识与无意识、认知与体验、理解与情感的综合性心理现象，它是整体性的、混沌的，渗透于人们的日常生活，决定着人们对人和事物的美丑妍媸的评判。趣味是文学艺术最为直接的主观心理基础。它既是一种个体性的心理活动，又是一种社会的、阶级的整体心理倾向，不仅决定着个人的文学艺术的创作与欣赏，而且可以决定着某一时代、阶级、阶层、社会集团对文学艺术的整体倾向。从社会学的角度看，按照法国社会学家布迪厄的著名理论，趣味还具有"阶级区隔"的重要功能，对于社会现实具有意识形态与知识话语所无法代替的重要政治作用。

在传统的"断裂"过程中，意识形态和知识形态的变化是剧烈的、明显的，而趣味的变化则往往是潜移默化的、漫长的。常常或出现这样的情况：意识形态已经发生了重大变化，而趣味却还是沿袭着以往的惯习。因此之故，以趣味为直接心理基础的文学艺术的变化也就呈现出复杂状况。例如，会有这样的情况：意识形态已经宣布某种传统趣味的不合时宜，并呼唤新的趣味的出现，但传统趣味却依然顽强地存在着。有一个比较典型的例子可以说明这种情形：1917 年陈独秀撰写著名的《文学革命论》，其中所谓"三大主义"恰恰就是两种趣味的界说。传统的文人士大夫的趣味是"雕琢的阿谀的""陈腐的铺张的""迂晦的艰涩的",后者则是"平易的抒情的""新鲜的立诚的""明了的通俗的";前者是"贵族文学""古典文学""山林文学",后者是"国民文学""写实文学""社会文学"。① 两种趣味,两种文学刚好标志着传统"断裂"前后的两种文学样式。陈独秀的此一文学革命主张在"五四"前后的知识界引起广泛认同。然而在意识形态上是如此,在实际存在的趣味中却是另外一种情况。无论是激进的陈独秀、李大钊、鲁迅,还是温和的周作人、胡适,抑或是保守的邓实、黄节,他们骨子里都深深地存留着传统文人士大夫的趣味,真可谓根深蒂固,挥之不去! 在他们的诗歌、散文、小说乃至杂文、学术论文中我们时时可以看到传统士大夫、传统文人与现代知识分子三种身份的交织隐现。即使在一个世纪之后的今天,传统文人趣味在许多知识分子身上依然留有厚重的印记。

尽管如此,趣味的丕变毕竟是主流。如果说传统文人趣味可以用"雅"字来标示,那么现代知识分子的趣味则可以用"俗"来概括。在古代文学的评价系统中,戏剧和小说无疑处于最低层级,高踞于这一评价系统上层的乃是诗文。相比而言,后者为雅,前者为俗。到了清末民初,小说的地位迅速提升,在某些知识界的领袖人物(如梁启超)眼中,小说甚至成为文学中最可宝贵者。即使排除梁启超"改良群治"的政治企图,在一般知识阶层眼中,小说也成了最重要的文学样式。例如,现代知识分子旧学根底一般较好,大都会写旧体诗,但他们绝不会因此而被称为文学家,但如果可以写小说,而且写得好,那就是文

---

① 陈独秀:《文学革命论》,见《独秀文存》,95～96 页,合肥,安徽人民出版社,1987。

学家了。小说地位的提升正是"雅"的趣味让位于"俗"的趣味的重要标志。其他如白话文取代文言文、文学大众化诉求、劳工神圣的主张等，都标志着趣味的变化。

在论及意识形态与趣味对文学观念的影响时，有一个问题需要特别说明：尽管按照一般逻辑看，意识形态需要转化为趣味之后才能真正成功地进入文学之中。但实际上意识形态往往可以绕过趣味直接进入文学理论话语甚至文学作品中。作者在作品中通过人物直接宣讲自己的政治、宗教或道德主张的情形在现代文学中可以说是司空见惯的现象。这种情形其实不能代表趣味的转变。只有那种已经融化在作品的情节、人物、场景、细节中的感觉经验或体验，才是真正的趣味。

五、现代文论传统之格局

中国现代的思想文化界确实是众声喧哗的，有近于春秋战国时期的百家争鸣。特别是各种意识形态主导下的文学思想此起彼伏、争奇斗艳，但真正对现代文论传统的建立厥功至伟的是以趣味的转变为基础，融汇中西两种传统而提出新的文论主张的一派，只有他们的文学思想可以沉淀到新的文论传统之中，成为其组成部分。这一派的代表者是王国维、宗白华和朱光潜。

王国维在现代文论史上具有奠基者的地位，他的贡献是多方面的。对于中国现代文论传统的建立来说，王国维文论话语的主要特点与贡献是试图从本体层面上探寻文学艺术的奥秘。试图弄清楚文学艺术最根本的决定性因素和特质是什么。这种学术兴趣主要来自西方文论。中国古代虽亦有"诗言志""诗缘情"之类的命题，亦有"发愤著书""不平则鸣"之类关于文学创作动机的理解，但根本言之，无疑是经验层面的言说，并非"探其本"的思考。王国维在德国古典美学的基础上对这一问题有根本性突破。他从主观与客观两个角度对文学本体问题予以解说，就客观而言，是"真"或"真理"；就主观而言，则是"欲"和"势力"。我们先看前者，其云：

> 天下有最神圣、最尊严而无与于当世之用者，哲学与美术是已。天下之人嚣然谓之曰无用，无损于哲学美术之价值也。至为此学者自忘其神圣之位置，而求以合当世之用，于是二者之价值失。夫哲学与美术之所志者，真理也。真理者，天下万世之真理，而非一时之真理也。其有发明此真理（哲学家），或以记号表之（美术）者，天下万世之功绩，而非一时之功绩也。唯其为天下万世之真理，故不能尽与一时一国之利益合，且有时不能相容，此即其神圣之所存也。[1]

文学艺术的神圣价值不是来自一时之用，而是来自其所表征的"天下万世"之真理，这就给文学艺术给予了本体论层面的界定，也就给它以至高无上的地位了。中国古代虽然也有"道之文"的说法，但似乎并未在本体论上为文学确立位置，在古人眼中，诗文或者是政教的工具，或者是文人闲情逸致的表达，从未被赋予发现真理、表达真理的使命。王国维始终反对以"有用""无用"衡量学术，认为"学无新旧也，无中西也，无有用无用也"，只有"不学之徒"才会妄分新旧、中

---

[1] 王国维：《论哲学家与美术家之天职》，见周锡山编校：《王国维文学美学论著集》，34 页，太原，北岳文艺出版社，1987。

西、有用无用。① 这种见解，在"启蒙"与"救亡"双重变奏的时代思潮的巨大轰鸣声中，自然是微弱细小的声音，但从学术发展角度看，自有其恒久的意义。王国维引进了"真"或"真理"的维度，对于现代文论传统的建立具有极为重要的意义：人们开始把文学问题作为一种客观的知识系统来探寻，不论有用与否，唯真是求。这种新的价值取向表现在王国维的文论话语之中，便是其对"境界"或"意境"的重新阐释。

意境和境界都是中国古代"诗文评"中早已有之的词语。"境界"一词作为日常词语原有疆界、境况之义，后来这个词受到佛学影响，获得了事物或人的精神所居之层次或达到的高度的意思。在"诗文评"中，"境界"一词偶尔被用来指诗文中呈现的一种情景状态，与"意境"同义。"意境"这个词语在唐宋之后常常被用之于"诗文评"中，特别是明清之时使用较为广泛，意指在诗文中呈现出的一种可见的景物和可感的体验相交融的状态。王国维借用这两个古已有之的词语是要表达自己关于文学艺术之根本特性的理解，用他的话来说叫作"探其本"。从唐宋以来，古代诗文评开始试图寻觅诗文的最有价值、最根本性的特质，并以某一词语代表之，严羽拈出"兴趣"，李贽拈出"童心"，袁宏道兄弟拈出"性灵"，王士禛拈出"神韵"，翁方纲拈出"肌理"等，而在王国维看来，"兴趣""神韵"等，均不如"境界"二字更确当，更能揭示诗文之根本特性。应该说这两个词语在诗文评系统中原本并没有特别的意义，是王国维为之注入了新的内涵才使之重要起来的，这新的内涵就是得之于德国古典美学的"真"和"直观"。"真"是西方美学传统的基本价值，有两层含义，一是描写对象的准确性，二是表达情感的

---

① 王国维：《〈国学丛刊〉序》，见《观堂集林（外二种）》，700 页，石家庄，河北教育出版社，2003。

真实性，简称自然的真实与情感的真实。在王国维这里就是"真景物""真感情"。他说："故能写真景物、真感情者，谓之有境界。否则谓之无境界"①，因为只有这样的诗文方能做到"其言情也必沁人心脾，其写景也必豁人耳目"。"直观"或"直觉"是叔本华哲学的重要范畴，在叔本华看来，世界的本体是一种非理性的存在，因而人们不能靠理性认知而只能靠直觉体验才能把握到它。王国维接受叔本华的直观说在文论方面的主要体现就是对"隔"与"不隔"的辨析。所谓"语语都在目前，便是不隔"②，是说诗歌描情状物真切自然，令人忘却语言的载体，直接感受到诗中所言之物。我们不难看出，所谓"真景物""真感情"与"不隔"是密切相关的，就是说，只有诗的语言"不隔"，才会产生"真"的效果，如果诗的文字阻隔了人们的注意，无论是情是景，都谈不上"真"了。这就意味着，王国维的"境界"说，最根本处乃是一个"真"字。

毫无疑问，在王国维这里，这一"真"的观念是得之于西方，特别是受德国古典哲学和美学的启发的，但是似乎不能说就是照搬而来。何以见得呢？因为"真景物"与"真感情"之说在中国古代诗文评话语系统中是久已存在的，而且也占据重要位置。《庄子》云："真者，精诚之至也。不精不诚，不能动人。"③刘勰说："故为情者要约而写真，为文者淫丽而烦滥。"④刘熙载说："盖文惟其是，惟其真。舍是与真，而

---

① 王国维：《人间词话》第六则，见周锡山编校：《王国维文学美学论著集》，350页，太原，北岳文艺出版社，1987。

② 王国维：《人间词话》第四十则，见周锡山编校：《王国维文学美学论著集》，359页，太原，北岳文艺出版社，1987。

③ 王先谦：《庄子集解》，446页，上海，上海书店《诸子集成》影印本，1986。

④ （南朝梁）刘勰：《文心雕龙·情采》，见范文澜注：《文心雕龙注》，538页，北京，人民文学出版社，1958。

于形模求古，所贵于古者果如是乎?"①又："诗可数年不作，不可一作不真。"②这是对"真"的要求。王船山说："'池塘生春草'、'胡[蝴]蝶飞南园'、'明月照积雪'，皆心中目中与相融浃，一出语时，即得珠圆玉润；要亦各视其所怀来，而与景相迎者也。"又："'僧敲月下门'，只是妄想揣摩，如说他人梦，纵令形容酷似，何尝毫发关心? 知然者，以其沉吟'推敲'二字，就他作想也。若即景会心，则或'推'或'敲'，必居其一，因景因情，自然灵妙，何劳拟议哉? '长河落日圆'，初无定景；'隔水问樵夫'，初非想得。则禅家所谓'现量'也。"又："身之所历，目之所见，是铁门限。"③这都是讲"直觉"或"直观"，而且是真正的"艺术直觉"或"艺术直观"。因为关于"真景物""真感情"以及"直观"的思想中国古已有之，我们就不能说王国维提倡此说乃是对西人的照搬。当然，我们也不能否认德国古典哲学与美学对王国维影响的重要性，因为如果没有对康德、叔本华的借鉴，王国维就不会提出以"真景物""真感情"以及"隔与不隔"为核心的"境界"说。故而我认为比较恰当的理解是这样的：德国古典美学使王国维对中国古已有之的"真"和"直觉"观点空前重视了，通过建构"境界说"而大大提升了它们在中国诗学话语系统中的位置，使较之高古、飘逸、清新、雅丽、神思、感物等固有概念更加凸显。或者说，由于借鉴了德国古典美学，王国维拈出在中国古代诗学话语系统中一般性概念或思想，给其注入新的意涵，把它改造成核心概念。应该说以"真景物""真感情"以及"不隔"为基本特征的"境界"是

---

① （清）刘熙载：《艺概·文概》，46 页，上海，上海古籍出版社，1978。

② （清）刘熙载：《艺概·诗概》，55 页，上海，上海古籍出版社，1978。

③ （清）王夫之：《姜斋诗话》，见《清诗话》上册，8～9 页，北京，中华书局，1963。

一个新的诗学概念，不再是中国古代佛家经典中的那个词语所指涉的概念，也不再是唐代以后诗文评话语中那个词语指涉的概念。但是这个新的诗学概念不是对康德、席勒、叔本华的照搬或移译，而是一种新的创造，是融汇中西诗学传统的创造，因而属于中国现代新的文论传统的一部分。事实上，百年来，中国学界一直把王国维的"境界说"当作中国新的文论传统来继承并发扬，宗白华、朱光潜、李泽厚等大批学人都对这一新的文论传统的形成贡献了力量。王国维的"境界说"启发我们，中国古代诗学或文论话语系统中的蕴涵极为丰富，有着不同的价值取向，标志着不同层级的趣味，其中哪些可以用之于今日，哪些已经成为明日黄花，需要以外来文学观念和中国当下文学现实为参照，可激活而赋予新意者、可改造而利用者，所在多有。

王国维试图融合古今中西建构现代新的文论话语的伟大动机还表现在他提出的"古雅"之说上。1907 年王国维发表《古雅之在美学上之位置》一文，提出"古雅"说。王国维此说是针对康德的"天才说"而发的。在康德看来，艺术是天才的创造，王国维认为有一种作品，不是天才所制作，却也不是任何实用之物，看上去与天才的创作一般无二，他把这类作品名之曰"古雅"。其云：

> 故除吾人之感情外，凡属于美之对象者，皆形式而非材质也。而一切形式之美，又不可无他形式以表之，惟经过此第二之形式，斯美者愈增其美，而吾人之所谓古雅，即此第二种之形式。即形式之无优美与宏壮之属性者，亦因此第二形式故，

而得一种独立之价值，故古雅者，可谓之形式之美之形式之美也。①

　　王国维受了西方传统美学思想的影响，认为美的东西必然表现在形式上，而艺术美则是对自然存在的形式美的再创造，是形式的形式。而且即使自然中算不上美的事物，如果经过此一再形式化过程，也会带上一种特别的意味。所以所谓"古雅"是指艺术形式所特有的那种性质与魅力，近似于俄国形式主义所说的"文学性"，而王国维所说的形式上原不够美的自然物，经过艺术形式的再现，也会获得"一种独立之价值"，与俄国形式主义的陌生化理论亦有暗合之处。可见在这里，王国维发现的是一个重要的美学与文艺理论问题，"古雅"是一种"原质"，是康德所说的"优美"与"崇高"都不可或缺的"原质"，却又不属于"优美"与"崇高"范围而具有独立性质。因此"古雅"实为决定着艺术之成为艺术的那种独一无二的性质。所以即使不是天才，如果借用艺术形式来表现自然事物，也给人以美的感觉，是艺术形式本身所具有的那种"原质"赋予了其作品以美的性质。

　　王国维的"境界说"主要是试图从根本上解决诗歌的本质问题，而"古雅"说则主要是试图从根本上解决艺术的本质问题，两者都是"探其本"的思考。"古雅"说以康德美学为依托，为凭借，吸收了中国古代诗文书画等方面的欣赏经验，构成了自己对艺术形式之本体意义的深度思考，不仅是对中国现代文论传统的一大贡献，而且是对人类美学研究的一大贡献。只是其与在现代中国语境中的任何言

---

　　①　王国维：《古雅之在美学上之位置》，见周锡山编校：《王国维文学美学论著集》，38 页，太原，北岳文艺出版社，1987。

说，囿于汉语和中国学术话语的边缘地位，都无法引起世界性影响一样，王国维的"境界说"和"古雅说"也只在国内学界获得了应有的肯定。令人遗憾的是，同样的原因，使中国学人只看见西方学者的新理论，根本无视中国学人的戛戛独造，在这种自我否定、自我无视的语境中，中国想要产生具有国际影响的学者与学术，那无异于痴人说梦。

与王国维不同，宗白华对中国现代文论传统之建立的贡献不是提供本体追问，而是提供了一种美学的或艺术的理想。首先，宗白华的美学与文论建构是建立在一个宏大的理论构想之中的，这就是在融汇中西的基础上建设新的人类文化传统。中国现代文化传统的建设自然寓于这一宏大构想之中。如此宏图远志，在积贫积弱、愚昧落后的现代中国的历史语境中显得极为难能可贵。他说：

> 我们现在对于中国精神文化的责任，就是一方面保存中国旧文化中不可磨灭的伟大庄严的精神，发挥而重光之，一方面吸收西方新文化的菁华，渗合融化，在这东西两种文化总汇基础之上建造一种更高更灿烂的新精神文化，作世界未来文化的模范，免去东西两方文化的缺点、偏处。这是我们中国新学者对于世界文化的贡献，并且也是中国学者应负的责任。因为现在东西文化都有缺憾，是人人晓得的，将来世界新文化一定是融合两种文化的优点而加之以新创造的。这融东西文化的事业以中国人最相宜，因为中国人吸取西方新文化以融合东方比欧洲人采撷东方旧文化以融合西方，较为容易。以中国文字语言艰难的缘故，中国人天资本极聪颖，中国学者心胸思想本极宏大。若再养成积极创造的精神，不流入消极悲观，一定有伟大的将来，于世界文化上一定

有绝大的贡献。①

宗白华的这篇文章发表于 1919 年 11 月，彼时正是"五四"运动如火如荼之际，激进之士争相否定传统文化，必欲弃绝之而后快。在这样的历史语境中，宗白华的见解是极为高明的。即使对于近百年后的今日学人，依然具有极大的激励与启发意义。由于有了这样高远宏大的志向，宗白华的美学与文论话语也能卓然高标，为我们提供了一种不同凡响的理论见解。其最核心之处即在于结合人生理想、人生意义来考察文学艺术的审美价值。宗白华的美学与文论话语继承了中国古代儒释道文化的人格理想，同时又吸收了西方近代的人文精神、人文理想，希冀一种美好而健全的文化人格。在他看来，大诗人歌德庶几堪称此种文化人格的表率。因为歌德"就人类全体讲，他的人格与生活可谓极尽了人类的可能性。他同时是诗人、科学家、政治家、思想家，他也是近代泛神论信仰的一个伟大代表。他表现了西方文明自强不息的精神，又同时具有东方乐天知命宁静致远的智慧……我们可以说歌德是一扇明窗，我们由他窥见了人生生命永恒幽邃奇丽广大的天空！"②宗白华向往着歌德式的人生境界，向往着"兴趣与工作一致，人格与事业一体。一切皆发于心灵自由的表现，一切又复返于人格心灵的涵养与增进"③的生存状态。然而在现实社会中，人们或挣扎于穷困

①　宗白华：《中国青年的奋斗生活与创造生活》，见金雅主编：《中国现代美学名家文丛·宗白华卷》，20 页，杭州，浙江大学出版社，2009。

②　宗白华：《歌德之人生启示》，见金雅主编：《中国现代美学名家文丛·宗白华卷》，35 页，杭州，浙江大学出版社，2009。

③　宗白华：《席勒的人文思想》，见金雅主编：《中国现代美学名家文丛·宗白华卷》，61 页，杭州，浙江大学出版社，2009。

悲惨的境遇，或竞争于名利之途，鲜有歌德这样达于自我实现境界的人物，于是宗白华在艺术中看到了人生的理想状态。他论中国古代艺术云：

> 人生里面的礼乐负荷着形而上的光辉，使现实的人生启示着深一层的意义和美。礼乐使生活上最实用的、最物质的，衣食住行及日用品，升华进端庄流丽的艺术领域。三代的各种玉器，是从石器时代的石斧石磬等，升华到圭璧等等的礼器乐器。三代的铜器，也是从铜器时代的烹调器及饮器等，升华到国家的至宝。而它们艺术上的形体之美，式样之美，花纹之美，色泽之美，铭文之美，集合了画家书家雕塑家的设计与模型，由冶铸家的技巧，而终于在圆满的器形上，表出民族的宇宙意识（天地境界），生命情调，以至政治的权威，社会的亲和力。在中国文化里，从最低层的物质器皿，穿过礼乐生活，直达天地境界，是一片混然无间，灵肉不二的大和谐，大节奏。①

所谓"天地境界"原是冯友兰在《新原人》中对中国古代最高人格理想的概括，宗白华认为"这是中国人的文化意识，也是中国艺术境界的最后依据"。在诠释《诗纬》的"诗者，天地之心"一语时，他说："山川大地是宇宙诗心的影现；画家诗人的心灵活跃，本身就是宇宙的创化，它的舒卷取舍，好似太虚片云，寒塘雁迹，空灵而自然！"在他看来，天地自然与诗人的心灵契合为一，了无间隔，在这里，他依据中

---

① 宗白华：《艺术与中国社会》，见金雅主编：《中国现代美学名家文丛·宗白华卷》，69 页，杭州，浙江大学出版社，2009。

国古人的人格理想来考量艺术作品之意蕴的思路就清晰地展示了出来。艺术意境的创造恒赖诗人艺术家人格之涵养，而人格涵养又恒赖与天地自然的契合玄通，这是中国古代诗文书画的奥秘之所在，也是宗白华的"人生艺术化"的人格理想之所在。我们从这里固然也看到了康德、歌德、席勒乃至法国唯美主义的印记，但是其主调却是中国式的，是中国古代文人士大夫人格精神的体现，是中国古代诗文书画最高旨趣的体现。如果非要说宗白华的见解是照搬德国古典美学的，那实在是有失公允了。

朱光潜也是一位"生活艺术化"论的提倡者，也在某种程度上受到唯美主义的影响，但他与宗白华不同之处在于，其对于现代文论传统建设的主要贡献乃在于对包括文艺创作与欣赏在内的一切审美活动内在机制的深入剖析上。对此我们可以通过对其若干关键词的使用来予以考察。

趣味这个概念在朱光潜这里有重要意义。文学艺术何以会有高下分别？不同时期、不同地域的文学艺术何以会迥然不同？造成这些差异的原因何在？在朱光潜看来，这里的决定性因素是趣味。他说：

> 文学作品在艺术价值上有高低的分别，鉴别出这高低而特有所好，特有所恶，这就是普通所谓趣味。辨别一种作品的趣味就是评判，玩索一种作品的趣味就是欣赏，把自己在人生自然或艺术中所领略的趣味表现出就是创造。趣味对于文学的重要于此可知。文学的修养可以说就是趣味的修养。[1]

---

[1]　朱光潜：《文学的趣味》，见金雅主编：《中国现代美学名家文丛·朱光潜卷》，205 页，杭州，浙江大学出版社，2009。

这就意味着，不仅仅文学艺术的差异是由趣味决定的，而且关于文学艺术的创作、欣赏、评价根本上也都是由趣味所决定。那么趣味何以有如此重要的意义呢？在朱光潜看来，这是因为趣味不是可有可无的爱好、兴趣，而是人的生命体验，与人的生存息息相关。他说：

> 趣味是对于生命的彻悟和留恋，生命时时刻刻都在进展和创化，趣味也就要时时刻刻在进展和创化。水停蓄不流便腐化，趣味也是如此……艺术和欣赏艺术的趣味都必有创造性，都必时时刻刻在开发新境界，如果让你的趣味圈在一个狭小圈套里，它无机会可创造开发，自然会僵死，会腐化。一种艺术变成僵死腐化的趣味的寄生之所，它怎能有进展开发，怎能不随之僵死腐化？[①]

这真是不刊之论！趣味是人的生命体验，是人的生存境遇的产物，有怎样的存在状态就会产生怎样的趣味，具体说，个人的资秉性情、身世经历与其所接受的传统习尚都会对其趣味产生决定性影响，进而影响到他的艺术创作与欣赏。因此只有培养出高尚纯正的趣味，才能创作和欣赏真正的艺术作品。换言之，在朱光潜这里，对于文学艺术来说，趣味是较之意识形态、知识形态具有更直接的决定性的主体因素。

审美活动是一种特殊的心理活动，往往需要"收视反听""涤除玄览"方可。简言之，就是放弃人世间的功利目的、利益关怀，用一种

---

① 朱光潜：《谈读诗与趣味的培养》，见金雅主编：《中国现代美学名家文丛·朱光潜卷》，203 页，杭州，浙江大学出版社，2009。

纯然旁观、超然的态度审视对象、体味对象，即所谓"澄怀味象"。这是一种审美心境，朱光潜认为老庄的"抱朴守一""心斋"与西方哲学与宗教学中所说的"观照"指的就是这一审美心境而言，他说：

> 道家老庄并称。老子抱朴守一，法自然，尚无为，持清虚寂寞，观"众妙之门"，玩"无物之象"，五千言大半是一个老于世故者静观人生物理所得到的直觉妙谛。他对于宇宙始终持着一个看戏人的态度。庄子尤其是如此。他齐是非，一生死，逍遥于万物之表，大鹏与倏鱼，姑射仙人与庖丁，物无大小，都触目成象，触心成理，他自己却"凄然似秋，暖然似春"，哀乐毫无动于衷。他得力于他所说的"心斋"；"心斋"的方法是"若一志，无听之以耳，而听之以心"，它的效验是"虚室生白，吉祥止止"。他在别处用了一个极好的譬喻说："至人之用心若镜，不将不逆，应而不藏。"从这些话看，我们可以看出老子所谓"抱朴守一"，庄子所谓"心斋"，都恰是西方哲学家与宗教家所谓"观照"（contemplation）与佛家所谓"定"或"止观"。不过老庄自己虽在这上面做功夫，却并不想以此立教，或是因为立教仍是有为，或是因为深奥的道理可亲证而不可言传。①

道家要体悟天地自然之道，需要"致虚极，守静笃"，禅家要顿悟，需要摒除心中无妄杂念，基督教徒也需要长期的静坐默想才可以感受到上帝的存在，哲学家同样需要静心沉思才可以理解天地万物的

---

① 朱光潜：《看戏与演戏——两种人生理想》，见金雅主编：《中国现代美学名家文丛·朱光潜卷》，9～10 页，杭州，浙江大学出版社，2009。

奥秘。可见"观照"是一种洞见与彻察，即所谓"默识玄通"，对于人类高层次精神生活是不可须臾离之的。那么对于文学艺术呢？其重要性更是无以复加：

> 最后，谈到文艺，它是人生世相的返照，离开观照，就不能有它的生存。文艺说来很简单，它是情趣与意象的融会，作者寓情于景，读者因景生情。比如说，"昔我往矣，杨柳依依，今我来思，雨雪霏霏"一章诗写出一串意象、一幅景致、一幕戏剧动态。有形可见者只此，但是作者本心要说的却不只此，他主要地是要表现一种时序变迁的感慨。这感慨在这章诗里虽未明白说出而却胜于明白说出；它没有现身而却无可否认地是在那里。这事细想起来，真是一个奇迹。情感是内在的，属我的，主观的，热烈的，变动不居，可体验而不可直接描绘的；意象是外在的，属物的，客观的，冷静的，成形即常住，可直接描绘而却不必使任何人都可借以有所体验的。……所以我们尽管有丰富的人生经验，有深刻的情感，若是止于此，我们还是站在艺术的门外，要升堂入室，这些经验与情感必须经过阿波罗的光辉照耀，必须成为观照的对象。由于这个道理，观照（这其实就是想象，也就是直觉）是文艺的灵魂；也由于这个道理，诗人和艺术家们也往往以观照为人生的归宿。[1]

如果说文艺创作和欣赏的主观动力是趣味，那么其必须的主观条

---

[1] 朱光潜：《看戏与演戏——两种人生理想》，见金雅主编：《中国现代美学名家文丛·朱光潜卷》，13～14页，杭州，浙江大学出版社，2009。

件便是观照。缺乏丰富而高雅的趣味无法产生创作与欣赏的冲动，而缺乏观照的心境则无法进入创作与欣赏的状态，对于包括艺术创作与欣赏在内的一切审美活动来说，趣味与观照都是必不可少的前提。朱光潜无疑是抓住了审美心理机制的两个关键环节。然而，一个人有了丰富的趣味，也获得了观照的心境，接下来如何呢？他如何把内在的趣味与情感和外在景物联系起来呢？于是朱光潜强调了"移情"在审美活动中的重要作用。可以说，"移情说"在朱光潜的美学体系中占据着核心的位置，因为趣味和观照都是审美的前提条件，虽然极为重要，却还不是审美活动的具体心理过程，而移情则是把内在趣味与情感和外在景物融为一体的心理机制，因而也就是艺术意象、意境、韵味产生的具体过程。如此看来，在朱光潜的美学话语中，趣味、观照、移情乃是三个相互关联的重要环节，它们共同构成了人的审美活动的心理过程与机制。

朱光潜的美学与文论思想毫无疑问是得之于西方美学思想的影响，例如，"趣味"主要来自康德美学，"观照"主要来自古罗马时期的新柏拉图主义和中世纪的宗教神学，"移情"则主要来自19世纪德国美学家费肖尔父子和里普斯等人。但是我们却不能因此而认为朱光潜完全照搬了西方美学思想，这里同样有一个重构的过程。他在思考"趣味"的时候，用来印证这一概念的是贾岛的诗、秦观的词，是白居易的《长恨歌》、王实甫的《西厢记》，那么在他这里这个概念就涵盖了中国传统审美经验，已经不是一个纯粹的西方美学的概念了。"观照"这个汉语词原本是佛教用语，作为对"contemplation"一词的翻译，依然带上了佛学的意味，更何况在具体阐释这个词的含义时，大量引用了《论语》《老子》《庄子》，可见朱光潜心目中的"观照"是融汇了中西语义的。"移情"说同样如此，中国传统诗论、画论中有大量相关记载，它们都为朱光潜理解并阐释这一概念提供了支持。这种中西融汇的学术路径当然是一种自觉的选择，但从另一个角度看，也是一代学人无法摆脱的宿命。

第三节　现代以来中国文学评价标准的建立与演变

文学评价标准是文学研究、文学鉴赏与批评的基本依据。自清末民初至今的百余年中，中国现代文学评价标准伴随着中国文化现代性工程的开启而建立，并伴随着社会政治状况的发展而演变。通过梳理和反思现代文学评价标准建立与演变的历史，我们不难看出，文学评价标准既不能照搬古人，也不能完全以西方人为轨则，而必须立足当下社会需求，在此基础上适当吸纳古人与西方人的经验。如果在文学体裁、风格、写作方法等方面一定要以古人或西方人的是非为是非，那将是我们的文学之厄。对于当今的中国文学而言，最重要的社会需求就是社会大众的"喜闻乐见"，这才是我们文学评价标准的根本依据。立足当下，融会中外，应该是我们建立文学评价标准的基本路径。

现在人们似乎很少谈论"文学评价标准"这样的问题了。这大约是因为受到后现代主义思潮的影响，研究者对于"本质""规律""原则""标准"这类概念都抱有足够的警惕，生怕一不小心掉进"宏大叙事""本质主义"或"一元论"的陷阱之中。然而在具体研究过程中人们就会发现，有些东西是绕不过去的，如"文学评价标准"问题就是如此。对文学的美丑妍媸、优劣高下倘若没有一个判断的标准，任何文学理论的言说都将无法展开。在这个"趣味"的世界里，价值是多元的，人们都是秉持某种价值观来评价作品的。那么对于我们当下的文学理论与批评来说，怎样的文学评价标准才是合理的呢？它又是如何建立起来的呢？在下面的讨论中我将对这些问题给出自己的粗浅看法，以就教于学界同人。

一、对西方"文学独立"意识与文学评价标准的接受

批评标准问题根本上也就是审美趣味的问题，而审美趣味或者一定的"趣味结构"应该属于"长时段"范畴的问题，故而谈论趣味就不能不追溯久远的历史。从文学史和文学批评史的角度看，中国的文学评价标准曾经有过几次重大的历史转折。一般而言，在东汉中叶之前"文"或者"文学"乃概指一切文献典籍，凡著于竹帛者均可涵盖。其评价标准虽有差异，但就其主流言之，则"言之无文，行而不远"（《左传》）、"文质彬彬"《论语》、"实诚在胸臆，文墨著竹帛，外内表里，自相副称，意奋而笔纵，故文见而实露"（《论衡》）等文质相符之论堪称普遍准则。东汉中叶以后诗文"表情达意"功能渐渐凸显，人们对文学的审美特征越加重视，而"丽""雅""清""藻饰"等词语渐渐在谈诗论文中普遍使用，文学评价标准从"文质"并举向着"文"的一面倾斜。于是有了曹丕的"诗赋欲丽"、陆机的"诗缘情而绮靡"之说，直至萧统选文，终于以"事出于深思，义归乎翰藻"为标准。此后历朝历代的诗文观虽然多有反复，常常在趋新与复古之间摇摆，但大体形成了中国独有的文学评价标准，那就是无论记事、抒情还是说理，在强调"载道"或"风神气韵"的前提下，无不讲求形式之美，或标偶文韵语，或倡气盛言宜，或主事信言文，不一而足。千百年间，中国古代文学家们创作了无数脍炙人口的优秀诗文作品，形成了中国固有的文学评价标准，自成一体，自有统序，广大而精微，如长江大河，延绵不绝，世

上罕有其匹。

然而到了 20 世纪，事情发生了变化。随着西学的引进，西方 18、19 世纪之交方始形成的现代文学观念开始冲击中国固有的文学评价标准。于是什么是"文学"、"文学"有什么用以及如何评判作品的优劣高下都成了需要重新讨论的问题。围绕这些问题，现代学人出现了多种迥然不同的选择，他们各自的主张及相互间的交锋构成了中国现代文学理论与批评传统的形成过程，也开启了中国文学现代性的历史进程。

"西学东渐"是清末民初中国最重要的文化现象，一大批中国学人自觉接受了西学的影响，在文学上自然也就有人主张以西方的标准来考量中国古老的文学传统。例如，胡适就认为中国两千年间文人创作的文学都是死的，对今天已经毫无意义。① 于是自然就把西方文学视为效法的榜样了。这当然有一个过程。先是小说的价值得到空前高扬。我们知道，在中国古代，诗文乃是文学之正宗，小说、戏曲之类的叙事性作品难登大雅之堂。例如，从目录学角度看，在传统的"诗文评"类目中，就始终没有小说、戏曲的位置。在西方文学史上则不然，自古希腊直至文艺复兴，戏剧一直占据文学之主流地位，到了 19 世纪，小说则取而代之，虽然诗歌也曾经受到极高的重视，但叙事性作品始终没有被冷落过。在西学的影响下，中国学人在 19、20 世纪之交开始对小说的价值重视起来。严复、夏曾佑于 1897 年发表《国闻报馆附印说部缘起》一文，认为："说部之兴，其入人之深，行世之远，几几出于经史上。而天下之人心风俗，遂不免为说部之所

---

① 胡适：《建设的文学革命论》，载《新青年》，第四卷第四号，1918 年 4 月。

持。……且闻欧、美、东瀛，其开化之时，往往得小说之助。"①狄平子于 1903 年发表的《论文学上小说之位置》一文则说："吾昔见东西各国之论文学家者，必以小说家居第一，吾骇焉。……小说者，实文学之最上乘也。"②当然，其中影响最大的还是梁启超那篇著名的《论小说与群治之关系》，在梁启超看来，举凡道德、宗教、政治、风俗、学艺、人心、人格之革新，均需从小说革新开始，因为小说对人心有着不可思议的支配作用。自清末民初一批学人高扬小说的价值以后，在此后百年间的中国文学史上，小说都成为文学的主流。影响所及，治中国古代文学史者，也对小说、戏曲给予了空前的重视。

来自西方文学观念的影响除了小说、戏剧地位的大幅度提升之外，更有学科独立意识、文学独立性乃至"纯文学"诸种主张的提出。这里颇有代表性的是北大教授朱希祖的《文学论》一文。该文发表在 1919 年《北京大学月刊》第一卷第一号上。文章开宗明义地指出：中国学者谈论文学常常是以语言文字为基准，故而有关于骈体散体的论争，有关于文章修辞方面的论争，但对于文学最根本的问题，即文学之所以为文学的独特性质缺乏深入讨论。他的这篇文章就是要解决文学的这一根本问题。从这里我们不难看出，在朱希祖心目中，乃师太炎先生为代表的老派学人关于文学的见解正是他所欲批判与超越的对象。因此在讨论"文学须有独立之资格"这一问题时，他认为太炎先生把一切著于竹帛者，不管是有句读文，还是无句读文，一概称之为文学，尽管于古有征，但毕竟不合时宜。因为这样一来，中国除了文学

---

① 严复、夏曾佑：《国闻报馆附印说部缘起》，见舒芜等编选：《中国近代文论选》上册，200 页，北京，人民文学出版社，1959。

② 狄平子：《论文学上小说之位置》，见舒芜等编选：《中国近代文论选》上册，234 页，北京，人民文学出版社，1959。

就再没有其他学问了。因此朱希祖认为中国也应效法西方，让"文学"成为一门独立学科，如此方可避免文学"长为政治诸学科之附庸"的地位。在他看来，只有具有独立性的文学才能得到充分发展并发挥其对于人的独特的解放作用。[①] 朱希祖还引进日本学者太田善男《文学概论》中关于"纯文学"的观点，以"主情文"为"纯文学"，"主知文"为"杂文学"。[②] 这一主张在中国古代虽然早有萌芽，但其基本旨趣则无疑主要是西方近代的文学观念。此外，以王国维为代表的"游戏说"与朱希祖的"文学独立性"诉求亦属相近的价值取向，其宗旨乃是要为文学争得独立自主地位，使之从政教传统中脱离出来，这在当时无疑具有重要意义。朱希祖标举文学的独立性即呼唤文学的"自律"，也就是要建立一套不依傍于政治、道德、宗教等外在因素的文学评价标准。这种具有独立性的文学评价标准首先要"有极深之基础"，即"洪深精密之思，高尚纯洁之情"。这是关于文学内容方面的评价标准。其次是要有"巨大之作用"，也就是"以能感动人之多少为文学良否之标准"。最后是"美妙之精神"。朱希祖的逻辑是这样的：文学以感动人为主，能感动的人越多，作品就越好，而文学之所以能够感动人，乃"美妙之精神为之也"。所谓"美妙之精神"，是指尼采的"超人主义"、托尔斯泰的"人道主义"之类对人类产生重大影响的思想学说。可见朱希祖所倡导的文学评价标准是纯粹西化的，受到了康德、歌德、席勒为代表的近代浪漫主义美学与人道主义精神的重要影响。

---

① 朱希祖：《文学论》，见周文玖选编：《朱希祖文存》，45～47 页，上海，上海古籍出版社，2006。

② 朱希祖：《文学论》，见周文玖选编：《朱希祖文存》，50～51 页，上海，上海古籍出版社，2006。

二、中国传统文学评价标准的"坚守"

"五四"前后西方文学观念固然来势汹汹，但是绵延数千年之久的中国传统文化自有其巨大的魅力，在西学渐成一时显学的 20 世纪之初，也还是有一大批饱学之士试图依据中国固有传统资源来确立文学评价标准。其中堪称代表者，一为刘师培，一为章太炎。现分述如下。

刘师培于 1905 发表《文章源始》一文①。这是一篇系统讨论中国古代"文"或"文章"体制演变史的论文。该文之主旨乃在于阐述"骈文一体，实为文体之正宗"的文学主张。这是清人阮元在《文言说》《文韵说》等文章中提出的观点。刘师培是从以下几个方面来申说自己的见解的：第一，从文字的产生与功能入手，说明由于是先有字音，后有字形，故而"字"的本训为"饰"，进而得出"可见古人以字为文饰之义，饰即文也"的结论。又进而指出在古代"文章"之训亦为"饰"，因此"文章取义于藻绘，言有组织而后成文也"。总之，文字与文章产生之时即包含"文饰""藻饰"之义。为了证明这一见解，刘师培征引了《尔雅》《说文》《广雅》《广韵》等多种古代训诂音韵之书的训释，又援引了《周易》《诗经》等典籍的语例相印证，可以说是言之成理，言而有据。第二，对春秋战国时期典籍中的"言""语""文""雅言"等进行辨析，得出此期书册"文与语分：文近于经，语近于史"的结论。在广泛征引古代训诂音韵之书的基础上，他认为，在春秋时期，书写出来的文字就有了文体的差异："言"是"直言者"，即直接说出来的话。又分"言之质者"与"言之文者"，前者是指"方言"，后者是指"雅言"。所谓"雅言"

---

① 此文发表于《国粹学报》第 1 期。后收入《左庵外集》第 13 卷、《刘申叔遗书》第 53 册。

近于后世的"官话"，春秋时期诸侯割据，各国语言文字均有不同，只有通过"雅言"方可顺利交流。"语"则是"论难者"，即为了辩论或阐明道理所写的文章；"文"则是"词之饰者"，即经过修饰的语言文字。所以"文"也就是"文言"，"即文饰之词也"。如此则春秋战国之间的书册大体可以分为三大类：一是后世称为"经"者，除"五经"之外，还有《孝经》《道德经》《离骚经》等，都是杂用偶文韵语的，也就是在文辞上讲究修饰的，这类著述属于"文"。诸子中的《荀子·成相》、《墨子》之《经上》《经下》也属于"文"。二是《左传》《国语》《战国策》之类史籍不用偶文韵语，又非论辩之作，故应归于"言"，后世则专列"史"之一类。其余的诸子之书一概属于"语"而非"文"。如此一来，刘师培就确立了自己的"文"或"文章"统序的源头，即"五经"及《孝经》《道德经》《离骚经》等多杂偶文韵语的书册。这就从源头上把说理的"子"与记言记事的"史"排除于"文统"之外了。三是对西汉以降的文体演变进行了梳理，从而进一步勾勒自己的文章统序。在他看来，汉代文体分类更趋于细化，但除"史"之外，大体依然为"文"与"语"的延续。其中赋、颂、箴、铭乃是"源出于文者"；论、辨、书、疏乃为"源出于语者"。然而后来此两类文体常常相杂，"书、疏、论、辨"等也常用偶词，故近于文，于是到了魏晋六朝之时，又有"文""笔"之分的新标准出来。对"文"的要求除了"偶词韵语"之外，又加上"沉思翰藻"或"吟咏风谣，流连哀思"的标准，"是则文也者，乃经史诸子之外，别为一体者也"。这就是说，就文体而言，"文"发展到了六朝时期，乃真正成为一种独立的文体，一种具有审美特征的文学样式。这种形成于魏晋六朝的"文"之趣味正是刘师培所坚持与倡导的文学评价标准。

在《文章源始》中，刘师培的上述观点自有其偏颇狭隘之处，但也自有其真知灼见。盖中国延续两千余年的"文学"观与西方18、19世纪之交方始产生的近代"文学"观有极大的差异，其所同者，乃在于"审美"，即均为欣赏玩味之对象。其余则同者殊少。刘师培对"文"或"文章""文学"之源流的梳理目的是勾勒出中国独特的文学史脉络来。其所思所想固然也受到西方文学观之影响，但其立论，基本上以中国固有之事实为依据，绝无削足适履之嫌。此文亦以罗马文学为参照，指出其"韵文完备，乃有散文，史诗既工，乃有戏曲"的特点正与中国文学演变轨迹相符。但丝毫看不出刘氏是以希腊罗马文学的演变规则来强行阐释中国古代文学的，他只是以西方文学的例子证明其所梳理的中国古代"文统"的合理性而已。其目的则是建立中国式的，即一种基于中国语言文字之独特性的文学评价标准。

再看章太炎。他于 1906 年发表《文学总略》一文①。这是一篇专门针对刘师培《文章源始》而写的论辩性文章。其主旨同样是为了确立中国式的文学评价标准。该文首先是确定"文学"的义界。"文学"这个词原是中国古已有之的，但是其含义与现代引自西方的"文学"一词有很大差异。日本自明治维新以后，极力吸纳西方文化与学术，往往以汉语固有词汇加以移译，英文"literature"一词，被日本学者译为汉字"文学"，其含义形成于西方 18 世纪与 19 世纪之交，与中国古代固有之"文学"一词大相径庭。但在日本学界得到新的含义的"文学"一词对中国学界很快产生了重要影响。促使中国学者们对"文学"的含义进行再思考。许寿裳曾经回忆鲁迅与章太炎关于"文学"观念的一次论争：

①　该文最初为作者 1906 年在东京"国学讲习会"的讲演记录，同年以《文学论略》为题在《国粹学报》上分期发表，后经修改于 1910 年被收入作者编订的《国故论衡》之中，更名为《文学总略》。《国故论衡》1910 年年初刊行于日本，分上、中、下三卷。上卷论小学，共十一篇，讨论语言、音韵问题。中卷论文学，共七篇，讨论文学界说及历代散文、诗赋的得失。下卷论诸子学，共九篇，通论诸子哲学的流变。

"章先生问及文学的定义如何，鲁迅答道：'文学和学说不同，学说所以启人思，文学所以增人感。'先生听了说：这样分法虽较胜于前人，然仍有不当。郭璞的《江赋》，木华的《海赋》，何尝能动人哀乐呢。鲁迅默然不服，退而和我说：先生诠释文学，范围过于宽泛，把有句读的和无句读的悉数归入文学。其实文字与文学固当有分别的，《江赋》《海赋》之类，辞虽奥博，而其文学价值就很难说。"①从师生二人的争论者不难看出，鲁迅已经是在现代意义上理解文学一词了，而章太炎则更多地恪守着中国传统的意义。也正是在这样一种文化语境中，章太炎和刘师培发生了一场关于"文学"含义的争论。刘师培在留日期间受到了日本学界关于"文学"的理解影响，比较重视文学的审美意义。但他作为"扬州学派的殿军"，受阮元"文言说"影响甚巨，故而坚持"有韵偶行""沉思翰藻"者为文，换言之，只有六朝时兴盛一时的骈文才可以称为文，其他即使是唐宋八大家的古文也不能算是文，于是在20世纪之初，他提出了一套中国式的"唯美主义"文学观。针对刘师培的这一明显片面的观点，章太炎系统梳理了中国古代"文""文学""文章"等概念的历史演变，征引王充《论衡》中的相关见解，证明在古人眼中并非仅仅以俪语韵文为文。对于阮元、刘师培引以为证的南朝"有韵为文，无韵为笔"之说、"文"与"辞"相异之说，章太炎也撷取《世说新语》《文选》《汉书·艺文志》等书中的例证予以驳斥。在此基础上，章太炎提出了自己关于文学的定义："文学者，以有文字著于竹帛，故谓之文。论其法式，谓之文学。"盖"文学"一词的含义在中国文化史上有着漫长的演变过程。先秦时期乃指一切文献典籍以及礼乐制度，《论语》说"文学，子由、子夏"，正是此义。但到了秦汉之后，

---

① 　许寿裳：《亡友鲁迅印象记》，32页，北京，当代世界出版社，2015。

"文学"简称"文"，渐渐更多地用来指称书写出来的文字。故而章太炎的定义不再延及"礼乐制度"一类内涵，这是符合中国古代文学发展实际的。在考察了"文"和"文学"含义之后，章太炎明确提出了自己的文学评价标准，其云："故论文学者，不得以兴会神旨为上……知文辞始于表谱簿录，则修辞立诚其首也，气乎德乎，亦末务而已矣。"[①]这种文学评价标准可以说是极端的实用主义的。

章太炎和刘师培的争论表面上是围绕何为"文"或"文学"展开的，而暗含的却是两种文学评价标准的冲突。就刘师培而言，其以"偶文韵语"为"文"旨在凸显文章的审美价值，一是强调其"别乎鄙词俚语"的区隔功能；二是为了反对桐城派古文理论贬低骈文的倾向。就章太炎而言，其主张凡著于竹帛者皆谓之文，一者旨在反对文章溺于形式，二者旨在强调文学的功用。就二者文学评价标准所表征的价值取向而言，刘师培身上更多些吟诗作赋、雕琢章句的传统文人色彩，而章太炎则更近于"以天下为己任"的古代士大夫。

除了刘师培、章太炎之外，清末民初堪称桐城派殿军的姚永朴、姚永概兄弟的文学评价标准也属于"坚守"传统的一派。姚永朴于1914年出版的教材《文学研究法》基本上是对中国传统文章学，特别是桐城派文章理论的概括与总结，所用概念全部来自中国古代，基本上没有使用来自西方的"新学语"。当然这并非说西方文学观念对他毫无影响，而是说这种影响是暗含着的，而且不居于主流位置。姚氏所坚持的文学评价标准依然是桐城派的"义法"，即"言有物"与"言有序"，只不过对于"有物"与"有序"的解读已经融进了新的因素，并非全然承袭其桐城前辈而来。

---

① 　章太炎：《文学总略》，见《国故论衡》中卷，55 页，上海，上海古籍出版社，2003。

从今天的眼光看，刘师培的《文章源始》与章太炎的《文学总略》以及姚永朴的《文学研究法》中的文学观是各有不同的，甚至是针锋相对的，但三者均渊源有自，都属于传统的或曰文化守成的一派，是对中国古代文学观的梳理与总结，与来自西方的"文学"，即诗歌、小说、戏剧、散文所谓"四分法"或叙事类、抒情类、戏剧类所谓"三分法"均不相类。由于他们的文学评价标准都来自中国文学传统，因此如果借用胡适对章太炎的评语来评价他们是很恰当的，那就是"复古"二字。① 那么这是否意味着他们这种文学观毫无意义呢？ 当然不是。自 20 世纪初期以来，中国文学史、文学批评史的撰写都有一个从中国传统意义上的"文"或"文学"向西方现代意义上的"文学"转换的过程。早期的文学史或文学批评史所使用的术语是中国传统的居多而来自西方的为少，后来渐渐相反，以至于来自西方的概念占据绝对优势地位。② 这是中国现代文化学术生成与演变的一般轨迹，显示着中国现代学术告别传统、走近西方的整体趋势。然而这里虽然带有某种势必如此的无奈，但却并不意味着拥有合理性。就文学史和文学批评史而言，最明显的偏失就在于西方现代文学观念与中国古代文学实际之间的错位。许多学者按照西方文学观念来"修理"中国古代的材料，使之符合或者接近西方的文学评价标准，这显然是有很大问题的。中国古代文学自成系统，以诗文为主干，举凡诗词歌赋、书论奏议、铭末序跋无往而非文学，在此基础上所形成的那一套评价标准与创作观念自然与西方

---

① 　胡适：《五十年来中国之文学》，见《胡适文存》第 2 卷，210 页，合肥，黄山书社，1996。

② 　中国古代文论研究专家古风教授曾经专门统计过中国传统文论话语被边缘化的历史过程。参见古风：《中国传统文论话语的边缘化状况调查报告》，见《中国中外文艺理论研究》（2013 年卷）。

文论大相径庭。在中国现代文学观念的发展史上，刘师培、章太炎、姚永朴等人的文学主张显然没有成为主流，甚至渐渐被人们遗忘，其原因是复杂的，在这里不再展开讨论，我们有必要指出的是：他们文学观的现代意义乃在于提醒我们知道，世上的文学从产生到演变并非沿着同样的轨迹，文学的样式也不能要求一律，因此文学评价标准也不能完全以西方之是非为是非。

三、现实需求对文学评价标准的决定性影响

在精神文化的演变过程中，来自现实需求的影响往往才是决定性的。先在的文化资源的影响，无论这种资源来自自身固有文化传统还是来自外来文化，在现实的政治或意识形态需求面前都会显得孱弱无力。从 20 世纪初到"五四"前后，持续了十余年的"中""西"两大文学观念的博弈以西学的大获全胜而告终。胡适的《文学改良刍议》和陈独秀的《文学革命论》为现代新文学确立了新的评价标准，其总体倾向是由雅而俗、由古而今，以反映现实生活、抒发真情实感为旨归。到了20 年代末期以后，像章太炎、刘师培、姚永朴、林纾以及"学衡派"等坚持建立中国式文学评价标准的学人不能说没有，但确实不能发出响亮的声音了。然而来自西方的现代文学观念，包括"纯文学"观，也未能独领风骚。到了 20 世纪三四十年代，尽管有朱光潜、宗白华、梁实秋、梁宗岱、李健吾等一批批评家依然坚持对文艺作品的审美批评，恪守着来自西方的批评标准，但他们无疑是越来越被边缘化了。由于民族危亡以及抗日民族统一阵线的建立，整个国家的意识形态为救亡图存的政治性话语所主导，文学评价标准更是如此。从"革命文学"的争论到"左翼作家联盟"的成立，再到毛泽东《在延安文艺座谈会上的讲话》的发表，一条无产阶级文艺思想的发展脉络清晰可见。其

文学评价标准固然有一个演变的过程，但其基调则是革命的意识形态。这就意味着，这种文学评价标准是为现实政治服务的，是随着现实政治的变化而变化的。毛泽东明确提出"政治标准第一，艺术标准第二"的文学评价标准，而在当时，"政治标准"的含义是："一切利于抗日和团结的，鼓励群众同心同德的，反对倒退、促成进步的东西，便都是好的；而一切不利于抗日和团结的，鼓动群众离心离德的，反对进步、拉着人们倒退的东西，便都是坏的。"[①]可见有着极为鲜明的现实针对性。那么艺术标准呢？"按着艺术标准来说，一切艺术性较高的，是好的，或较好的；艺术性较低的，则是坏的，或较坏的。"[②]艺术性如何衡量呢？一方面要看"艺术科学"的标准，另一方面则要看是否为人民大众"喜闻乐见"。在此后的 30 多年中，尽管"政治"的内涵不断演变，但总体言之，在中国居于主流地位的文学批评标准基本上是沿袭这篇"讲话"精神的。这种评价标准的实质乃是来自现实政治的革命实用主义与来自苏联的社会主义现实主义文学观念的结合。由于以强有力的现实政治为依托，成为主流意识形态的有机组成，这种评价标准就得到了充分而有效的贯彻，从而对这一时期中国文学艺术的创作与批评实践产生了决定性影响。这种文学评价标准过于强调文学的政治功能，把文学视为"工具"，这确实严重影响了文学的丰富性与个性，这也正是"新时期"文学理论着力矫正的地方。但是《在延安文艺座谈会上的讲话》中有一个至关重要的主张却为"新时期"文学理论所忽略，这就是把人民的"喜闻乐见"视为衡量文艺作品艺术性的评

---

① 毛泽东：《在延安文艺座谈会上的讲话》，见《毛泽东选集》第 3 卷，868 页，北京，人民出版社，1991。

② 毛泽东：《在延安文艺座谈会上的讲话》，见《毛泽东选集》第 3 卷，869 页，北京，人民出版社，1991。

价标准，这在中国文学史与文学思想史上确实具有划时代的意义，可以看作马克思主义文学思想在中国最重要的影响。"文学是为什么人的"可以说是一个最重要的文学评价标准。在对待人民大众的态度上，以往的文学观念最多是主张反映人民的疾苦，这一点中国古代一千多年前的文人士大夫就已经做到了。中国现代的知识阶层，固然也赞同"劳工神圣"的主张，但那只表达了一种尊重和同情，并不代表他们站在工人阶级立场上。至于"哀其不幸，怒其不争""引起疗救的注意"云云，明显是站在启蒙者、拯救者立场上的。只有真正的马克思主义才会把人民大众的"喜闻乐见"作为文学艺术的评价标准。因为这是站在人民大众的立场上对文艺提出的要求。这在中国文学史上确实具有划时代的意义。

在 20 世纪 70 年代末 80 年代初的思想解放的历史语境中，"为文学正名"的呼声出现了。1979 年第 4 期《上海文学》发表题为《为文艺正名——驳"文艺是阶级斗争的工具"说》，同年《上海戏剧》《湖南师院学报》《四平师院学报》等多家刊物刊登讨论文章，掀起了一场"为文艺正名"的热潮。所谓"为文艺正名"，根本上说就是要求文学艺术摆脱"工具说"的束缚，真正回归自身，强调尊重"文艺的规律"。但是一个严峻的问题随即出现：离开了古老的的政教传统，也摆脱了数十年的做"工具"的命运，文学艺术的评价标准是什么呢？人们如何判定一件艺术品的好坏呢？在当时知识界普遍张扬人性、人道主义的文化语境中，理论家们找到了"审美"，于是"文学的审美本质"的理论主张出现了。然而"审美"或者"美学"的概念本身如果离开了具体阐释与限定，就仅仅是一种缺乏内涵的空洞能指而已，根本无法承担起文艺评价标准的重要功能。于是理论家们开始追根溯源，把这一概念与马克思的《1848 年经济学哲学手稿》、黑格尔的《美学》、席勒的《审美教育书简》

直至康德的《判断力批判》联系起来，使之获得了具体而丰富的所指。于是在 20 世纪 80 年代初期的中国文化语境中，"审美"是与"人的本质力量对象化""自然的人化""无利害关系""无功利""自由""游戏"等紧密相连的，带有鲜明的德国浪漫主义印记，本质上乃是一种启蒙精神。可以说，这种在西方延续了数百年的启蒙精神构成了中国 20 世纪 80 年代文学批评标准的基调。诸如"文学是人学""人性""个性""自由""主体性""向内转"等成为围绕文学"审美本质"的限定性和解释性概念。换句话说，文学评价标准从直接的现实政治摆脱出来之后，又成为另一种政治——来自西方的启蒙主义意识形态——的表现形式。伊格尔顿认为一切文学批评根本上说都是"政治批评"，这一卓越见解也在我们这里得到了很好的印证。但是在中国的语境中纯粹的启蒙话语是缺乏存在条件的，因此把作为启蒙精神之象征的"审美"作为文学的本质就显得缺乏足够的合法性。于是我们的理论家就想出了"审美意识形态"这样的组合词。这是一个极富意味的提法。从表面的学理逻辑上看，这一提法是自然而然的：马克思主义的基本原理认为文学艺术与哲学、宗教等一样都属于建立在社会经济基础之上的意识形态。但文学艺术又不同于一般的观念形态，它是靠形象来说话的，而且也不仅仅说理，更主要地是表现情感体验。所以在马克思主义的解释框架内，文艺算是一种特殊的意识形态，如果为其设置一个限定词，那么就没有比"审美"更合适的了。当然，我们同样也可以把宗教称为"信仰的意识形态"，把哲学称为"逻辑思辨的意识形态"。中国学人的这一提法与伊格尔顿的"审美意识形态"概念既有相通之处，也有重要区别。盖伊格尔顿强调的是"意识形态"，即认为审美也是一种意识形态，具有意识形态的功能与特性。我们则强调"审美"，目的在于凸显文艺的特殊性。这是"审美意识形态"这一提法表面的学理逻辑。

从更深层的意义来看，这一提法隐含着一代中国人文知识分子在特定历史语境中的复杂心态。"审美"意味着个体性、主体、感性、自由等意义维度，"意识形态"则意味着整体性、社会、阶级、国家等，这两个独立词语的结合表征着这一提法的提出者所代表的人文知识分子既要维护个体精神自由、维护个性与主体意识，又要承担社会责任，认同现存社会共同体的双向价值取向。在"审美意识形态"这个专业性很强的提法中实际上蕴含着一代中国学人的政治诉求与身份认同，可以说这是大多数中国知识分子所共有的。如果超越"新时期"这一时间范围，从新中国成立以来，中国的作家、艺术家、文艺批评家和所有文艺研究者们实际上一直在"审美"与"意识形态"之间滑动。就其主观意愿来说，自然是希望在二者之间寻求平衡，不偏不倚。但社会政治状况常常起着更加重要的作用，这就使得我们的文艺评价标准总是有所侧重，很难达到真正的平衡。新时期初期，人们呼唤"审美"，希望建立属于文学自身的评价标准，但一旦将"审美"认定为文学评价的标准时，他们又很快就发现这是远远不够的，因为文学的丰富性、复杂性远不是"审美"二字可以涵盖的。而且，一旦把"审美"理解为一个历史范畴，它所带有的那种浪漫主义色彩就消失殆尽了。

四、后现代主义思潮及"文化研究"之影响

到了20世纪90年代以后，似乎一切都发生了根本性变化，弥漫在80年代整个精神文化领域的那种蓬勃的青春朝气不见了，代之而起的是怀疑、冷静和深沉。在文学理论与批评领域真正具有影响力的已经不是康德、席勒和黑格尔的美学，甚至也不再是海德格尔和萨特的存在主义，福柯、德里达、罗兰·巴特、利奥塔、克里斯蒂娃等一大串新的理论家的名字相继出现在我们的论文与著作之中。他们各有

各的主张与见解，但也有一个共同的称号，叫作"后现代主义"。20 世纪 80 年代中期，后现代主义已经为中国学界所熟知。这有赖于美国著名马克思主义文化批评家弗雷德里克·杰姆逊于 1985 年在北京大学进行的为期 4 个月的讲学及出版的《后现代主义与文化理论》一书。通过杰姆逊的介绍与点评，后现代主义的各种流派与主张在中国学界广为人知。但是后现代主义对中国学术产生真正深入肌理的影响却是 20 世纪 90 年代以后了。这一方面固然是因为一种学术影响的形成需要一个过程，但更重要的原因恐怕还是 20 世纪 80 年代的文化语境与后现代主义不相契合。而到了 20 世纪 90 年代中期之后，在中国学界，作为一种思考方式的后现代主义可以说在中国知识界已经占据相当重要的位置了。

整体言之，后现代主义所彰显的乃是一种怀疑的精神，它不仅是对"他者"的怀疑，而且是对自身的怀疑，是对自身赖以形成的传统的反思与质疑。后现代主义并不是要颠覆一切，更不是只破坏不建设，而是要清理以往文化建设中的"豆腐渣"工程，从而寻求更加稳固的根基。后现代主义的质询与怀疑本身就是对西方古希腊以来形成的优秀文化传统的继承，是这一传统自然而然的结果。总体言之，后现代主义是一种文化传统自我更新能力的体现，是积极的而非消极的，是建设的而非破坏的，是进取的而非倒退的。中国学界 20 世纪 90 年代开始真正接纳后现代主义，并且将其质询与怀疑精神融进自己的学术研究之中是有其必然性与必要性的。中国现代学术文化传统蹒跚了近百年，还远未成熟，有太多需要审问、反思、质询与清理的问题。新文化运动高举"科学"与"民主"的大旗，囫囵吞枣式地接受了许多西方的政治、文化思想，一直没有得到很好的反思；革命的年代，为了现实政治的需求，在文化学术上提出了许多临时性的主张与要求，也没有得到充分审视；20 世纪 80 年代，人文知识分子在思想解放运动热潮的激励下，提出或引进了许多学术观点与方法，同样没有得到很好的鉴别与印证。这一切都需要一种冷静而沉潜的学术研究来处理。后现代主义无疑对我们的学术思维提供了很好的启发。就文学理论与批评领域而言，长期以来，我们确实形成了某种"本质主义"和"一元论"的倾向，总希望找到某种属性来一劳永逸地解决"文学是什么"的问题，也希望建构一种最完备的、可以解释全部文学问题的理论体系和方法。这都是西方传统概念形而上学思维方式的产物，而概念形而上学恰恰就是后现代主义最主要的颠覆对象。从这个意义上说，后现代主义对我们的文学理论建设具有重要借鉴作用。就其对中国当下文学评价标准的影响而言，后现代主义的意义主要表现在三个方面：其一，不再相信以往那些既定的评价，而是对一切经典都按照自己的理解进行重新评价。有些在文学史上名不见经传的作品，在后现代主义的视野里也许获得空前的重视，反之亦然。其二，不再轻易接受任何现成的评价标准，无论它是来自古代传统还是来自西方。文学评价标准本身也成为被反思和质疑的对象。后现代思维有一个很突出的特点，那就是不把对象本身作为反思与质疑的切入点，而是探寻其赖以支撑的根基。人们通常认为是自明的、无须追问的那些前提，恰恰是最需要质疑的。文学评价标准就是这样一种存在，以往人们都是按照它来评价一部作品的美丑优劣的。但在后现代思维那里，何为"美丑优劣"本身就是个问题。这是谁给出的标准？他们为什么给出这样的而不是那样的标准？其背后隐含的文化逻辑是什么？我们为什么要不加反思地接受这些标准？不是"美丑优劣"这样的评价标准本身的是非对错问题，而是其背后隐含的诸如此类的问题才是真正有意义的。在这样的追问面前，那些原本很神圣的规则与信条就不再那么神圣了。这种追问方式告诉人们，从来就没有什么是天经地义的，规则与标准都是人们建构起来的，都表征着某种权力的运作与平衡。从这种追问方式来看，后现代思维对中国文学理论研究的影响是巨大的，是带有根本性的。对于这个在背后默默发挥作用的"权力"我们完全可以做出马克思主义的解释：它不是别的什么神秘之物，它就是恩格斯所说的"力的平行四边形"，就是各种社会因素——阶级、阶层、社会集团、个人、政治组织、经济组织、文化教育机构、新闻传播机构等所构成社会关系网络，"权力"就在这些网络中运行，它就是这些网络本身。其三，评价标准多元化了。以往的文学理论与批评追求文学评价标准的一元化，总认为既然都是文学，一定会有一种共同的本质、共同的创作原则，因此也应该有统一的评价标准。在后现代思维的启发下，人们不再追求这种事实上并不存在的"统一性"了。各种类型、各种层次的文学作品都有其存在的合理性。讲典型人物和典型环境的现实主义固然好，不讲典型，专门塑造概念化人物的现代主义也有其独特价值，即使连概念化人物也不塑造，只写人的瞬间感觉，甚至是文字游戏的后现代文学（如新小说之类）也有其存在的价值。

如此看来，可以毫不夸张地说，中国当代文学理论受惠于西方后现代主义者良多。

伴随着后现代主义思潮而来的是文化研究。从20世纪90年代中期以来，"文化研究"在中国学界成为一大热潮，可以称为一时显学。有两大原因使得文化研究在中国学界产生巨大影响：一是大众文化在中国的迅猛发展。从20世纪90年代初期至今的20多年间是大众文化在中国飞速发展的时期，电影、电视、网络文学、博客、微博、微信等已经成为人们（特别是40岁以下的人）文化娱乐的主要方式，据我个人的了解，即使一个中文专业的大学生，一天中阅读纸质文本的时间平均也不到两小时，网络成了他们娱乐与获取各种知识信息的主要手段。有如此这般的文化现象，自然需要相应的学术研究。产生于西方的文化研究也就自然而然地受到中国学界的青睐了。二是文化研究的学术渊源与理论基础乃是马克思主义，这和我们新中国成立以来的学术传统有一种密切的关联性，所以很容易被接纳。文化研究不是文学研究，但与文学研究有着密切关系，它既受到文学研究的影响，又对文学研究产生影响。因此也与文学评价标准有着密切关联。这可以从下列三个方面看出来。首先，文化研究影响到人们对文学的理解。什么是文学？这本来是无须讨论的问题，但文化研究把它变成了一个重要的学术话题。例如，西方文化研究的代表者英国伯明翰学派从理查德·霍加特到斯图加特·霍尔基本上都是文学批评家出身。但他们的研究范围远远超出了原来意义上的"文学"，他们研究包括大众文化及与大众文化密切相关的大众日常生活，具体涉及电视、电影、广播、报刊、广告、畅销书、儿童漫画、流行歌曲、青少年亚文化在内的形形色色的社会文化现象，特别是社会下层的、边缘的文化现象。他们借助于文学研究的方法去分析各类大众文化产品，从某种意义上说也就等于扩大了"文学"的边界。其次，在研究方法上，文化研究也不仅仅限于他们曾经操练过的"新批评""结构主义符号学"等，而是广泛吸收了社会学、人类学、政治学等多学科的研究方法，形成了一种综合性研究。这也直接影响到文学研究方法。例如，20 世纪 80 年代在美国兴起的"新历史主义"或"文化诗学"也提倡跨学科的综合研究方法，也关注社会下层的、边缘化的文化现象，这无疑与文化研究具有内在一致性。当今中国文学研究领域已经很少再有那种囿于文本的"新批评"式的研究了，可以毫不夸张地说，综合性的跨学科研究已经成为文学研究的主流。研究方法和审视角度的变化意味着文学作为研究对象向人们呈现出不同以往的新面目，展示出新的意义，这自然也就意味着文学评价标准的变化。最后，也是最主要的，在文学评价标准上，文化研究打破了长期以来在文学理论与批评中形成的"雅俗"观，打破了"俗文学"与"纯文学"的界限。在中国，文学是一种修养，历来是知识阶层的身份标志之一。在古代，诗词歌赋乃是"文人"的专利，是文人士大夫阶层区别于农、工、商等社会阶层的重要标志。诗词歌赋越精妙玄奥，就越显出其身份的高贵，因此文人士大夫们一味追求"雅化"，乐此不疲。到了现代，尽管知识分子大都为时代潮流所裹挟，对下层民众的趣味有所关注，但他们在某种程度上依然保留了与传统文人士大夫或西方启蒙知识分子相近似的"精神贵族"品味，力图借助于文学来确证自己身份的特殊性或非大众性——"非大众性"是知识分子普遍存在的一种身份意识，总觉得自己有别于或者高于社会大众，不肯轻易认同自己实际上的大众身份。即如 20 世纪 80 年代以来中国的文学理论与批评，可以标举"审美"，高扬"人性""主体性"这些启蒙主义的价值，为什么不大看重让人民大众"喜闻乐见"呢？在这一代人文知识分子的心灵深处中依然盘踞着"非大众性"意识，这是很明显的，他们认同启蒙者身份，就意味着是站在社会大众之上的导师，而不是大众的一员。20 世纪 90 年代在知识界普遍存在的那种对于大众文化的轻蔑、鄙视态度也反映出他们这种"非大众性"身份意识。

五、从"雅俗"看大众文化的评价标准问题

近年来"大众文化"迅猛发展，势不可当，已经成为人们业余文化生活的主要方式。与此相关，学术界对"大众文化"也越来越关注。于是"大众文化"的"雅"与"俗"便成了一个被广泛讨论的话题。"雅俗共

赏"也因之成为人们对"大众文化"提出的最基本的价值诉求。然而，何为"雅俗"？"雅俗"是否是评价"大众文化"的恰当尺度？"大众文化"的社会文化功能究竟如何？知识界应该如何评判"大众文化"之功过是非？这些都是值得探讨的问题。

我们先来看看"雅俗"问题。人类文化原本没有"雅俗"这种价值尺度，也就是说，"雅俗"属于历史性范畴，它们在一定历史条件下产生并承担着特定社会功能。就中国的情况而言，漫长的远古原始社会没有"雅俗"之见自不待言，即使西周的贵族文化中也还没有"雅俗"的观念，因为彼时贵族文化过于强势，贵族与平民之差异宛若鸿沟，贵族阶层无须借助"雅俗"来作为不同阶层身份差异的标志。贵族掌控的主流文化与政治上的贵族等级制紧密契合，成为一个有机整体，因此也就不能构成"雅"与"俗"的二元对立模式。只是到了"文人士大夫"阶层产生并成为占主导地位的社会文化的主体之后，"雅俗"才成了衡量文化艺术的重要标准。这是因为，"文人士大夫"是一个游走于统治阶级与被统治阶级之间的社会阶层，具有"官"与"民"双重身份特征，他们为了使自己与一般的平民百姓"区隔"开来，于是极力打造一种"雅"的趣味，并且把产生民间的自然朴实的文化形式判定为"俗"。于是"雅"与"俗"就成为评价性的，具有重要阶级"区隔"功能的价值范畴。

这就意味着，"雅俗"是在少数人掌控着主流文化，大多数人都是"沉默的一群"的情况下才产生出来的评价标准。它的存在是从感性或审美的层面上确证着社会的不平等。因此"雅俗"观念永远是与"精英文化""精英阶层"相伴而生的，也只有在文化上存在着事实的不平等的情况下才具有合理性。那种一方面大讲民主平等，另一方面又极力维护精英趣味，坚持用"雅俗"来区分精神文化等级的做法是值得怀疑的。当然，现在在文化上还存在着差异和不平等，"雅俗"观念因此也还具有其存在的合理性，但问题是用"雅"与"俗"来评价"大众文化"是否恰当？

为了弄清楚这个问题，我们有必要分析一下何为"大众文化"，何为"大众"的问题。综合中外学者关于"大众文化"的解释，我们可以说，符合下列条件的文化形式即"大众文化"。其一，就技术层面而言，其主要载体是现代传媒，即电视、电影、广播、音响、网络等所谓大众传媒（部分大众文化形式也还借助于传统的纸媒）。其二，就其生产动机而言，是市场化、商业化，即其生产、制作、销售是一种资本的运作过程，目的是资本的增值。其三，就其受众的接受目的而言，是娱乐性，而且只是娱乐性。一个人，花费一定时间和金钱来接受大众文化，实际上是一种消费行为，满足的是精神娱乐的需求。简言之，那种借助于现代科技，以满足大众精神娱乐需求为手段，以谋求资本利润为目的的文化形式就是大众文化。那么何为"大众"呢？"大众"不是指社会大多数，也不是指平民百姓，它不是一个阶级范畴，"大众"是相对于"大众文化"而言的，就是说，凡是"大众文化"的消费者，一律属于"大众"范畴。即使一位有着高深学问的大学者，或者一位职位很高的政府官员，只要他津津有味地阅读网络小说，欣赏电视连续剧，或者看贺岁大片，那么他就是不折不扣的"大众"。由此可知，"大众文化"是一种新型的娱乐文化形式，它与传统的，或精英式的精神娱乐形式——欣赏诗词歌赋、琴棋书画，或听古典音乐，读经典小说等——不是在共时结构中的雅、俗关系，而是一种历时性的接续关系，分别为两个不同历史时期的主流文化形式。

因此就基本性质而言，"大众文化"既不是"俗文化"，当然更不属于"雅文化"，而是一种非俗非雅、亦俗亦雅的新型文化形式。这是由两方面的原因决定的：从生产的角度来看，作为一种以商业利益为主要推动力的文化生产方式，"大众文化"必然力求做到受众的最大化，因而使社会各阶层人士都喜闻乐见是"大众文化"永恒的目标。由于社会大众在文化修养上存在巨大差异，所以，"大众文化"的生产者就必须尽量平衡、兼顾、综合各种不同趣味以及各种价值取向以扩大受众面。从文化资源的角度看，"大众文化"是在传统的精英文化与民间文化共同的基础上产生出来的新型文化形式，它既不单单是传统精英文化的纯正血脉，也不仅仅是传统民间文学的嫡传，它具有兼容并蓄、统合"雅""俗"的特点，它是"雅"的"俗"化，是"俗"的"雅"化。这就是说，历史上流传下来的一切有意义的文化因素，无论雅俗，都可以成为"大众文化"的宝贵资源。

这里我们对"大众文化"之基本性质的分析是理论上的逻辑推论，说明的是"应该如此"，而非"实际如此"。在现实中，由于"文化惯习"的作用，再加上"大众文化"的从业者素质良莠不齐，目前我们看到的"大众文化"产品就存在了两种类型的有悖于其"基本性质"的现象。一可名之曰孤芳自赏、故作高深型。有些怀揣精英主义意识的人，虽然从事的是"大众文化"的创作，却像古代文人吟诗作赋一样深陷自身的个人化情趣之中，以至于其产品根本不具备适应社会大众口味的质素，也许很精致，也许很深刻，却无法得到大众青睐。二可名之曰唯利是图、以丑为美型。一些从事"大众文化"制作的人员，大大低估了社会大众的道德水准与审美能力，误以为只有凶杀、色情、能刺激耳目口腹欲望的东西才会得到大众的普遍欢迎，结果制造出一大批毫无艺术性的文化垃圾，为广大受众所不齿。从事"大众文化"生产与传播的人员至少都应该明白一个简单的道理：大众文化不是精英文化，也不是自生自灭、口无遮拦的民间文化，它是一种新型文化，因此有自己一套独特的评价系统。其中最为基本的，或者说"准入"的标准是：在给人愉悦的基础上有利于个人和社会共同体的健康发展。

从"大众文化"的基本性质必然会引申出一个"利"与"义"的关系问题——"大众文化"如何在获得利润与承担社会责任两者之间找到恰当的平衡点？以往的精英文化可以毫不犹豫地说，当然是先"义"后"利"，甚至完全可以像孟子那样耻于言利。然而，对于"大众文化"却不能如此简单。因为按照"大众文化"的基本性质，如果不言"利"便无以言"义"。何以见得？"大众文化"是一种消费文化，需要广大受众的自觉选择。如果没有或者很少受众，固然无"利"可图，而其"义"即社会效益也同样没有实现的可能。于是对于"大众文化"而言，"义"与"利"就有着高度的一致性：无利可图，往往也就无"义"可言。而娱乐性乃是"义"与"利"的共同基础，只有真正具有娱乐性的作品，才能"义""利"双收，而欲真正具有娱乐性，不在于在技术上玩花样，除了在制作上精益求精之外，切近社会大众之心理，发其所未发，言其所欲言才是根本。像《唐山大地震》这样的影片，庶几近之。

在对待"大众文化"的态度上，人文知识分子容易出现两种偏颇：一是站在传统的精英立场上对"大众文化"持轻蔑态度，自以为高雅，视"大众文化"为低俗，这种态度不仅表现出对文化发展趋势缺乏历史的洞察，而且也表现出现实文化参与能力的孱弱，结果只能是自我边缘化。二是全然放弃人文知识分子的价值准则，把"大众文化"仅仅看成是以营利为目的的商业行为，看不到"大众文化"所承担的伟大的历史使命。其实如果用发展的眼光来看，人类一切文化形式都是历史的产物，也都承担着一定的历史使命。精英文化曾经在很长的历史时期都是社会主流文化，对于人类文明的形成与发展做出过巨大贡献。"大众文化"同样是历史的产物，那么它的伟大使命是什么呢？首先，以娱乐的方式提升社会大众的文化水平。追求娱乐是人的本性。在一天劳作之余，看看电视、电影，听听流行歌曲，浏览一下网络小说之类，的确是一种精神享受。由于"大众文化"容纳、综合了人类以往的各种文化因素，故而人们的轻松愉快的接受过程就可以接收到各种文化信息，从而提升自己的文化水准。其次，在感性的或审美层面培养一种平等意识。人应该是平等的，但在现实中却存在着无数的不平等现象。应该说人类追求平等的努力从来没有停止过。社会革命、政治改革等是在政治制度上寻求平等的努力，而"大众文化"则可以视为人类在娱乐层面，即感性与审美上寻求平等的一种努力。以前人们说"在上帝面前人人平等"，后来人们说"在法律面前人人平等"，现在人们说"在精神娱乐方面人人平等"。"大众文化"最主要的社会功能之一就是打破了精英阶层对精神娱乐方式的长期垄断，大大丰富了社会大众的精神文化生活，打造出一种为社会各阶层共同参与的娱乐文化。这种娱乐文化在感性或审美层面上与社会平等的政治诉求有着共同的历史根源。"大众文化"可以在社会大众心理上培养起相近的审美趣味，进而培养起相近的道德感与共同体的认同意识。最后，也是最重要的，"大众文化"给广大受众以精神愉悦，使他们在闲暇时间轻松自如地得到心理的和精神的快乐。最后，在特定社会条件下，"大众文化"还可以承担批判社会之丑陋，建构符合大众利益的社会意识形态的重任。由此可见，"大众文化"绝对不是什么"俗文化""通俗文化"，也不是可有可无的娱乐方式，"大众文化"是一种承担着重大历史使命的新型文化，是人类文化发展到特定阶段的必然产物。它对社会政治、经济、其他文化形式都具有巨大的影响作用。因此无论是"大众文化"的从业人员，还是从事各种专业的人文知识分子，都应该对"大众文化"给予高度重视。

六、关于文学评价标准的几点思考

以上我们考察了百年来中国文化现代性展开过程中文学评价标准形成与演变的历史轨迹，通过这样的考察我们有如下几点思考。

其一，文学评价标准的建立是一个复杂的综合性"工程"而不仅仅是文学自身的事情。可以毫不夸张地说，中国现代文学观念的形成与一个世纪以来整个中国的政治经济、文化学术的历史演变都息息相关，是作为它们的一种表征而存在的。它是社会政治状况的晴雨表，也是知识分子自我意识深刻程度的标尺。文学评价标准与人们关于社会的评价标准、人的评价标准具有深层的一致性。与知识分子自身的身份认同也具有深刻的相关性。可以说，现代文学评价标准的建立与演变的历史也可以看作百年来中国现代知识分子社会境遇、自我意识与身份认同的历史。

其二，中国现代文学评价标准不应该是对古代传统的完整继承，也不应该是对西方文学观念的简单照搬，而应该是中西两大文化传统相互碰撞、交融互渗的产物。百年来，在文学评价标准问题上，中国学人或者强调继承中国固有传统，或者主张全盘接受西方观念，事实证明都是有问题的。真正正确的路径恐怕还是鲁迅当年在《文化偏至论》里的那句名言："外之既不后于世界之思潮，内之仍弗失固有之血脉，取今复古，别立新宗。"[①]就是说，我们应该坚持的文学评价标准不是古代的而是现代的，不是西方的而是中国的，是一个新的文化传统的组成部分，这个新的文化传统是中国古代文

---

① 鲁迅：《文化偏至论》，见《鲁迅全集》第 1 卷，57 页，北京，人民文学出版社，2005。

化资源、西方文化资源与一个世纪以来中国社会现实需要三种因素互融互动的产物，是一种有着独立精神与强大生命力的文化新传统。

其三，除了来自中国传统与西方的影响之外，真正对中国现代文学评价标准构成决定性影响的乃是现实的需求。无论是"文学革命"还是"革命文学"，无论是"政治标准第一"还是"为文艺正名"，都是现实社会需求在文学观念上的表现。凡是脱离社会现实需求而提出的文学评价标准都不可能是有效的，不会得到普遍接受。因此，如果我们衡量一部小说是不是好作品，一是要看它是否深刻根植于社会现实生活，二是看其是否契合了社会大众的趣味，而不是看它是不是符合西方通行的关于小说的某些准则。《红楼梦》不是按照西方的小说标准创作的，然而无论是内容的丰富性还是叙事的艺术性，没有一部西方小说能够超过它。文学艺术属于趣味范畴，而趣味是最不能整齐划一的。如果一种文学评价标准不是在自己的文化土壤中孕育出来而是从别人那里拿来的，那肯定是行不通的。

基于上述三点思考，我们似乎可以得出这样的结论：在文学评价标准的建立这一问题上，我们不能以古人的是非为是非，但是我们有必要从古人的经验中汲取营养。我们同样不能以西方的是非为是非，尤其不能以是否符合西方的文学体裁、风格、美丑标准来考量我们的文学作品，但是我们也同样有必要从西方经验中汲取营养。在此基础上，我们在进行文学研究与批评过程中，应该以我们的现实需求为衡量文学美丑妍媸、优劣高下的基本尺度，而就当下而言，广大人民群众的"喜闻乐见"便是最重要的现实需求了。

第四节　个案之一："古史辨"的研究方法

中国现代学术传统是整个中国文化传统的一部分，而且是非常重要的一部分，其之所以重要，一则距离我们今日最近，与当下文化状态联系最为密切；二则因为现代学术传统乃是中、西对话交融的产物，是一种新的熔铸，而当今我们依然处于这样的文化语境之中，故而现代学术传统对于我们可资借鉴之处良多。因此重新梳理、反思现代学术传统，对于中国学术的发展而言是极为重要的工作。此前已有一些有识者做了一些有意义的研究，但毋庸讳言，其深度、广度都是远远不够的。对于今日中国学人而言，欲建立具有独特性、原创性之学术，最佳途径就是总结现代学术的"得"与"失"，进而在其基础上"接着说"。

"古史辨"是现代诸多学术流派中最具影响力，也最有学术方法论意义的一派。其影响不仅在于史学范围，而且也及于文学领域。例如，其《诗经》研究的影响即至今尚存。尤其是"古史辨"的研究方法对于我们今日的文学研究依然具有重要启发意义。当然，这种方法也有其局限。在下面的讨论中，我们就以"古史辨"派的《诗经》研究为例，探讨一下古代文学思想的研究方法问题。

一、从历史角度看文学

正如有论者早已指出的，在现代，对《诗经》的研究大体分为三派，一是传统经学的，二是文学的，三是历史的。"古史辨"派是一个历史研究的学术流派，当然主要是由历史学家组成。对于《诗经》，他们也是从历史的角度来研究的。从历史的角度或者用史学的方法研究文学是一个十分重要的研究路径。就中国现代学术传统来说，这一研究视角可以说是由"古史辨"派开创的。传统经学的《诗经》学研究可不置论，此前的章太炎、王国维、梁启超、刘师培等人在研究文学问题时尽管也时而会引进历史的维度，但一以贯之者却或者是文字训诂，或者是社会政治，或者是纯文学，都不是历史。真正从历史的角度看文学的乃自"古史辨"始。在以"疑古"为标志的"古史辨"派看来，《诗经》是少数可信的先秦典籍之一。这一见解最早由胡适提出，后来为"古史辨"派普遍信从。① 然而在他们看来，这样一部可信程度很高的典籍，在两千多年的传承中却被蒙上了厚厚的尘埃，就像一座被藤蔓层层包裹的古碑，上面的文字都无法看到了。因此寻求"真相"就成了他们研究《诗经》的首要任务。顾颉刚说：

> 《诗经》是一部文学书……就应该用文学的眼光去批评它……因为二千年来的《诗》学专家闹得太不成样子了，它的真相全给这一辈人弄糊涂了……我做这篇文字，很希望自己做一番斩除的工作，把战国以来对于《诗经》的乱说都肃清了。②

---

① 胡适说："古代的书，只有一部《诗经》可算得是中国最古的史料"，因为《诗经》中关于日食的记载可以得到现代科学的证明，故"《诗经》有此一种铁证，便使《诗经》中所说的国政、民情、风俗、思想，一一都有史料价值了。"（见《中国哲学史大纲》卷上，23 页，北京，中华书局，1991。）顾颉刚说："《诗经》这一部书，可以算做中国所有的书籍中最有价值的……我们要找春秋时人以至西周时人的作品，只有它是比较的最完全，而且最可靠。"（顾颉刚：《〈诗经〉在春秋战国间的地位》，见《古史辨》第 3 册，309 页，上海，上海古籍出版社，1982。）

② 顾颉刚：《〈诗经〉在春秋战国间的地位》，见《古史辨》第 3 册，309～310 页，上海，上海古籍出版社，1982。

这就清楚地说明，顾颉刚研究《诗经》的目的首先是为着"祛蔽"，从而还《诗经》以本来面目。至于用文学的方法研究《诗经》，那只能是第二步的事情了。对于一部古代文学作品，由于年代久远，研究者所要做的首先就是尽量弄清楚它究竟是怎样一部书，是为何而作的，无论是文学的研究还是历史的研究，这都是前提，是研究的第一步。

然而如何方能揭示"真相"呢？顾颉刚认为"我们要看出《诗经》的真相，最应研究的就是周代人对于'诗'的态度"①。根据对《左传》《国语》等先秦史料的分析，顾先生逐层揭示了周代人"作诗的缘故"与"用诗的方法"。就作诗而言，认为《诗经》作品"大别有两种：一种是平民唱出来的，一种是贵族做出来的"②。就用诗来说，则"大概可以分做四种用法：一是典礼，二是讽谏，三是赋诗，四是言语"③。顾先生从历史的角度考察《诗经》作品的产生，以"诗何为而作"为切入点，这应该是恰当的追问路径，因为只有弄清楚诗歌的社会功用才能进而揭示其作者。根据现存《诗经》作品的情况以及先秦典籍关于诗歌功能的记载，我们认为，顾先生认为《诗经》中的作品"一种是平民唱出来的，一种是贵族做出来的"的观点是具有合理性的。所谓"唱出来"是说这类诗歌是自然而然产生的，即所谓"饥者歌其食，劳者歌其事"的，后来才被王室派出的采风官吏采集上来的；所谓"做出来"是说这类诗歌

---

① 顾颉刚：《〈诗经〉在春秋战国间的地位》，见《古史辨》第 3 册，320 页，上海，上海古籍出版社，1982。

② 顾颉刚：《〈诗经〉在春秋战国间的地位》，见《古史辨》第 3 册，320 页，上海，上海古籍出版社，1982。

③ 顾颉刚：《〈诗经〉在春秋战国间的地位》，见《古史辨》第 3 册，322 页，上海，上海古籍出版社，1982。

是贵族们为着某种礼仪或讽谏的需要，专门写出来主动献上去的。根据现在学界的研究成果，说《诗经》作品一部分是从民间采集而来，一部分是贵族们专门制作的大体是没有问题的。只不过民间那些作诗的人是"平民"还是贵族阶层，依然是聚讼纷纭的问题。

关于《诗经》的四种用法的见解，根据现有材料来看，也是具有合理性的，只不过这四种用法不一定都是共时性存在的。从历史的角度看，诗歌功能的演变轨迹似乎应该是这样的：对于周代贵族来说，典礼或许是诗歌最早的用法，特别是在祭天祭祖的仪式中，诗歌就成为沟通人与神的特殊言说方式。《诗经》中那些"颂诗"大抵正是此类，这类诗歌也是《诗经》中最早出现的。开始时诗歌很可能仅仅用于祭祀仪式中，久而久之也就推衍于朝会、宴饮及婚丧嫁娶等礼仪之中了。这类作品大约都是"定做出来的"①，属于贵族创作。讽谏应该是从典礼中引申出来的一种诗歌功能。因为典礼中的诗歌具有某种神圣色彩，用之于臣子向君主或下级贵族向上级贵族的讽谏也就具有了一种庄重的性质，较之一般的口头表达也更具有说服力。由于诗歌在贵族生活中越来越具有重要性，于是在贵族教育中"诗教"就成为重要内容，随之也就出现了比较固定的诗歌集本，都是从各种礼乐仪式中提取出来的，通过修习，受过教育的贵族子弟人人可以随口吟唱这些诗歌作品。于是就自然而然地出现了赋诗与言语现象——在聘问、宴饮、交接等贵族交往场合借助于诗歌来表达某种不便或不愿直白说出的意思。这类作品则有可能是贵族们主动作出来的，也可能有一部分是从民间采集来的。根据我们现在可以看到的材料以及现代学者们的研究

---

①　顾颉刚：《〈诗经〉在春秋战国间的地位》，见《古史辨》第 3 册，321 页，上海，上海古籍出版社，1982。

成果，这一由祭祀到庙堂，再由庙堂到贵族日常交往的《诗经》功能演变的历史轨迹应该是可以成立的。当然这一历史轨迹也许还很粗疏，如何定生关于十三国风与"房中之乐""无算乐"的关系的看法也许是重要补充。① 但总体言之，顾颉刚关于先秦诗歌四种基本功能的勾勒是具有重要学术意义的，可以说是从历史的角度看文学的重要收获。

钱穆亦曾用历史的眼光考察《诗经》，可以说与"古史辨"派是同一路径。在著名的《读诗经》一文中，钱穆也是从追问诗之功用展开自己的研究的。他认为："盖《诗》既为王官所掌，为当时治天下之具，则《诗》必有用，义居可见。《颂》者，用之宗庙，《雅》则用之朝廷。《二南》则乡人用之为'乡乐'，后夫人用之，谓之'房中之乐'，王之燕居用之，谓之'燕乐'。"② 与顾颉刚的见解相吻合。基于这一历史观察，钱穆认为《诗经》原来的排列顺序应该与今本相反：

> 惟今《诗》之编制，先《风》、次《小雅》、次《大雅》、又次乃及《颂》，则应属后起。若以《诗》之制作言，其次第正当与今之编制相反；当先《颂》、次《大雅》、又次《小雅》、最后乃及《风》，始有当于《诗三百》逐次创作之顺序。③

这是很高明的见解，唯有从历史的角度方可得之。盖诗歌作为一种历史现象，自有其产生与演变的客观轨迹，从历史角度考察，紧紧

---

① 何定生：《诗经今论》，8 页，台北，台湾商务印书馆，1968。
② 钱穆：《读诗经》，见《钱宾四先生全集》第 18 册，165 页，台北，联经出版事业公司，1998。
③ 钱穆：《读诗经》，见《钱宾四先生全集》第 18 册，165 页，台北，联经出版事业公司，1998。

扣住诗歌功能问题，自然会对其产生演变轨迹有所揭示。顾颉刚和钱穆都是这样做的，也都有独到发现。抓住了典礼、讽谏、赋诗、言语这四个环节，《诗经》作品在西周至春秋时期的实际功用就被揭示出来了，进而诗歌在彼时政治生活、社会生活中的重要地位也就清楚了。那种跳出历史语境，仅仅就文本而谈诗歌意义的做法也许有其价值在，但不可视为真正意义上的研究，只能算是个人化的欣赏。

　　"古史辨"派的《诗经》研究是一种"历史的"研究，目的是揭示真相。但是这种研究与史学界备受推崇的"以诗证史"是根本不同的。所谓"以诗证史"就是把诗歌作为研究历史的材料，从诗中发现可以说明历史问题的内容。而"古史辨"派从历史的角度研究《诗经》则是把这部现代以来被视为文学作品集的典籍作为历史现象来审视，看它在怎样的历史语境中产生，应和着怎样的历史需求，发挥着怎样的社会历史功能，等等。前者是纯粹的历史研究，与文学研究几乎不相干；后者则是对文学的历史研究，是属于文学研究的一种视角和路径。这一研究视角和路径与美国的新历史主义有诸多相似之处：二者都是从历史的角度研究文学，都是把研究对象置于复杂的社会历史语境中进行综合性考察，都突破了那种狭隘的审美诗学或文本诗学的研究框架。对于《诗经》研究来说，"古史辨"这种历史的研究视角和路径是非常重要的，甚至可以说是唯一正确的。因为《诗经》作品，从其创作、搜集、整理、运用、传播等整个过程来看，都与周代贵族的意识形态建设密切相关。诗歌始终是周代礼乐文化的重要组成部分，而礼乐文化正是浸透了周代贵族等级制社会意识形态的文化符号系统。对于这样一部曾经是占统治地位的意识形态之重要组成部分诗歌总集，如果仅仅从审美的或者文本的角度进行研究，那肯定是有问题的。只有把它放回到特定历史语境中予以审视，我们才有可能对它进行恰当的阐释。

二、对汉代《诗经》阐释的否定与质疑

"古史辨"派是以"疑古"名噪学界的。他们对于记载着上古史的那些典籍，特别是对典籍的传注大都持怀疑态度。其中最受他们诟病与嘲笑的就是那部汉儒的《毛诗序》。如郑振铎说：

> 我们要研究《诗经》，便非先把这一切压盖在《诗经》上面的重重叠叠的注疏的瓦砾爬扫开来而另起炉灶不可。
> ……
> 在这种重重叠叠，压盖在《诗经》上面的注疏的瓦砾里，《毛诗序》算是一堆最沉重，最难扫除，而又必须最先扫除的瓦砾。①

顾颉刚则以戏谑的口吻嘲笑《毛诗序》的比附史实：

> 海上（海上生明月），杨妃思禄山也。禄山辞归范阳，杨妃念之而作是诗也。
> ……
> 吾爱（吾爱孟夫子），时人美孟轲也。梁襄王不似人君，孟子不肯仕于其朝，弃轩冕如敝屣也。②

从这些引文中不难看出，在顾颉刚眼中，《毛诗序》的作者和那些

---

① 郑振铎：《读〈毛诗序〉》，见《古史辨》第3册，385页，上海，上海古籍出版社，1982。

② 顾颉刚：《论〈诗序〉附会史事的方法书》，见《古史辨》第3册，405页，上海，上海古籍出版社，1982。

注释过《诗经》的汉儒是何等愚蠢可笑！于是如何看待汉儒的《诗经》阐释就成为现代学者提出的一个重大的学术问题。总体言之，在"古史辨"派的强势影响之下，现代学者几乎没有敢于为汉儒辩护的，因为从现代的文学经验出发，汉儒对《诗经》的解读确实令人难以接受。"古史辨"派对汉代《诗经》学的否定与质疑主要基于三种思想资源，现简述如下。

一是现代文学观念，即认为文学是表情达意的，《诗经》作品，特别是《国风》，主要是民歌，根本不可能负载那么多的政治含义。例如，钱玄同说：

> 《诗经》只是一部最古的"总集"，与《文选》，《花间集》，《太平乐府》等书性质全同，与什么"圣经"是风马牛不相及的……
> 研究《诗经》，只应该从文章上去体会出某诗是讲的什么。至于那什么"刺某王"，"美某公"，"后妃之德"，"文王之化"等等话头，即使让一百步说，作诗者确有此等言外之意，但作者既未曾明明白白地告诉咱们，咱们也只好阙而不讲；——况且这些言外之意，和艺术底本身无关，尽可不去理会它。①

显然钱玄同是把《诗经》当作一部纯文学的作品集来看待了。毫无疑问，作为一般阅读欣赏，《诗经》，特别是《国风》和大部分《小雅》的诗歌完全是可以被当作纯文学作品来看待的，从字里行间，从其意象与意境中我们确实可以体会到审美的愉悦。但是作为研究就不同了，

---

① 钱玄同：《论诗经真相书》，见《古史辨》第1册，46～47页，上海，上海古籍出版社，1982。

对于《诗经》作品何为而作、如何传承、在彼时历史语境中有何功能以及如何发挥其功能等问题就不能不予追问。如果脱离了具体历史语境，抛弃知人论世的说诗原则，仅就诗歌文本来谈论其意义，就只能是主观臆说，算不得真正意义的学术研究了。清儒皮锡瑞尝言：

> 后世说经有二弊：一以世俗之见测古圣贤；一以民间之事律古天子诸侯。各经皆有然，而《诗》为尤甚。……后儒不知诗人作诗之意、圣人编诗之旨，每以世俗委巷之见，推测古事，妄议古人。故于近人情而实非者，误信所不当信；不近人情而实是者，误疑所不当疑。[①]

这虽然是对经学传统的批评，何尝不也是对现代《诗经》研究的警示？从今天的眼光看上去应该如此的，或许在古代刚好相反，反之亦然。要对《诗经》这样的"历史流传物"有恰当的阐释，就必须尽可能地重建其产生、传承及使用时的历史语境。顾颉刚关于《诗经》在春秋战国间的社会功能的论述正是一种历史化、语境化的研究，符合历史的实际。可惜的是，当他把目光转向汉儒的说诗时就不大顾及他们如此说诗的文化历史原因了，他是从诗的字面意思出发对《毛诗序》的解读予以否定的。如此把《诗经》作品看成纯粹的文学作品，完全不顾及其产生与使用时的历史语境的研究方法，就难免有"我注六经"与"妄议古人"的偏颇了。现代学者受到西方18世纪以来形成的文学观念的影响，对中国古代诗文倾向于做纯粹审美意义上的理解，这对于魏晋之后的诗文来说似乎问题不大，但对于汉代以前来说就不那么恰当了。

---

① （清）皮锡瑞：《经学通论·诗经》，19～20 页，北京，中华书局，1954。

　　"古史辨"派所依据的第二种思想资源是宋代以来逐渐形成的"疑古辨伪"精神。就诗经学而言，宋儒欧阳修的《诗本义》、郑樵的《诗辨妄》、朱熹的《诗集传》都对《毛诗序》提出质疑。到了清儒疑古大家崔述的《读风偶识》，对《诗序》的批评更是空前的精辟而尖锐。上述诸家都是"古史辨"派否定《诗序》的有力支撑。顾颉刚尝辑录久已散佚的郑樵《诗辨妄》，编订崔述的《崔东壁遗书》，在重建疑古辨伪传统方面下了很大功夫。此外，清初大学问家姚际恒的《古今伪书考》、康有为的《新学伪经考》《孔子改制考》以及乾嘉学派在对古籍的校勘、辨伪、考订中显示出的求真与怀疑精神也都对"古史辨"派形成了重要影响。从这个意义上看，可以说"古史辨"派是对中国古代疑古辨伪传统"接着说"的。

　　对"古史辨"派有重大影响的第三种思想资源是来自西方学术传统的科学主义倾向。我们知道，"古史辨"这一学术流派的形成得益于胡适的影响，而胡适正是西方科学主义精神的中国传人。早在 1919 年，胡适就提出"整理国故"的著名主张，提出要用科学的方法，作精确的考证，把古人的意义弄得明白清楚。他的著名的"大胆的假设，小心的求证"所谓"十字诀"也是作为科学的方法提出的。1925 年在一次演讲中他说："我觉得用新的科学方法来研究古代的东西，确能得着很有趣味的效果。一字的古音，一字的古义，都应该拿正当的方法去研究的。"①具体到对《诗经》的解读，胡适的所谓"科学的方法"就是抛弃一切前人的传注，专门涵泳于诗歌文本之中，体察其含义。在此过程中，他特别强调对"文法"与"虚字"的关注。他对《诗经》中"言"字的用法的考辨就是这一方法的具体实践。胡适的科学方法固然受到乾嘉学

---

① 胡适：《谈谈〈诗经〉》，见《古史辨》第 3 册，577 页，上海，上海古籍出版社，1982。

派的影响，但究其实质还是来自西方的科学主义传统，他说：

> 我治中国思想与中国历史的各种著作，都是围绕着"方法"这一观念打转的。"方法"实在主宰了我四十多年来所有的著述。从基本上说，我这一点实在得益于杜威的影响。……杜威对有系统思想的分析帮助了我对一般科学研究的基本步骤的了解。他也帮助我了我对我国近千年来——尤其是近三百年来——古典学术和史学家治学的方法，诸如"考据学"、"考证学"等等。……在那个时候，很少人（甚至根本没有人）曾想到现代的科学法则和我国古代的考据学、考证学，在方法上有其相通之处。我是第一个说这句话的人；我之所以能说出这话来，实得之于杜威有关思想的理论。①

顾颉刚是胡适的弟子，对老师所倡导的"科学方法"极为信服，他那堪称"古史辨"派标志性主张的"层累地造成古史说"正是在胡适所倡导的这种科学方法的影响下形成的。应该说，科学的实证精神是"古史辨"派的基本旨趣。

另外"五四"前后形成的"反传统"思潮也为"古史辨"派的"疑古"提供了有利的文化空间。

基于上述这三种思想资源而形成的"古史辨"派的《诗经》阐释学当然无法忍受以《毛诗序》为代表的汉儒《诗经》阐释学方法与结论。于是就出现了如前面引文那样对汉儒激烈的批判与嘲讽。然而以追问真相

---

① 胡适口述：《胡适口述自传》，[美]唐德刚译注，94～97页，上海，华东师范大学出版社，1993。

为职志的"古史辨"派也许没有追问过下列问题：《诗经》真的仅仅是一部《文选》那样的文学总集吗？果真如此，那么春秋时的贵族们何以都是在政治、外交场合引诗、赋诗，从来没有在欣赏的意义上用诗呢？《诗经》或称《诗三百》真的是被汉儒推崇为经典的吗？在西周至春秋的数百年中"诗"在贵族文化中究竟居于何种地位？诗歌作为礼乐文化系统不可或缺的组成部分，它是不是具有某种权威性，甚至神圣性的特殊价值与功能？包括《毛诗序》在内的汉儒说诗是凭空产生的吗？汉儒是不是继承了某种历史久远的说诗传统？这都是应该追问的问题。如果弄清了这些问题的"真相"，"古史辨"派或许对汉儒的说诗就不那么轻蔑了。

三、"古史辨"派《诗经》研究方法之反思

　　"古史辨"派是中国现代学术领域少有的具有重大影响的学术流派之一，其学术影响至今依然存在。那么，我们应该如何看待他们的学术成就呢？从研究方法的角度其启示意义何在呢？以下几点浅见，请有识者批评。

　　其一，如何看待"古史辨"派的"疑古"。"疑古"是"古史辨"派开宗立派的旗帜，也是其《诗经》研究的基本精神。在我看来，他们的怀疑精神应该被给予充分肯定。毫无疑问，近几十年的考古发现确实证明了许多古代典籍的可靠性，古史的记载也大都有其依据，因此学界提出"走出疑古时代"之说是有其合理性的，也是十分必要的。但这并不意味着"古史辨"派的怀疑精神就毫无价值了。怀疑是一切学术研究的起点，没有怀疑就没有问题，而有意义的问题正是学术研究最重要的环节。对于汗牛充栋的古代典籍，研究者务必抱着质疑、审视的眼光，鉴别其真伪，探其本、溯其源，梳理其脉络，考察其流变。对于

前人的成说更不能轻率接受，而是要分析其产生之原因，弄清楚决定其不得不如此说的逻辑链条，如此才能推进学术的进步。具体到《诗经》研究，"古史辨"派对于《毛诗序》的质疑大都是站得住的，特别是《毛诗序》对某诗"刺某王""美某公"的解说，确实大多乃附会史事，缺乏切实的材料支撑，顾颉刚、钱玄同、郑振铎等人的批评是有力的。

但是"古史辨"派的"疑古"也确实存在严重问题。首先，尽管他们大多是历史学家，但在对《毛诗序》的质疑时往往不能用历史的、语境化的眼光来看问题，对汉儒缺乏"了解之同情"，只是站在今天的立场上褒贬古人。汉儒说诗实际上乃是彼时士人阶层意识形态建构工程的重要组成部分，是"大一统"政治格局中知识阶层制衡君权的一种手段。他们说诗的目的其实并不是追问"真相"，更不是发掘诗歌的审美意义，而是在建构和弘扬一种价值观，是一种特殊的"立法"——为社会提供价值秩序——行为。其实不独《诗经》以及整个汉代经学研究是如此，看汉初的黄老之学、陆贾著《新语》、贾谊著《新书》、贾山著《至言》、淮南王编《淮南鸿烈》乃至司马迁作《史记》都莫不如此。可以说，意识形态建设是汉儒问学致思的首要目的，是他们与由帝王、宗室、功臣、外戚、宦官等组成的统治集团争夺权力的主要方式。后来儒学的胜利即可被视为统治集团与知识阶层相互"协商"与"共谋"的结果，也是他们合作治理天下的标志。"古史辨"派从追问"真相"的科学实证角度固然可以发现汉儒的诸多错误，却对其"苦心孤诣"毫无体察了。这显然不仅仅是"疑古太过"的问题，而且也是"以今释古"的问题，关键之点在于对历史语境的重要性关注不够。我们今天反思"古史辨"派的研究方法，就应该既要尊重并继承其怀疑的、批判的精神，又要运用"语境化"的研究方法，把研究对象如此这般的原因梳理清楚，揭示其在历史上曾经具有的意义与价值。如此面对古人方庶几近于公允。轻率的嘲笑与否定不是我们面对古代学人的恰当态度。

其二，如何看待"古史辨"的方法与后现代主义研究路向的异同问题。当年阅读七大册《古史辨》，特别是《古史辨》第一册上顾颉刚的长篇自序，颇有一种感觉，似乎顾颉刚倡导的方法与半个多世纪之后福柯的"知识考古学"以及格林布拉特、海登·怀特所代表的"新历史主义"颇有异曲同工之妙。然而葛兆光则认为"古史辨"应该属于"现代性史学"，并指出其与后现代史学的差异：

> 第一，古史辨派毕竟相信历史有一个本身的存在，他们的看法是，历史学的目的是要剥开层层包装的伪史而呈现真实的历史。可后现代史学是"无心"的，是"空心"的，认为所有的历史都不过是层层的包装……
>
> 第二，正是因为以上的差别，古史辨派的中心目标是"辨伪"，剥掉的东西是随口编造的废弃物，它们与本真的历史构成了反悖，所以要寻找本真的东西，其他的可以甩掉不要。后现代好像对"垃圾"特别感兴趣，特别关注那些层层作伪的东西，它的主要目的是清理这一层一层的包装过程……
>
> 第三，古史辨派的历史学方法基本上是针对"过去"的存在，"过去"是很重要的。他们在当时，确实瓦解了传统史学，而且与当时反传统的激进主义吻合与呼应……我觉得它仍然是在"六经皆史"的延长线上……可是，后现代则直接从"六经皆史"走到了"史皆文也"，这是很不同的。①

---

① 葛兆光：《思想史研究课堂讲录：视野、角度与方法》，93～94 页，北京，生活·读书·新知三联书店，2005。

这里的比较大体上是言之成理的。略可辨析与补充的有下列几点：一是关于"古史辨"派"相信历史有一个本身的存在"的问题。我们知道，"古史辨"派的基本观点是对中国上古史提出颠覆性质疑，提出了著名的"层累地造成古史说"。按照他们的观点，中国传统史学建立起来的从"三皇"到尧、舜、禹的上古史都是后代史家一代一代想象编造出来的。因此才会出现越是后面的人反而对古史知道得越久远越详细的怪现象，就像滚雪球一样越滚越大。如此看来，在"古史辨"派心目中其实根本就不存在一个可以复原的上古史，这一点和后现代史学是很相近的。如果把"历史"理解为"发生过的事情"，则无论是"古史辨"派还是后现代史学都是绝对不会否认的。他们的共同点在于：我们见到的历史都是人写出来的，不是"发生过的事情"的本来面貌。他们的区别是：后现代史学不相信任何历史文本可以接近"发生过的事情"的本来面貌，因为历史叙事在本质上也就是一种文学叙事。"古史辨"派则认为我们之所以不能恢复上古史的真相乃在于文献不足，或者说根本就没有可靠的文献。这就意味着，"古史辨"派也已经意识到我们可以看到的历史其实都是人写出来的，都是文本而已。至少对于中国的传统史学来说，他们是这样认为的。就这一点而言，"古史辨"派确实很接近后现代主义史学了。二是"古史辨"派只管"剥去包装"而后现代史学专门对这一层一层的"包装"感兴趣的问题。事实确实如此。这是"古史辨"派与西方后现代史学的根本性差异。"古史辨"派立意在质疑，在推翻旧说，至于"真相"究竟如何，他们也知道是无法探究的，所以他们追问的"真相"其实就是指出古史是造出来的，不可信。所以鲁迅先生批评顾颉刚有破坏而无建设，将古史"辨"成没有了。应该说是很准确的评判。在福柯的知识考古学影响下的后现代史学（如海登·怀特）则不然，他们知道包括历史在内的任何知识系统都是人为地建构起来的，所以在他们看来恰恰是这"一层一层"的"伪装"才有追问价值，对他们来说，研究这些"伪装"是如何产生的，其背后蕴含着怎样的权力关系等，正是学术研究的主要任务。在这一点上，"古史辨"派是远远不及的。在后者看来，汉儒说诗是胡说八道，急于弃之而后快，哪里管他们为什么如此说，其背后隐含的文化逻辑与意识形态是什么呢！从这个意义上说，"古史辨"派确实没有达到后现代史学的深度。三是关于"六经皆史"与"史皆文也"的问题。诚然，在"古史辨"派眼中，六经都是作为史料来看待的，其中最为可信的大约要算是《诗经》了。但章学诚等人的"六经皆史"之谓似并非从这个意义上说的。章氏的意思主要并不是说六经都可以作为史料来运用，而是说它们原本不过是对于古代政事的记载，并不像后世儒家理解的那样是什么圣人垂训的经典，没有那么神圣。而在"古史辨"派看来，六经不仅谈不到神圣，而且其作为史的记录也大都是不可信的，是质疑的对象。因此说"古史辨"派是对"六经皆史"说的继承并不准确。另外，即使"古史辨"派信从章学诚等人的"六经皆史"之说，也不是其与主张"史皆文也"的后现代史学相区别的关键所在，就是说，承认"六经皆史"与主张"史皆文也"并不矛盾，二者是可以并存的。事实上在"古史辨"派那里，我们可以看到到处都流露着"史皆文也"的观点。让我们看看顾颉刚所拟的论文题目：

　　春秋战国间的人才（如圣贤，游侠，说客，儒生等）和因了这班人才而生出来的古史。
　　春秋战国秦汉间的中心问题（如王霸，帝王，五行，德化等）和因了这种中心问题而生出来的古史。
　　春秋战国秦汉间的制度（如尊号，官名，正朔，服色，宗法，阶级等)和因了这种制度而生出来的古史。①

从顾颉刚拟出的这些题目中可以看出，他是要从言说主体、文化问题、政治制度三个层面对"古史"被建构起来的具体过程与原因进行深入解剖，这是很了不起的史学意识。较之福柯的"知识考古学"、海登·怀特的"新历史主义"在思考的深度上毫不逊色。故而对于顾颉刚的史学观，我们至少可以说他坚持的是"古史皆文也"。

根据上述分析我们可以说，"古史辨"派固然不能算是"后现代史学"，但他们的许多见解已然超出了以揭示历史真相为职志的传统史学，与福柯的知识考古学、海登·怀特的"新历史主义"有着诸多相近的历史洞见。

其三，在现代中国历史语境中如何建构自己的研究方法的问题。"古史辨"派在中国现代学术史上有着极为重要的地位，即使今天学界已经宣布"走出疑古时代"，而且考古发现也不断证明着"古史辨"派"疑古"的偏颇，但是我们依然要说，这个学派对于现代以来的中国学术，特别是今日中国学术的启示意义是巨大的，而且这种意义远没有被充分认识到。对此，我们可以从下列三个方面来看。

第一，当下的中国人如何做学问？今天的中国人有资格做学问吗？不管承认不承认，今日中国学人是存在着这种惶惑的。相当一批学者对中国的学术文化不屑一顾，在他们看来只有西方才有学术，中国自古及今根本就谈不上真正的、现代意义的学术研究。有相当一批做中国学问的人在西学面前感到自卑，无地自容，感觉一张嘴就说的是别人的话，一句自己的话都说不出，于是只好"反对阐释"，躲到考

---

① 顾颉刚：《自序》，见《古史辨》第 1 册，59 页，上海，上海古籍出版社，1982。

证学、考据学中去保持自身的纯洁与独立。这样一来，真正有价值的中国学术在今天就很难建立起来了。在这种情况下，"古史辨"派就显得极为可敬了。其最可敬者，他们的研究方法不是简单照搬别人而来，更不是凭空想象出来，而是针对中国历史存在的问题而总结、提升、建构起来的。因此，以"层累地造成古史说"为标志的"古史辨"派的研究方法是中国式的，是适合中国的研究对象而生成的，因而是有强大生命力的。其再可敬者，他们并不讳言对古人和外国人的吸纳与借鉴。但也绝对不唯前人或西方学术马首是瞻，真正做到了广采博取与独出机杼相结合，造就了自己独特的，又具有前沿性的学术研究思路。

第二，在"信古"与"疑古"之间。做中国的学问，面对的是汗牛充栋、卷帙浩繁的古籍，今日的学人应该采取怎样的立场？"古史辨"派的"疑古"精神是极为可贵的，因为一切学问都是从怀疑开始的，没有怀疑就不会有问题，没有问题也就不会产生有价值的学术研究。因此对于"古史辨"派的怀疑精神是应该充分肯定的。"古史辨"派的问题在于：他们似乎先设定了古史的虚假，然后想方设法找材料证明其虚假。这就有问题了，如此便不能客观地审视研究对象，特别是不能体察古人如此说的原因。即如《诗经》研究而言，顾颉刚、钱玄同等人对汉儒的说诗采取了简单否定的态度，对于他们说诗传统的形成过程及其原因不予深究，这就遮蔽了许多值得追问的学术问题。他们未能意识到，人文领域中的学术问题常常是不能简单地用"对"和"错"来判定的，这种判定是缺乏学术意义与思想蕴含的。真正的学术研究不仅要追问"是什么"，而且更重要的是追问"为什么"。汉儒说诗传统的形成本身就是一个极具学术史、思想史意义的话题，用几句简单的否定甚至嘲笑来了结这一话题是太可惜了。因此，无论"信古"还是"疑古"都不能作为学术研究的前提，只有根据研究对象的自身特点，通过重建历史语境的方式，揭示其背后隐含的文化逻辑，揭示如此这般的文化历史原因，这样的研究才是令人信服的。

第三，今日学人对包括"古史辨"派在内的现代学术传统应该予以高度重视与深刻反思。我们一提到中国传统文化就会想到从先秦到明清，近年来开始重视近代。其实对于我们今天的学术研究来说，现代传统具有更重要的借鉴意义。这是因为从清末民初到新中国成立的近半个世纪，是中国古代传统文化与西方文化大碰撞、大融合的时期，是确立今日中国学术文化之根基的时期。即如我们现在使用的学术语言也是现代学人融合了古代汉语、日常白话、从西方或通过日本引进的新学语几个部分而成的。因此现代学术传统既不是中国古代的，也不是西方的，而是一大批现代学人建构起来的新传统，这一传统与我们今日学术话语可谓一脉相承。对这一学术传统的得与失进行深入研究与反思，对于我们当下的学术研究无疑是极为重要的。

第五节　个案之二："意境说"的象征意义

"意境"一直被视为中国古代文论和美学思想的标志性范畴，王国维、宗白华等人的"意境说"被认为是对中国传统"意境"之说的集大成。近年来，罗钢的系列专题论文深入探讨了"意境说"的思想资源与学理脉络，认为这一学说并不是中国美学传统的总结与发展，而是德国古典美学的中国版。这一见解的提出是以大量翔实的资料为依据的，并非故作惊人之语。但是，在我们承认王国维、宗白华的"意境说"接受了来自德国古典美学的重要影响的前提下，如何判断这一重要美学与文论学说的理论实质，确定它究竟是属于西方美学传统的还是属于中国美学传统的，这依然是需要深入思考与反复斟酌的问题。对于"意境说"所指涉的中国的美学经验应予以高度重视。中国现代美学中"意境说"的话语建构过程对于我们今天选择美学与文论研究路径具有重要启发意义。

　　长期以来文学理论界有一种通行的说法：西方文论是"再现论"为主导的，其核心观点是"典型说"；中国文论是"表现论"主导的，其核心观点是"意境说"。各种文学理论教材也几乎众口一词，似乎成为定论。西方"典型说"之形成有赖于黑格尔、马克思、恩格斯以及别林斯基等哲学家与文论家的理论建构；中国"意境说"之形成则有赖于现代国学大师王国维的戛戛独造。在中国古代诗文评的话语系统中，"意境""境界"都算不上是核心概念，原本无法与"感物""意象""兴趣""神韵"等概念相提并论。但经过王国维以及信从王说的宗白华、朱光潜、李泽厚等学人的论证之后，"意境"或"境界"就成为凌驾于"滋味""意象""兴趣""神韵"诸说之上的核心范畴了。罗钢通过大量深入细致的考证，以翔实可靠的资料与充分的论证指出，王国维的"意境说"实际上是对德国古典美学的继承，其理论实质是德国古典美学的，而非中国传统的。这无疑是振聋发聩的声音，可以说是当前中国文论研究领域最重要的学术观点，对于我们究竟如何评估中国古代文论与美学传统、中国现代文论与美学传统以及如何选择当下文学理论话语建构之路径都具有重要启发意义。然而，正由于这是一个十分重大的学术问题，应该引起学界广泛的注意与讨论，因此笔者不揣浅陋，就这一问题发表一点看法，以就教于罗钢教授及学界同人。

一、罗钢对现代"意境"理论研究之贡献

我们对于罗钢穷十年之力所得出的研究成果必须给予高度重视，只要认真看看他的十几篇长篇论文就不难看出，其研究堪称言必有据，资料丰富，判断精审，逻辑严密，绝非故作惊人之语的无根游谈。但是目前国内学界对如此重要的学术成果似乎反应颇为迟钝，令人诧异。就笔者耳目所及，盖有两种截然不同的声音：一者评价极高，以为对于重新评估中国现代文论具有颠覆性意义；一者则以为"意境""境界"之说中国古已有之，王国维只是集其大成而已，绝对不可能是来自德国古典美学传统，对罗钢的结论持否定态度。那么罗钢的贡献究竟何在呢？如果说指出在中国古代文论话语系统中，"意境""境界"并不是一个贯通历代的核心范畴，更不是古代美学的"最高理想"，并非罗刚创见，已有萧驰、蒋寅等学者言之在先，那么对王国维的"意境说"与德国古典美学密切关联深入肌理的细致梳理与揭示，则是罗钢卓越的学术贡献。[①] 以本人愚见，这一贡献至少表现在下列三点。

其一，极为清晰地梳理出王国维的"境界说"与德国古典美学的血脉联系。

我们先看罗钢的结论：

从思想实质上说，"意境说"是德国美学的一种中国变体。"意境说"的现代建构是中国学者为了重建民族文化的主体性而进

行的"传统的现代化"工程的一个组成部分，但在实践过程中，这种"传统的现代化"转化成了"自我的他者化"，从而进一步深化了近代中国所遭遇的思想危机……王国维的"意境"说所包涵的正是一种以"康德叔本华哲学"为基础的、在中国诗学史上从未有过的"新"的诗学话语。①

我们再来看看罗钢的立论依据。第一，罗钢认为，王国维的"意境说"包含的"基本的构成元素之一"是叔本华的"直观说"，王国维说"原夫文学之所以有意境者，以其能观也"，这里的"观"就是叔本华的"直观"。王国维对叔本华"直观说"的接受主要表现在关于"隔与不隔"的观点上。罗钢发现，王国维的诗学语汇，或采自中国古代诗学，或借自西方诗学，唯有这在现当代文论研究中影响极大的"隔与不隔"之说从语汇上看是没有来源的。经过审慎寻绎与分析，他发现原来"不隔"就是叔本华所说的"可以直观"，而"隔"就是"不能直观"。在此基础上，罗钢对王国维接受叔本华"直观说"的思想脉络进行了细致梳理，有根有据，不容辩驳。② 第二，罗钢指出，王国维关于"造境与写境""有我之境和无我之境"的论述是受到叔本华与席勒的双重影响之后提出的，其思想资源同样是来自德国古典美学。他先是考察了王国维"有我之境""无我之境"与叔本华的"从认识个体向纯粹认识主体的转化"从而达到的"自失"状态的观点、"纯粹无欲之我"的观点之间一脉相承的密切关联，同时又发现在叔本华那里"有我"与"无我"的不平

---

① 罗钢：《意境说是德国美学的中国变体》，载《南京大学学报》（哲学·人文科学·社会科学），2011(5)。

② 罗钢：《眼睛的符号学取向——王国维"境界说"探源之一》，载《中国文化研究》，2006(4)。

衡关系，二者有高下之分，而王国维的"有我之境"与"无我之境"则看不出明显的高下优劣之别。为了弄清楚这一矛盾现象，罗钢又进而探讨了王国维对席勒的接受。通过考证，他发现王国维通过阅读温德尔班的《哲学史》接触到席勒在《论素朴的诗与感伤的诗》中提出的观点，据此而有"造境"与"写境""理想派"与"写实派"的观点。他说：

> 《人间词话》提出的两对重要的概念，"有我之境、无我之境"和"造境、写境"，尽管被王国维安置在一起，并赋予了某种联系，但它们所凭借的西方理论资源是截然不同的。前者，尤其是"无我之境"的概念，主要是从叔本华的唯心主义美学发展出来的，而后者继承的却是席勒开创的现实主义浪漫主义美学传统。①

这一结论乃建立在细致的材料梳理上，坚实可靠。第三，通过对王国维与席勒的"游戏说"、谷鲁斯的"佯信说"与"内模仿说"的思想关系的分析，指出西方近代心理美学也是王国维"境界说"的重要思想源泉。罗钢细致分析了王国维对席勒的"游戏说"、谷鲁斯的"佯信说"与"内摹仿说"的接受过程，揭示出这些美学观点对王国维"'红杏枝头春意闹'，著一'闹'字，而境界全出，'云破月来花弄影'，著一'弄'字而境界全出矣"这一著名说法的重要影响。② 这一见解发前人所未发，是罗钢的重要发现。

---

① 罗钢：《七宝楼台，拆碎不成片断——王国维"有我之境、无我之境"说探源》，载《中国现代文学研究丛刊》，2006(2)。

② 罗钢：《著一"闹"字，而境界全出——王国维"境界说"探源之三》，载《文艺研究》，2006(3)。

其他如康德的"天才说"对王国维的"古雅"说的重要影响，西方浪漫主义时代的原始主义、有机主义、非理性主义对王国维的"自然"观点的重要影响等，都是首次提出的卓越见解，都以考证为依据，极具说服力。

其二，罗钢教授将王国维美学思想的形成置于中国学者为了重建民族文化的主体性而进行的"传统的现代化"工程的历史语境中来审视，并指出，由于中西文化实际上存在的不平等，在实践过程中，这种"传统的现代化"就转化成了"自我的他者化"，从而进一步深化了近代中国所遭遇的思想危机。这无疑是很深刻的见解。中国近现代以来，那些脱胎于传统文人士大夫的现代知识分子在西方文化的强势入侵面前，出于看护与传承本民族悠久文化传统的考虑，确实为"传统的现代化"殚精竭虑。许多学者试图在"中体西用"与"全盘西化"两端之间寻求折中之路，但真正有所建树者却极为鲜见。中国现代学术正是依违于中国传统与外来文化之间，难以真正建立属于自己的新的文化传统。时至距王国维《人间词话》问世一个世纪之久的今日，如何建构起融汇中国传统与西方思想的新的文化形态依然是在探索中的大课题。

其三，启发今日学界对百年来的中国现代文化学术进行深入反思。王国维在中国现代学界被视为"仰之弥高，钻之弥深"的泰山北斗，是公认的国学大师。罗钢的研究至少在文论和美学领域打破了王国维神话，让人们知道，他的名声显赫的"意境说"远没有以前想象的那样伟大、那样不可企及。这一几为定论的学说原来也是可以质疑、可以拆解的。中国现代学术，从某种意义上讲，是对西方学术的"照猫画虎"，不仅照搬了西方的学科分类，而且半生不熟地借用了大量西方学术概念，还大部分是通过日本转借过来的，所以各门关于中国古代文化的学术，如中国哲学史、中国文学史、中国历史、社会史、政治史等，都多少存在着以西方学术观念宰割中国古代文献资料的问题。这样建立起来的各门现代学科、现代学术史，造就的一大批现代学术大师，如果站在今日的学术立场上来看，无疑是存在着许多问题的。因此反思现代学术就成为今日学界一项重要任务。在这方面，罗钢的研究可谓引领先河、卓然高标。

二、"意境"理论的内在逻辑

我们通过罗钢的研究清楚了王国维的"意境说"的西方血脉，接踵而来的问题是：以"意境说"为中国古代美学的代表性范畴，甚至最高理想这样的观念究竟是如何被建构起来的呢？那么多中国一流的学者都心甘情愿地把一个来自西方的美学概念当作中国古代美学的集大成，当作标志，这究竟是出于何种心理？是自欺欺人还是掩耳盗铃？抑或另有缘由？这涉及对中国古代文论和现代文论传统的评价问题，事关重大，有必要予以深切关心与追问。

如果说在"意境说"被经典化的过程中，王国维的《人间词话》（1909）是开山之作，那么真正使这一学说完善成熟、圆融无碍的是宗白华的《中国艺术意境之诞生》（1943）。下面我们就通过对宗白华这篇文章文本逻辑的分析来考察"意境说"的内在思路。

宗白华的这篇文章写于抗战后期，当时已经可以看到胜利的曙光，这里虽然是谈诗论画，似乎与抗战的大背景不相合，但宗白华实则有着更高远的理想，是属于学者之本分的理想，那就是在今日日新月异的世界文化演变中，中国文化可以向世界贡献什么。这是今日中国学者依然热衷的话题。在宗白华看来，中国传统文化中最有价值的东西就是"中国艺术方面"，而在中国艺术方面最基本的、最核心的东西，就是"意境的特构"。这就是说，宗白华是把"意境说"当作中国艺术特有的、可以作为中国人对世界文化之贡献来看待的。这也就是要挺立"中国民族文化主体性"的意思，其"意境说"的背后暗含着彰显民族文化的企图。这一点在王国维的《人间词话》中似乎并不明显，反而可以看出王国维是要借助于西方美学的资源来重新命名、评估中国古代美学，有与严沧浪的"兴趣说"、王渔洋的"神韵说"争胜的意味。那么宗白华理解的"意境"究竟如何呢？在谈到"意境的意义"时，宗白华写道：

> 方士庶在《天慵庵随笔》里说："山川草木，造化自然，此实境也。因心造境，以手运心，此虚境也。虚而为实，是在笔墨有无间，——故古人笔墨具此山苍树秀，水活石润，于天地之外，别构一种灵奇。或率意挥洒，亦皆炼金成液，弃滓存精，曲尽蹈虚揖影之妙。"中国绘画的整个精粹在这几句话里。本文的千言万语，也只是阐明此语。①

由此可知，宗白华的"意境说"是对清代画家方士庶上述谈论的阐发，再结合他在下文的论述以及其他关于中国古代诗文书画的文章，我们不难看出，宗白华的意境理论是对中国古代审美经验，特别是诗歌、绘画和书法经验的总结和理论升华。那么，方士庶上面几句话的奥妙何在呢？这里的奥妙就在"实"与"虚"二字。"实"是山川日月自然生成之境，乃宇宙大化流行之产物，故亦为宇宙生命之显现；"虚"即

---

① 宗白华：《中国艺术意境之诞生》，见《美学与意境》，209 页，北京，人民出版社，1987。

心造之境，乃人神游冥思之产物，是人精神世界之显现。当人用绘画将此心造之境呈现于纸笔之时，则"虚而为实"，创造出了另一个世界，另一种灵奇，而这个世界也就成为人的心灵之象征。用宗白华的话来说，就是："以宇宙人生的具体为对象，赏玩它的色相、秩序、节奏、和谐，借以窥见自我的最深心灵的反映；化实景而为虚境，创形象以为象征，使人类最高的心灵具体化、肉身化，这就是'艺术境界'。"①从以上的引文中我们可以看出，在宗白华这里，中国古代那种虚实相生、气韵生动的绘画是其立说的经验基础，而中国古代文论中的"感于物而动"（《礼记》）、"外师造化，中得心源"（张璪）以及"心目相取"（王夫之）诸说乃是其话语资源。宗白华把这种感物生情，又融情景而为诗画的过程理解为"代山川立言"，其云："艺术家以心灵映射万象，代山川而立言，他所表现的是主观的生命情调与客观的自然景象交融互渗，成就一个鸢飞鱼跃，活泼玲珑，渊然而深的灵境；这灵境就是构成艺术之所以为艺术的'意境'。"②主客相融，这是生命与自然的融合，艺术的意境由此而生。如果从更深一层的蕴含，即上述论说显示出的审美趣味来看，则我们完全可以说，那是近于老庄佛禅的。他欣赏的是"空灵而自然""空灵动荡而又深沉幽渺"的艺术境界，对于"在拈花微笑里领悟色相中微妙至深的禅境"也心向往之。

　　我们从宗白华对"道"与"艺"关系的论述中可以窥见其"意境说"之旨归。其云：

---

　　① 宗白华：《中国艺术意境之诞生》，见《美学与意境》，210页，北京，人民出版社，1987。

　　② 宗白华：《中国艺术意境之诞生》，见《美学与意境》，210页，北京，人民出版社，1987。

"道"的生命和"艺"的生命，游刃于虚，莫不中音，合于桑林之舞，乃中经首之会。音乐的节奏是它们的本体。所以儒家哲学也说："大乐与天地同和，大礼与天地同节。"《易》云："天地绸缊，万物化醇。"这生生的节奏是中国艺术境界的最后源泉。石涛题画云："天地氤氲秀结，四时朝暮垂垂，透过鸿濛之理，堪留百代之奇。"艺术家要在作品里把握到天地境界！⋯⋯艺术要刊落一切表皮，呈显物的晶莹真境。

艺术家经过"写实"、"传神"到"妙悟"境内，由于妙悟，他们"透过鸿濛之理，堪留百代之奇"。这个使命是够伟大的！①

"道"是宇宙大生命之代名词，"艺"是人的生命的代名词，二者的结合正是《中庸》里所说的"合外内之道"的意思——这是中国古代哲人，无论儒道，所追求的最高境界，体现着这一境界的诗画，便"把握到天地境界""呈显物的晶莹真境"，这便是宗白华所谓"艺术意境"的精要所在。由此可见，作为宗白华"意境说"之哲学基础的便是中国古代哲人孜孜以求的最高人生境界，即"天人合一"的境界。

人生境界一直是中国古代哲人追求的目标。儒家"与天地合其德，与日月合其明，与四时合其序，与鬼神合其吉凶"的"大人"，道家"独与天地精神相往来，而不敖倪于物"的"古之道术"都是讲一种至高至上的人生境界，根本上都是"天人合一"四个字。现代学人对此已有所继承。被称为现代大儒的冯友兰在《新原人》中，根据宇宙对不同人的不同意义，把人生境界分为四个层次：自然境界，即依照自然法则生

---

① 宗白华：《中国艺术意境之诞生》，见《美学与意境》，217 页，北京，人民出版社，1987。

活的人，所谓"不识不知，顺帝之则""百姓日用而不知"者是也；功利境界，即对"利"有自觉意识，有自己的追求目标，但终生都是为一己之利而努力的人；道德境界，即关注社会及社会中其他人的利益，为了对社会和他人有所贡献而生活的人；天地境界，即"尽性知天""事天"的人，他们是自觉为宇宙中一员，对整个宇宙都负有责任，愿意为宇宙之存在贡献力量的人。这也就是《中庸》所谓"赞天地之化育"而"与天地参"的那种人。① 冯友兰的人生境界之说自然是基于人生的洞察，而作为其最高理想的"天地境界"则无疑得之于中国古代哲人的智慧。

仅仅相隔一年余，宗白华在这篇《中国艺术意境之诞生》②中，也根据人与世界关系的不同提出人生六境界之说："(1)为满足生理的物质的需要，而有功利境界；(2)因人群共存互爱的关系，而有伦理境界；(3)因人群组合互制的关系，而有政治境界；(4)因穷研物理，追求智慧，而有学术境界；(5)因欲返本归真，冥合天人，而有宗教境界。"而在学术境界与宗教境界之间，则是"艺术境界"。③ 宗白华的六境界说较之冯友兰的四境界说有其合理之处，西方思想的痕迹也更为明显。但其"艺术境界"与"宗教境界"并不是来自西方写实艺术传统与外在超越的基督教的境界，骨子里透露出的依然是中国古代哲人的智慧，是"天人合一"。

通过以上分析我们不难看出，宗白华的"意境说"与王国维的意境说并不能画等号，二者有一同一异，可略作分辨。就其同而言，二人

---

① 冯友兰：《贞元六书》，552～649页，上海，华东师范大学出版社，1996。

② 宗白华的《中国艺术意境之诞生》一文初次发表时间为1943年3月，"增订稿"发表于1944年1月。其关于"六种境界"的解释是在"增订稿"中。

③ 宗白华：《中国艺术意境之诞生》，见《美学与意境》，209～210页，北京，人民出版社，1987。

对中国古代诗文书画都有深入了解与很高的鉴赏力，因此这方面的丰富经验构成了二人相近的艺术趣味，这主要表现在他们对古代诗文书画的评价上。总体言之，二人都赞赏那种自然、灵动、虚实相生、情景交融艺术境界。就其异而言，则二人所追求的艺术理想实有高下之别。宗白华虽然同样受德国哲学浸润很深，但他对中国传统哲学同样有很深的理解，特别是对中国古代哲人追求的最高理想，即大化流行、天人合一的境界心向往之，对个体生命与宇宙大生命的同一性有深切觉知，因此他的"意境说"实则乃是中国古代文化中最高人格境界之象征。其所禀受之德国哲学亦不同于王国维，盖对王国维影响至深者实为叔本华，其于康德、席勒的接受仅为皮毛而已，所以王国维的世界观实际上乃以悲观主义为基调。另外西方近代以来的科学主义精神，即追求真相的精神对王国维影响很大，在精神旨趣上，他最终选择的是"可信不可爱"，而摒弃了"可爱不可信"。宗白华则不然，在学理层面是康德对他的影响较大，在人生观、价值观方面除了中国古代文化中的人格理想之外，是歌德对他的影响最大。因此宗白华就有一种积极、乐观、进取的人生态度，在他的文章中充满了对生活的热爱，对生命的礼赞。由于种种原因，王国维对中国古代哲人的人格理想似乎毫无兴趣，似乎完全不相信，在他最具有生命活力的《人间词话》中，展现出的也只是一点小情趣，而对"真"的热衷却始终萦绕着他，挥之不去。他始终生活在宗白华说的那种"学术境界"中，从来没有达到过冯友兰说的那种"天地境界"。而我们读宗白华的文章就真切感到，他是处于"天地境界"之中在思考，在体验。王国维是一代学术大师，其国学研究，在考据方面的卓越成绩自然不容轻视。但在人生智慧、人格理想方面他只是一个庸庸常常的"中人"，较之熊十力、梁漱溟、冯友兰、钱穆、宗白华诸人是远远不及了。

三、"意境"说的理论归属问题

现在让我们回到关于"意境说"的定位问题。通过以上对两位在"意境说"上有重大贡献的分析，我们知道了中国近现代建构起来的"意境说"其实并不是一个统一的、具有内在一致性的理论学说。即如王国维与宗白华两家之说，在思想蕴含上就有着重大差异，到了李泽厚为代表的当代意境理论又与宗白华的观点相去甚远。这就使得我们对"意境说"的评价与定位更加复杂化了。在这里笔者提出以下若干意见。

其一，王国维的"境界说"或"意境说"的理论资源的确主要是来自德国古典美学的，主要是来自康德、叔本华和席勒的，但这并不意味着这一学说是德国古典美学的中国版。毫无疑问，罗钢的研究都是有根据的，是经得住推敲的。王国维之所以自信满满，认为自己"拈出'境界'二字"要较之严羽、王士禛的"兴趣"与"神韵"更高明，是"探其本"，这自信不是来自中国古代某学说，而是来自康德和叔本华。他有了康德的"天才说"、叔本华"直观说"为理论依据，就觉得在思想深度上可以超越严沧浪、王渔洋的诗论了。可见在王国维这里，他之所以要建构以"意境说"为核心的诗学理论，并不是要与西方学术争高下短长，而是要超越中国古人。换言之，观堂先生的志向乃在于借助西方学术话语来总结概括中国传统诗学观念，使之更加深入而明了，因此是在与古人争高下。这在立意上就已经与宗白华不可同日而语了，因为后者之所以要建构"中国的艺术意境"理论，目的是为世界文化提供可能的贡献。相比之下，宗白华的视野开阔得多，也现代得多，王国维则显得逼仄而局促、保守而肤浅。中国传统文化中究竟有哪些内容可以参与到当下与未来人类文化的建设中去，以惠及全世界，正是今日中国有使命感的知识分子依然念兹在兹的问题。

　　然而，尽管"意境说"并不是中国古代诗文评传统的现代延续，但这并不意味着这一诗学理论就完全是对德国古典美学的照搬或改写。理由如下：首先，王国维、宗白华用来印证其"意境说"的材料几乎全部都是中国古代诗词、绘画与书法。这说明在他们脑子里符合其"意境说"的审美经验主要是中国式的，换言之，他们的"意境说"是对中国传统审美经验的理论升华。他们是在这一理论升华过程中借用了西方理论资源，其作用是使原本没有说清楚的东西可以被更加清楚明白地表达出来，王国维说沧浪之"兴趣"、阮亭之"神韵"，都不如他"拈出'境界'二字"，意思非常清楚：对于严羽的"兴趣说"、王士祯的"神韵说"所标举的那种诗歌风格或特征，① 只有用"境界"二字才说得更清楚，更透彻，也就是所谓"探其本"。这就是说，"境界"所指涉的审美经验与"兴趣说""神韵说"并没有根本差别。其次，王国维用来阐述其"意境说"时所用术语，包括"境界"和"意境"本身，全部都是中国古已有之的。"不隔"之说虽然不是古代诗学术语，但其意涵似乎也不可仅仅视为来自叔本华的"直观"，因为中国古代有钟嵘的"直寻说"，有王船山的"心目相取说"与"现量说"，都是指诗歌语语皆在目前、不劳猜想之意。再次，王国维"意境说"所倡导的"能观"与叔本华的"能观"之重要区别在于所欲观之物截然不同。盖叔本华的"直观"所要把握的是殊相中的共相，是所谓"意志"，这是柏拉图的"理念"、斯宾诺莎的"实体"以及康德的"物自体"同一层级的本体概念。对现象背后的"实体"的追问是西方哲学的永恒话题，只不过在叔本华这里，由于受到

————————

　　① 根据王国维的上下文看，这里所指的审美经验就是严羽说的那种玲珑剔透、不可凑泊，如羚羊挂角，无迹可求的盛唐之诗和北宋以前的词。

东方文化的影响，带上了一些神秘主义色彩而已。王国维所欲"观"之物就完全不同了，那是一种趣味，一种情调，一种景物。这是中国传统文人共同追求的东西，他们驻足于那清风明月之景、春感秋悲之情而流连忘返，他们品味着内心淡淡的愁绪，就像咀嚼橄榄一样越咀嚼越有味道，可以说，他们是自恋的，是在顾影自怜。至于宇宙万物背后的东西是什么，他们是从来没有追问的兴趣的。这样看来，王国维究竟在怎样的层面上、怎样的程度上接受了叔本华的思想，依然是值得细细考察的事情。至于宗白华的"艺术意境"则指涉中国古人最高人格理想，同样不能视其为对德国古典美学的照搬。

其二，中国现代的"意境说"并非一个有统一内涵的学说，它有一个形成演变的过程，在这一过程中可以说是言人人殊。大凡一种学说，总是针对某种问题而提出的，是要解决问题的，因此要了解一种学说的真谛，首先就是弄清楚这一学说是对着什么问题而发的。王国维的"境界说"是要解决什么问题呢？在我看来，他就是要对中国千百年来诗词中体现出来的那种审美趣味重新命名，揭示其奥妙所在。他之所以产生这样的冲动，一是由于长期浸润于古代诗词的欣赏与创作之中，对其风神气韵心醉神迷，但苦于仅仅用古人的说法难以揭示其中奥妙，在阅读了康德、席勒、叔本华以及其他德国古典美学之后，突然激发起灵感，试图借助于外来的观念对中国固有之审美经验重新命名与阐释，力求超越古代诗文评传统。其"第一形式"之说、"第二形式"之说、"古雅"说①等，都是出于这一目的。诚如罗钢所说，王国维的"意境说"并不是从中国古代"意境说"发展来的，更不是中国古代

① 王国维：《古雅之在美学上之位置》，见周锡山编校：《王国维文学美学论著集》，37～41 页，太原，北岳文艺出版社，1987。

"意境说"的集大成，但是我们必须说，王国维的"意境说"是对中国古代某一类审美经验的理论升华，是借助于德国古典美学的观念对中国古代某类审美经验的命名与阐释。在这一命名与阐释过程中，也就自觉不自觉地融进了康德、席勒、叔本华等人的某些思想，但这是以这些思想与中国古代审美经验相契合为前提的。如此看来，王国维其实是站在中国审美传统的立场上来撷取德国古典美学之资源的，他不是在向中国贩卖德国古典美学，也不是试图建构一种新的美学体系，而仅仅是借助于外来资源阐释自身经验而已。

宗白华的情形就不同了，他的眼界更为开阔，他是站在 20 世纪世界文化新发展的角度来看待"中国古代艺术方面"的世界贡献的，他是从现代哲学层面上来建构自己的"意境"理论的。宗白华眼中的"意境"的确就是中国古代美学的理想，是中国传统艺术的最高境界。与王国维一样，宗白华也是借助于德国古典美学的思想资源来阐发中国艺术境界之价值的。他把艺术境界置于"学术境界"与"宗教境界"之间，认为这是"人类最高心灵的具体化、肉身化"，这里明显透露出康德与席勒的思想印记。但是与王国维不同的是，宗白华心目中中国艺术境界不是那种小情调、小趣味，更不是"闹""弄""隔与不隔"这些表现方式层面的东西，他看到的是古人的博大心灵，是古人于数千年间苦苦寻觅的人生至境。这是儒家的圣贤气象，是道家的真人心怀，是释家的空空真如之境；同时也是那大化流行、生生不息之道，是惟恍惟惚、自然素朴之道。总之，宗白华心中的艺术意境就是中国古代儒释道之最高智慧的感性显现。在宗白华看来，这是中国传统文化对今日之世界的伟大贡献。在这里，作为宇宙之"真际"的"道"与"生命"及自然山水、人之情思浑然一体、了无间隔。宗白华的艺术意境当然也是主观之情与客观之景的完美融合，但这种融合不是在感性知觉层面的凑泊，而是以中国古代"天人合一"人生至境为基础的融合，是个体心灵对宇宙脉动的感受与体验。正因为宗白华是站在中国古代最高智慧立场上看到艺术意境问题的，所以他有取于西方美学的也大不同于王国维。

其三，在中国现代历史语境中，究竟应该如何构建自己的学术话语？现代以来，中国学界面临居于强势地位的西方学术的重大影响，这是无可避免的事情，是所谓"后发现代性"国家无法摆脱的宿命。但是中国毕竟不同于任何一个其他的发展中国家，因为中国有一个历史悠久、灿烂辉煌而且一以贯之的强大文化传统，尽管在某一特定时期中国学界可能会对这一本土传统感到厌倦，但更多的时候是希望从中找到具有现代意义的因素，使之成为今日学术话语建构的有效资源。一个时代有一个时代的学术，这种学术的时代性特征往往是通过对以往学术传统给出新的阐释来显现的。所谓新的阐释，一是根据当下新的社会文化需求、新的经验而提出新的价值立场与评价标准，二是形成新的审视视角与阐释路径。这二者都应该汲取外国学术文化资源。以王国维为例，他借助于德国古典美学的学术资源来重新审视中国传统诗词歌赋方面的审美经验，建构起自己的"意境说"。在中国传统诗文评的基础上，他凸显了"直观"和"真"两种审美价值，此二者当然是中国古代审美经验中原本就存在的，只是不那么突出而已，王国维的贡献在于借助于德国古典美学的启示，使其居于核心位置了。

学术的价值一是在于创新，即为学术传统增加新的因素；二是在于面对当下的问题而发，解决前人没有解决的问题。所以无论是"全盘西化"还是"恪守传统"都不是合理的学术路径。在今日所谓"全球化"语境中，学术文化的发展日益成为一个人类共同的事件，这就需要用新的眼光看待我们的传统学术与外来学术的关系问题。发展中国家固然需要吸收发达国家的学术文化来提升自己，使自己的学术具有国际化水准；发达国家也需要了解学习发展中国家的学术文化，并以此作为解决自己学术文化所面临的问题。法国著名哲学家、汉学家弗朗索瓦·朱利安（又译于连）20多年前即确定了通过"迂回"进入到中国思想，了解其特性、把握其精髓，以便站在西方哲学传统之外来看西方哲学，然后再回到西方哲学中去，审视其困境之所在，寻求突破之途。近来，朱利安又提出"间距"与"之间"理论，提倡一种新的学术立场——反对基于"认同"预设的"差异"，提倡基于多元并存的"间距"，使不同文化"面对面"，通过对对方的审视、了解来进行自我反思，发现各自的不足，以求新的发展，这在根本上还是"迂回与进入"的策略。这种文化之间的"面对面"，通过审视对方来反思自己的文化策略，朱利安称之为"文化间谈"。进而，朱利安把"之间"这个没有任何固定所指的日常用语提升为一个重要的哲学范畴，认为"之间没有任何本性，没有地位，其结果是，它不引人注目。而同时，之间是一切为了自我开展而"通过"（passe）、"发生"（se passe）之处。"①他本人的哲学立场就是这个基于"间距"理论的"之间"，具体言之，就是站在中国智慧和欧洲哲学之间思考和反思哲学基本问题，寻求未来哲学发展之路。这一立场既不是西方的，也不是中国的，而且也不是中西结合的，其实质是一种在两大长期互相漠视的文化传统的"对视"进而"对话"中建构未来哲学的策略。

　　作为西方发达国家的哲学家能够提出这种"间距与之间"的言说立

---

　　① ［法］弗朗索瓦·朱利安：《间距与之间：如何在当代全球化之下思考中欧之间的文化他者性》，见2012年12月16日在北京师范大学召开的"思想与方法：全球化时代中西对话的可能"国际高端对话暨学术论坛会议论文集（方维规主编：《思想与方法：全球化时代中西对话的可能》，北京，北京大学出版社，2014）。

场，无疑是难能可贵的，中国学人更应该反思我们的言说立场。事实证明，"中体西用"肯定是行不通的，因为那个"体"本身就是需要反思的；"全盘西化"也肯定是行不通的，因为这等于彻底否定几千年的中国文化的价值，而且也根本无法"全盘"化"中"为"西"；"中西互为体用"也同样是一种想当然的说法，根本无法操作。现在看来，还是朱利安的"迂回与进入""间距与之间"理论比较切实可行。我们可以"迂回"或"绕道"到西方哲学传统之中，了解其真谛，把握其精髓，然后回过头来审视我们自己的文化学术，考见其得失，以寻找解决之途。

其实王国维的"意境说"即可以视为这一学术路径的最早尝试。在王国维看来，不懂西方哲学，也就无法真正懂中国哲学。换言之，只有在西方哲学的参照下，我们才能真正理解中国哲学，这是一百年前的见解，在今天依然可谓不刊之论。陈寅恪在总结王国维治学方法时尝言："三曰取外来之观念与固有之材料互相参证。凡属于文艺批评及小说戏曲之作，如《红楼梦评论》及《宋元戏曲考》等是也。"①这无疑是对王国维的美学及文艺批评之研究路径最准确的定位了。"取外来之观念与固有之材料相互参证"并不是用外来学术概念命名本土固有之经验，而是启发人们对本土经验有新的理解。即如王国维的"意境说"，并没有套用康德、叔本华的哲学或美学概念，而是始终使用中国固有的术语，但由于有了德国古典美学的参照，他对中国古代审美经验的理解的确不同于严羽、王士祯等传统文人。这里的关键在于：借用德国古典美学的视角，对中国古代固有的审美经验予以观照，从而发现了站在中国传统立场上无法看到的意义与价值。诸如"造境、

---

① 陈寅恪：《王静安先生遗书序之一》，见周锡山编校：《王国维文学美学论著集》，434～435 页，太原，北岳文艺出版社，1987。

写境"之谓、"喜怒哀乐亦人心中一境界"以及"能写真景物、真感情者谓之有境界"之说，都是借助西方学术视角方能看到的。

宗白华同样如此，在 80 年前他就有一种远大的理想，其云：

> 将来的世界美学自当不拘于一时一地的艺术表现，而综合全世界古今的艺术理想，融合贯通，求美学上最普遍的原理而不轻忽各个性的特殊风格。因为美与美术的源泉是人类最深心灵与他的环境世界接触相感时的波动。各个美术有它特殊的宇宙观与人生情绪为最深基础。中国的艺术与美学理论也自有它伟大独立的精神意义。所以中国的画学对将来的世界美学自有它特殊重要的贡献。①

从全球化的视域来看，理想的文化学术当然应该是超越地域、国家与民族界限的，是基于人类普遍经验而产生的。宗白华的"世界美学"构想无疑具有伟大的前瞻性。但在当下历史语境中，这也许依然还只是一种可望不可即的遥远目标。就当下中国的情形而言，如何借助西方文化的参照，对中国传统文化遗存以及今日之经验进行理论的把握与升华，使之进入今日学术话语系统之中，不仅成为可以谈论的话题而且成为今日学术文化可资借鉴的话语资源，应该是中国学界任重而道远的历史使命。

---

① 宗白华：《介绍两本关于中国画学的书并论中国的绘画》，见《宗白华全集》第 2 卷，43 页，合肥，安徽教育出版社，1994。

第二章 现状扫描

在"中国文化新传统"的发展过程中确实呈现某种阶段性，如果说从清末民初到 1949 年新中国成立是其奠基时期，那么 20 世纪 80 年代以来就可视为其蓬勃发展期。随着中国经济、政治、社会等方面的不断进步，"中国文化新传统"必将越来越丰富、成熟，必将汇入世界文化潮流之中并成为其主导力量。因此在文化上我们不必妄自菲薄，确实有充分的理由重振我们的文化自信。

在中国现当代文学研究的历史上，文学理论曾经扮演过主角，对各类文学史以及文学批评发生过重要影响。这或是因为这门学问与社会思潮、社会意识形态联系更紧密一些的缘故。新时期以来，中国思想文化领域发生了巨大变化，在"改革开放"与"思想解放"政策的促进下，曾经形成一股声势浩大的社会思潮，在这一思潮中，文学理论和美学发挥了极为重要的作用。从历史角度看，改革开放的 30 多年是中国融入国际社会的过程，也是接受西方思想文化影响的过程，同时也是我们反思自己的思想历程的过程。文学理论的发展演变就鲜明地体现出这一历史特征。我们新时期的文学理论是从重新解读马克思主义经典开始的，是在各种西方文学理论观念促动下不断发展演变的，而这一切又与中国人文知识分子的自我意识、价值诉求紧密联系在一起。

第一节　人文主义精神之诉求

有人说中国 20 世纪 70 年代末 80 年代初的思想解放有点像西方历史上的文艺复兴，也有人说更接近于中国的"五四"运动，都有其道理。从某种意义上说，这场思想解放运动的确是暗含着完成类似于文艺复兴和"五四"运动的历史使命的潜动机的——把人们从盲目崇拜、极"左"思想禁锢中唤醒。这场思想解放运动尽管为期不长，但在 20 世纪 80 年代初期已经取得了巨大的实绩，这主要表现在两个方面：一是作为个体的人的价值的确认，二是对客观性评价标准的重视。前者发展成为一种弥足珍贵的人文主义价值诉求；后者则演变为一种瑕瑜互见的科学主义倾向。可以说，思想解放是 20 世纪 70 年代末 80 年代初的一个声势浩大的思潮，涵盖思想文化领域的方方面面，而人文主义和科学主义则可以视为这一大思潮中的两个重要支流。在这一节，我们主要考察人文主义价值诉求 30 多年来的曲折发展及其对于文艺理论的重要影响。

一、文艺性质与功能的重估：从阶级性回归人性

文艺如何定位的问题是文艺理论的基本问题，是任何一种文艺理论话语系统建构的逻辑前提，不同派别的文艺理论话语之间的差异，从根本上说都是由这一基本定位所决定的。诸如模仿说的、反映论的、精神分析主义的、形式主义的，等等，莫不如此。"文艺为政治服务""文艺是阶级斗争的工具"，这是一个相当长的历史时期里我们的主流意识形态对文艺的性质与功能的基本定位。这一定位的理论依

据是俄国无产阶级革命领袖列宁 1905 年发表在布尔什维克办的《新生活报》上的《党的组织和党的出版物》一文。在这篇文章里，列宁明确要求党的一切写作事业都应该成为无产阶级总的事业的一部分，成为党的事业这部大机器的"齿轮和螺丝钉"。十月革命后苏联是中国共产党人的革命圣地，列宁更是全世界共产党人的精神领袖。他对文学艺术的这一定位自然而然成为共产党人的基本文艺政策。当然，对文艺的这一政治诉求根本上还是基于现实政治斗争的需要。在战争年代，一个革命的政党，为了战胜强大的对手，需要调动一切可能的力量，因而要求文艺为政治服务，使之成为一种斗争的工具是具有合理性的。而在和平年代，文艺的性质和功能应有新的调整和扩展。因此拨乱反正、思想解放，首先就要把"四人帮"之流套在文艺上的枷锁打烂，使文艺回归自身。

新时期初期的思想解放运动的一个最主要的、具有标志性的事件是 1978 年 5 月 11 日《光明日报》发表的特约评论员文章《实践是检验真理的唯一标准》。这篇文章最大的实际意义在于告诉人们，条条框框都是可以突破的。这里不再有预设的绝对律令，一切都可以尝试，最后让结果来评判。这就等于取缔了来自观念的或者主观意志的任何评判的合法性，因此这篇文章就成为打破束缚人们精神枷锁的强有力的武器，成为思想解放的理论依据。在这样一种精神氛围中，让文艺摆脱政治的束缚而回归自身就成为自然而然的事情。于是 1979 年第 4 期《上海文学》发表题为《为文艺正名——驳"文艺是阶级斗争的工具"说》，正式拉开了"为文艺正名"的序幕。同年《上海戏剧》《湖南师院学报》《四平师院学报》等多家刊物刊登讨论文章，掀起了一场"为文艺正名"的热潮。所谓"为文艺正名"，根本上说就是要求文学艺术摆脱"工具说"的束缚，真正回归自身，强调尊重"文艺的规律"。与之密切相关并接踵而至的便是关于"文学的审美本质"的主张。

其实文学原本是什么？它应该成为什么？这样的问题是不一定有确切答案的。从学理上说，或许可以称为伪问题。文学是历史的产物，它永远会随着历史条件的变化而变化，永远会适应着某种历史需求而发展，无论是从自身体式、规制上说，还是从社会功能上说，都不存在一种亘古不变的所谓"文学"。因此所谓"为文学正名"也只能是一种具体的言说策略，其目的并不是要寻找那个本真的、人人认可的文学本体，而是要使文学表达一种与以往不同的声音，承担一种与以往不同的使命。可以说，"为文学正名"作为新时期文学思潮的标志性口号，其所蕴含的意义当然不仅限于把文学从政治的战车上解脱出来，使之成为独立的存在。"为文学正名"根本上乃是为人正名。因此呼吁文学的独立性实际上就是呼吁人的独立性，人们向往着独立的精神、自由的思想，故而也要求文学成为一种具有独立性的言说方式。德国古典哲学中的那句饱含启蒙精神的名言：要把人作为目的而不是手段，成为这一时期思想解放的基本价值取向。正是在这一价值取向的推动与引领下，文学才得以回归自身。长期以来，中国人差不多已经习惯于"集体的人"这类身份认同，对于"我是我""我是独立的人"这类提法已然感到陌生，或者压根儿没有熟悉过。在思想解放思潮的浸润下，人们久违了的自我意识开始萌动了。"为文学正名"的根本旨趣并非让文学回到文学自身，而是让文学成为思想解放的助力，具体说，是成为人道主义精神的话语表征。这也就是"文学是人学"的提法始终伴随着"为文学正名"口号的根本原因。

这场思想解放运动看上去是一场自上而下的运动，是粉碎了"四人帮"之后发动起来的。实际上这是一场上下互动的运动——在民心所向的历史语境中，顺应民意，积极推动了运动的展开。1979 年 10

月，中国文学艺术工作者第四次代表大会召开。在为大会作的《祝词》中，邓小平明确指出不能要求文艺"从属于临时的、具体的、直接的政治任务"[①]，并且重申了列宁曾经的名言：在文艺创作领域"绝对必须保证有个人创造性和个人爱好的广阔天地，有思想和幻想、形式和内容的广阔天地"。这无异于是为紧缚于政治的战车上的文艺松绑，是赋予文艺创作以相对独立自主的权利。这一表态至关重要，影响所及，诸如"发扬文艺民主""尊重艺术规律""反对行政干预"等呼声上下合鸣，声势浩大，成为一时主流。此后，"为人民服务""为社会主义服务"的所谓"二为方向"取代了"为政治服务"而成为党和国家的基本文艺方针。毫无疑问，中国新时期以来文学艺术辉煌成就的取得以及多元化格局的形成，都与这一政策的调整密不可分。然而有一个问题是绕不过去的：以往那种作为政治的工具、阶级斗争的工具的文艺，是从政治中获得其存在价值的，那么，文艺不再把"为政治服务"、做"阶级斗争的工具"作为自己的基本功能之后，其合法性何在呢？换言之，文艺从哪里获得自身存在的价值依据呢？于是理论家们找到了"人性"。钱谷融先生那篇于1957年发表在《文艺月报》上的著名论文《论"文学是人学"》也就自然而然地成为新时期文艺理论的法典。在20世纪80年代初的数年内，"人学""人性""人道主义""人情""共同美""人的本质""人的本质力量的对象化""人化的自然"等概念与提法充斥在文艺理论与美学的论文与著作中。尽管是处于争论之中，但肯定的声音作为主导倾向是明显的。然而由于这场讨论所涉及的并不仅仅是文学艺术领域的问题，故而也不能指望在文艺理论的领域中得到解

---

① 邓小平：《在中国文学艺术工作者第四次代表大会上的祝词》，见中国文学艺术界联合会编：《中国文学艺术工作者第四次代表大会文集》，7页，成都，四川人民出版社，1980。

决。事实上，这场讨论后来演变成为一场政治的和意识形态的论争。文学的自主性、独立性诉求暗含的是人的自主性、独立性诉求，对创作自由的渴望本质上是对人的生存自由的渴望，呼唤文学的审美特性实际上等于呼唤人的个性解放。一时间，文学理论研究就成为整个思想解放运动一个重要的组成部分。20世纪80年代，在文学研究领域，文学理论可谓独领风骚，成为时代的号角，其与历史步伐的和谐一致远非其他研究领域可以比肩。让文学回归审美，让人回归人性，文学理论也就理直气壮地成为"人的理论"。在这一时期，围绕文学的"正名"问题出现了众多的文学理论著作与论文，其中最有代表性的是钱中文的《文学原理——发展论》、王春元的《文学原理——作品论》、杜书瀛的《文学原理——创作论》、童庆炳的《文学活动的美学阐释》、王向峰的《艺术的审美特性》、陈传才的《艺术本质特征新论》、陆贵山的《审美主客体》等著作。

在这样的历史语境中，一种强大的人文主义思潮形成了，而新时期以来的文学理论话语就是在这一思潮的推动下发展演进的。换言之，一种蕴含着人文主义精神的文学理论话语形成了。就其思想资源而言，早期马克思、卢卡契与西方马克思主义、弗洛伊德的精神分析主义以及尼采、萨特、海德格尔的存在主义最为重要；就其表现形式而言，则审美特征论、文学主体性、新理性主义以及中国文化热最为突出。这一文学理论话语系统与科学主义精神影响下的文论话语构成了20世纪80年代初至90年代中期中国文学理论的二重奏。

二、新时期文艺理论的支点——早期马克思的人学思想

新时期伊始，学术界囿于积习，无论什么学术观点，都还是喜欢从马克思那里寻找根据。只不过是从马克思那里寻找符合当下需求的

言语而已。这看上去似乎有点实用主义倾向，然而实际上并不如此简单。应该说产生于一个半世纪之前的马克思早期的人学思想能够在 20 世纪 80 年代初的中国学界受到空前重视，绝不是偶然的。什么是思想解放？其核心就是把人从阶级性的、政治的、集体主义的束缚中解放出来，给人性、个体性、主体性以存在的空间。所以，所谓思想解放根本上就是重新弘扬人道主义精神。人们既然把"人性""人道主义"视为思想解放的目标之一，那么在马克思主义的话语体系中就没有什么比青年马克思的思想，主要是《1844 年经济学哲学手稿》（以下简称《手稿》）中关于人性的论述更强有力的理论支撑了。兴起于 20 世纪 70 年代末 80 年代初的美学大讨论的核心论题正是关于《手稿》的解读。朱光潜、李泽厚、蔡仪等著名美学家及他们观点的拥护者们都是从《手稿》中寻找各自美学主张的理论依据的。例如，在出版于 1980 年的小册子《谈美书简》中，朱光潜从《手稿》中撷取了关于劳动、人道主义与自然主义的统一、人的本质力量对象化、人化的自然、美的规律等观点加以阐发，从而强调了美、艺术产生于劳动的观点，进一步申述了美的本质是主客体之间相互作用的结果的道理，也有力地批判了"美纯粹是客观的"的主张。李泽厚、蔡仪也都把《手稿》中的人学与美学思想作为各自美学理论的主要依据。因此可以说《手稿》强有力地推动了我国 20 世纪 80 年代初的美学大讨论。然而其影响却并不仅仅限于美学范围。这部《手稿》是 26 岁的马克思在流亡巴黎时写的，因此又称为"巴黎手稿"。这是一本很有特色的著作，不是纯粹的经济学，也不是纯粹的哲学与社会学，而是三者的交织融合，可以说是用哲学思辨的方式讨论经济学与社会学的问题。其中关于"人的类特性""自然的人化""人的本质力量对象化""人的异化""人的自我复归""总体的人""人的全面发展"等提法在很大程度上契合了中国知识分子对"人性"与"人道主义"的理解与诉求。于是在对《手稿》进行解读的基础上，一场关于"美的本质""美的规律"的讨论轰轰烈烈地展开了，同时，一场关于"人的本质""人性""人道主义"以及"异化"的讨论也轰轰烈烈地展开了。其实就根本上而言，关于"美的本质"的讨论也就是对于"人的本质"的讨论，是以美学形式出现的人道主义话语建构。这两场讨论具有深刻的内在一致性。《手稿》绝不是一部美学著作，在这里马克思只是在讨论人的历史发展谈到了"美"与"审美"的问题。在马克思看来，人是一种历史的存在，人的全部能力，包括人的感觉能力都是在人与自然的"交换"过程中逐渐形成的。人为了生存不断向自然索取生活资料，自然在提供人的必需品的同时也在不断地改变着人的存在方式以及感知世界的方式。构成人与自然交换关系之中介的是以劳动为核心的人的社会实践。经过长期演变，人对世界的感知能力越来越丰富，终于形成了审美能力，而作为人的对象的世界也不再是与人无关的"物自体"，而是成了"人化的自然界"。自然的"人化"过程也就是"人的本质力量"形成并展开的过程。马克思是这样表述这一过程的：

> 只是由于人的本质客观地展开的丰富性，主体性、人的感觉的丰富性，如有音乐感的耳朵、能感受形式美的眼睛，总之，那些能成为人的享受的感觉，即确证自己是人的本质力量的感觉，而且连所谓精神感觉、实践感觉（意志、爱等），一句话，人的感觉、感觉的人性，都是由于它的对象的存在，由于人化的自然界，才产生出来的。①

---

① 中共中央马克思恩格斯列宁斯大林著作编译局译：《1844 年经济学哲学手稿》，87 页，北京，人民出版社，2000。

　　这里所强调的是人的各种感觉能力，包括审美能力，都是在人的实践活动的过程中形成的，都是人与自然"交换"关系的产物，因此这一过程也就是人性或人的本质的形成与展开的过程，人通过对象性活动而占有对象，对象也就成为人的本质的对象化，一切都是自然而然的，是人"按照人的方式与物发生关系"。马克思的这一论述目的是反衬资本主义雇佣劳动的不合理、非人性以及"扬弃私有财产"的必要性。在马克思看来，只有扬弃了私有财产，才是对"人的感觉和一切特性的彻底解放"。由此可见，呼唤真正的人性并提出克服异化的具体方式乃是《手稿》的主旨。这说明，20 世纪 80 年代初期中国学界那么热衷于《手稿》是有其历史必然性的。

　　随着关于"美的本质""美的规律"的讨论不断深入，依据《手稿》给出的思想逻辑，就不可避免地涉及了人的"异化"问题，而且很快成为讨论的核心话题。我们知道，青年马克思曾经受到费尔巴哈的重大影响，在《手稿》中有相当一部分就是借助于费尔巴哈的观点来批判黑格尔哲学的。"异化"原本是费尔巴哈哲学中使用的概念，主要用来批判基督教神学和斯宾诺莎、谢林以及黑格尔的"思辨哲学"，认为神学和斯宾诺莎等人的哲学本质上是将人的本质或人的思维理解为外在于人的实体存在，使之反过来成为束缚人的力量。青年时代的马克思对于费氏之于黑格尔的颠覆性批判钦佩不已。马克思借用费尔巴哈的"异化"概念，用以揭示在资本主义社会中被雇佣的劳动阶级的现实状况。马克思的逻辑是这样的：人不同于动物之处在于其维持生存的行为是"自由自觉的活动"或"有意识的生命活动"，因此按照人的"类特性"或本质而言，人应该得到全面的发展，成为完整的人，而劳动作为最能体现人的本质的行为应该成为"人的第一需要"。但资本主义的雇佣劳动把一切都颠倒过来了，人在劳动的时候觉得自己像个动物，只有在

"饮食男女"之时才感到自己是个人。由此马克思洞见了资本主义制度的不合理，并产生推翻资本主义建立新的社会制度的宏图远志。在新时期思想解放运动中，随着关于"人性""人道主义"问题讨论的日益深入，"异化"问题，尤其是现实社会是否存在异化现象的问题就自然而然地凸显出来了。然而，从某种角度看，这已经不是一个纯粹的理论问题，超出了学术讨论的范围，因此只能偃旗息鼓。

然而对中国知识界而言，马克思主义的影响是无与伦比的，在文艺理论领域尤其如此。20世纪70年代初期，民间普遍存在着"自行"阅读马克思主义著作的情况，许多年轻人都是从这种阅读中开始觉醒。新时期初期的"马克思热"也带有正本清源的意义：人们急于弄清楚，究竟怎样的马克思才是真的马克思。于是人们发现了《手稿》时代的马克思，认识到了马克思的人学思想，因此也真正领略到了马克思的深邃与博大，明白了马克思主义真正的逻辑起点之所在。随着对《手稿》研究的深入，在改革开放的宽松环境中，在西方影响至深的马克思之后的马克思主义很快进入到中国学人的视野之中。卢卡契和在卢卡契影响下形成的"西方马克思主义"思想谱系渐渐为中国学人所熟知。其中法兰克福学派对中国文学理论研究的影响最为明显。霍克海默、阿多诺、弗洛姆、马尔库塞、本雅明、哈贝马斯等学者的大名开始频繁出现在中国学者的论文与著作之中。此外那些不属于法兰克福学派的西方马克思主义者，如葛兰西、阿尔都塞、戈德曼，特别是至今依然健在的詹姆逊和伊格尔顿，对中国文艺理论的影响巨大，在中青年学者的文艺理论作品中，甚至到了"言必称伊格尔顿"的程度。

西方马克思主义对新时期文艺理论的影响主要表现在下列几个方面：首先，文学艺术的政治性或意识形态性。这是西方马克思主义一个最具有根本性的特征。在马克思主义文艺理论看来，文艺最根本或者最重要的性质不是它表面可以看到的那些东西，而是其背后隐含着的东西。起决定作用的因素往往是深藏不露的。因此在这种文学理论指导下的文学批评与研究总是能够从文学文本或者文学主张中发现政治性或意识形态性，总是可以看出社会阶级之间的矛盾冲突。例如，审美或者美学问题人们通常会认为是远离政治的，更与阶级斗争无关，但在伊格尔顿看来，美学这门学问的产生本身就是阶级斗争的产物，是资产阶级意识形态渗透于感性层面的结果。在思想解放运动初期人们向往一种"纯文学"，对"阶级""政治""意识形态"之类的词语颇为忌讳，然而随着"西方马克思主义"的引进，人们惊讶地发现，原来这些词语是无法回避的。这也引发了学界对文学与政治关系的再思考。其次，在社会生活与人的精神生活之间建立某种"同构"关系，认为后者是前者的表现或象征。例如，在吕西安·戈德曼的《隐蔽的上帝》中，17世纪法国的社会阶级状况与帕斯卡尔的哲学、拉辛的悲剧作品之间存在着结构上的同构性；又如在詹姆逊看来，"生产模式"是马克思主义文学批评的"主导符码"，社会文化现象总是与社会生产模式之间存在对应关系。自由竞争的市场经济时期的资本主义与现实主义、垄断资本主义与现代主义、后工业社会或晚期资本主义与后现代主义之间是一一对应的。这两位马克思主义批评家显然都受到结构主义的影响，这使得他们的观点看上去似乎有些机械，但确实有大量事例可以证明，而且言之成理。因此人们似乎很难找到反驳的理由。这种观点启发我们的文学理论形成了通过文学现象揭示其背后的社会文化内涵的追问方式，可谓影响深远。最后，研究的目的不在于确定或弘扬某种价值，而在于揭示造成对象如此这般的深层缘由与逻辑。在这一点上，西方马克思主义批评与后现代主义有异曲同工之妙——都不愿意按照研究对象固有的逻辑展开言说，而是执着于探寻那些对象没有说出来的东西，从而揭示其背后更深层的逻辑。在这方面阿尔都塞的所谓"症候阅读"颇具代表性。总之，追问深层意义，揭示对象得以形成的历史原因与文化逻辑，这是西方马克思主义留给新时期中国文学理论的重要方法论启示，对中国文学理论研究具有深远影响。

毫无疑问，西方马克思主义文学批评无论是在西方还是在中国，其影响都是巨大的。但作为文学理论与批评，其局限或者不足也是很明显的。其中最为突出的一点是在其（除了马尔库塞、弗洛姆等精神分析主义马克思主义之外）整个话语系统中，"个体""个体性"以及相连带的人的情感、情绪、感受、体验等主体心理因素几乎完全缺席，更别说什么潜意识、无意识之类了。例如，在西方马克思主义批评家那里，从来不会涉及作为"个体主体"的气质秉性、创造性以及其他属于个性方面的因素对于文学创作的重要性。即使承认有"个体主体"存在（如戈德曼），那也是作为"集体主体"的载体而存在的，真正发挥作用的是后者而非前者。阿尔都塞或许是比较有代表性的，在他看来，一个人作为主体甚至先于其作为个体而存在，就是说，在其出生之前社会已经为之预留了"主体"位置。他甫一降生，意识形态的"询唤"功能就开始以既定的程序把他塑造成社会所需要的那个"主体"。而在戈德曼那里，则任何文学文本或者哲学文本，无论其看上去如何具有个性特征，它们都是隐含的"集体主体"思想倾向与价值取向的呈现方式。在这里"个体"实际上是不在场的。即使可以说有"个体"，他也是作为"主体"的个体，因而是意识形态的产物，而不是有血有肉的个人。显然，在这里，个人的自我反思、自我批判与超越的能力、独创性、天才等都被遮蔽了。对于这一情形，西方马克思主义阵营中的马尔库塞有着比较清醒的认识，他受到弗洛伊德主义影响，对个体无意识之于人类精神生活的重要性有所认识。他试图借助于弗洛伊德来弥补马克思主义过于着眼于社会或阶级整体性而忽视个体性的不足。例如，他试图融合马克思早期关于人的解放、人的全面发展的思想与弗洛伊德的无意识理论，提出了著名的"爱欲"说。爱欲是一种本能，其与性欲的区别在于它是一种积极的、高层次的生理欲望。马尔库塞用"爱欲的解放"来诠释马克思"人的解放"思想。表面看来，马尔库塞的理论注意到了人的感性、生命力的重要性，但其所谓"爱欲"还是一种抽象的存在，并不能由此而推演出个体主体性、个体独特性在人类精神活动中的位置与作用。

早期马克思的人学思想是西方马克思主义的理论基石，从卢卡契到伊格尔顿，无不受其沾溉。中国新时期的文艺理论以回到真正的马克思为口号，自然而然地把早期马克思的人学思想及其所影响的西方马克思主义各家理论作为自己的新的理论支点。这可以看作新时期"人性""人道主义"大讨论的结果，也可以看作中国当代整个人文主义思潮的一项重要成果。文学的审美特征问题、文学主体性问题都是在这样一种语境中成为热门话题的。

三、精神分析主义在新时期文学理论研究中的意义

在极"左"思潮时期，学界曾经激烈地批判过所谓"人性论"，搞得人们在"人性"面前噤若寒蝉，不敢置一词。新时期以来，经过了"人性"与"人道主义"大讨论，自 20 世纪 80 年代以后的文学艺术的创作中，人性的矛盾、复杂性、阴暗面渐渐成为恒久主题，没有什么力量可以阻止作家、艺术家们对人性这口深井的开掘。在文艺理论方面则表现为对精神分析主义的空前热衷。换言之，作为社会现象的"异化"问题被避开以后，人自身的非理性的、本能欲望就自然而然地成为文学创作与文学研究的聚焦之点了。

产生于 19 世纪与 20 世纪之交的精神分析主义，无论是在心理学领域还是整个人文思想领域都产生了颠覆性的影响。在某种意义上堪比当年尼采对西方思想界的冲击。以科学的名义并借助于一定的科学实验手段对人的理性之于人的行为的决定性作用提出质疑——这是精神分析主义的核心所在。自文艺复兴以来，理性逐渐成为至高无上的主体力量，作为理性之主要表现形式的意识与自我意识受到空前重视，在哲学界普遍地被视为人的本质。于是意识与自我意识差不多成了人的主体性的代名词，成了决定人的一切行为的最终因素。弗洛伊德的研究颠覆了这一切：在意识背后还有更为根本性的决定者，这就是无意识，而且这个具有决定性力量的无意识是与人的肉体欲望直接相关联的，是人的意识掌控不了的。这样一来，那作为无比神圣的、有权审判一切的最高法庭的理性大厦便不再那么庄严宏伟了，无意识成了决定性力量。然而无意识却是人们自己无法觉察因而说不清楚的，这就意味着，人类的文化与文明，一切的知识与观念，其实际的动因与功能都与其自我标榜的情形相去甚远，这无异于在尼采之后再一次喊出那振聋发聩的声音：重估一切价值！

"五四"前后弗洛伊德的学说就已经传入中国，这也恰恰是中国知识界反封建、寻求个性解放，对人性问题空前关注的时期。当时的知识界主要是把精神分析主义当作探讨人性的方法来使用的。不能否认，在钱智修、汪敬熙、张东荪、朱光潜、潘光旦、高觉敷以及其他专业人士那里，精神分析主义是被作为一门科学或学问来介绍和运用的，但是到了鲁迅、周作人、郁达夫、郭沫若、施蛰存等文学家这里，弗洛伊德的理论就成了他们理解人性、自我解剖的有力武器，也成了他们理解文学并进行文学创作的思想资源。鲁迅曾说："偏执的弗罗特先生宣传了'精神分析'之后，许多正人君子的外套都被撕碎了。"①鲁迅本人的许多作品中都可以看到精神分析理论的痕迹。而郁达夫、施蛰存等人的小说更是精神分析理论在文学创作中的具体实践。然而，由于民族存亡日益成为摆在每个中国人面前的头等大事，在一代"以天下为己任"的知识分子眼中，"集体主体"的重要性远远超过了"个体主体"。知识界纷纷加入救亡图存的民族大合唱之中，对人性的挖掘已然不合时宜，精神分析理论也就渐渐沉寂下来。

新中国成立以后，"人性""个人""个性""性""性欲"这类话题在热火朝天的社会主义建设和如火如荼的革命运动面前显得是那样渺小，言说者寥寥。所以20世纪80年代初的精神分析主义能够形成一时热潮，实在是不寻常的事件。构成其文化语境之主要因素的，就是思想解放运动中对个体与个性的再度彰显。从精神分析主义在中国的这两次热潮我们即可见出时隔半个多世纪之久的两次思想解放运动的内在一致性，亦可见出"五四"运动未竟事业对于中国当代知识界的重要意义。

在新时期，素以博学多闻、学贯中西著称的钱锺书于1981年发表了一篇对文艺理论界影响深远的论文：《诗可以怨》。这篇文章原是作者1980年11月20日在日本早稻田大学教授恳谈会上的发言稿，后来发表在《文学评论》1981年第1期上，其中有这样一段话谈到弗洛伊德："大家都熟知弗洛伊德的有名理论：在实际生活里不能满足欲望的人，死了心作退一步想，创作出文艺来，起一种替代品的功用……借幻想来过瘾……"这大约是新时期引用弗洛伊德的观点来谈

---

① 鲁迅：《"碰壁"之余》，见《鲁迅全集》第3卷，124页，北京，人民文学出版社，2005。

论文艺理论问题的最早尝试了。紧接着——或许是受到钱锺书的启发——同年《文艺理论研究》第 3 期刊发了弗洛伊德的《创造性作家与昼梦》（后来一般译为《作家与白日梦》）一文，同时还刊发了苏联《简明百科全书》关于"弗洛伊德"的条目以及一位美国批评家写的《弗洛伊德与文学》一文。此后的十余年间，弗洛伊德的论文著作相继被译介过来，研究弗洛伊德学说的论文与著作也大量出现。在 20 世纪 80 年代中期，凡是研究文学的人，如果不了解弗洛伊德，不能谈论几句"无意识"与"力比多"，那肯定是会被笑为是无知或者落伍的。弗洛伊德主义在中国之所以很快形成巨大影响，除了理论界的倡导以外，更有赖于创作界的积极实践——20 世纪 80 年代中期一大批受到精神分析主义理论影响的作品涌现出来。诸如张贤亮的《男人的一半是女人》《绿化树》，王安忆的"三恋"等堪为代表。可以说整个 20 世纪八九十年代中国文学对"性"或"性爱"的热衷与弗洛伊德学说的引进有着密不可分的关联。应该说，弗洛伊德主义对中国文学界的影响与其说是提供了一种新的知识或研究路径，不如说为人们毫无顾忌地表现或谈论"性"的问题提供了冠冕堂皇的理由。性的问题与文学创作从来都关联紧密，特别是在相当长的一个时期里成为一个禁区之后，作家、读者与批评家们都对这一空间充满神秘感。于是在这一特定时代，"性"这一禁区的解禁程度也就成为思想解放程度的一个标尺，而作家的勇气与创新也常常在这里得到体现。对于理论研究来说，则是否敢于把文学创作、审美心理这种以前被视为高层次的精神活动与性联系起来也在一定程度上体现着其是否站到了理论的前沿。

　　但是，在弗洛伊德主义影响下产生的荣格的分析心理学，却不能与弗洛伊德主义相提并论。荣格对中国文学研究的影响主要表现在"集体无意识"与"原型"两个概念上。而且从某种意义上说，荣格的影响并不小于弗洛伊德。特别是对于中国这样拥有悠久历史和古老文化的国家，"集体无意识"与"原型"作为一种批评范式似乎有着无限的潜力。在弗洛伊德的"无意识"概念的基础上，荣格进行了进一步阐发，他认为，无意识有两个层次："个人无意识"和"集体无意识"。前者只是整个无意识的一小部分，作为基础而存在的是后者。也就是说，"集体无意识"才是决定人类行为的最根本性的因素，而"原型"则是构成"集体无意识"的基本元素。如果说"个体无意识"仅仅联系着个人的行为方式，那么"集体无意识"则联系着群体、民族与文化。这无异于为文学理论与批评开启了一道通向幽深文化传统与民族记忆的大门，较之弗洛伊德的个体心理纵深开掘更具有阐释学意义上的广度与深度。因此在荣格分析心理学直接影响下形成的以弗莱为代表的"原型批评"在20世纪五六十年代曾经成为一时之显学，这种批评理论于80年代传入中国。以叶舒宪为代表的一批中国学者在介绍"神话原型批评"的理论观点、操作方法并用之于研究实践方面做了大量工作，对中国的文学研究产生了重大影响。

弗洛伊德精神分析主义理论对于中国新时期文学理论的意义历来缺乏准确的定位，好像这已经是陈年旧事，对当下来说不再具有学术意义了。其实不然，我们今天对文学艺术的理解依然受到精神分析主义的莫大影响，这主要表现在以下三个方面：第一，文艺的神圣性大打折扣。以往我们对文艺创作具有一种仰视的崇敬，因为从康德美学问世以来，人们几乎都认为文艺创作是天才的事业，我国从王国维到朱光潜都深受康德思想的影响。而从政治或意识形态角度看，马克思主义历来强调文艺的伟大功能，认为文艺事业是革命事业的重要组成部分，同样具有神圣性。然而弗洛伊德学说告诉人们，文艺创作与人人有之的"白日梦"具有同样的形成机制，都是被压抑的本能欲望，主要是性欲的升华或转换形式。对此说法人们不一定尽信，但大都会觉得至少有些道理。于是文艺创作也就不那么神圣了。第二，机械反映论的文艺观念被彻底否定。所谓机械反映论是指那种认为文艺是社会生活的再现或复制的文艺观，这种文艺观要求文学真实反映生活，成为社会生活的镜子。由于精神分析理论的介入，在社会生活与文学艺术之间就不仅仅存在着有意识、有情感的作者，而且还横亘着深不可测的"无意识"。无论人们对"无意识"抱有怎样的疑惑，在这种理论面前，那种反映、再现的观点都显得简单浅薄，再也不具有说服力了。第三，精神分析主义的引进促进了我们文学创作和文学理论研究对"禁区"的突破。由于精神分析主义是以科学的面目出现的，因此让人们有足够的勇气去面对自己内心世界幽暗的深谷，使人们敢于暴露自己的卑微与丑陋。于是文学创作和文学理论研究作为人的自我意识是大大深化了。文学理论的追问开始超越"是什么"的层面而进入"为什么"的深度。文学研究者不再停留在对文本说出来的东西的审视上，而是更愿意去探寻它没有说出来的，即文本背后隐含的深层意义或意味。作者没有意识到的原因或动因才是真实有效的，而他所意识到的都是表面的，给别人看的，因而是虚假的。

到了20世纪90年代中期以后，随着大众文化的迅猛发展与相应的文化研究热潮的兴起，弗洛伊德的学说不再那么热了，甚至鲜有人提及了。即使是用结构主义重构了弗洛伊德的拉康也渐渐不那么引人注意了。但是精神分析主义给中国文学艺术的创作和文艺理论留下的深深印记却是无法磨灭的，甚至会历久而弥新。

四、存在主义哲学与哲学阐释学对新时期文学理论的影响

除了西方马克思主义、弗洛伊德主义之外，对中国新时期以来30

多年文学理论研究形成最大影响的大概要算是存在主义了。20 世纪 80 年代初期，在人们开始思考人性、人道主义问题时，马克思《1844 年经济学哲学手稿》成为最主要的思想资源，人们对"人性的复归""人的全面发展""人的解放"这类充满革命理想主义的提法充满热情。然而随着"异化"问题讨论的终止，人们便自然而然地开始把目光转向新的理论资源，以尼采、海德格尔、萨特为代表的存在主义思想便引起了中国学人的关注。

尼采对中国学界的影响由来已久，可以追溯到"五四"之前。1904 年王国维发表《叔本华与尼采》《尼采氏之教育观》等文章，称其人为"旷世之天才"，对其"意志"与"超人"之说颇为推重。而对于梁启超、鲁迅、陈独秀、李大钊、胡适、沈雁冰、郭沫若等志在改造中国社会的现代知识分子那里，尼采不啻精神之源泉、前进之动力，其"重估一切价值"的响亮口号，一往无前、鄙视孱弱的"超人"精神对于他们具有莫大的吸引力。从某种意义上说，尼采对于"五四"前后的一代中国知识分子庶几近乎精神导师的地位。例如，胡适说：

> 尼采说现今时代是一个"重新估定一切价值"（Transvaluation of all Values）的时代。"重新估定一切价值"八个字便是评判的态度的最好解释……我以为现在所谓"新思潮"，无论怎样不一致，根本上同有这公共的一点：——评判的态度。孔教的讨论只是要重新估定孔教的价值。文学的评论只是要重新估定旧文学的价值。贞操的讨论只是要重新估定贞操的道德在现代社会的价值……我也不必往下数了，这些例狠够证明：这种评判的态度是

新思潮运动的共同精神。①

胡适主张要用"评判的态度"看待中国传统文化，也就是冷静客观地重新审视中国传统文化的意思，尼采的"重新估定一切价值"也就成为中国新文化运动重要助力之一。

如果说对于刚刚从传统文人士大夫转变为现代知识分子的陈独秀、鲁迅、胡适那一代学人来说，尼采是他们以"评判的态度"反思传统的理论资源之一，那么在新时期，对于一代刚刚从"文化大革命"的梦魇中醒来的一代知识分子而言，尼采的价值首先同样表现为提供了一种反思的意识与勇气。然而对于中国新时期的文学理论与美学来说，尼采在《悲剧的诞生》中反复阐释的狄奥尼索斯精神与阿波罗精神则具有更大的影响力。② 这两种发端于古老祭祀仪式的精神被理解为最基本的艺术冲动，日神冲动表现为梦，酒神冲动表现为醉，希腊悲剧就是这两种冲动相结合的产物。在尼采的阐述中，尽管日神冲动与酒神冲动的二元结构不容偏废，而且二者也具有相辅相成的相互支撑关系，但给人的感觉是他更钟情于酒神冲动，认为它不仅是人的生命力的自然形态，而且是作为世界本原的意志的直接显现。在中国学者心目中，酒神精神是情感、欲望、非理性的代名词，这对于长期处于

---

① 胡适：《新思潮的意义》，载《新青年》，第七卷第一号，1919 年 12 月。

② 新时期以来关于尼采的研究首先兴起于比较文学与现代文学界，乐黛云发表于1980 年的《尼采与中国现代文学》一文影响巨大，随后关于尼采与中国现代文学关系，特别是尼采与鲁迅之关系的论文层出不穷。对尼采的正面研究则发生于美学界。著名美学家汝信在出版于 1985 年 2 月的《外国美学》第 1 辑上发表长文《论尼采的悲剧理论——关于〈悲剧的诞生〉一书的研究札记》，这是新时期以来第一篇系统介绍尼采早期美学著作《悲剧的诞生》的研究性论文。翌年，周国平翻译的《悲剧的诞生》一书由生活·读书·新知三联书店出版，于是一场"尼采热"首先在美学界兴起，很快便波及哲学界与文学理论界。

某种"禁欲主义"和政治意识形态高压下的一代中国知识阶层来说，无异于一种精神的解放，就像嵇康的"越名教而任自然"对于魏晋之际的士人阶层来说具有精神解放作用一样。而在 20 世纪 80 年代中期年轻学人几乎人手一册的《查拉图斯特拉如是说》一书中对超人、强力意志的张扬，更是令年青一代血脉偾张。或许是出于误读，至少是片面的接受，尼采在 20 世纪 80 年代的中国成了反理性、张扬感性和生命力的文化符号。这在当时那个文化语境中，与思想解放的步调有某种一致性，是具有积极意义的。对于文学理论而言，尼采的意义首先表现为对长期笼罩在文学理论领域的形而上学思维方式的怀疑与摒弃。形而上学曾经在西方两千多年的哲学发展史上居于主导地位。在中国古代原本没有形而上学传统，但随着西学的引进，现代以来形而上学也渐渐影响到中国学人的思维方式。这在人文社会科学的各个学科都有所表现，而在文学理论领域最为突出。诸如对文学本质的追问、对文学创作规律的探寻、对文学理论体系的热衷等，均可视为形而上学思维方式的具体表现。对于我们如此这般的文学理论来说，尼采对感性、生命力的高扬，对西方概念形而上学传统的质疑就具有重要启发意义。其次，尼采的超人哲学及其对个体生命力的张扬有助于中国文学理论对个性、特殊性与个别性关注。中国现代以来的文学理论过于关注普遍性了，阶级性、人民性、原则性、本质、基本规律等，全都属于普遍性范畴，个性、特殊性、独特性等受到压抑与遮蔽。所以我们的文学理论是整齐划一的，是试图涵盖一切文学现象的，是放之四海而皆准的。尼采哲学与美学对个性、感性、生命力的标举对于我们的文学理论反思自身之弊无疑具有很大的促进作用。此外，诸如"上帝死了""重估一切价值"等振聋发聩的口号，对于中国新时期文学理论对权威与种种禁区的突破，也具有重要意义。

海德格尔的哲学与美学思想对中国文学理论的影响从 20 世纪 80 年代中后期开始，30 年长盛不衰。1987 年海德格尔的重要著作《存在与时间》中译本（陈嘉映、王庆节译，生活·读书·新知三联书店）出版，1989 年新时期中国第一部海德格尔哲学的研究著作《现代西方的超越思考：海德格尔的哲学》（俞宣孟著，上海人民出版社）出版。1991 年中国第一部海德格尔文艺思想研究著作《思与诗的对话：海德格尔诗学引论》（余虹著，中国社会科学出版社）出版（港澳台地区未统计在内）。一场研读海德格尔的热潮在学界兴起。如果说尼采告诉人们传统的概念形而上学不可信、理性权威不可靠，那么海德格尔则力图告诉人们什么才是可信的与可靠的。海德格尔致力于思考人的存在问题，在胡塞尔那里主要关心的人的意识是怎样的以及世界如何在意识中被建构的问题，在海德格尔这里则主要关心的是人如何"在世界之中"构成自身、构成世界。具体的人，即"此在"与"世界"之间是相互建构、相互展开的过程，人的一切行为或者活动，包括身体的与心理的以及精神的，都从一个维度上展开着自身与构成着世界，所以不仅人的意识、知识是构成性的，缘起缘灭的，而且人本身、世界本身也同样如此。所谓真理、美、艺术与存在一样，都是指人在与世界相互展开、相互建构的过程中对其某一瞬间的关注与凝视，这才是对存在本身而不是存在物的注意，这便是存在的澄明状态。对于新时期文学理论研究来说，海德格尔的影响主要表现在启发人们从存在论的层面上对文学艺术的崭新理解。以往我们习惯于把文学艺术看作社会现实在人们头脑中反映的产物，或者理解为一种思想情感的特殊传达形式。而在海德格尔的启发下，我们开始意识到，文学艺术并不仅仅是外在世界在人们头脑中的反映，它实际上就是人的存在方式，也就是世界的构成方式。人与世界的存在借助于文学艺术得以显现，在文学艺术中，存在得以澄明，真理被祛蔽，人的生命本真朗然呈现。在这里，作为被呈现者的存在、真理、人的生命本真都是一回事，它们不是客观的本质或规律，而是人与世界在相互构成中某一瞬间的被关注、被聚焦。因此诗与思在根本上是同一的，它们都关联于存在本身。作为呈现者，最本真意义上的语言和诗歌以及艺术具有同等的重要性，它们的意义在于使被隐匿了的存在澄明。本真的语言与诗歌、绘画等文学艺术的根本价值并不在于给人以娱乐，而在于使人领悟到存在的意义，它们使存在者存在。海德格尔启发我们把文学艺术作为生命的存在方式来理解，作为真理祛蔽、存在澄明的方式来理解，大大强化和凸显了文学艺术的人性价值。

海德格尔对中国学界的方法论意义在于：启发人们用构成性的眼光来看待世界上的一切。无论是研究对象还是研究者本身都是构成性的，就是说是在一个形成的过程中。某种存在者成为研究对象带有很大的偶然性，是作为行为主体的"此在"与存在者的偶然相遇的产物。这种构成性视野对于破除传统形而上学思维方式具有重要价值。面对一种作为研究对象的文学现象，我们不再将其视为固定之物来看，而是视为各种关联因素的交汇点，是一个依然处于构成之中的过程或者环节。这对于我们突破原有思维定势，以一种动态的、变化中的观点看待文学艺术现象，无疑具有重要作用。

海德格尔是20世纪"现象学运动"的重要环节，其后一个重要人物则是萨特。从某种意义上说，萨特在中国的影响力并不逊于海德格尔，但这主要是表现在文学艺术创作领域，而在美学和文学理论方面则依然是海德格尔的影响更为深远。萨特的哲学和文学创作让人明白了"存在先于本质"的真义所在，让人深深领悟了在世界与人生中无处不在的荒诞感。事实上新时期以来的小说许多都在演绎着萨特式或者加缪式的荒诞，展示着人的自由本质以及这种自由本质在无数个不可预知的偶然性所构成的虚无面前的微不足道。萨特的文艺思想是其存在主义哲学思想的体现，这主要体现在其文艺论著《什么是文学》中。他把文学艺术活动视为人的存在方式，是人的自由本质的展现，无论是创作还是阅读，都是以人的自由为前提的。同时文学艺术又不仅仅是个人的事情，而是一种社会活动，人们通过艺术活动在"介入"现实、超越现实。萨特把文艺看作一种活动，因此很关注读者或欣赏者的重要性，可以说他先于接受美学和读者反应批评提出了作品只有在读者的阅读过程中才真正存在的观点。

在现象学—存在主义思想系统中，除了海德格尔和萨特之外，对中国新时期以来文学理论产生重大影响并参与到人文主义思潮中的另一位理论家是伽达默尔。他是海德格尔的学生，他的最大贡献是把现象学和存在主义理论转变为一种方法论，即哲学阐释学。哲学阐释学是关于阐释行为的本体论意义及其基本特性的学说。它有三个基本要点：其一，阐释是文化传统存在与传承的基本方式。任何一种文化都是阐释的结果，人也在阐释中实现自己的主体性。因此，阐释是人的存在方式，人在阐释中存在。其二，阐释的本质是对话。阐释不是一个主体对某种文化文本或"历史流传物"的单方面解读，而是一种"对话"。在这里"对话"的意思就是意义的双向建构——阐释者与阐释对象都是主体，是两个主体之间的交流互渗构成了阐释的结果。这个结果既不完全属于阐释对象，也不完全属于阐释主体，而是二者的重新组合。所以，在哲学阐释学的语境中没有"原义""本义"或者"真相"。一个"历史流传物"永远向着不同的阐释主体展示出不同的意义，所以其意义是生成性的，永无衰竭。其三，阐释行为不是相对主义的，不是"想怎么说就怎么说"，它要受制于双重语境：一是对象的历史语境，即一个文化文本生成与流传过程中遭遇的种种关联因素构成的意义网络，正是这个意义网络决定了这个文化文本的特点与性质。这种历史语境为阐释者提供了阐释的"抓手"，即条件，同时也规定了阐释获得有效性的范围。也就是说，阐释行为要受到阐释对象历史语境的制约，把这一对象置于一定的关系网络中来考察，而不是任意解说。二是阐释语境，即阐释者自身所处的历史语境。这是阐释行为的主观条件，涉及为什么阐释，阐释如何可能以及站在怎样的立场上进行阐释等问题。换言之，阐释语境也就是阐释行为的学术史环境，面对阐释对象，别人说过什么，存在什么问题，我能说什么，等等，都是学术史环境所决定的。这就意味着，对于一种阐释行为来说，要获得有效性而不陷入相对主义的任意解说，既要重建对象的历史语境，又要明了阐释者所处的历史语境，要把历史和学术史这两种视域结合起来，这应该说是一种合理的方法论。

哲学阐释学对中国新时期以来的文学研究影响很大。这主要表现在三个方面：一是"对话"意识的形成。"我注六经"和"六经注我"曾经是中国传统学术的两种倾向。前者是"古文经学"的基本原则，所谓"注不破经，疏不破注"，主张阐释不能超出对象给出的范围。后者是"今文经学"的基本精神，在阐发所谓"微言大义"的时候充分展开想象。在具体历史时期，这两种倾向固然都有其存在的合理性与实际效用，但毕竟都不是恰当的学术路径。因为它们都缺乏"对话"精神，都不是在"我与你"的关系中言说。新时期以来，在巴赫金、伽达默尔、哈贝马斯等人相关理论的影响下，"对话"已经成为我们的文学理论与批评中最常见的词语之一，而"对话"意识也在这一代学人中渐渐形成起来。那种"一言堂"的、独白式的或独断论的言说方式已经不那么常见了。二是语境意识。阐释学意义上的"语境"与过去我们常说的"时代背景"不同，一个是普遍的语言环境，一个是特殊的语言环境，判然有别。所谓普遍的语言环境是指研究对象所处的一般性的、共同的外部条件，而特殊的语言环境则指这一研究对象所特有的外在与内在条件。例如，研究春秋战国时期的文学思想，诸侯争霸、礼崩乐坏、诸子争鸣肯定是一般性的时代背景，是研究者必须了解的。但是这种了解是远远不够的，因为同样是在这一时代背景之下，为什么儒家思想与道家思想、墨家思想与杨朱思想差异那么大呢？要寻找原因就不能不重视特殊的语言环境，即文化语境或历史语境了。

我们以往的学术研究都存在脱离具体语境的现象，而文学理论研究表现尤为突出，在概念与逻辑的世界里遨游、架空立论曾经是这个研究领域的普遍倾向。而在当下的文学理论研究中，在具体语境中进行的具体问题的梳理与分析已经代替了那种从概念到概念的逻辑推演，一种新的学术研究路向业已形成。我们不能说这完全是拜哲学阐释学所赐，但它起到了相当重要的作用则是不能否认的。三是减弱了"追问真相"的冲动。现代以来，受到西方科学主义、实证主义思想倾向的影响，中国学术研究中普遍存在着"追问真相"的冲动。影响所及，文学理论研究也以揭示"本质""规律"为己任，建构起一个又一个所谓"体系"，宣称找到了文学创作、文学发展或者文学接受的奥秘。这在 20 世纪 80 年代是普遍存在的现象。受到哲学阐释学的影响，当下的文学理论研究已然不再那么热衷于"真相"了。阐释活动乃是一种"意义建构"，是通过"视域融合"而获得"效果历史"的过程。所以面对同样一个"历史流传物"，不同的阐释者就会得出不同的结论，就像万花筒，换个角度就呈现不同图案。这里没有哪个是"真相"，都是对象的不同侧面或层面而已。而这些侧面或层面并非存在于对象中，而是存在于对象和阐释主体的关系中。有多少种关系，就会有多少个侧面或层面，所以阐释活动永远不会终结，而是呈现一个不断延伸的过程，文化传统正是在这种永无休止的阐释中建立起来并不断延续的。

在接受西方文学理论观念与方法影响的过程中，逐渐形成了中国新时期文学理论的发展脉络与基本格局，因此我们的文学理论话语体系主要是来自西方的。这也就是 20 世纪 90 年代中期出现"失语症"焦虑的原因了。基于这种焦虑与种种现实需求，中国的文学理论家也曾经力图建构某种具有独特性的理论话语，其中最有代表性的就是钱中文在 20 世纪 90 年代中期提出的"新理性精神"学说了。在钱中文看来，新理性精神是以一种新的人文精神为内涵的，旨在反对各种西方思潮中包含的非理性主义、反理性主义、虚无主义倾向，弘扬一种积极进取的文化精神和批判精神。这种新理性精神是开放性的，对于传统中的各种积极因素，包括后现代主义在内的各种西方文化学术中的积极因素都要吸收。这种新理性精神具有强烈的现实针对性，是对那种在"物的挤压"中产生的消极、颓废、绝望、荒诞、孤独、无聊等情绪与人生态度的批判与矫正。也就是说，新理性精神是中国学者面对形形色色的西方文化思潮的冲击与现实社会中商品大潮带来的精神问题而提出的抵抗策略，是一代中国人文知识分子重建人文理想与价值秩序的努力，也是新时期文学理论建构中国话语的尝试。

新时期文学理论中的人文主义倾向是我国文化建设过程中的一笔宝贵的财富。它使我们的文学理论研究保持一种积极的价值追求与批判精神。这种人文主义倾向不再是不切实际的空洞理想，不再是虚幻的乌托邦主义，它就是一种合理性追求，是对社会共同体的基本利益与价值观的维护与尊重。这种人文主义倾向不是建立在独断论的基础上，而是各种思想长期磨合碰撞的结果，是"对话"的产物，是"共识真理"。它的价值在于让我们在进行文学理论与批评的研究时，有公认的评价标准，让我们知道怎样的文学是好的，怎样的学术研究是有意义的。这种人文主义倾向不是舶来品，尽管我们确实接受了西方有价值思想与方法的影响，它是当代中国人文知识分子在古今中外文化遗产的基础上的新的建构，是一种仍在形成中的新的文化传统。

第二节　科学主义倾向之影响

中国现代知识分子与传统文人士大夫有许多共同之处，最主要的是那种"以天下为己任"的历史使命感。二者也有许多不同之处，最主要的则是从传统文人脱胎而来的现代知识分子多了一种"追问真相"的兴趣。中国传统文化学术中历来缺乏"追问真相"的冲动，人们更愿意在"天人合一"的思想框架内思考宇宙人生的各种问题。这被现代学人认为是中国古代自然科学不发达的主要原因之一，因而也是近代以来中华民族落后的主要原因之一。事实也是如此，如果没有形成主客体二元对立的思想模式，如何能够建立起现代科学呢？而没有现代科学，在国际竞争中如何不处于被动挨打的地位呢？于是学习西方人的科学精神，以"追问真相"为学术研究之鹄的，就成为中国现代文化传统的基本学术旨趣，而且也成为民族自立与救亡图存的主要措施之一。在特定历史语境中，这是非常必要的，是一条正确的道路。然而影响所及，在人文学科领域形成了一种"追问真相"的冲动，导致传统被割裂了，延绵数千年的古代文化被许多人作为陈词滥调而抛弃了。只是后来由于政治斗争和民族矛盾的需要，这种以"追问真相"为基本特征的科学主义倾向才不得不让位于政治的或意识形态的话语。到了20世纪80年代，一场声势浩大的思想解放运动席卷而来，一代知识分子力图从极"左"的意识形态的桎梏中挣脱出来，于是那种久违了的科学主义倾向又重新获得生命力，"追问真相"又重新成为人文学科学术研究的主要驱动力之一。在文学理论研究领域，这种科学主义倾向主要表现为借助于自然科学的研究方法来解决文学的问题，从而导致了"本质主义"思维方式的形成以及"老三论"、"新三论"、文艺心理学、文学符号学与结构主义叙事学等研究方法的兴盛一时。在这一节中我们分别讨论一下文学理论领域这种科学主义倾向的表现及其得失。

一、"本质主义"的实质及其对文学理论的影响

所谓"本质主义"是这样一种思维模式：任何一种事物都是由隐藏在现象背后的某种性质所决定的，这种性质是固定不变的，一旦掌握了它，这个事物也就被把握了。"本质""规律"等概念原本是人们对世界存在方式的一种概括，它们本身并没有什么问题，"本质主义"的失误在于把这些概念形而上学化了，使之成为固定不变的东西，成为最终的决定因素，于是复杂的、波诡云谲、瞬息万变的事物被简单化为某种概念或范畴。这样一来，就不是使人的思维适应事物的复杂性，而是反过来，把事物做简单化处理以使其符合人的思维。"本质主义"这种思维方式当然是非科学的，但其与"科学主义"却有着密切联系，甚至可以说，它正是科学主义的主要表现形式之一。科学主义的最大问题是只相信自然科学的方法，不承认人文学科的独特性，试图用科学的，即可以实证的、量化的方法解决一切问题。然而在人文领域很多问题是不可以进行实证研究的，于是人们就试图靠揭示"本质"或"规律"来代替实验和统计等具体科学研究手段。于是"本质主义"也就成为科学主义在人文学科领域的主要表现形式之一。"追问真相"是科

学主义倾向的主要特点，这在自然科学领域很有效，因为"真相"可以通过实验、统计等方法得到，也可以在实践中加以检验。然而到了人文学科领域，"真相"就不那么容易追问了。面对同一事件，不同人会发现完全不同的"真相"。于是信奉科学主义的研究者们就用"本质"来置换"真相"，一旦确定了某种现象的"本质"，其"真相"也就不言自明了。但这个"本质"不可以由实证而得到，也无法由实践来检验，于是它就或者处于凭空想象，或者成为某种意识形态观念的话语表征了。

在 20 世纪 80 年代的中国文学理论界，本质主义可以说是占据主导地位的，这首先是与"为文学正名"的冲动相联系的。文学艺术不再被视为政治或阶级斗争的工具了，它需要重新被命名。于是伴随着为文学"正名"而来的就是对文学"本质"的追问。对此一大批文学理论研究者付出了极大的热情与精力，几乎人人都是这个领域的"寻宝者"，好像文学的"本质"就藏在某一个地方，谁能找到它，就可以一劳永逸地解决许多复杂文学奥秘，当然也就可以一夜成名。各种学术会议、各种报刊文章都在兴致勃勃地谈论着"文学是什么""文学的本质是什么""文学创作的规律""文学接受的奥秘""文学发展规律"等诸如此类的话题，与美学界关于"美的本质"的大讨论"相映成辉"，构成了一个时期学术研究的主旋律。"审美""自由""情感""意象""形象"等都曾经被作为文学的"本质"而阐述过。今天看来，这种关于文学本质的讨论在学术上可以说毫无意义可言，但作为一种大的社会思潮的组成部分，其价值与意义却不容小觑：事实上，无论是科学主义还是本质主义，甚至整个"逻各斯中心主义"传统，都曾经发挥过重要的政治的或意识形态的作用，它们都曾经是知识阶层的权力话语，暗含着一种文化霸权。即如"新时期"初期，本质主义与科学主义曾经是一代知识分子主体性和独立性诉求的话语表征，是他们身份自我确证的方式。在经过了长期的受压制、边缘化的社会境遇或者之后，知识分子希望以一种独立的个体，甚至是启蒙者的身份言说，本质主义和科学主义恰好为他们提供了符合这种身份的言说方式：以本质主义方式言说意味着可以揭示对象的本质，而揭示本质也就意味着从根本上掌控对象，从而获得权威性。如果和"为文学正名"的时代呼声相结合，则本质主义的言说方式恰恰可以为言说者提供成为文学理论权威发言人的可能性。这正是刚刚获得某种独立性的知识分子梦寐以求的。科学主义则以其"客观性""价值中立"等特点为知识分子提供言说的合法性，"追问真相"曾经长期是知识分子的使命，这也正是科学主义能够泛滥于人文学科的重要原因之一。

只有当他们意识到这种角色与其另一种身份——意义与价值的建构者——相冲突的时候，他们才会反思科学主义所具有的危害性。20世纪80年代的西方，科学主义早已经声名狼藉了，而在中国它却成为一代知识分子证明自身价值的方式。文学理论也就顺理成章地成了体现科学主义思潮的研究领域。从表面上看，科学主义是拒斥沦为政治的或意识形态的工具的，因为科学主义试图让文学艺术等人文科学也像自然科学那样具有客观性、精确性。然而实际上科学主义自身也是一种意识形态话语。借助于自然科学成果来争夺话语权是科学主义形成的主要原因。在20世纪80年代的中国文学理论界，科学主义之所以颇有市场，与人文知识分子独立性与主体性诉求密切相关。在这一特定历史语境中，"科学"自然而然地被视为可以证明知识分子自身存在价值与独立性的符号，因为科学就意味着客观知识，而客观知识正是知识分子的专利。在科学的旗帜下，知识分子就理直气壮地从政治的战车上独立出来了。

对"方法"的热衷是科学主义在文学理论领域最显著的表现之一。

1985 年被中国文学理论界称为"方法年",那时候几乎人人都在谈论方法,人人都试图寻找更有效的方法。在潜意识中,人们确信只有找到科学的方法,文学理论研究才能有突破性进展。在当时"方法"就意味着"科学",因此差不多所有被用来解决文学问题的新方法都来自于自然科学领域。诸如"老三论""新三论""心理学""生理学""脑神经科学""热力学第二定律""测不准原理"以及处于人文学科与自然科学之间的语言学都被引进到文学研究中了。一时间在中国学界掀起了一场热闹喧天的"方法"大合唱。究其实质,其实是科学主义思潮的泛滥。

二、"追问真相"的具体实践:各种"新方法"之众声喧哗

新时期文学理论界对新方法的热衷开始于 20 世纪 80 年代初,到 1985 年达到高潮,故而这一年后来被学界称为"方法年"。这一热潮是从"老三论"和"新三论"开始的。1981 年,张世君发表论文《〈巴黎圣母院〉人物形象的圆心结构和描写的多层次对照》(载《外国文学研究》1981 年第 4 期),翌年作者又发表《哈代"性格与环境小说"的悲剧系统》一文(载《外国文学研究》1982 年第 4 期),被认为是国内学界运用系统论方法进行文学研究的最早尝试。1982 年甘肃的《当代文艺思潮》创刊,明确倡导新方法,并于第 2 期发表美学家高尔泰的论文《现代美学与自然科学》,强调了系统论、信息论、控制论等自然科学方法在美学和文学研究中的可能性与必要性。1984 年刘烜在《文艺报》第 11 期发表论文《文学的有机整体性和文学理论的系统性》,指出文学与文学理论本身的整体性特征决定了运用系统论方法的必要性;同年美学家周来祥在《文史哲》第 5 期上发表《建国以来美学研究概论》一文,主张要把信息论、控制论、系统论与模糊数学的方法运用到美学研究中来可以使之成为一门成熟的学科。林兴宅《论阿 Q 性格系统》(载《鲁

迅研究》1984 年第 1 期）则被当时学界视为运用系统论方法研究文学作品最成功的范例，影响极大。一时间，人们争相研究新方法、运用新方法，在短短的几年时间里，数百篇运用系统论、信息论、控制论以及耗散结构理论、模糊数学等方法研究文学的论文集中出现于各种报纸杂志上。对当时的文学理论研究者来说，似乎不谈论新方法、不使用新方法就落伍了。人们不约而同地把美学、文学理论乃至整个文学研究取得新突破的希望寄托于新方法。这里透露出的信息是：只要掌握了科学的方法就能够发现和揭示美学和文学活动的"真相"，而一旦掌握了"真相"，就可以一劳永逸地解决种种学术难题了。

人们未及想到的是，文学或者审美活动真的像自然物一样有一个"真相"等着我们去发现吗？试图用自然科学的思维去解决人文学科的问题是科学主义最典型的标志，这正是导致这场"方法热"的最直接原因。而从研究主体角度来看，则刚刚从极"左"思潮压迫下挣脱出来的一代知识分子急于有所发现与创造，渴望着自己的独立性、主体性得到确证则是更深层的原因。尽管如此，以系统论为代表的自然科学方法的引进对于文学理论或美学研究来说也还是有着一定的积极意义。正如钱中文所说："所谓系统方法，就是把对象放在系统的结构形式中加以考察的一种方法，它始终把握着整体与部分、整体与外部环境的相互联系、相互制约、相互作用的关系之中，综合地考察对象，以达到对问题的最佳处理。系统的思想一般包含下述几个方面：整体思想、联系和制约观点、有序观点、动态观点、最优化观点。将系统论观点应用于文学观念的分析研究，是完全适用的。可以而且应该把文学观念看成一个系统，来分析它的组成部分。"[①]在钱中文看来，文学

---

① 钱中文：《论文学观念的系统性特征》，载《文艺研究》，1987(6)。

作品和文学理论都是一种多层次的存在，是一种系统的存在，所以运用系统方法可以有效地对它们进行研究。系统论方法把研究对象看作一个具有有机联系的整体，在其与外部环境的联系中、其内部各组成部分之间的联系中考察其特征，而且把研究对象视为一个处于不断变化之中的动态存在，在各层次、各维度的复杂联系中考察其变化过程，故而可以对研究对象有一个比较深入而准确的把握。但是系统方法并不能解决文学或美学的全部问题。亦如钱中文所说："系统思维是一种理论，但主要是把握事物整体的思维方法，而思考的逻辑，尚不是理论逻辑本身。文学研究的目的，在于阐明各个层次的文学观念，所以它还应具有适合于自身的方法。不使用这种方法，只求诸系统思想，理论本身就会成为空洞的架子。由此采用系统的思想方法，目的是为了改善理论逻辑自身。"①文学是一种精神性存在，它比自然物具有更多的复杂性与不确定性，这就需要有适合于文学特征的特殊研究方法才行。

文艺心理学是继"老三论""新三论"之后兴起的又一种具有科学主义倾向的文学理论热潮。金开诚的《文艺心理学论稿》(1982)、陆一帆的《文艺心理学》(1984)、滕守尧的《审美心理描述》(1985)、彭立勋的《美感心理研究》(1986)、吕俊华的《艺术创作与变态心理》(1987)、钱谷融和鲁枢元的《文学心理学教程》(1987)、王先霈的《文艺心理学概论》(1988)等著作和教材相继出版；以鲁枢元为代表的一大批中青年学者从 1982 年开始在各种学术报刊发表了数百篇论文。仅文艺心理学丛书就出版了三套：鲁枢元主编的"文艺心理学著译丛书"(黄河文艺出版社 1987 年开始出版)；陆一帆主编的"文艺心理学丛书"(三环

---

① 钱中文：《论文学观念的系统性特征》，载《文艺研究》，1987(6)。

出版社 1989 年开始出版）；童庆炳主编的"心理美学丛书"（百花文艺出版社 1990—1993 年出版）。1987 年在河南郑州、1989 年在湖南张家界召开的两次全国性文艺心理学专题研讨会，研究队伍更是极为可观，可以称为团队的就有华中师范大学王先霈、郑州大学鲁枢元、山西师范大学畅广元、北京师范大学童庆炳等学者各自带领的青年教师和研究生研究群体。文艺心理学在 20 世纪 80 年代的中国成为一门显学。那么为什么在中国 20 世纪 80 年代会出现这样一种文艺心理学研究热潮呢？论者大都把这场文艺心理学热与文学界的"向内转"以及主体性讨论联系起来，这看上去不无道理，"向内转"当然是转向人的内心世界；主体性讨论关注的也是人的精神和心理。但是在我看来这并不是最主要的原因。"追问真相"的动机才是文艺心理学兴盛一时的内在驱力。

人们普遍认为："当代世界科学技术的发展，促使学术研究也要实现现代化。象文艺心理学这样的新兴学科，也宜于大量使用实验的方法，使它更加具有实践性和科学性。"[①]换言之，文艺心理学就是要借助于心理学的研究成果与方法来研究文艺问题，从而把那些太多的说不清楚的问题说清楚。人们相信心理学作为一门现代科学有能力为文学艺术研究提供这种可能性。因此，文学心理学研究热潮就其产生而言确实得益于思想解放运动，得益于人们对主体性的关注，也得益于"向内转"的学术风尚，但是就其深层动机与根本目的来说，则主要是为了"追问真相"或者"说清楚"。当时人们普遍相信，心理学研究，包括精神分析心理学、认知心理学、格式塔心理学乃至生理心理学、脑神经科学的研究成果对于"说清楚"文艺活动的奥秘具有无可替代的

---

① 宋平：《打破笼罩在文艺心理学上的神秘感》，载《中国社会科学》，1983(3)。

积极作用，人们可以通过实验的、调查统计的量化方法使文艺心理学成为一门真正的现代科学。所以，向科学靠拢，借助于科学而发现真相，从而使文学研究获得合法性才是文艺心理学热的主要原因，甚至到了 20 世纪 90 年代末期，这种对科学的依赖依然存在着。例如，有学者强调："深入揭示审美经验得以产生和实现的内在机制和奥秘，使审美经验研究进入到微观层次，无疑是深化审美心理研究的一个难点和突破口。这就要求更多地吸收现代科学的新成果，使审美经验研究更多地奠基于现代认知心理学、神经生理学、大脑科学以及人工智能等现代科学的最新成果之上。"①这里所表达的正是 20 世纪 80 年代审美心理学或文艺心理学研究的普遍诉求。由此可见，以"追问真相"为特点的科学主义倾向的巨大影响力。

到了 20 世纪 90 年代，文艺心理学研究渐渐沉寂下去，这是为什么？原因可能是多方面的，其中最主要的原因恐怕是人们渐渐认识到了这种对科学方法的过度依赖存在问题。经过十几年的潜心研究，发表了上千篇论文，出版了数百部著作，当人们回过头来检视研究成果时却发现那些没有说清楚的问题依然没有说清楚，人们期待的"真相"依然渺然不可见。有些研究创作动机的论文著作已经深入到对大脑两半球的差异、情绪中枢、边缘系统以及脑垂体、肾上腺的考察了，不可谓不科学，但是文学创作的"奥秘"似乎并未被揭示出来。科学方法似乎并非无所不能，于是人们的兴趣就不约而同地转向社会、文化，去探讨文学艺术作为一种社会现象的复杂性了。当然这并不意味着文艺心理学是一门无用的学问，恰恰相反，20 世纪 80 年代的文艺心理学热是有很大收获的。人们对创作、接受等文艺活动心理机制的探讨

---

① 彭立勋：《20 世纪中国审美心理学建设的回顾与展望》，载《中国社会科学》，1999(6)。

虽然不能说揭示出了什么"真相"，但确实把研究引向深入了，许多以前未能进入我们学术视野的现象受到关注了。比如，对于无意识，如果没有精神分析心理学，我们几乎不知道它的存在，现在至少知道它在文艺创作过程中的重要性了；又如格式塔心理学美学所讲的"异质同构"以及对视知觉在艺术活动中"概括""变形"等功能的分析对于我们研究绘画、雕塑等视觉艺术提供了很好的视角；再如皮亚杰认知心理学强调的心理图式的"同化"与"顺应"的双向建构，对于我们研究审美经验，如审美接受的心理过程确实具有很大的启发意义。这就是说，这门学问本身并没有什么问题，是有意义的研究路径。问题是 20世纪 80 年代我们对这门学问给予了太多的期待，希望依靠它来揭示文艺活动的"奥秘"，从而一劳永逸地解决文艺的"本质""规律"或"真相"问题，这就难免令人失望了。任何一门学问只能解决一定范围内、一定层次上的问题，只要转换了观察角度，新的问题马上就会涌现出来。

除了"老三论""新三论"与"文艺心理学"之外，文学理论研究领域受到科学主义倾向影响的又一突出表现便是来自语言学的符号学美学和结构主义叙事学。二者的基础都是语言学，而语言学则是一种介于自然科学与社会科学之间的学问。所以符号学美学和结构主义叙事学是深受科学主义倾向影响的学术研究路径。我们之所以说符号学美学与结构主义叙事学都受到了科学主义倾向的影响，主要是它们所选择的"追问真相"与"价值中立"的言说立场。换句话说，这两种批评方法是把对象作为一种客观存在物来看待的，试图像解剖一具动物尸体那样对文学文本进行条分缕析地分析。按照《结构主义和符号学》的作者特伦斯·霍克斯的观点，《新科学》的作者、18 世纪意大利思想家维柯与 20 世纪初期的瑞士心理学家皮亚杰都是结构主义的先驱式人物，都是受到自然科学的影响而产生的对世界的一种新的认知方式或思维方式，其核心之点是"事物的真正本质不在于事物本身，而在于我们在各种事物之间构造，然后又在它们之间感觉到的那种关系。"①就是说，事物本身并不重要，重要的是事物之间的关系；事物的组成部分本身并不重要，重要的是各个组成部分之间的关系。这种结构主义思维方式最初出现于物理学领域，后来向着其他学科蔓延开来。瑞典语言学家索绪尔把这种结构主义思维方式用之于研究语言，从而开创了对 20 世纪社会人文科学领域影响至深的现代语言学；皮亚杰把这种思维方式用之于心理学，从而开创了至今依然有着重要影响的认知心理学；列维-斯特劳斯将其用之于人类学研究，从而开创了对结构主义叙事学具有直接影响的结构主义人类学。这足以说明，结构主义作为一种思维方式与系统论、信息论一样，是在自然科学中孕育成熟后才渗透于人文社会科学的。正是在这个意义上，伊格尔顿谈到结构主义思维方式对文学批评的影响时说"它创造了一门完整的新的文学科学——叙事学"②，这"文学科学"一词是意味深长的。

我们再来看符号学。人们都知道，美国哲学家皮尔斯的逻辑学和瑞典语言学家索绪尔的结构主义语言学是现代符号学的两大主要思想资源。皮尔斯本人是位科学家兼数理逻辑学家，他的逻辑学的符号学是作为一门科学来提出的，目的是寻找适用于人类一切符号的普遍规则。索绪尔则是语言学家，他试图借助来自自然科学的结构主义来揭示语言这一人类特殊符号的一般规律。总之就其发生来说，符号学与

① ［英］特伦斯·霍克斯：《结构主义和符号学》，瞿铁鹏译，8 页，上海，上海译文出版社，1987。

② ［美］特雷·伊格尔顿：《二十世纪西方文学理论》，伍晓明译，114 页，西安，陕西师范大学出版社，1987。

结构主义叙事学差不多是同源的，都体现着科学主义倾向在人文社会科学中的影响。它们的共同特点，一是价值中立，即把符号作为一种自然存在物来审视；二是追问真相，以揭示最普遍的规律与规则为目标。这就意味着，就其思想根基来说，符号学乃是用自然科学精神来研究人文社会科学问题。当人们运用符号学的方法来研究文学文本时，文学符号学便产生了。

结构主义叙事学和文学符号学并没有太多的差异，事实上二者常常被视为同一种文学批评的两种不同的说法。在具体的文学批评实践中很难区分哪是属于结构主义叙事学的批评，哪是属于文学符号学的批评。只不过通常人们提到文学符号学的时候想到更多的是罗兰·巴特，而提到结构主义叙事学的时候更容易想到格雷马斯、托多罗夫和热拉尔·热奈特。实质上二者是同一种批评路径，都是具有科学主义倾向的结构主义精神在文学研究中的体现，并不存在实质性区别。正如伊格尔顿所说："随着布拉格学派的著作，术语'结构主义'与'符号学'一词或多或少地混合了……但是这两个词是部分重合的，因为结构主义把通常不会被认为是符号系统的某些东西作为符号系统来研究——例如民族社会的亲属关系——符号学则普遍地运用结构主义方法。"[①]加拿大文学批评家诺思罗普·弗莱虽然不是严格意义上的结构主义者，但他在《批评的解剖》中对文学"叙事范畴"的研究却被认为是结构主义叙事学的典范之作。苏联民间文学研究专家普罗普在20世纪二三十年代对民间故事形态的精彩考察对后来的法国叙事学家们影响巨大。格雷马斯的"符号矩阵"、托多罗夫的"句法理论"、热奈特的

---

① ［英］特雷·伊格尔顿：《二十世纪西方文学理论》，伍晓明译，110～111页，西安，陕西师范大学出版社，1987。

"故事、叙事和叙述"理论都既是结构主义叙事学的，也是文学符号学的代表性观点。

在中国学界，结构主义思想和结构主义叙事学和文学符号学的引进同样主要是从 20 世纪 80 年代开始的。起初也是一批译著或译介文字的出现，主要包括布罗克曼的《结构主义：莫斯科—布拉格—巴黎》(1980)、皮亚杰的《结构主义》(1984)、罗兰·巴特的《符号学美学》(1987)、列维-斯特劳斯的《野性的思维》(1987)、特伦斯·霍克斯的《结构主义和符号学》(1987)、韦恩·布思的《小说修辞学》(1987)、张德寅编选的包括几乎所有叙事学代表人物重要论文的译文选集《叙述学研究》(1989)、热奈特的《叙事话语 新叙事话语》(1990)、华莱士·马丁的《当代叙事学》(1990)、里蒙·凯南的《叙事虚构作品：当代诗学》、米克·巴尔的《叙述学：叙事理论导论》(1995)等。随着西方新叙事学的兴起，以申丹为代表的一批国内学者又展开了译介与研究。在大量引进的同时，国内学者的著作也相继问世，如徐岱的《小说叙事学》(1992)、胡亚敏的《叙事学》(1994)、罗钢的《叙事学导论》(1994)、杨义的《中国叙事学》(1997)、赵毅衡的《当说者被说的时候：比较叙述学导论》(1998)、申丹的《叙述学与小说文体学研究》(1998)、谭君强的《叙事理论与审美文化》(2002)、祖国颂的《叙事的诗学》(2003)等。论文更是数以千计。与"老三论""新三论"及"文艺心理学"的热潮不同，结构主义叙事学和文学符号学的热潮从 20 世纪 80 年代至今不衰，而且颇有愈演愈烈之势，即使在当下的中国文学研究领域，也是最主要的文学批评方式之一。

文学符号学或者结构主义叙事学可以说是以其高度的"技术性"而为人文知识分子所青睐的。意义的追寻、价值的评判、意识形态的辩难历来是人文知识分子的长项，烦琐的逻辑推理与关系辨析乃是"理科"，如数学和物理学的拿手好戏。现在人们把那种研究逻辑和语法的技巧与方法用之于文学文本分析，形成了一门"文学科学"，对于弥补人文知识分子以往的"空疏"之弊似乎大有益处。容易陷入"公说公有理婆说婆有理"的相对主义历来是人文知识分子所头疼的事情，因此把复杂的问题"说清楚"是他们梦寐以求的。18世纪的维柯到19世纪的孔德，都试图使人文社会领域的研究成为一门"科学"。然而从19世纪后半期开始，那种自然科学研究方法与评价标准向人文社会学科的"入侵"引起了许多人的警惕，于是对科学主义的防范，对人文学科独特性的尊重甚至成为一种潮流。到了20世纪初，人们终于找到了折中的策略，以一种既非自然科学，又具有自然科学特性的学问为依托重建人文学科，从而使之成为一门虽不是自然科学，却具有客观性、科学性的学科。于是人们找到了语言学。美国马克思主义批评家弗雷德里克·詹姆逊是这样来评价结构主义的："以语言为模式！按语言学的逻辑把一切从头再思考一遍！"①而在法国语言学家海然热看来，则"由于语言学的研究涉及有关人类的最深入的核心问题，并且创造了一套缜密而有章法的辞令，它似乎肩负着样板学科的使命"②。这就是说，语言学的意义与作用远远超出了它的学科范围，成为整个人文社会科学的方法论基础。按照詹姆逊的说法，导致语言学如此重要的原因表面看是语言学更具有科学性，能够代表科技进步，但更深层的原因则是先进国家的社会生活中"真正的自然已不复存在，而各种各样的信息却达到了饱和的程度；这个世界的错综复杂的商品网络

---

① ［美］弗雷德里克·詹姆逊：《语言的牢笼——结构主义及俄国形式主义述评译》序言，钱佼汝译，2页，南昌，百花洲文艺出版社，1995。

② ［法］海然热：《语言人：论语言学对人文科学的贡献》之法文版前言，张祖建译，3页，北京，生活·读书·新知三联书店，1999。

本身就可以看成是一个典型的符号系统。因此，在把语言学当作一种方法和把我们今天的文化比作一场有规律的、虚妄的恶梦之间存在着非常和谐的关系"①。这无疑是对语言学获得突出地位的有道理的深度阐释。但至少对中国的情况而言，除了社会现实的原因之外，还有言说主体，即人文知识分子身份认同方面的原因——在现代的文化语境中，他们不再满足于扮演"道"，即社会价值秩序承担者的角色，而是更愿意成为"真理"的发现者。在他们看来，越是以"价值中立"的姿态言说，其所说就越是具有说服力与普适性。具体到中国新时期的人文知识分子来说，这样的言说姿态还有另一层寓意：彻底摆脱意识形态传声筒的角色而获得真正的独立性与主体性。

三、"追问真相"研究路径之反思

学术上"追问真相"的研究路径其实乃源于人类的求真本能，人们面对一个陌生的世界或环境时总会有一种莫名的恐惧感，他们总是希望弄清楚周围的一切，目的就是消除恐惧。在他们的认识能力尚无法真正认识外部环境时，他们就借助于巫术、神话等原始思维方式来达到自己的目的。这是人类学家研究的成果。人的这一本能也自然而然显现于学术研究之中。由于具体文化语境的变化，对"真相"的追问呈现出不同形态，大体说来可分为以下三大类型。

第一种类型是纯知识性梳理与发掘，诸如目录、版本、校勘、训诂、传注、辑佚、钩沉、年谱等。例如，阎若璩著名的《尚书古文

---

① ［美］弗雷德里克·詹姆逊：《语言的牢笼——结构主义及俄国形式主义述评》序言，钱佼汝、李自修译，4页，南昌，百花洲文艺出版社，1995。

疏证》，搜罗 128 条证据，判世传《古文尚书》为东晋梅赜伪作，被学界认为解决了经学史上一桩千年疑案。又如钱穆的成名作《刘向歆父子年谱》，胪列 28 条证据，证明康有为《新学伪经考》等今文家主张刘歆伪造古文经之说的不成立。

第二种类型是对普遍性的概括与追寻，也就是寻觅本质、规律、体系、潜体系等。或许是受到柏拉图哲学思想的影响，人们热衷于揭示现象背后的"真相"，而对于眼前的经验世界不那么相信。这里存在着个别性、具体性、直接性与普遍性的关系问题，涉及人类把握世界的不同方式。西方哲学从 19 世纪后半期开始对柏拉图哲学传统进行反思。尼采对生命力的高扬、柏格森对宇宙生命绵延的敬畏、狄尔泰对体验和直觉的空前重视、海德格尔对存在与真理的全新诠释、怀特海对西方哲学"误置具体性谬误"的批判以及整个后现代主义对"逻各斯中心主义""本质主义"的颠覆性反思，都对以往那种对本质、规律、体系、潜体系的热衷提出了质疑。在我们的文学研究中，这种"追问真相"的努力原本也占据着主导地位：在文学理论领域，两部最权威的教材——蔡仪主编的《文学概论》、以群主编的《文学基本原理》就是这样的研究路径的产物。在古代文学领域，现实主义与浪漫主义、表现论与再现论的区分同样体现了这一特征。这种情形在 20 世纪 80 年代还是很有市场的，人们往往试图通过建构一个宏大的体系或发现一个"本质"范畴来彻底解决文学问题。其实诸如本质、规律、普遍性、体系这类概念都具有合理性，离开了抽象就不会有语言产生，也就不会有人的思维，人就会像动物一样靠本能生存。问题在于本质、规律普遍性这类概念都具有有限性，只在一定范围内、一定条件下才适用，并不是"放之四海而皆准"的真理。黑格尔在《小逻辑》中对"本质"

的相对性问题有很透辟的分析。① 更重要的是，"本质""规律"等普遍性在不同文本或语境中存在样态也是不一样的。例如，在文学艺术或者美学领域，"经验的普遍性"就比"逻辑的普遍性"更具有合理性，前者是对体验、感受的标示，后者是对抽象性的概括。例如，"豪放词"与"婉约词"的划分属于经验的普遍性，而"现实主义"与"浪漫主义"的划分就属于逻辑的普遍性。② 我们以往文学理论或美学的错误，一是忘记了"本质"或"规律"的有限性，把它们的适用范围无限扩大了，这就成了"本质主义"谬误；二是用"逻辑的普遍性"（抽象普遍性）代替了"经验的普遍性"（具体普遍性）。这种"追问真相"的类型存在一种极大的可能性，那就是被某种意识形态话语所绑架，从而成为一种政治性言说，而失去了其"价值中立"的姿态。看上去是在客观地探讨学术问题，实际上是参与了一场意识形态建构的大合唱。我们并不是说文学理论研究不应该参与到意识形态建构之中，事实上，文学理论在本质上依然属于意识形态范畴，我们只是指出，那种貌似"价值中立"的姿态往往是不可信的。

　　第三种类型是对深层意蕴的探究与揭示。"追问真相"的科学主义倾向还有一种更具有吸引力的研究路径，那就是对研究对象背后隐含的原因的揭示。一切的学术研究不外乎两种阐释路径：一是顺着对象给出的逻辑的言说，二是摆脱对象给出的逻辑的言说。前者回答"是什么"和"怎么样"的问题，后者回答"为什么"的问题。所谓"为什么"也就是在更深广背景中追问复杂的关联性。例如，福柯对隐含在话语

---

　　① ［德］黑格尔：《小逻辑》，贺麟译，241～246 页，北京，商务印书馆，1980。

　　② 牟宗三在《中国哲学十九讲》（上海古籍出版社，2005）之"第二讲"中分析过"外延真理""内容真理""外延普遍性""内容普遍性""抽象普遍性""具体普遍性"等概念，可以参考。

或知识系统背后的权力关系的揭示，伊格尔顿以及其他西方马克思主义者对文学艺术中蕴含的阶级性、政治性、意识形态性因素的发掘，后殖民主义、女权主义对话语系统所表征的身份意识的呈现等，都是旨在找到某种话语或知识系统的意义生成机制。以往人们问：发生了什么？它是怎么发生的？现在的提问则是：它为什么会发生？是什么因素决定的？应该说这种追问方式在20世纪90年代后期已经逐渐成为中国文学理论研究的主流了。例如，人们不再热衷于争论文学的本质究竟是什么，而是去追问"文学的本质是什么"是否是个有意义的学术问题；人们不再纠缠于古代文论有没有体系或"潜体系"这样的问题，而是对中国古代文论话语形态、行为方式的独特性更感兴趣。人们不再执着于探寻文学创作的心理奥秘，而是开始思考在20世纪80年代的中国学界"文艺心理学"何以竟然成了"显学"？这无疑已经是后现代主义的追问方式了。

早在20世纪80年代初期，后现代主义思想就开始进入中国了。最有代表性的事件便是1985年美国著名马克思主义文化批评家弗雷德里克·詹姆逊在北京大学的系列讲座以及翌年出版的《后现代主义与文化理论》一书了。在这本小书中，作者几乎涉及后现代主义的各种理论流派，比较系统地为中国学界展示了后现代主义思潮的基本特点。但是后现代主义思想方式对中国学界产生实质性的普遍影响则要到20世纪90年代初了。其原因，一方面固然是由于一直极具独特性的思潮或学说的引进需要一个理解与适应的过程，另一方面，更主要的是因为20世纪80年代的中国知识界正处于一种"现代性"的亢奋之中，对于格调"灰暗"的后现代主义有一种本能的抵触情绪。到了20世纪90年代，由于历史语境发生了重要变化，知识分子由原来的激情澎湃变得深沉多思了，学术上也便从热衷于建构种种"宏大叙事"转而为批判性反思了。在这种情况下，后现代主义就获得了迅速传播的条件。于是译介文字开始大量出现：1991 年有王宁译的《走向后现代主义》，1992 年有王岳川、尚水编译的《后现代主义文化与美学》、1993 年有刘象愚译的《后现代的转向：后现代理论与文化论文集》等，都在学界产生了很大影响。随后，福柯、德里达、利奥塔、赛义德、克里斯蒂娃、伊格尔顿、詹姆逊等一大批后现代主义理论家或研究后现代主义的文化学者的代表性著作相继被移译过来，大批相关论文问世，一个后现代主义思潮在中国学界蔓延开来。如果说 20 世纪的 90 年代，中国学界对于后现代主义还是以介绍为主，那么到了 21 世纪，运用或借鉴后现代主义思维方式来重新审视中国古今文化学术问题已经成为一种普遍现象。毫不夸张地说，后现代主义的一些基本观点、方法已经渗透到我们的思维方式之中，成为中国学术的一部分了。

那么应该如何为后现代主义定位呢？与以往那种积极建构体系、寻找本质与规律的研究路径相比，以质疑、拆解、颠覆为特征的后现代学术无疑是一种新的追问方式。但是从我们的阐释框架来看，后现代主义依然是在"追问真相"。不同以往的是，在后现代主义者们看来，过去的追问是误入歧途了：把"本体"视为真相，而本体不过是心造的幻影；把"本质"和"规律"视为真相，而本质和规律是不存在的；把"结构"视为真相，而结构也同样不过是形而上学的抽象概念。只有清除了这种种"逻各斯中心主义"或"本质主义"的思想垃圾之后，人们才会真正看清事物的本来面目。后现代主义的主要任务就是彻底清理传统形而上学造成的那个庞大无比的奥吉亚斯牛圈。如此看来，后现代主义虽然破除了以往人们在"追问真相"道路上制造的种种神话，但它却还是沿着"追问真相"的道路前进的，其目的是彻底搞清楚人类知识形成的复杂机制，搞清楚人本身的存在。所以整个后现代主义思潮，包括后结构主义、解构主义、后殖民主义、女权主义等文化理论，应该说是西方源远流长的"追问真相"研究路径的集大成，它的积极意义是很明显的，让人们更加清醒、冷静地思考以往的一切文化与学术的成果，检视其成败优劣，从而更加清楚地知道自己能做什么，应该做什么以及如何去做的问题。总之，后现代主义是人的自我意识的深化。

如果说"追问真相"的研究路径本身就存在着种种问题，那么后现代主义就使得这些问题更加凸显了。具体到文学理论领域，这些问题有如下表现：其一是有"强制阐释"之弊。所谓"强制阐释"，是张江提出来的一个说法。用他的话说就是"背离文本话语，消解文学指征，以前在立场和模式，对文本和文学作符合论者主观意图和结论的阐释"①。换句话说，就是先有一种理论模式和立场，把文学作品作为证明此一理论合理性与普适性的材料。"强制阐释"所得出的结论不是对文学作品本身存在的固有意蕴的揭示，而是先在地包含在理论模式与立场之中，这确实是西方文论中存在的一个极为明显而普遍的问题，特别是在后现代主义思潮浸润下的各种文化理论更是如此。这些文化理论都有一个预设的理论观点和立场，面对任何文学作品都能以不变应万变，得出符合这一理论预设的结论来。其二是"科学主义"之弊。科学当然是好东西，但如果把科学思维、科学方法加以泛化就成问题了。人文学科有时候是没有什么"真相"可寻的。特别是文学艺术行为，那是一个趣味的世界，就像儿童做游戏一样，只有当人们相信其规则，承认其"假定的真实性"时才可以进行下去。在这里并不存在一个一旦发现了就可以明了一切的"真相"。所以文学艺术研究除了版

---

① 张江：《强制阐释论》，载《文学评论》，2014(6)。

本、目录、注释、校勘等基础性工作之外，主要并不是一个追问真相的过程，而是一种对意义的阐释。阐释的目的在于让人们更加明了文学艺术在人类生活中的意义与价值以及这些意义与价值产生的种种条件与过程。因此，在文学艺术研究领域一味地"追问真相"实际上具有消解其意义与价值的负面作用，这或许正是苏珊·桑塔格"反对阐释"的主要原因之一。其三是"虚无主义"之弊。科学的追问原本与虚无主义不沾边，但是在对不是纯客观对象进行"客观"追问的时候，虚无主义就出现了。其表现主要是对意义与价值的无视，把研究对象视为一种类似自然物一样的对象来看待。其实"主客体对立"模式只适用于自然科学领域。在人文社会科学领域存在的是"主体间性"问题，研究者与研究者是主体之间的关系。如果把作为人的精神之话语表征的文本视为"客体"，那就必然遮蔽其意义与价值，从而陷入虚无主义。在这里，唯有"对话"才是恰当的阐释路径。这或许正是马丁·布伯、巴赫金、伽达默尔、哈贝马斯等一批社会人文科学领域的大师级人物都强调"对话"的主要原因。在我看来，"对话"也正是当下中国文学理论建设的必由之路。

第三节　寻求突破之途

21世纪初，美国著名批评家希利斯·米勒的《全球化时代文学研究还会继续存在吗？》一文引发了国内学术界关于"理论之死"的争论。理论死了吗？理论为何会面临困境？中国当代文学理论的出路在哪里？学者们忧心忡忡，纷纷提出解决之道。在众声喧哗之中，占多数的声音似乎是：理论没有死，只要文学还在，就仍有文学理论一席之地。但是今天的文学理论确实不再有昔日的辉煌，面临着艰难的困境与挑战，走向历史、回归语境、联系现实则是文学理论走出低谷的最佳途径。然而如何才能"走向历史"？走向历史之后的文学理论如何保持自己的理论品格？诸多问题依然有待进一步探讨。

一、不同视角下的"理论终结"论及当代文学理论的困境所在

对于理论是否终结以及缘何要终结，学界大致从以下三个角度来探讨。

其一，从"理论"作为一种传统思维方式与言说方式来看。这一派的观点由"理论"自身进入话题。追问"何为理论？""理论的内在困境是如何产生？"之类的问题。此处所说的"理论"不是指一般的思辨性论说，"这里说的理论是指传统的、被称之为形而上学的那种思考方式与言说方式。其根本特点是试图用一个概念和逻辑编织起来的世界代替现实世界，并且设定某种精神实体作为世界最本真的存在。"①按照这一关于理论的传统观点，理论的特性就是用高度抽象的语言来概括某类事物和现象的"本质特征"，就是用二元对立的观点来区分与梳理世间万物，也就是把活生生的现实世界置换为概念与逻辑的世界。在这种传统观点看来，只有上升为理论形态的存在才是最真实、最深刻的，人们鲜活的经验反而是肤浅和虚假的。但是随着后现代主义思潮的蓬勃兴起，一种解构的、颠覆性的思维方式蔓延到人文社会科学各个领域，对这种传统理论冲击巨大。后现代主义认为事物没有固定不变的本质、没有唯一原因，甚至没有中心，反对传统的逻各斯中心主义、解构二元对立模式，从根本上颠覆了传统思维方式。在这样的情

---

① 李春青：《文学理论：从哲学走向历史》，载《探索与争鸣》，2011(10)。

况下，传统理论便像失了根的稻草一样随风飘荡，无处可去。文学理论作为一种特殊的理论言说方式在后现代浪潮的冲击下也显得伤痕累累，只能左顾右盼，在尴尬之中徘徊。

其二，从中国当下的文学理论的境况看。从中国文学理论的现实遭际角度来反思今日文学理论的困境是大多数学者的选择。我们本土的文学理论面对各种来自西方的理论思潮，究竟该何去何从？这自然是学者们最为关心的话题。有些学者认为中国理论界出现了"失语症"，我们的语言和思维似乎都是由西方移植进来的，缺乏自己的理论特色，"没有自己话语的我们跟西方的所谓'对话'其实只是一厢情愿，其实质是西方话语的独白，我们听不到自己的声音"①。究竟"失语"与否，这是个老话题了，这里暂且不做讨论，中国当代文学理论在国际学界影响甚微，这确实是毋庸置疑的事实。即使面对中国当下的文学现象，我们自己的文学理论也显得极为孱弱无力，许多学者认为中国目前的文学理论已经远远落后于文学现象与文学事实："随着市场经济体制的确立，全球化的强大影响，信息技术的日益发达，图像艺术的蓬勃兴起，日常生活的审美色彩愈益浓烈，再次使得人们的审美意识发生激变。这导致文学存在的形式发生了重大变化，文学的版图日益缩小，经典不断遭到解构，引发了种种思潮。"②而我们的文学理论呢？一直忙着不断地吸收西方的新理论、新思想，却忽略了本土的文学现象，导致文学理论自说自话，与现实大大脱节。旧有的文学理论不能解释新兴的文学现象，传统的理论观点无法建构新时代的

---

① 曹顺庆：《从"失语症"到西方文论的中国化——重建中国文论话语的再思考》，载《三峡大学学报》，2005(5)。

② 钱中文：《文学理论30年：成就、格局与问题》，载《华中师范大学学报(人文社会科学版)》，2007(5)。

意义，因此从这一视角来看，中国的文学理论确实已经处在危机之中。

其三，从理论与实践之关系的角度来看。人们普遍认为，我们的文学理论越来越远离文学实践，越来越成为某个小圈子里的自说自话，对文学创作、文学接受乃至文学批评都缺乏实际的影响力。这样的文学理论就成为一种"没有文学的文学理论"，这应该是文学理论面临的最严重的危机了。当然也有学者认为，文学理论的价值和意义并不在于指导文学批评与文学创作，而就在于其言说本身。文学理论作为一种知识形态，是人类意识与自我意识的话语表征，其价值就在这里。显然这是个依然需要探讨的问题。

除了上述几种困境之外，中国当下的文学理论还遇到了许多来自社会现实的新问题、新挑战，这主要表现在以下几个方面。

第一，文学理论的研究对象发生了变化。传统地看，文学理论的研究对象就是文学，而这里的"文学"通常指诗歌、小说、戏剧、散文等经典的文学形式，是处在阳春白雪这一层级的，对这种文学作品的欣赏是需要一定的文化知识与修养的。随着大众文化的兴起以及电子传媒时代的到来，"文学"这一原本较为固定的"高雅文化"受到极大挑战，电视剧、电影、广告、流行音乐、综艺节目，甚至主题公园、主题酒店、街道建筑等都融合了文学的因素，一时间，此"阳春白雪"与曾经的"下里巴人"融入同一层级，"文学"在这里显得彷徨和迷惘了。"大众文化的勃兴首先把种种文化产品变成了泛文学的作品，它们一经出现就改变了文学的既定结构，也形成了一种新的生产与消费模式，还把许多人对文学的理解引导到了大众文化的思路当中。"[1]而文

---

① 赵勇：《新世纪文学理论的生长点在哪里?》，载《文艺争鸣》，2004(3)。

学理论更是遇到了从未遇到的问题——这些理论原有的逻辑、范畴、思维方式乃至评价标准都是从传统的文学现象中概括总结出来的，如今面对众多新兴的"下里巴人"，文学理论只能如旁观者般看热闹，却根本无法切入其深层机理，自然也就失去了对形形色色的新兴文学现象或者大众审美文化的解释能力。

第二，文学理论言说者的身份发生了变化。传统的知识阶层在文学创作、文学欣赏与文学批评方面的能力与修养被视为一种身份的象征，而文学（这里指纯文学）也就自然而然地成为知识阶层的专利。在相当长的历史时期里，知识阶层掌控着文学的话语权，自认为是社会的"立法者"。但随着社会的转型，知识分子逐渐失去了往日光辉的身份，社会似乎不再需要他们来立法，他们的身份也如同曾经的文学一样突然从"阳春白雪"沉落为"下里巴人"——被大众化了。社会不需要他们来立法，文学也不需要他们来掌控，文学理论的崇高地位也自然大打折扣了。有学者认为："由于市场经济的兴起，文学理论作为政治代言人的角色和功能开始隐退，文学理论的政治轰动效应也随之消失了，它开始逐渐被一些另有所图的人从政治的中心置于文化的边缘，仅仅作为文化知识谱系中的一个分支而存在。这引起了一些习惯居于社会意识形态中心的学者的焦虑和不安……"[1]这是很有见地的看法。

第三，文学理论失去了元理论的依托。以往我们看到文学理论是那样轰轰烈烈，常常会产生一种错觉，以为文学理论是一种足以与哲学、宗教、伦理、政治等量齐观的学问，甚至有时比这些学问更加风光。但我们只要冷静地翻翻文学理论发展史就很容易发现一个事实：任何一种文学理论都必然有所依托——在它背后总有一种可以称为

---

[1] 肖建华：《文学理论的危机和我们的策略》，载《文艺理论与批评》，2006(2)。

"元理论"的东西存在着，或是政治的，或是宗教伦理的，或是哲学的。这就意味着文学理论根本上乃是一种"中介性"的理论，即某种"元理论"通向文学的必经之路。这种"中介性"恰恰就是文学理论的"自性"之所在。文学理论是对于文学现象的解释和概括，可以说没有文学便没有文学理论，然而，文学可以为文学理论提供存在的依据，却无法为其提供言说的方式，文学理论只有依靠另外一种更具有根本性的理论话语才能够向着文学言说。换言之，它需要"元理论"的支撑才能存在。当下的文学理论恰恰缺乏强有力的"元理论"的支撑，也就必然会陷入危机了。传统的理论一直以为自己可以解释一切，但随着大众文化和后现代思潮的出现，那种不可一世、自高自傲的理论便丧失了昔日那种包举宇宙的勇气，文学理论也随之失去了为文学制定规则的权威的地位与昔日的辉煌。

第四，文学理论受到文化研究的全面挤压。文化研究是一种综合性的，在方法上兼容并蓄的研究路向，极具阐释能力，它传入中国的时间虽不算长，但影响却相当大，而且对于传统的文学理论更是造成巨大的冲击。文化研究虽然并不排斥文学理论，但它将文学的研究方法应用于日常生活当中，形成了"日常生活审美化"研究的热潮。"由于消费文化在大都市中占据越来越重要的位置，因此文化研究的影响力也就与日俱增了，这与文学理论的日渐萎缩刚好形成鲜明的对照。"①

二、关于文学理论摆脱困境的几种方案

基于对文学理论困境与挑战的分析，学界给出的对策不尽相同，大致可概括为以下几种方案。

---

① 李春青：《论文学理论发展趋势》，载《东方丛刊》，2006(1)。

　　方案一：走文化研究之路。自 20 世纪 80 年代开始，西方的文化研究被陆续介绍到我国，从文学研究到文化研究也渐趋成为理论界的一个重要走向，此转折日益成为学者们关注的一个焦点。文化研究以其宽阔的研究路径、变动不居的研究模式以及跨学科的研究方法吸引了众多学者的眼光，并日渐成为传统文学理论未来走向的一条重要路径。其中，金元浦、陶东风、王德胜等学者都持乐观与赞成的态度。金元浦将文化研究定义为"一种开放的，适应当代多元范式的时代要求并与之配伍的超学科、超学术、超理论的研究方式。文化研究是当代'学科大联合'的一种积极的努力"①。同时，文化研究广阔得"几乎没有边界"的研究范围也让他深感新的研究方法的到来，认为文化研究"突破了传统文学研究圈定的研究范围，批判、解构精英主义的文化概念，致力于关注社会中弱势群体的利益，重新审视文化转型期大众弱势群体在不平等社会现实中的地位变迁和它们的文化取向"②。陶东风也持相近看法，他认为文化研究在今天的中国拥有广阔前景，"文化研究的最大优势和生命力在于它的实践性，在于它对于重大社会文化现象的高度敏感和及时回应，同时也在于它在方法选择上的灵活性，以及它对于最前沿的各种理论（包括哲学的、社会学的、语言学的、社会理论的等等）的及时而灵活的应用"③。当然，学术界同时也发出了不同的声音，鲁枢元便表示了深深的忧虑，他认为文化研究过度扩张了的研究对象以及过分技术化、功利化、实用化、市场化的绝对话语权力，会将美学历史趋向终结，甚至是人文历史的终结。

---

　　①　金元浦：《文化研究：学科大联合的事业》，载《社会科学战线》，2005(1)。
　　②　金元浦：《文化研究：学科大联合的事业》，载《社会科学战线》，2005(1)。
　　③　陶东风：《文化研究在中国——一个非常个人化的思考》，载《湖北大学学报（哲学社会科学版）》，2008(4)。

　　方案二：理论与批评相结合。持此观点的学者认为我国文学理论发展缓慢的原因是文学理论批评化，即文学理论朝着批评的方向发展，使得理论不但没有开辟出属于自己的道路，反而被批评弱化了自身的学理性，导致科学品格降低。赖大仁认为新时期以来，我国文学理论一直朝着两个方向努力，"一方面是追求文学理论的科学性与学科体系化建设"，"另一种拓展的方向则是文学理论走向批评化"。① 他虽然在文章中也指出了第二种方向的优势，例如，"把文学研究从'形而上'的半空中拉回到了地上人间，直接面对当今社会的各种文学现象……贴近了文学现实，介入了社会文化生活，拉近了与大众的距离，体现了文学研究的现实人文关怀精神"②。但对于文学理论来说，则会"障蔽一些真正值得关注的深刻的普遍性学理问题……难免会造成文学理论的学理性研究的搁浅，使这个学科的创新发展止步不前"③。因此，他反对文学理论跟着批评走，或者完全走向批评，而应当在文学理论的批评化与文学批评的理论化中找到一种"中间状态"的批评理论形态，"一方面为文学理论的批评化提供了一个转换的平台与中介，同时也可以避免文学理论本身的继续下滑；另一方面对于文学批评来说，也可以找到一个并不那么高不可攀的理论提升的平台，同时它也能成为对文学批评实践提供比较切实指导的理论支点"④。部分学者也赞成走理论批评与批评理论一体化的道路，认为"通过文学批评来建设文学理论，应该是一条值得尝试的路径。这条研究路径可以打破文学理论固有疆界，将文学理论和文学批评结合起来，从具体

---

① 赖大仁：《文学理论批评化：趋势与问题》，载《甘肃社会科学》，2006(1)。
② 赖大仁：《文学理论批评化：趋势与问题》，载《甘肃社会科学》，2006(1)。
③ 赖大仁：《文学理论批评化：趋势与问题》，载《甘肃社会科学》，2006(1)。
④ 赖大仁：《文学理论批评化：趋势与问题》，载《甘肃社会科学》，2006(1)。

的批评中来阐发文学理论"①。简言之，是希望从文学批评实践中寻找文学理论建设的话语资源，以解决文学理论面临的困境。

方案三："大理论"化为"小理论"。随着"理论之后""反理论""理论之死"等观点的出现，"后理论"渐渐进入学界视野。何为"后理论"？通过讨论人们的意见渐趋一致："后理论"并不是什么新理论，而是指理论曾经的辉煌已经结束，叱咤风云的理论大师们也相继辞世，面对如今后现代主义、反本质主义、反逻各斯中心主义的浪潮和呼声，理论似乎也进入了"后"的局面。那么，新兴的"后理论"意欲何为？持此观点的学者认为"后理论的特征之一就是告别'大理论'，不再雄心勃勃地创造某种解释一切的大叙事，转而进入了各种可能的'小理论'探索"②。"所谓'小理论'是指具有反思性且面向文化与文学实践的理论，这些理论更应该被理解为一种行动而不是文本或立场观点；它'提供的不是一套解决方案，而是进一步思索的前景'；这种理论或许会重新奠定文学性的根基，回归诗学，甚至重新恢复文学与政治关系的生机，重建文学文化的公共领域。"③

方案四：走文化诗学的道路，即走向阐释、走向历史、回归语境。还有不少学者提出走文化诗学的道路来解决文学理论的困境问题。所谓文化诗学，就是从文化与历史的角度对文学现象进行考察的一种研究路向。从文学史的角度来看，文化诗学提倡走向历史，把研究对象放回到事物发生的具体历史文化环境中；从文学文本的角度来

---

① 江守义、何旺生：《以批评建理论——关于当前文学理论建设的思考》，载《合肥师范学院学报》，2011(2)。

② 周宪：《文学理论、理论与后理论》，载《文学评论》，2008(5)。

③ 李西建、贺卫东：《理论之后：文学理论的知识图景与知识生产》，载《陕西师范大学学报(哲学社会科学版)》，2012(2)。

说，文化诗学则是要回归具体语境，对文学文本做深入的细致的研究。对于这一路径，童庆炳用能"进"也能"出"来概括，"文学理论研究一方面要进入文学文本，一方面要走出文学文本。所谓'进入文学文本'就是要重视文学文本的文体研究，所谓'走出文学文本'就是不能仅仅就文学文本谈文学文本，必须把文学文本、文学问题放回到一定的历史文化语境中去把握"①。同时，童庆炳明确指出，"当今的文学理论似应该有一个回归，就是要讲文学文本、文学理论问题的'历史背景'"②。有学者特别提出了"走向阐释的文学理论"，指出作为阐释的文学理论不再是仅仅对文学现象做客观性的描述，而是参与到整个文学现象、文学文本的意义生成当中。"我们的文学理论就应该建立在一种真正的历史主义基础之上——将对文学现象的解释活动看作是历史过程的伴随物，这种解释活动不仅为历史或传统规定着，而且它也正是在历史的'邀请'下才出场的。"③程正民则指出，"影响文论研究进一步发展的因素之一，是历史主义精神的缺失，是对历史研究的忽视……弘扬文学理论研究的历史主义精神，坚持历史的和逻辑的辩证统一的方法，是文论研究取得成功的可靠保证，也只有这样才能为文论研究开拓新的境界"④。

从以上四种方案中不难看出学者们给出的文学理论出路的相似性，那便是与当下的文学现象保持联系，与现实生活密切联系，回归到具体的文学文本当中，在具体的历史语境下分析文本以及其他文学

---

① 童庆炳：《文学理论的"泛化"与"发展"》，载《湛江师范学院学报》，2008(5)。

② 童庆炳：《文学理论的"泛化"与"发展"》，载《湛江师范学院学报》，2008(5)。

③ 李春青：《文学理论还能做什么？——关于新世纪文学理论生长点的思考》，载《北京师范大学学报》，2003(3)。

④ 程正民：《回归历史研究，开拓文论研究的新境界》，载《河南社会科学》，2010(2)。

现象。文化研究道路的坚持者对于当下现实的关注，以及跨学科的研究方法都让文学理论能够获得现实性的品格。文学批评理论化与"大理论"化为"小理论"的观点则试图让理论进入文本或具体文学现象之中，面对事实本身，庶几可以避免理论的空疏化。文化诗学道路则旗帜鲜明地倡导文学理论历史化、语境化，走向阐释，走向历史，在具体的历史文化语境中做研究，在具体文学文本中阐释并建构意义。

三、当代文论建设之趋向

从研究现状来看，中国当代文学理论研究整体上呈现出下列几种倾向。

其一，反思精神。所谓反思，是指主体对自身思想和行为的觉知与监控。布迪厄和华康德合著的《实践与反思》一书的副标题为"反思社会学导引"，该书认为"反思性概念的范围包括自我指涉、自我意识、叙述或文本的构成要素之间的循环关系，等等"①，他们认为"反思社会学"与传统社会学的主要区别之点即在于对社会学家自身的言说立场、言说可能性予以反观，从而扩大了社会科学知识的范围，揭示出社会学知识自身生成的复杂性与深层机制。在这里我们借用"反思"或"反思性"这个概念，意指文学理论的一种研究路径，这种研究把文论及文论言说者自身纳入研究范围，把对文论话语的产生与演变、结构与功能的探讨与对言说者的身份、立场的考察结合起来，从而扩大文论研究的范围，深化文论研究的意义层面，揭示出社会状况与话语系统、文论观念与言说者身份之间种种复杂的内在关联性。就

---

① ［法］布迪厄、［美］华康德：《实践与反思——反思社会学导引》，李猛、李康译，39 页，北京，中央编译出版社，1998。

研究范围而言，走向反思的文学理论关注古今中外一切文论知识系统，并且以反思的态度对待之，从而走出传统的非"我注六经"即"六经注我"的二元选择模式。对那些在今天看来已经成为资源的文论话语的反思式研究不仅可以提供新的解释，破除种种神话，揭示新的意义，而且对今日文论建设可以提供借鉴与参照。

反思性文论最主要的研究对象无疑是那些一直处于主导地位的文论观念、范畴与命题，它们代表着一个时期人们对文学的基本看法，有时甚至被作为"自明的"东西来征引和使用。对这些东西的反思式探究可以从一个侧面窥见在某个时期居于主导地位的意义生成模式以及社会文化状况。文论话语永远是一种表征，它的背后总是存在着更为根本、更为强大的社会文化因素，因此对文论话语的反思性研究就往往是一种综合性的社会文化研究，是从一个侧面对一个时代的精神状况的理解与把握。作为一种研究路径，反思不是理解、解释或阐发，而是追问，是揭示，是关于没有被说出的东西的言说。作为理解或解释的文论所问的问题是"是什么""是怎样的"；作为反思性的文论所问的问题是"为什么""何以会如此"。因此严格意义上说，反思性文论是更为深刻的一种思考和研究。然而这种研究路径并不仅仅是对已有之物深层原因的探究，更不能简单地等同于后现代主义意义上的解构或消解，反思性文论在根本上是一种建构行为，可以提供新意义。这一研究路径通过对文论话语与特定社会文化观念与种种知识形态之复杂关系的辨析，可以揭示某种具有普遍性的意义生成模式和价值取向，从而使文论话语中原本被遮蔽的那些丰富的文化意蕴显现出来。

反思性文论不仅对文论话语本身进行研究，而且还对文论的主体或言说者进行反思性追问，因此"谁在言说""他何以如此言说"就成为反思性文论感兴趣的话题。例如，在布迪厄看来，文学场域与哲学场域、政治场域等文化空间一样，都是存在着支配者与被支配者之间争夺控制权的斗争，这种斗争与社会上各种政治集团之间的权力角逐具有某种关联性，故而也具有政治性。这就是对主体或言说者的追问，是比文本反思更为深刻的一种反思性探究。言说者的身份认同和言说立场绝对是有追问意义的，一种话语建构在很大程度上是由此决定的。包括文论话语在内的各种学术话语从表面上看似乎是一种纯粹的知识形态，是人们对外在事物的客观理解，实则不然，这些话语系统往往是言说者身份认同的重要方式。反思性文论不仅对既有文论话语之言说者身份进行反思，而且对当下言说者本身的身份认同进行反思，从而使文论的话语建构成为一种更为自觉的、清醒的、自我对话式的言说方式。

由此言之，反思性文论是文论研究深入发展的结果，有着广阔的发展前景。

其二，走向阐释。所谓走向阐释的文论是相对于以前那种从某种既定观念、原则出发，通过逻辑演绎进行话语建构的文论言说方式而言的，其核心是指向具体的文学和与之相关的社会文化现象。阐释是言说者针对具体对象的理解、解释与评价行为。文学理论原本就是阐释，后来由于人们赋予文学理论以太多的使命，这门学问才由阐释走向立法性质的话语建构。近年来，研究者们开始意识到了那种作为非阐释性话语建构的文学理论的误区所在，力图使文学理论回到阐释的轨道，应该说这是合理的转变，而且这种转变也与西方20世纪后半期以来文学理论的演变趋势相吻合。

对于文学理论思考方式与言说方式转变的原因我们可以用一种极为宏观的、大而化之的方式予以概括。

从哲学层面看，这种转变与人的思维方式的变化相关。在人类文明的早期原本没有什么理论思维，更没有那种把由概念、逻辑构成的世界视为真实世界，反而将我们生活其中、看得见摸得到的世界视为虚妄的形而上学谬误。后来出现了许多自以为是的大哲人，试图以一己之力囊括宇宙四海，吞吐八荒，将天地万物控于手掌之中，于是他们绞尽脑汁创造出一个个令人眼花缭乱的、以概念为砖瓦、逻辑为筋骨的想象性世界，并自以为这样一来外在世界就真正被掌控了。在这样一种形而上学的冲动之中，那种抽象、玄虚、深奥难测的理论言说成为哲学话语的主导方式，原本就与哲学密不可分的美学、文学理论也就不可避免地带上了形而上学色彩。西方从 19 世纪中叶即开始对两千多年的形而上学传统进行深入反思（费尔巴哈、叔本华、马克思、克尔凯郭尔、尼采、海德格尔、德里达等人为代表），一直持续了一个多世纪，终于开始改变这种形而上学传统，使理论言说走向一种对话、一种阐释、一种直接指向生活经验和生命体验的言说，渐渐远离了那种否定具体性的逻辑思辨。在这样的思维方式、言说方式演变的大潮中，美学或文学理论远离纯粹的逻辑演绎，在这样的思想背景下，文学理论走向具体性，走向阐释，应该是势所必然。

从历史层面看，文学理论走向阐释也与社会需求相关。人类早期思维和言说是简单的、朴素的，是"看山是山，看水是水"的时期，这时的社会状况和生活方式就要求着人们用这样朴素、直观的方式来思考和言说。此时那些深刻、复杂的东西都被归为神秘世界之所属，人们就不必费心劳神了。后来当人们开始意识到自己生活在一个无比复杂的世界中时，就开始提升自己的思考力来应对，试图通过加强大脑的复杂性来抗衡世界的复杂性，于是即使是日常事物，在人们眼中也似乎饱含深意似的，简单的事情也要以高深的言说方式来表达不可，否则就不是学问，或不是哲学（如黑格尔嘲笑孔子那样），于是人类文

明就进入了"看山不是山，看水不是水"的时期。这种思维方式和言说
方式满足着作为社会精英的知识分子引导社会思想潮流的社会现实需
求。再到后来，人们发现那些远离具体性的纯理论思辨式的言说其实
并不能准确反映世界真实性，也解决不了实际的社会问题，于是聪明
的思考者就开始试图"回到事物本身去"，即按照事物原本的样子来思
考它。这就进入了所谓"看山还是山，看水还是水"的境界了。此时的
思考方式与言说方式适应着社会大众文化知识与思考能力大大提高，
不再需要精神导师，而知识分子也走下神坛，真正成为社会大众的组
成部分这样一种社会现实。

　　文学理论走向阐释是这两个方面的因素决定的。所谓走向阐释，
根本上就是要求文学理论从文学现象的实际出发来言说，而不是从某
种理论预设或原则出发来言说。

　　其三，走向自我认同。自我认同是发展心理学家和社会学家（吉
登斯等）常常使用的概念，指人的"自我"形成的过程。我们在这里借
用这个词语来指文学理论成为一种具有独特文化品格和学术价值的话
语系统。30 多年来的中国当代文论走过了曲折的道路，进行了种种尝
试，事实证明，试图借助于中国古代文论话语的基本词语来建构文学
理论话语体系的发展路向是走不通的——古代中国人与操持现代汉语
的现代中国人在思维方式、言说方式上都发生了根本性变化，我们已
经很难再像古人那样想、那样说了。更为重要的是：古代文论话语面
对的文学经验与今天的文学经验是大相径庭的。古代诗文与现代的文
学，无论是文本形式还是文化意蕴、审美趣味，抑或社会功能都不可
同日而语，完全是两种文化类型，因此用古代文论基本概念建构起来
的文学理论是不可能适用于现代以来的中国的文学现象的。完全借用
西方文学理论来作为中国文论建设的基本精神也同样是不可取的。30

多年来，我们的文学理论的主流毫无疑问是跟着英、美、法、德等西方国家的文学理论走的，主要是译介和很肤浅、稚拙的尝试运用，真正有中国之独特性的文论话语并没有建立起来。这样的情形在一定时期是不可避免的，也是有益的，但长此以往就令人忧虑了：人家的毕竟是人家的，其产生与适用的语境与我们的实际情况毕竟相去甚远，所以不能指望仅仅译介、借用西方的文学理论就可以代替我们自己的文论建设。在前人与他人的基础上建设自己的文论话语才是我们今天面临的主要任务。

钱中文曾指出当代文论建设有三大传统可资借鉴：中国古代文论、西方文论、中国现代以来的文论。这是很精到的见解。对于当代文论建设而言，这三大传统都只能提供资源，而不能成为主体。当代中国文学理论要获得独立的"自我"，一是要依赖当下中国文学经验，二是要依赖中国当下的社会文化需求，三是要依赖文学理论言说者对古今中外文学理论的反思与吸纳。资源可以是多方面的，但灵魂只能是当下中国的。

文学经验与人们的生活方式、风俗习惯、社会心理直接相关，因此不同时期、不同地域的人们的文学经验必然是不同的。以彼时彼地的文学经验为基础形成的文学理论是不可能完全适合于此时此地的文学经验的。一种文学理论的独特性或独特价值往往是与其所面对的文学经验的独特性密不可分的。我们当代文论建设如果能够直接从鲜活的中国当下文学经验中汲取营养，就不难形成自己的独特学术品格。社会文化需求是文论话语形成的又一重要推动因素。文学理论看上去属于纯粹的学术话语，而且是关于审美这一最少功利因素的精神活动的学术话语，毫无疑问应该是远离政治功用的，其实不然。任何一个时期的文学理论实际上都饱含着强烈的政治性和意识形态功能。正如伊格尔顿所说："那种认为存在'非政治'批评形式的看法只不过是一种神话。"①文学理论总是以自己的方式回应着某种社会需求，承担着某种历史使命。而且一种文学理论只有适应着某种具体的社会需求才会获得存在的合法性。我们的文学理论建设既是一种学理探讨和知识形态建构，同时也是整个社会文化建设的重要组成部分，参与着推动社会发展的重任。

30 多年来，我们在译介西方文学理论和整理、研究中国古代文论、现代文论方面做了大量工作，取得了辉煌成绩，这都为我们今天的文论建设提供了宝贵经验，今天的任务正是要在前人和他人的资源的基础上，根据当下文学经验和社会文化需求，努力建设我们自己的文论话语。这当然是一项十分艰巨的任务，但也是我们必须完成而且能够完成的任务。

---

① ［英］特里·伊格尔顿：《当代西方文学理论》，王逢振译，300 页，北京，中国社会科学出版社，1988。

第三章 问 题

　　与其他文学研究领域相比，中国当代文学理论似乎呈现出特别热闹的景观，各种热点问题总是层出不穷。从"审美意识形态"到"日常生活审美化"，从"失语症"到"强制阐释"，许多话题都曾引起文学理论界的普遍关注。从某种意义上说，中国当代文学理论正是在探究一系列问题的过程中不断深化的。尽管没有，也不会有什么结论，但是人们关于文学问题的思考无疑是更加深入了。在近年来的"反思"热潮中，关于这些热点问题的争论的来龙去脉，我们都梳理得比较清晰了，有些问题已经进行了深入总结，这里就不再赘言。在这一章里，我们仅就其中若干问题提出自己的看法。

第一节 "审美意识形态"问题

　　文学是不是意识形态？是一般意识形态还是"审美意识形态"？如何理解所谓"审美意识形态"？这些都是在中国文学理论界曾经热烈讨论的问题。其实，在我看来，与其围绕"意识""意识形态"或"意识形式"这些概念展开字面意义的争论，不如从更大的视野出发来考察马克思主义理论家们是如何看待文学艺术与意识形态的关系及其在人类精神生活中的位置的，是如何看待作为趣味范畴的文学与其他观念系统之间的关系的。换个角度来看，这个聚讼纷纭的问题也许就不那么复杂了。

除了认为生产力与生产关系、经济基础与上层建筑两组关系构成社会基本结构之外，马克思还把人类生活分为物质生活、社会生活、政治生活、精神生活四个层次，这些观点共同构成了马克思主义的社会结构理论。对于文学艺术研究来说，马克思主义的这一理论提供了基本阐释框架，对于认识文学艺术的基本性质、确定其在人类精神生活中的位置具有重要指导意义。但是，在经济基础、政治制度与意识形态之间存在的种种"中介因素"，尽管马克思、恩格斯也都明确意识到了，但却没有展开具体细致的研究。普列汉诺夫、卢卡契、阿尔都塞、雷蒙·威廉斯、布迪厄等马克思主义的继承者或后学们在马克思提供的阐释框架中，通过提出"社会心理""日常生活""意识形态国家机器""情感结构""惯习""趣味"等概念，对社会经济基础、政治制度与意识形态之间的"中介因素"进行了大量深入细致的研究，从而丰富和具体化了马克思的社会结构理论。他们的研究为我们理解文学艺术与意识形态的关系及其在人类精神生活中的位置提供了有力的理论资源。

马克思在《〈政治经济学批判〉序言》中把人类生活分为物质生活、社会生活、政治生活、精神生活，并认为物质生活的生产方式制约着后三者。[①] 马克思的这一思想与他在同一篇文章中提出的社会结构理论当然有着内在一致性，但也并不是可以互换的两种说法。这"四种

---

① 《马克思恩格斯选集》第 2 卷，2 页，北京，人民出版社，2012。

生活"理论较之生产力与生产关系、经济基础与上层建筑的社会结构理论更具体些，也有更多的阐释空间。例如，"社会生活"这一概念就包含着非常丰富的内容，可以做深入具体阐发，而"精神生活"也较之"意识形态"具有更多的内涵。特别是对于文学艺术的研究来说，"四种生活"理论较之社会结构理论具有更强的阐释能力，或者说，这种理论更适用于解释文学艺术现象。在这四个层次的人类生活中，文学艺术毫无疑问是属于"精神生活"。在马克思看来，包括文学艺术在内的精神生活并不是截然超越于物质生活、社会生活、政治生活之上的，相反，它是和其他三种生活交织在一起的。[1] 精神永远要受到物质的"纠缠"。那么在整个社会结构之中，文学艺术究竟处于怎样的位置呢？其与其他精神的或意识的存在是怎样的关系？

在我国当代文学理论和美学研究领域，曾经长期关注文学艺术与意识形态的关系问题。前些年围绕"审美意识形态"这一提法还展开过相当激烈的争论。从学术研究角度看，这当然是很有意义的，因为文学艺术与意识形态的关系问题的确是一个值得深入研究的学术问题，而且是一个远没有得到解决的问题。我们的理论界尽管已经有了很长时间的探讨，但是诸如文学艺术是不是属于意识形态、意识形态是如何影响文学艺术的、文学艺术如何面对意识形态以及在文学艺术与意识形态之间存在着哪些"中介"因素等一系列问题，都没有得到很好的研究。大家的兴趣似乎主要集中在对"审美意识形态""意识形态形式""意识形式"等概念含义的辨析上，特别是集中在对马克思本意的揣摩与推测上，在我看来，这似乎无助于深入理解文学艺术与意识形态的关系这一重要学术问题。下文我们结合马克思的"四种生活理论"、社

---

[1]　参见《马克思恩格斯选集》第 1 卷，151 页，北京，人民出版社，2012。

会结构理论和意识形态理论以及马克思主义的继承者们对这些理论的阐发与发展来考察一下文学艺术与意识形态的关系问题，特别是这一关系中的"中介"问题，从而对文学艺术在人类精神生活中的位置问题有更加清晰而深入的理解。

一、不同关系维度中的文学与艺术

马克思和恩格斯至少给人们提供了两种审视文学艺术关系维度。首先是精神与物质的关系维度。这是从纯粹的哲学原理的角度提出问题的。他们说：

> "精神"从一开始就很倒霉，受到物质的"纠缠"，物质在这里表现为振动着的空气层、声音，简言之，即语言。语言和意识具有同样长久的历史；语言是一种实践的、既为别人存在因而也为我自身存在的、现实的意识。语言也和意识一样，只是由于需要，由于和他人交往的迫切需要才产生的。①

这里的意思是，人的精神是需要语言来呈现的，而语言却首先是一种"物质"的存在，即"振动着的空气层、声音"。在西方哲学史上，精神与物质的关系问题是一个恒久的论题。从古希腊到 19 世纪，究竟是精神决定物质，还是物质决定精神，这一直是哲学思考中最基本的问题。黑格尔的辩证法打破了传统的二元对立的关系模式，揭示出二者对立统一的辩证关系：精神的即是物质的，物质的即是精神的，在一定条件下二者是可以相互转换的。黑格尔的这一思想为马克思和恩格

---

① 《马克思恩格斯选集》第 1 卷，161 页，北京，人民出版社，2012。

斯所继承，因此他们总是在精神与物质的对立统一中来审视二者的关系。在他们看来，精神归根结底是基于一种物质存在，因为一切的精神现象，都起始于人的意识，而人的意识是大脑运动的产物，大脑本身乃是一种物质的存在。于是精神存在最终来自于物质存在。基于这样一种基本观点，他们把文学艺术归于精神领域，使其属于"精神生活"范畴，但在讨论文艺问题时却时时联系着物质存在问题。这集中表现在他们对艺术生产与物质生产的关系的理解上。

马克思和恩格斯把人类的创造性行为划分为物质生产与精神生产两大类。前者生产人的生存所必需的物品以及人自身。后者则生产包括文学艺术在内的意识形态诸形式。物质生产对精神生产具有最终的决定作用。这里的逻辑关系是这样的：人要活着就必须生产，而人作为社会存在物，他的生产必然是一种社会性的而非个体的，于是在物质生产过程中人与人之间必然建立某种关系，这种关系形成了一定的社会结构。一切人类精神活动都是在具体的社会结构中形成并为这一结构所规定的。换言之，对于特定社会结构来说，文学、艺术、哲学、宗教、道德等精神形式不过是某种功能而已。从另一角度看，物质生产的水平和方式决定着人与自然的一定关系，因而决定着人眼中的自然和人感知自然的方式，人的感觉，感觉的人类性都是在人与自然的关系中产生并发展起来的。换言之，自然在人眼中的美丑妍媸不是由自然自身决定的，也不是由人的主观感觉决定的，而是由人在物质生产过程中与自然建立的具体关系决定的。这就意味着，包括艺术生产在内的精神生产归根结底是由物质生产所决定的。[①]

---

① 参见《马克思恩格斯全集》第 26 卷（Ⅰ），296 页，北京，人民出版社，1972。

但是在具体考察艺术生产与物质生产的关系，马克思和恩格斯又发现了二者之间的复杂性：艺术生产并不是依照物质生产的运动曲线而运动的，这就是有名的艺术生产与物质生产发展不平衡理论。这一发现表明，艺术生产的发生发展，除了来自物质生产的决定因素之外，还受到其他因素的影响，它还具有自身的内在决定因素。因此这种"不平衡"现象只说明了艺术生产与物质生产之间关系的复杂性，并不能否定二者之间决定与被决定的关系。

综合来看，在艺术生产与物质生产的关系这个问题上，马克思和恩格斯认为：生产的本质是人与自然的交换，在这一交换过程中人类不断改变着向自然索取的方式，而人自身也在这一过程中被改造。随着这一过程的无限展开，围绕着生存必需品的生产，即物质生产这一基本过程，人类渐渐衍生出一系列更为复杂的活动形式，也就是社会生活、政治生活、精神生活等。这些由物质生产衍生出来的活动形式孤立来看似乎与物质生产没有什么关系，而从人类社会发展的总体趋势来看，它们无不是物质生产的特殊形式，因而要遵循物质生产的一般规律。这就形成了一个由物质生产为核心的，层层衍生的宏大社会生产过程。人类一切活动，物质的、社会的、政治的、精神的，都是这一个宏大生产过程的不同层面而已。在这个宏大的生产过程中，物质生产方式居于核心的位置，是整个过程发展变化的原动力，而各个层面除了受到来自物质生产方式的推动力之外，各自也有自身的动力系统，按照其"内在性"规则运动着。各种各样的"力"构成的"合力"乃是这一总体过程演进方向的决定因素——这就是马克思恩格斯的历史唯物论的核心思想。正是基于对马克思这一理论的理解，当代美国马克思主义文化批评家弗里德里克·詹明信才把"生产模式"视为马克思主义的"主导符码"①。

把文学艺术置于"精神与物质"辩证关系的框架中来考察，确定其时时被物质所"纠缠"的精神存在性质，在此基础上把文学艺术的创作作为"生产"来理解，从而揭示其与物质生产的复杂关系，这是马克思和恩格斯的一大理论贡献。其意义在于：其一，揭示了文学艺术的"生产性"，亦即按照一定规则制作的意义，从而打破了笼罩着文学艺术创作的神圣性、神秘性，使之成为可以理解的社会性创造活动。于是以往被认为是个人性的、天才的艺术行为就被纳入社会行为的框架中来审视了，其社会性也就被凸显出来。其二，把文学艺术创造理解为一种"生产"，也就暗示了文艺接受与欣赏的"消费"性质。在古代的贵族文化传统中，艺术接受完全是一种高雅的精神活动，是贵族身份的标志，是一种"阶级区隔"的重要手段。然而在资本主义社会，一切都商品化了，即使文学艺术的创作与接受，也都带上了商品的特点，因此马克思、恩格斯的艺术生产理论实际上是揭示了文学艺术的现实品格。其三，最主要的，这一理论揭示了文学艺术这种"精神活动"的物质性，强调了文学艺术受到物质生产一般规律制约的特点。用马克思的话说："宗教、家庭、国家、法、道德、科学、艺术等等，都不过是生产的一些特殊的方式，并且受生产的普遍规律的支配。"②这就形成了一个从物质生产的角度理解精神生产的阐释学模式，不管这一阐释学模式存在着怎样的问题，还有多少需要完善的地方，它在人类思想史上的重要性是无法被抹杀的。

---

① ［美］詹明信：《晚期资本主义的文化逻辑：詹明信批评理论文选》，陈清侨等译，147页，北京，生活·读书·新知三联书店，1997。

② 马克思：《1844年经济学哲学手稿》，82页，北京，人民出版社，2000。

马克思、恩格斯为我们提供的第二个审视文学艺术的关系维度是社会存在与社会意识的关系维度。他们把人类社会分为社会存在与社会意识两大部分，指出是社会存在决定人的社会意识，而不是相反。他们指出：

> 意识在任何时候都只能是被意识到了的存在，而人们的存在就是他们的现实生活过程。……甚至人们头脑中的模糊幻象也是他们的可以通过经验来确认的、与物质前提相联系的物质生活过程的必然升华物。因此，道德、宗教、形而上学和其他意识形态，以及与它们相适应的意识形式便不再保留独立性的外观了。它们没有历史，没有发展，而发展着自己的物质生产和物质交往的人们，在改变自己的这个现实的同时也改变着自己的思维和思维的产物。不是意识决定生活，而是生活决定意识。前一种考察方法从意识出发，把意识看做是有生命的个人。后一种符合现实生活的考察方法则从现实的、有生命的个人本身出发，把意识仅仅看做是他们的意识。①

这段话的主旨在于说明人的意识是人的存在的升华物。意识不能独立存在，它必须依附于存在之上。所谓"存在"不是与人无干的"自在之物"，而是人的存在，是人的生命活动，主要是人为了生存而进行的物质生产活动以及与之相伴随的物质交往活动。人们为了生存的需要不断改变自己的物质生产方式，在这一过程中，也就改变了自己的思维方式，最终导致意识的变化。

---

① 《马克思恩格斯选集》第 1 卷，152～153 页，北京，人民出版社，2012。

但是马克思、恩格斯并没有一般性地，即在纯粹哲学原理层面上考察意识与存在的关系，而是把这种关系置于社会历史过程中来解释，于是他们就把存在与意识这一古老的哲学问题具体化为社会结构理论——存在被理解为以生产方式为核心的经济基础以及以政治制度为核心的上层建筑；意识则被理解为建基于经济基础与社会政治制度之上的意识形态。在他们的论述中，意识形态可以理解为是上层建筑的一部分，也可以理解为是在经济基础、政治制度之上存在的观念系统。在马克思看来，一个人最基本的生命活动是为了维持生存而进行的生产活动，同理，一个社会，最基本的社会存在也是物质生产活动，其他都是派生的，因而是受制于物质生产活动及其形式的。人要创造历史，他首先要活着，为了活着人就要生产，因此生产就是人的第一个历史活动。在这个最基本的历史活动之中，人们自然而然地建立起了生产关系，然后产生社会生活、政治生活、精神生活等生活层次，这就形成了复杂的社会结构。在这一社会结构中，意识形态是远离物质生产的，而在意识形态中，文学艺术又是"更高地漂浮在空中"的。这就意味着，在文学艺术与经济基础之间隔了许多层次，因此二者之间就呈现出更为复杂的关系。恩格斯晚年对这一问题有过诸多论述，著名的"力的平行四边形"之说与"曲线"说都是在这一语境中提出的。这意味着，恩格斯对于马克思的社会结构理论已经有了重要补充。

从马克思和恩格斯的大量论述来看，他们认为，在由经济基础与上层建筑构成的社会结构中，文学艺术属于上层建筑中的意识形态层面，是毫无疑问的，可以说是没有讨论的必要的。值得讨论的问题是：马克思和恩格斯建构的这一社会结构理论是否是合理的、完善的？以此来作为解释文学艺术特性及原因的框架是否可行？如果说在经济基础、政治制度与意识形态之间存在着诸多"中介"因素，那么这些中介因素是什么？它们是如何发挥作用的？下面我们来看看马克思的后学们是如何理解与论述这些"中介因素"的。

二、社会心理与日常生活

作为一种文学阐释框架，马克思的社会结构理论、意识形态理论显然是具有合理性和指导意义的。但同样显而易见的是，这个框架是比较宏观的、粗线条的，是需要"细化"或者具体化的。事实上，19 世纪末以来，马克思主义的后学们一直在做着这种"细化"或者"具体化"的工作。

首先是普列汉诺夫，他把"社会中的人的心理"作为在经济基础、政治制度与意识形态之间的一个重要环节：

如果我们想简短地说明一下马克思和恩格斯对于现在很有名的"基础"对同样有名的"上层建筑"的关系的见解，那末我们就可以得到下面一些东西：

（一）生产力的状况；

（二）被生产力所制约的经济关系；

（三）在一定的经济"基础"上生长起来的社会政治制度；

（四）一部分由经济直接所决定的，一部分由生长在经济上的全部社会政治制度所决定的社会中的人的心理；

（五）反映这种心理特性的各种思想体系。①

① 《普列汉诺夫哲学著作选集》第 3 卷，195 页，北京，生活·读书·新知三联书店，1962。

从这五个层次的划分不难看出，在普列汉诺夫看来，"社会中的人的心理"对于社会意识形态的形成具有更为直接的决定性作用。那么究竟什么是"社会中的人的心理"或"社会心理"呢？根据普列汉诺夫的论述，在一个特定时期、一个特定地域，人们的情绪与情感、感觉与体验、理想与幻想、要求与愿望、习惯与风俗、道德与禁忌、趣味与时尚等精神现象，就构成所谓社会心理。社会心理具有普遍性的特点，就是说，只有社会上多数人共同具有的心理倾向才可以被称之为社会心理。换言之，社会心理的"主体"不是个人而是集体，是社会阶级、阶层。社会心理还具有自发性特点，就是说，社会心理都是自然而然形成的，不是人为地建构或制作而成的，是没有经过系统化、知识化的精神现象。因此，在精神生活领域，与高高在上的各种理论或艺术等意识形态形式相比，社会心理是作为"基础"而存在的。对于社会心理来说，社会经济关系以及与之相关的社会政治制度是作为直接的基础而存在的，这就意味着，社会心理是社会经济关系、政治制度与意识形态之间的中介环节。通过对这一"中介环节"的揭示，普列汉诺夫就把恩格斯的"曲线说"说给具体化了。放到马克思"四种生活"框架中来看，普列汉诺夫的"社会心理"说也是对马克思"精神生活"概念的具体化。因为社会心理总体言之可以归之于主体精神范畴，它是作为高层次精神生活的基础而存在的。

我们知道，普列汉诺夫在文艺理论方面最杰出的贡献之一是他通过对人类艺术发生过程的考察，证明了"劳动先于艺术"以及"人最初是从功利观点来观察事物和现象，只是后来才站到审美的观点上来看待它们"的道理[①]。在具体论证过程，他充分运用了 19 世纪英、法、

---

① 《普列汉诺夫哲学著作选集》第5卷，395页，北京，生活·读书·新知三联书店，1984。

德等国在文化人类学、心理学等方面的研究成果，对原始艺术的形成过程进行了阐述，从一个侧面丰富并细化了马克思的历史唯物主义理论。此外，普列汉诺夫对 18 世纪法国戏剧文学和绘画中所蕴含的"中等资产的人物"们的情绪与欲望的精彩分析，也证明着他的"社会心理"理论的普遍有效性。如果说马克思的社会结构理论为文学艺术在社会生活中的定位提供了宏观的坐标系，那么普列汉诺夫的"社会心理"理论就为这一定位提供了具体的衡量尺度与测量方法。

其次是卢卡契。普列汉诺夫提出了"社会心理"说，是对马克思社会结构理论的重要发展，为人们研究文学艺术问题提供了更具体的视角。但是社会心理是如何形成的？它所凭借的是怎样的现实条件？这些问题依然没有真正解决。卢卡契可以说是在普列汉诺夫的基础上前进了一大步的又一位马克思主义文学理论家。如果说普列汉诺夫的"社会心理"之说使马克思的社会结构理论更加完善，更加严密，那么，卢卡契的"日常生活"与"日常思维"理论则使"社会心理"获得具体而切实的支撑点与现实条件。卢卡契指出：

> 不论什么人都是从日常生活开始活动的。我们实际生活中有各种存在形式，这些存在形式之间的关系是第一性的，而人的心理是第二性的，它随社会历史而发展变化。这就是我在《美学》中作为出发点的东西。《审美特性》这一书名也许不完全恰当，更恰当地说是审美原理在人类精神活动构架中的地位。①

---

① ［匈］乔治·卢卡契：《审美特性》第 1 卷《译者序》，徐恒醇译，4 页，北京，中国社会科学出版社，1986。

又说：

> 人在日常生活中的态度是第一性的，日常生活领域对于了解更高且更复杂的反映方式虽然极为重要，但对它尚未充分研究。……人们的日常态度既是每个人活动的起点，也是每个人活动的终点。这就是说，如果把日常生活看作是一条长河，那么由这条长河中分流出了科学和艺术这样两种对现实更高的感受形式和再现形式。它们互相区别并相应地构成了它们特定的目标，取得了具有纯粹形式的——源于社会生活需要的——特性，通过它们对人们生活的作用和影响而重新注入日常生活的长河。①

所谓"日常生活"就是指"人的世界"，或者人的实际生活过程。其中当然以劳动为核心，也包括人们的各种社会交往活动。可以说是马克思的"物质生活"与"社会生活"的综合。卢卡契用"日常生活"来代替"社会存在"或"社会生活"，凸显了人类活动的主体性特征，说明一切社会存在都是活着的人的活动，是无数有着主观目的的人的活动的总和，其中自然包括了人的需要、欲望、情感、兴趣等主观心理因素。在他看来，日常生活是作为完整的，即感性与理性、精神与肉体相统一的人的具体生活过程，是人类的基本存在状态。相对于纯粹的物质性存在来说，日常生活的确包含着主观性因素；但相对于具有反思性的意识与自我意识来说，日常生活又是作为客观基础而存在的。在这一基础上形成了三种形态的反映方式：日常

---

① ［匈］乔治·卢卡契：《审美特性》第1卷《前言》，徐恒醇译，1～2页，北京，中国社会科学出版社，1986。

思维、科学和艺术。三者的反映对象都是日常生活，但它们反映的深度、角度以及方式是不同的。它们之间的关系是这样的：日常生活和日常思维为科学和艺术等高层次精神活动提供了基础，后者又渗透于日常生活，通过历史积淀而变为习惯、风俗，最终融汇于日常生活，成为其组成部分。二者之间形成一种交互作用的关系：日常生活中所包含的日常态度与日常思维不断升华为高层次的精神形式，而后者又不断返回到日常生活并改造其存在状态。在这一过程中，日常生活不断进化、丰富化，而科学和艺术等高层次精神活动也不断细致化、专门化。

毫无疑问，卢卡契的"日常生活"和"日常生活态度""日常思维"等概念是对马克思、恩格斯"社会存在"或"社会生活"概念的具体化，从而也是对马克思社会结构理论的重要发展。在马克思那里，生产力、生产关系所构成的生产方式基本上就是社会经济基础的全部内容，社会政治制度、意识形态就耸立在这个基础之上。在这里，人的情感、欲望、需求、动机等个人主体性内涵都未能受到足够的重视。卢卡契的"日常生活"思想可以说恰好弥补了马克思在这方面的不足。与普列汉诺夫的"社会心理"相比，"日常生活"是一个更具体的概念，它所意指的乃是人的各个层面的生活状态与过程，不是抽象的范畴，而是活生生的现实存在本身。"社会心理"则容易被理解为像"时代精神""历史精神"一类的黑格尔式的抽象范畴。更重要的是，"日常生活"是包含着主观与客观、精神与物质的综合性生存状态，而不仅仅是一种物质存在或心理现实。因此，卢卡契的"日常生活"可以视为对普列汉诺夫"社会心理"之说的进一步具体化。

在卢卡契的诸多后继者中，马尔库塞值得一提。20世纪二三十年代弗洛伊德的精神分析主义盛行起来，后来对马克思主义者亦产生重要影响。福兰克福学派的重要人物马尔库塞是其中最有代表性的一位。马尔库塞一生致力于将马克思主义与弗洛伊德主义结合起来，试图取二者之长，而补其不足。在他看来，马克思主义在阐释经济基础与上层建筑的关系时忽略了人的心理因素这一中介环节，因此，马克思主义虽然揭示了社会结构的基本矛盾，却未能将这种矛盾的具体过程揭示出来；弗洛伊德主义发现了人的心理结构的矛盾，使人类自我意识达到前所未有的深度，遗憾的是未能将个人心理结构与社会结构统一起来，并由此推导出社会变革的结论。值得注意的是，马尔库塞的"心理结构"不同于普列汉诺夫的"社会心理"。前者以个体为本位，后者以社会为本位。马尔库塞认为，弗洛伊德的"压抑性文明"之说仅仅适应于特定的历史时期，人类的发展能够克服"压抑性文明"而进入到"非压抑性文明"阶段。从这里可以看出马克思早期关于"人的解放"思想的印记。在创造"非压抑性文明"的过程中，文学艺术起着无可替代的重要作用，这种作用不表现在文学艺术表达了什么，而在于它们的存在本身。马尔库塞说："文学并不因为它为工人阶级或为'革命'而写，便是革命的。文学只有从它本身来说，作为已经变成形式的内容，才能在深远的意义上被称为革命的。艺术的政治潜能仅在于它的美学方面。"①这意味着，文学艺术作为审美活动的集中体现，本身就带有一种"革命"的性质。因为文学艺术通过将内容转化为形式而超越现实，通过人的幻想、想象以及其他心理机能的和谐一致而确证人自身的自由本性，从而使人产生反抗压抑性现实原则、获得自身解放的内在需求。

---

① ［德］赫·马尔库塞：《美学方面》，见陆海林选编：《西方马克思主义美学文选》，253 页，桂林，漓江出版社，1988。

马尔库塞引进了个体心理结构的维度来思考文学艺术问题无疑是对马克思主义文艺思想的一个贡献，是对普列汉诺夫"社会心理"之说的发展，也是对卢卡契"日常生活"理论的延伸。但是他过于强调"审美"的政治功能，以至于在他的思考框架中已经没有了意识形态的位置，当然也就没能把个体心理结构与社会意识形态的复杂关联性揭示出来。因此说马尔库塞的思想是近似于席勒的一种"审美乌托邦主义"并不算冤枉。

三、情感结构与意识形态国家机器

其次是雷蒙·威廉斯。在 20 世纪马克思主义学者中，威廉斯是一位工人出身、通过个人努力而跻身于精英知识分子行列的重要人物，他的文化批评思想对兴起于 20 世纪六七十年代的文化研究产生了重大影响。作为坚定的马克思主义者，威廉斯对于那种来自内部与外部对马克思主义的双重误读深感忧虑，他说：

> 马克思主义学者关于文化的阐释给我们许多人留下了这样的感觉，即这种解释似乎是按照马克思的公式，服从一种僵硬的方法论。于是，我们举个例子来说，谁要想研究一个国家的文学，就必须从与文学并存的经济史入手，然后将文学置于其中，并根据经济史来诠释文学。诚然，有时候，人们也能有所收益，但从一般意义上来说，这种研究方法是牵强的、肤浅的。因为，即使经济因素是决定因素，它决定的是整个生活方式，而文学与整个生活方式则不单与经济制度有联系。由于不是依据社会整体，而是依据经济情况与研究主体之间主观武断出来的互相联系的解释

方法，就很快地导致解释的抽象性和非现实性。①

这里所批评的实际上也正是恩格斯晚年多次批评的"经济决定论"，这不是真正的马克思主义。在精神文化，如文学艺术与社会经济基础之间存在着许多"中介环节"，对于某种思想观念或艺术作品来说，这些中介环节往往起着更为直接的决定作用。所以，要想真正坚持用马克思主义理论来阐释文学艺术，就必须对这些中介环节进行深入研究不可。威廉斯的"情感结构"思想正是对这一"中介环节"深入思考的结果。"情感结构"这个术语最早出现在1954年出版的威廉斯与迈克尔·奥罗姆合著的《电影导言》中，用来描述人们对生活的整体感受。威廉斯认为电影的影响力取决于艺术家与观众之间的默契，而这种默契则是基于他们同样或相近的情感结构。那么究竟什么是"情感结构"呢？威廉斯从来没有为之下过明确定义，但根据他在一系列著作中的表述我们大体可以知道，情感结构是一种精神—心理状态，它具有如下特征：其一，前话语状态。即不是以系统、明确的话语形态存在的。情感结构是情感、体验、感受、情绪、趣味等心理因素构成的综合性精神—心理状态，是一种活生生的、未经反思的，也没有提升为话语状态的意识与无意识混杂的状态，它混沌地、整体性地存在于人们的心理之中。其二，普遍性。情感结构不是指个人的特殊心理，而是指特定时期弥漫于一个阶层、社会集团甚至整个社会之上的整体性心理倾向。在这个意义上它很接近于普列汉诺夫的"社会心理"这一概念，与康德所说的审美意义上的"共通感"也有某个层面上的相

---

① ［英］雷蒙德·威廉斯：《文化与社会》，吴松江、张文定译，357～358页，北京，北京大学出版社，1991。

近性。然而情感结构又不能离开个人的情感、感受与经验而存在，它就存在于每个人的个人体验与生活经验之中。其三，情感结构具有强大的驱动力。情感结构不是具有明确指向性的理论话语，甚至不是自觉的意识状态，但它却具有强大的决定性力量，是各种话语形态，包括文学艺术的集体内驱力。它的存在虽然具有隐蔽性、潜在性特点，但它却决定着那些有形的话语形态的形成轨迹。一个时期的情感结构是这个时期人们最普遍的社会经验的产物，而且它就融汇在人们的社会经验之中，只有通过理论的分析才可以意识到它的存在。因此可以说情感结构就是人们的社会经验，或者用威廉斯的话说，它就是一种文化的存在。

　　威廉斯的情感结构之说是其"文化唯物主义"理论的重要组成部分。文化唯物主义是对马克思的历史唯物主义的继承与发展，更准确地说，是具体运用。在强调文化的物质性这一点上，我们可以说这种理论是对马克思主义的合乎逻辑的延伸。在这里文化不再被视为纯粹的精神存在，而是成为介于物质生活与精神生活之间的一种存在，文化的生产具有与物质生产相近似的过程，这实际上正是马克思本人已经表达过的思想，只是他没有像威廉斯等人那样专门强调而已。文化唯物主义的提出旨在纠正以往把精神与物质直接对立的观点，反对把文化视为物质生活的直接反映，而是凸显了物质生活与精神生活之间的中介环节和整体性关联。因此，文化唯物主义可以看作对马克思历史唯物主义的具体化、细化。在威廉斯等人看来，文化就是整体性的生活本身，在这里，人们的欲望、情感、好恶等个人性心理现象与物质生产活动以及社会交往密不可分地交织在一起。情感结构就存在于这种将物质与精神融为一体的文化生活之中，并构成其内在动力与倾向性。

对整体性生活方式的观察使威廉斯对于那种简单地看待经济与文化的关系的做法深感忧虑。在《文化与社会》一书中，他考察了马克思本人关于经济基础与上层建筑及意识形态之间关系的理论，也考察了马克思之后的马克思主义者们对这一观点的继承与理解。在此基础上，他发现了问题的复杂性：其一，经济制度的决定性作用只限于整个生活方式本身，而对于文学艺术以及其他门类的意识形式就不那么直接了。因为文学是与整个生活方式相关联，而不仅仅与经济制度相关联。其二，文化这个概念不能简单地将其理解为观念形态的东西，不能将其看作纯粹的精神存在，而应该将其看作"整个生活方式"，即"一种总体的社会过程"。其三，对马克思"社会存在决定社会意识"这一著名论断不能做简单理解，因为许多资本主义制度的激烈批判者都出生于资产阶级家庭。在这样的理解中，文化的复杂性就被揭示出来了。而且可以说，对于包括文学艺术在内的各种意识形态形式而言，文化也获得了"基础"的作用。

阿尔都塞也是一位试图完善和发展马克思社会结构理论的马克思主义理论家。他对马克思本人思想生成与发展的历史过程有独到理解，对恩格斯以及后来的列宁、毛泽东等人对马克思主义的继承也有自己的认识。对于我们的论题来说，他对意识形态的独到见解具有重要意义。作为马克思主义者，阿尔都塞当然赞成马克思关于"基础"与"上层建筑"的划分，并以此作为自己进一步思考的出发点。但在他这里，意识形态已经不仅仅是指一种观念系统或话语形态，或者"意识"的"形式"，而是具有了更为根本的意义，成了人的存在的一种基本状态，他说：

应该说，意识形态属于"意识"的范围。我们对这个说法不要产生误解，虽然它依旧带有马克思以前的唯心主义总问题的色彩。假如意识这个词在所有场合只有单一的含义，意识形态同它的关系确实很少。即使意识形态以一种深思熟虑的形式出现（如马克思以前的哲学），它也是十分无意识的。意识形态是个表象体系，但这些表象在大多数情况下和"意识"毫无关系；它们在多数情况下是形象，有时是概念。它们首先作为结构而强加于绝大多数人，因而不通过人们的"意识"。它们作为被感知、被接受和被忍受的文化客体，通过一个为人们所不知道的过程而作用于人。人们"体验到"自己的意识形态，就像笛卡儿主义者在百步内"看到"或看不到月球（假如他故意不看月球）一样；因此，意识形态根本不是意识的一种形式，而是人类"世界"的一个客体，是人类世界本身。[①]

这段话告诉我们，意识形态并不是人们的"意识"的系统化或理论升华，也不仅仅是一套知识系统或思想体系，而是一种"无意识"。这意思是说，意识形态的存在及其功能既不取决于任何人的主观意识，也不为人们的意识所觉察，它只是沉默地存在着并发挥着巨大的影响力。说意识形态"是人类世界本身"，是说意识形态是人们感知世界、体验世界的方式。世界是怎样的，人与世界的关系如何，这些"意识"都通过意识形态才能形成。而且，人们也只能是在意识形态中来认识自己在世界和历史中的地位。这里的逻辑其实很简单：人作为社会的存在物只有在社会关系的网络中才能生存，而这种以生产关系为核心

---

① ［法］路易·阿尔都塞：《保卫马克思》，顾良译，229 页，北京，商务印书馆，2006。

的社会关系网络决定了人们某种具有普遍性的思维方式与价值取向，也就决定了特定时期居于主导地位的意识形态。作为个体的人无法不生活在这一社会关系网络之中，也就无法不生活在特定的意识形态之中。所以意识形态不是个人意识的升华，反而是决定着个人意识生成的先在力量。

正因为意识形态超越于个人意识之上，不是一种意识行为的产物，所以它尽管不是社会生活和人们与世界关系的真实反映，却也不是个别统治者或者统治阶级的"欺人之谈"，不是被有意识地制造出来的谎言。意识形态的"欺骗"性质是它所固有的。在这个意义上，阿尔都塞提出了他关于意识形态的著名命题："意识形态是个人与其实在生存条件的想象关系的'表述'。"① 在阿尔都塞看来，宗教、伦理、法律、政治等意识形态作为"世界观"决定着人们眼中的"世界"，而这些"世界观"都具有某种倾向性，因而是想象的，是不符合现实的实际情况的。主宰着个人生存的实在关系是一回事，意识形态中表述出来人所处的实在关系则是另外一回事。

基于对意识形态结构与功能的深刻认识，阿尔都塞进而发现了意识形态的物质性。他说：

> 在讨论意识形态国家机器及其实践时，我曾说过，每一种意识形态机器都是一种意识形态的实现（这些——宗教的、伦理的、法律的、政治的、审美的等等——不同领域的意识形态的统一性，是由它们对占统治地位的意识形态的臣服来保障的）。现在

---

① ［法］路易·阿尔都塞：《意识形态和意识形态国家机器（研究笔记）》，见《哲学与政治：阿尔都塞读本》，陈越编译，352页，长春，吉林人民出版社，2003。

我要回到这个论点上来：一种意识形态总是存在于某种机器当中，存在于这种机器的实践或各种实践当中。这种存在就是物质的存在。①

这样一来，意识形态就与社会实践密不可分了，它其实就是社会实践不可或缺的组成部分，而不是漂浮于社会实践之上的纯精神存在。这样来理解意识形态，不仅更符合其存在的实际状况，而且可以更深入地揭示其运作机制，事实上，正是在这一基础上，阿尔都塞提出了著名的"传唤"（intepeller/intepellation，或译"询唤"）理论，认为意识形态具有把"个体"塑造成社会所需要的"主体"的功能。

阿尔都塞对于文学与意识形态的关系进行过深入思考。他没有简单地把文学归入意识形态范畴，而是试图解释二者之间的微妙关系。在他看来，"一个社会或一个时代的意识形态无非是该社会或该时代的自我意识，即在自我意识的形象中包含、寻求并自发地找到其形式的直接素材，而这种自我意识又透过其自身的神话体现着世界的总体"。② 这就是说，世界在人们心中的样子乃是通过意识形态这一中介而构形的，我们心中的世界是浸透着意识形态因素的。人从出生之日起就被包裹在意识形态之中，连他作为"主体"都是意识形态"传唤"使然。那么，人们是不是只能带着意识形态的眼镜来认识世界呢？面对这一尖锐问题，阿尔都塞提出了意识形态、科

---

① ［法］路易·阿尔都塞：《意识形态和意识形态国家机器（研究笔记）》，见《哲学与政治：阿尔都塞读本》，陈越编译，356 页，长春，吉林人民出版社，2003。

② ［法］路易·阿尔都塞：《保卫马克思》，顾良译，136 页，北京，商务印书馆，2006。

学、艺术三者关系的理论。在他看来，意识形态作为对世界的反映无疑是虚假的，是一种"想象"或"神话"，因为意识形态的功能不在于认识世界，而在于服务世界。换言之，意识形态的存在意义是功能性的，是社会结构或者某一阶级、社会集团之社会需求与政治诉求的产物，因此它就不可能是一种客观的认识。能够摆脱意识形态束缚而真实认识世界的是科学。科学是一种冷静而客观的认识，对意识形态具有某种批判性。科学能够把一切客观存在都作为对象来认识，"意识形态也是科学的对象，'体验'也是科学的对象，'个人'也是科学的对象"①。因此，科学能够自觉地与意识形态拉开一定距离来审视它，认识到它的"想象"与神话"性质。除了科学以外还有艺术。阿尔都塞认为真正的艺术不能属于意识形态，因为它与科学一样可以把意识形态作为对象来反映。"艺术和科学的真正不同在于特有的形式，同样一个对象，它们给我们提供的方式完全不同：艺术以'看到'和'觉察到'或'感觉到'的形式，科学则以认识的形式（在严格的意义上，通过概念）。"②这就是说，真正的艺术与科学一样，是可以在意识形态之外对世界，甚至对意识形态予以审视的。在这个意义上，科学和艺术都不属于意识形态范畴。那种属于意识形态的科学和艺术必然不是真正意义上的科学与艺术。当科学把意识形态作为对象来认识，当艺术把意识形态作为对象来呈现的时候，它们就已经超出了意识形态的可控范围而获得了某种独立性。当然，这里有一个需要说明的问题：意识形态是功能性的，其

① ［法］路易·阿尔都塞：《一封论艺术的信》，见陆海林：《西方马克思主义美学文选》，521页，桂林，漓江出版社，1988。
② ［法］路易·阿尔都塞：《一封论艺术的信》，见陆海林：《西方马克思主义美学文选》，521～522页，桂林，漓江出版社，1988。

价值不在于揭示真相，而在于对现实存在产生影响。因此，说意识形态是虚假的并不意味着对它的否定。意识形态具有存在的必然性与必要性，是社会存在的需要使然，任何时代都会有相应的意识形态。马克思所批判的意识形态不是一般意义上的意识形态，而是资产阶级意识形态。

从普列汉诺夫的"社会心理"到卢卡契的"日常生活"，再到马尔库塞的"心理结构"、威廉斯的"情感结构"以及阿尔都塞的"意识形态国家机器"，我们看到，马克思的后学们一直在马克思社会结构理论的基础上深入探索意识形态与社会存在之间关系的复杂性。他们的研究成果为我们思考文学艺术与意识形态的关系提供了理论资源。根据这些理论资源我们不难发现，文学艺术既是意识形态，又不是意识形态，它是处于意识形态与另外一种社会的精神—心理存在之间的一种精神生活方式。这种社会的精神—心理存在可以称为"趣味"。或者可以这样来表述：在人类精神生活领域，文学艺术直接受到两种力量的制约，一是各种意识形态，二是普列汉诺夫所说的"社会心理"或者威廉斯所说的"情感结构"。而直接对文学艺术产生决定性影响的那种"社会心理"或者"情感结构"就是"趣味"。这就是说，具有审美意义的"社会心理"或"情感结构"就是趣味。

四、趣味与惯习

"趣味"这个概念在康德美学中居于核心位置。我们的美学史研究中所说的"鉴赏判断""判断力"实际上都是指"趣味"。由于德语的"geschmack"这个词同时有"趣味"与"鉴赏"的含义，而且宗白华在翻译《判断力批判》时选择了"鉴赏"这个词，因而后来研究者就习惯于

"鉴赏判断"的说法了，其实更准确地说应该是"趣味判断"①。趣味是一种主体能力，是人们判断美丑的能力，是人们对一件物品能否产生美感的能力。所以说趣味是审美问题的核心。有了趣味，人才能成为审美主体。康德美学就是建立在对趣味这种主体能力的反思之上的，正如他的认识论是建立在对纯粹理性的反思，他的伦理学是建立在对实践理性的反思之上的一样。那么趣味这一主体能力有怎样的特点呢？康德对这一问题的回答就是其在《判断力批判》中提出的著名的审美判断的四个契机之说：无利害计较而给人快感；不涉及概念而普遍地使人愉快；无目的的合目的性；不依赖于概念而具有必然性。其实这也就是趣味的四个特点。这些特点表明，趣味不是一种观念系统而仅仅是一种主体心理能力，因此它不是意识形态。趣味的普遍性和必然性乃是基于人类"共通感"的存在。"共通感"这个概念在康德的美学中有点神秘色彩，从今天的角度看，作为一种独立心理能力的"共通感"其实是不存在的，康德用这个概念所指涉的其实是趣味的普遍性本身。人是社会的存在，人的各种能力的形成都不仅仅是一个个体问

---

① 方维规对"趣味"一词在西方美学史上的历史流传论之甚详："西方的'趣味'概念（……）自 17 世纪下半叶开始在意、西、法、英语中流行，德语则在稍后从邻国翻译了这个术语。'趣味'表示一种分辨性的审美价值判断能力，先于理论思考，源于审美体验，是一种直接的感受形式和极为感性的概念。西方学者一般认为，审美能力意义上的'趣味'出现在文艺复兴时期的意大利，西班牙人格拉西安（B. Gracián）第一个使'趣味'成为批评术语，17 世纪的法兰西沙龙文化则是注重'得体'和'风雅'趣味的社会温床。英国早期经验主义者沙夫兹博里（A. A. C. Shaftesbury）、哈奇生（F. Hutcheson）等人均探讨过审美趣味问题。之后，趣味的哲学意义日渐突出，越来越得到哲学家的关注，如伯克（E. Burke）的《关于崇高与美的根源的哲学探讨》（1756）和休谟（D. Hume）的《论品味的标准》（1757）。尤其是康德（I. Kant）的《判断力批判》（1793）的第一部分《审美判断力批判》，对趣味理论作出了划时代的贡献。直到 20 世纪的克罗齐（B. Croce），关于'趣味'的讨论和争论似乎从未停止过。"（方维规：《文学话语与历史意识》，3 页，上海，复旦大学出版社，2015）

题，而更是一个社会问题，是社会共同体使人成为他所是的这个样子的。这就意味着，在相近的生活条件下，人们会产生相近的感觉、体验以及对事物的评价标准。因此，尽管趣味判断从来都是个体性的心理实践，但是这种个别的心理实践却有着高度的相近性。对于这种相近性，康德称之为"共通感"。

趣味的非意识形态性质也使文学艺术与意识形态之间产生了更加微妙的关系。因为文学艺术的直接社会心理基础正是趣味。是作为社会心理一个重要组成部分的趣味为文学艺术产生提供了强大的动力。康德是一位哲学家，关心的是最抽象意义上的主体精神结构与主体能力问题，对于具体的社会问题，诸如时代、阶级、阶层、社会集团等关注不够，因此对于趣味作为社会心理重要组成部分这一事实也没有进一步探究的兴趣。从社会学角度思考趣味与文学艺术关系问题并给予重要地位的是 20 世纪上半叶的德国英美文学史家和莎士比亚专家许京。他提出"文学趣味社会学"之说，并于 1913 年和 1923 年分别发表题为《文学史与趣味史》的论文和题为《文学趣味社会学》的专著，系统阐述了自己的理论主张。这里依据方维规翻译的《文学史与趣味史：试论一个新的问题》一文对许京的主张予以简要分析。首先值得注意的是从社会趣味角度考察文学。在许京看来，"民众中不同的人在某个时期阅读什么作品？为何阅读这些作品？这才应当是文学史的主要问题。"[①]在接受美学问世多年之后的今天，这样的观点好像平淡无奇，但在 20 世纪初期，这无疑是考察文学问题的一个崭新的视角。读者的阅读无疑是文学创作最主要的驱动力，而阅读根本上是一个趣味问

---

① ［德］许京：《文学史与趣味史：试论一个新的问题》，方维规译，载《文化与诗学》，2013(2)。

题。许京并不认为一个社会、一个历史时期只有一种趣味，相反他认识到不同阶级、不同社会群体之间趣味的明显区隔。但是作为文学史研究的一个新视角，许京认为，"最值得关注的，自然是那些对文化发展最具影响的社会成员，也就是起主导作用的阶层的阅读状况。整个问题的关键是：某个时期占主导地位的知识阶层的趣味是什么？"①这就是说，在文化发展中占主导地位的知识阶层的趣味对于研究特定时期文学艺术来说具有关键性的意义，换句话说，占主导地位的知识阶层的趣味是文学艺术的直接决定性因素。因此，许京认为进行趣味史的研究是至关重要的事情。

其次则是趣味研究本身的问题了。趣味是个很复杂的主体心理现象，它不仅与意识形态有着密切的关联，而且时时涉及现实利益："谁要是直面世界的话，那他定然会发现，趣味的产生有时并不只是观念的竞争，也是很现实的权力角逐。"②任何一种趣味的形成都是各种力量相互作用的结果，都有一个实实在在的社会实践过程，期间也有许多偶然的因素发挥着重要作用。一种占主导地位的趣味的形成，既与各种思想观念有着密切关系，也与社会生活方式、媒介以及文化传播方式密切相关，因此趣味史的研究实际上不仅同时也是思想史的研究，而且还是社会生活史的研究，是图书史、传播史的研究。趣味的这种复杂关联性也是它不能简单归入意识形态范畴的重要原因。

最后，也是最重要的一点，趣味是如何影响文学创作的。在谈论这一问题时，有一个前提性问题需要回答：究竟是文学艺术培养

---

① ［德］许京：《文学史与趣味史：试论一个新的问题》，方维规译，载《文化与诗学》，2013(2)。

② ［德］许京：《文学史与趣味史：试论一个新的问题》，方维规译，载《文化与诗学》，2013(2)。

人们的趣味，还是趣味生发出特定艺术呢？许京考察了欧洲文学史的情况，认为受众趣味的反向制约对于作者来说始终具有重要作用。这种情形也说明了趣味史研究对于文学史研究的重要意义。在许京看来，趣味史研究是一种综合性的社会学研究，因而从趣味史角度研究文学，实际上恰恰就是在社会与文化的整体性中来考察文学，这无疑是一条正确的研究路径，因为文学原本就是社会文化不可分拆的组成部分。

　　进一步从社会现实角度研究趣味，从而彻底颠覆康德趣味无利害经典观点的是法国社会学家布迪厄。布迪厄不是严格意义上的马克思主义者，但他无疑受到了马克思主义的重要影响，他的许多见解都可以看作对马克思社会结构理论的发展。康德试图在人的个体心理中寻找趣味产生的原因，布迪厄则认为这种原因只能存在于社会现实中。是社会分层造成了趣味的差异性，而这种差异恰恰是社会所需要的——它起着阶级区隔的重要作用，这种作用有时是意识形态都无法代替的，因为社会等级的划分是需要日常生活中的时尚、好恶、惯习来予以确证的。换言之，趣味的区隔作用使社会分层进一步清晰化。或者可以这样来表述布迪厄的观点：人们拥有财富的多少以及在生产中的不同位置使阶级或阶层的划分初步形成，而以趣味为核心的生活方式、文化品位与惯习则使这种划分最终完成。当然，布迪厄并没有把趣味本质主义化，他非常明确地强调了趣味产生的历史性。但是究竟什么是趣味？他在人的社会生活中究竟占怎样的位置？要想弄清楚这些问题就不能不涉及布迪厄话语系统中的另外三个概念：惯习、性情倾向、场域。

　　惯习（habitus）是布迪厄特有的一个学术概念，用来指称那种对人们的社会实践发挥重要作用的主观因素，而这种主观因素又不是通常那种观念系统。布迪厄指出：

> 我在这里想指出的只是，这概念的宗旨主要在于摆脱唯智主义的［及理智中心论的（intellectualocentric）］行动哲学。这种哲学尤其体现在把人看作理性行动者的经济人理论里。近来，正当一大批经济学家已经抛弃了这种思路（虽然他们一般并不这么明说，或并没有完全认识到这一点）的时候，理性选择理论却又把它重新树为时髦……客观主义把行动理解成"没有行动者"的机械反应；而主观主义则把行动描绘成某种自觉的意图的刻意盘算、苦心追求，描绘成某种良知自觉之心，通过理性的盘算，自由地筹划着如何确定自己的目标，使自己的效用最大化。我从一开始就想摆脱这两种思路，以便说明在最细微、最平凡的形式中体现出来的那些实践活动——比如各种仪式、婚姻选择、日常生活中的世俗经济行为等等。①

这是理解布迪厄惯习、性情倾向、场域、趣味等概念的非常重要的一段话。我们知道，作为社会学家，布迪厄试图建立一种关于社会实践的新的理论，以探求人的实践行为是如何进行的，究竟是什么原因决定着人们的社会实践。这段话中他所提到的"客观主义"和"主观主义"正是他所认为的两种错误倾向：前者无视人的理性设计，把人的行为看作某种外在因素推动的结果；后者则过于强调主观筹划的重要性，对外在于个体的客观因素有所忽视。惯习这个概念正是为了克

---

① ［法]布迪厄、［美]华康德：《实践与反思——反思社会学导引》，李猛、李康译，163～164 页，北京，中央编译出版社，1998。

服这两种错误倾向而提出的。这个概念旨在揭示一种对于包括知识生产在内的各种社会实践行为的决定性力量，这种力量既不是明确的理性规划，也不是非理性的物质力量；它既是个体的，又是社会的；既是主观的，又是客观的。总之，是一种社会生产关系与上层建筑（意识形态）框架所不能涵盖的精神—心理存在。惯习存在于每个社会人的心理和行为中，但它植根于社会生活的整体性之中，是历史性存在，会随着社会条件的变化而变化。"我们提惯习，就是认为所谓个人，乃至私人，主观性，也是社会的、集体的。惯习就是一种社会化了的主观性……就像马克思所说的那样，不管他愿不愿意，个人总是陷入'他头脑的局限'之中，也就是说陷入他从他所受的教化里获得的范畴体系的局限中，除非他意识到这一点。"[①]这种"社会化了的主观性"弥散性地存在于社会生活的方方面面，不是以观念的、理论的或话语的形态存在，它对人们的各种建构性活动发挥着巨大推动作用，却很难被意识到。从某种意义上说，这个概念的提出就是为了避免把社会实践活动都理解为"理性选择"的结果，从而把复杂问题简单化了。把个人的行为都理解成理性筹划的结果，把社会实践都理解成某种思想观念或理论的产物显然是有问题的，许多重要因素都会因此而被遮蔽。所以布迪厄说："我们之所以不能没有惯习这个观念，还有另一个原因。只有它能让我们考虑到性情倾向、品味和偏好的持续存在，并对此加以说明……"[②]

　　其次是性情倾向（dispositions）。这是一个与"惯习"密切相关的概

---

① ［法］布迪厄、［美］华康德：《实践与反思——反思社会学导引》，李猛、李康译，170～171 页，北京，中央编译出版社，1998。

② ［法］布迪厄、［美］华康德：《实践与反思——反思社会学导引》，李猛、李康译，176 页，北京，中央编译出版社，1998。

念。布迪厄说：

> 与某些人的理解正好相反，惯习不是宿命。由于惯习是历史的产物，所以它是一个开放的性情倾向系统，不断地随经验而变，从而在这些经验的影响下不断地强化，或是调整自己的结构。它是稳定持久的，但不是永久不变的！不过，在指出这一点的同时，我还必须指出另外一个问题，即这里存在某种可能性（它深刻地体现在与确定的社会条件维系在一起的社会命运之中），那就是经验也会巩固惯习。这是因为，从统计角度看，大多数人必然要遭遇的情境，很可能与起初形塑他们惯习的那些情境一致。
>
> ……
>
> 我们说，惯习只是就某一确定的情境来说，才展现自身，要记住，它是由一整套性情倾向所组成的，也可以说，是由一系列现实情况、潜在可能性和最终结果所组成的。只是在和确定的结构的关联中，惯习才产生出一定的话语或一定的实践活动。①

从这些论述中可以看出，性情倾向与惯习有着密不可分的联系：性情倾向是人们在各种具体社会行为或实践中表现出来的偏好，也就是各种趣味、各种性情倾向在整体上构成人的惯习。惯习带有某种稳定性，而性情倾向则指向具体的对象。也可以说，惯习是各种性情倾向的深层结构，而性情倾向则是惯习的外在显现，前者是社会划分的

---

① ［法］布迪厄、［美］华康德：《实践与反思——反思社会学导引》，李猛、李康译，178～179 页，北京，中央编译出版社，1998。

内化，后者则是对各类事物具体评价的积淀。用中国古代哲学术语来表述，二者是"体"和"用"的关系，相互依存，不可分拆。

与惯习密切相关的另一个重要概念是场域（field）。在布迪厄看来，人们的性情倾向和惯习都不是主观自生的东西，而是社会经验的内化形式。正是因为人们无时无刻不生活在一种社会关系的网络之中，他们的性情倾向与惯习才不仅仅是个人的，而是具有社会普遍性的。人生活的社会关系网络因人们的活动性质不同而分为多种类型，诸如政治的、文化的，等等，这不同类型的社会关系网络所构成的特定空间，有自己独特的生成与存在的逻辑，形成了比较固定的评价体系，个人的此类行为只有进入这一特定空间才能得到承认，这种特定空间就是场域。布迪厄说：

> 在高度分化的社会里，社会世界是由大量具有相对自主性的社会小世界构成的，这些社会小世界就是具有自身逻辑和必然性的客观关系的空间，而这些小世界自身特有的逻辑和必然性也不可化约成支配其他场域运作的那些逻辑和必然性。例如，艺术场域、宗教场域或经济场域都遵循着它们各自特有的逻辑：艺术场域正是通过拒绝或否定物质利益的法则而构成自身场域的（Bourdieu 1983d）；而在历史上，经济场域的形成，则是通过创造一个我们平常所说的"生意就是生意"的世界才得以实现的，在这一场域中，友谊与爱情这种令人心醉神迷的关系在原则上是被屏弃在外的。①

---

① ［法］布迪厄、［美］华康德：《实践与反思——反思社会学导引》，李猛、李康译，134 页，北京，中央编译出版社，1998。

可见场域其实就是根据人类不同的活动性质而构成的各种活动空间，是构成社会整体的"社会小世界"，也可以说，场域是特定生活领域的稳定与成熟。那么惯习与场域是怎样的关系呢？在布迪厄看来，场域正是惯习形成的空间。当场域所固有的必然性体现在个体身上，成为其不知不觉遵循的活动规则时，惯习就形成了。反过来看，惯习对于场域的存在也具有重要意义：可以使其成为一个具有吸引力的世界，可以吸引人们投身其中，二者是相互建构的关系。这种关系使它们相得益彰：场域在人们身上形成了惯习，把特定的社会规则内化为人们的心理构成，这就使得这一场域对这些人来说具有了无可争辩的合法性，一切都是自然而然的。换言之，场域使惯习得到形成的条件与环境，而惯习使场域的种种规则被人们无条件接受，并且安之若素。所以布迪厄说："这么说吧，社会现实是双重存在的，既在事物中，也在心智中；既在场域中，也在惯习中；既在行动者之外，又在行动者之内。而当惯习遭遇了产生它的那个社会世界时，正像是'如鱼得水'，得心应手：它感觉不到世间的阻力与重负，理所当然地把世界看成是属于自己的世界……正是因为这个世界创造了我，创造了我用于这个世界的思维范畴，所以它对我来说，才是不言而喻的，不证自明的。在惯习和场域的关系中，历史遭遇了它自己：这正像海德格尔和梅洛-庞蒂所说的，在行动者和社会世界之间，形成了一种真正本体论意义上的契合。"①这就是说，场域是惯习的，惯习是场域的，二者互为存在的条件，具有相互生成的意义。

布迪厄的趣味理论是属于其惯习与场域理论的组成部分。在他的

---

① ［法］布迪厄、［美］华康德：《实践与反思——反思社会学导引》，李猛、李康译，172 页，北京，中央编译出版社，1998。

语境中，趣味就其具体性而言就是一种性情倾向，而就其整体性而言也就是一种惯习——在广义的审美场域中的惯习。这个场域当然包括文学艺术等传统审美活动，也包括现代社会的各种文化消费行为。布迪厄的场域与惯习理论对于人们深入理解社会实践的展开机制具有重要启发意义，使人们不再仅仅关注那种理论或观念形态，或者话语行为在社会实践过程中的主体性功能，而且关注那些在观念与话语下面，甚至在意识之下存在的个体的和集体的心理因素的重要作用。布迪厄的趣味理论则有助于我们从社会学意义上思考文学艺术以及其他广义的审美问题，有助于我们跳出传统审美的"象牙塔"，去思考社会划分、阶级差异是如何借助于趣味而得以确证并强化的。

五、在趣味与意识形态之间

普列汉诺夫的"社会心理"、卢卡契的"日常生活"、威廉斯的"情感结构"、阿尔都塞的"意识形态的物质性"、布迪厄的"惯习"和"趣味"——这些概念固然各有各的产生语境，各有各的针对性，但它们共同的理论意义在于为人类的自我意识，即人们对其所生存社会的认识提供了更加具体的视角。不管这些概念的提出者是不是马克思主义者，他们的思想逻辑都是在马克思的社会存在与社会意识、经济基础与上层建筑这一理论框架中展开的，都是对马克思理论的延伸与细化。马克思的主要工作是确立物质相对于精神的第一性位置，确定存在对于意识、经济基础对于上层建筑的决定性作用，因为这些观点是历史唯物主义的支点，因而也是马克思社会结构、社会发展理论的支点，顺理成章地也就是马克思阶级与革命理论的支点，因此确立这一观点本身就成为马克思的首要任务。至于社会存在究竟如何决定社会意识，经济基础如何决定上层建筑，在决定者与被决定者之间存在着哪些中介环节，社会存在与社会意识、经济基础与上层建筑是否可以截然分开？有没有介于二者之间的过渡等问题，马克思、恩格斯虽然意识到，但确实没有专门进行探讨。恩格斯晚年的若干通信，对经济基础与上层建筑关系问题的复杂性给予了充分说明，明确提出了"曲线说"与"合力说"，为普列汉诺夫、卢卡契等后继者的理论延伸提供了基础与前提，但他也始终未能对马克思的理论提出具有实质性的推进，就是说，他未能提出诸如"社会心理""情感结构""惯习"这样对马克思的社会结构理论具有补充意义的重要概念。

我们知道，从马克思主义诞生以来，就不断存在着对它的歪曲与误读，诸如经济决定论、经济唯物主义、庸俗社会学等都是如此。特别是在经济基础与意识形态的关系问题上，经常出现简单化理解的情况。上述各种理论的提出，都在某种层面上把问题具体化了。在这些理论的审视下，意识形态如何形成以及经济基础如何对意识形态构成影响等问题就被具体化和复杂化了，甚至意识形态与经济基础的关系也变得不那么清晰了，如此则追问更加接近真相。如果说马克思解决了人类各种社会实践，包括政治制度和意识形态诸形式形成的最终动因问题，揭示了社会发展根本动力问题，那么后继者们则试图解决这最终动因和根本动力发挥作用的具体机制问题，这毫无疑问是一种继承，是一种理论的合乎逻辑的延伸。

对于文学艺术的研究来说，马克思的后继者们的工作尤其显得重要。我们知道，在马克思提出社会结构理论那个时代以及后来相当长的一段时间里，在欧洲的文化语境中，康德的美学传统始终居于主导地位。文学艺术不仅被视为超功利的纯精神活动，而且文学艺术的创作也是只有极少数人可以为之的天才行为，泰纳的实证主义文艺观尚未形成广泛影响。在这种情况下，马克思的生产力与生产关系、经济基础与上层建筑的社会结构理论无疑具有重大理论意义，可以说是划时代的。然而同样毫无疑问的是，这种理论只是一个思考问题的框架，一种宏观视角，如果把它作为现成的模式来套用，就极易陷入经济决定论和机械唯物论的泥潭。在这种情况下，普列汉诺夫、卢卡契和威廉斯等后继者做的工作就极为重要了。这种重要性不仅仅表现在人们更加尊重文学艺术的独立性，而不把它简单地视为社会现实的"反映"，而且还在于让人们对文艺在人类精神生活中的地位、它的属性，特别是它与意识形态的关系等根本性问题有了更深入的理解与思考。这主要可以从下列几点中看出。

第一，文学艺术既是意识形态又不是意识形态。就文学艺术属于人的精神创造，其产品中包含着创作者及其所属社会集团的思想倾向、价值观而言，它毫无疑问是属于意识形态范畴的，也正是在这个意义上，马克思才把文学艺术与哲学、宗教、政治、法律等观念系统并列为不同的"意识形态形式"。然而文学艺术之中并不仅仅包含着作者的思想倾向与价值观，更包含着大量混沌的生活经验、感性体验甚至幻觉、幻想以及其他大量非理性内容，它们经常是未经过意识的思考与反思而被呈现于作品之中的。作品的这部分内容介于主观与客观、加工品与原生态之间，它们包含着大量信息，没有统一的价值指向，可做多向度解读，对于作品的这部分内容我们可以称之为"文学的非意识形态部分"。文学艺术都是由意识形态与非意识形态两部分构成的：意识形态部分使文学艺术与同时代的哲学、宗教、道德等话语形式构成深刻的同构关系，共同组成某种整体性意识形态，代表一个国家、一种政权、一个阶级或者社会集团的利益与价值取向。非意识形态部分则使文学艺术获得信息的丰富性、解读的多元性以及动人的审美效果。恩格斯之批评歌德、列宁之批评列夫·托尔斯泰都是就他们在作品中表达的意识形态而言的，而对他们的肯定则是就其呈现出来的丰富的生活内容以及高超的艺术技巧而言的。或许正是在这个意义上，阿尔都塞才认为意识形态可以影响艺术，但艺术不是意识形态。

第二，文学艺术可以把意识形态作为对象来处理。文学家和艺术家有一种独特的能力或习惯，善于把一切存在物都当作对象来处理——在一定距离之外审视它，以尽可能客观的态度呈现它。马克思、恩格斯对巴尔扎克的称赞正是就其与现实社会拉开一定距离的这种客观性而言的。在阿尔都塞看来，艺术与科学之所以均不属于意识形态范畴，也是因为此二者都具有一种反思性与批判性，可以对象化地处理生活世界中的一切，也包括意识形态。文学艺术描写生活的整体性、混沌性这一特征，使其远远超越于意识形态所能涵盖的范围，获得后者不可比拟的丰富性——这也正是文学艺术的独特魅力之所在。

第三，凸显了"中介"环节的重要性，充实了马克思的阐释框架。马克思的社会结构理论作为一种针对各种社会现象的阐释框架，在经济学、政治学、历史学、哲学乃至文学艺术的研究中都具有根本性的指导意义，但是如果不对其中各个"中介"环节进行深入细致分析，这一阐释框架也很难真正显示出它的方法论意义。可以说，正是"社会心理""日常生活""情感结构""趣味"这些看上去不那么具有理论色彩的概念才使得马克思主义的社会结构理论、意识形态理论成为可操作的研究方法。

在马克思主义的社会结构理论的基础上，再吸收普列汉诺夫、卢卡契及其后继者们的各种新观点，我们就可以对文学艺术在人类精神生活中的位置有更加准确的把握。简单说来，文学艺术是处于趣味与意识形态之间的一种精神活动。作为一种意识形态的话语形态，文学艺术往往体现着某个阶级、阶层或社会集团的政治态度与价值取向；作为一种趣味的话语表征，文学艺术则又呈现着特定时代、阶级、阶层和社会集团的生活方式与生活经验。文学艺术的意识形态性使之与道德、政治、哲学、宗教等话语行为有着内在一致性，共同构成某种宏大的思想倾向或思潮；而文学艺术的趣味性，又使其包含了远非意识形态所能涵盖的无比丰富性、复杂性与具体性。所以文学艺术的确具有意识形态性质，但是它更是一个趣味的世界，是一个丰富多样的经验世界。文学艺术的这种"二重性"使之常常成为一个矛盾的存在，事实上，凡是伟大的艺术、真正的艺术都是矛盾的，而且越是伟大的艺术这种矛盾就越深刻，越复杂。文学艺术的意识形态性带给它某种思想倾向与价值判断，使作品获得某种"色彩"；趣味性，即具体、混沌、感性等特征，则使作品呈现出"中性"，即无倾向、无色彩的特征。趣味性使得文学艺术不仅能够把社会存在的各种意识形态作为对象来呈现，供读者们站在一定距离之外来审视，而且能够把作者自己所秉持的意识形态也作为对象来呈现，供人们审视。这就意味着，在文学艺术内部就存在着自我消解的功能，这正是伟大作品内在矛盾性的根源所在。马克思、恩格斯所揭示的雨果、巴尔扎克、欧仁·苏的矛盾，列宁揭示的列夫·托尔斯泰的矛盾，归根结底都是意识形态与趣味这种"二重性"的产物。

趣味与意识形态的关系是一个值得思考的问题，或者说引进"趣味"概念是意识形态研究的一个新的维度。意识形态建基于社会经济基础与政治制度之上是没有问题的，但是正如雷蒙德·威廉斯所说，它们并不仅仅影响意识形态，而是首先影响人的整个生活方式，意识形态是在人们的整体生活方式之上形成的。在生活方式的诸种因素之中，趣味无疑占有重要地位。趣味不是作为理论观念或话语形态存在的，它存在于人们的生活经验中，可以说无处不在，所以对于意识形态来说，趣味既是基础，又是原材料——意识形态把趣味中蕴含的价值指向和情感倾向升华为某种系统化的观念，使那种朦朦胧胧、混混沌沌的经验存在获得话语形式，从而进入人的高级精神活动层面。换言之，趣味可以升华为意识形态。然而意识形态并非都是从趣味升华而来，人们生活中的种种其他类型的"惯习"也都是意识形态形成的基础。而且反过来，一种意识形态一旦形成，也会渗透到人们的生活经验中，从而对趣味构成重要影响。事实上，人的生活经验中的很多趣味都是意识形态的"感性化"。这就意味着，趣味本身虽然不是意识形态，但它也可能会具有意识形态的某种性质与功能，如布迪厄所揭示的趣味的"阶级区隔"作用，根本上就是一种来自意识形态的功能。或许正是在这个意义上，当代英国著名马克思主义批评家特里·伊格尔顿才会提出"审美意识形态"的概念，在他这里，"审美"实际上是资产阶级意识形态的一种表现形式。

趣味与文学的关系同样具有探讨的价值。作为一种存在于生活经验中的性情倾向，趣味是一切文学艺术的基础，没有生活中的美丑妍媸之感，人们也就不会创作出用来欣赏的文艺作品。因此从发生学角度看，应该是先有趣味而后有文学艺术的。是人们在社会结构中的位置，他们的日常生活渐渐形成某种惯习，这些惯习表现在对事物形式的审美评价方面，就成为趣味，趣味呈现为由语言或其他符号构成的感性形式，便是文学艺术作品。当然，这只是艺术产生的一般轨迹，实际的情况也许要复杂得多：以往的艺术作品常常是当下趣味的重要来源。趣味被呈现于艺术作品，艺术作品反过来又参与到生活中趣味的形成，二者是一种循环往复的关系。另外需要指出的是，与意识形态一样，趣味也不是艺术世界的全部。在这个虚拟的精神世界中，还存在着太多的非趣味的生活经验、情绪情感，甚至无意识的内容。

第二节 "强制阐释"问题

20世纪80年代以来，西方文论的大量引进为我们的文学理论研究提供了新的知识与方法，也制造了一系列新的热点话题，大大促进了我国学术研究的繁荣与发展，这是思想解放的硕果，值得被充分肯定，是不容置疑的。然而同样不容置疑的是，西方文论本身以及我们对西方文论的选择与译介存在的问题也是极为严重的，对此我国学界一直缺乏深入反思。值得关注的是，近来张江的多篇论文和会议发言专门探讨了西方文论存在的问题及其对我国文学理论研究的负面影响，分析深入细致，见解深刻独到，具有重要启发意义。"强制阐释"是张江提出的一个重要概念，是对当代西方文论一个具有普遍性的"核心缺陷"的概括。笔者认为，学界有必要就这一提法展开讨论。下面就围绕这一概念谈点个人的看法，以就教于学界同人。

一、强制阐释与理论的有限合理性

所谓"强制阐释"，用张江的话说就是"背离文本话语，消解文学指征，以前在立场和模式，对文本和文学作符合论者主观意图和结论的阐释"①。我理解的是，如果概而言之，也就是先有一种理论模式和

---

① 张江：《强制阐释论》，载《文学评论》，2014(6)。

立场，把文学作品作为证明此一理论合理性与普适性的材料。"强制阐释"所得出的结论不是对文学作品本身存在的固有意蕴的揭示，而是先在地包含在理论模式与立场之中。这确实是西方文论中存在的一个极为明显而普遍的问题。特别是在后现代主义思潮浸润下的各种文化理论，诸如女性主义、后结构主义、解构主义、后殖民主义等更是如此。这些文化理论都有一个预设的理论观点和立场，面对任何文学作品都能以不变应万变，得出符合这一理论预设的结论来。就拿后殖民主义来说，按照这一理论，"东方"不是一种自然的存在，而是一种被西方学者建构起来的话语存在，因此东方学也就不是一种实事求是的学问，而是西方用以控制、重建和君临东方的一种方式。这种观点对不对呢？毫无疑问，这种观点有其深刻性与合理性。世界的发展是不平衡的，特别是近代以来，西方国家得益于工业革命的强力推动，在各个领域都走在了世界前列，也导致了殖民主义在政治、军事、经济等领域的泛滥。那些走在世界前列的帝国也自然而然地成为文化上的优胜者、引领者。在这样的历史语境中，落后于世界潮流的国家与民族常常处于"失语"状态，他们的文化、历史乃至身份都成为帝国学者们话语建构的对象。"东方"因此也就不是自主的和独立的存在，而是为"西方"的存在而存在。后殖民主义理论所揭示的这一情形确实存在着，可以说是一种重要的文化现象。因此如果从非西方中心主义的立场出发来审视东方主义话语，确实可以发现其殖民主义的内核，其理论意义是不言而喻的。然而问题是，是不是一切西方人关于东方的言说都可以纳入这种东方主义的框架来阐释呢？答案显然是否定的。第一，如果承认世界的发展是不平衡的，因而的确存在发达与不发达、科学与不科学、文明与不文明、卫生与不卫生、合理与不合理、进步与落后等文化差异的话，那么许多以客观的或科学的态度对东方社会与文化的书写就不能简单视为东方主义话语建构。这里存在的客观性是不容置疑的，许多文化人类学家的研究成果都属于此类。第二，有些西方学者，为了更深入地理解自己的文化而进行东西方文化的比较，力求找出二者各自的特点，进而来说明某些现实问题的形成原因，其关于东方的言说也不能笼统归之于东方主义，马克斯·韦伯关于儒教与道教的研究就是如此。第三，西方文化存在着诸多自身问题，而那些以自身文化困境为反思对象的思想家或学者，为了为西方文化寻找出路，把目光投向东方，试图从历史悠久的东方文化中寻求参照与启发，他们对关于东方文化的言说往往充满赞誉，对之采取接受、吸取的态度，目的是借以改造自己的文化，这类言说也不能简单名之为东方主义话语。雅斯贝尔斯、海德格尔、郝大为、安乐哲、弗朗索瓦·朱利安等许多西方哲学家关于东方哲学的思考都属于此类。

　　这就是说，后殖民主义理论作为一种后现代主义的文化理论确实提供了新的研究视角，开启了一个重要的论域，揭示出一系列被遮蔽的问题，其理论意义是应该被充分肯定的。但是即便如此，这一理论的适用范围也是极其有限的，远远不能涵盖全部西方语境中关于东方的言说。换言之，后殖民主义理论只具有"有限的合理性"，超出了其适用范围，人为地赋予其普遍有效性，就必然导致谬误。其他各种文化理论也同样如此。其实西方学界对那种"理论越界"现象也一直有所反思，许多学者对理论的那种"强制阐释"倾向也保持着足够的警惕与反思。后殖民主义的主要代表人物赛义德就有著名的"理论旅行"之说，涉及在不同语境中出现的"理论越界"问题①。美国著名艺术批评

---

　　①　[美]爱德华·W.赛义德：《理论旅行》，见《赛义德自选集》，谢少波、韩刚等译，138页，北京，中国社会科学出版社，1999。

家苏珊·桑塔格在 20 世纪 60 年代出版的论文集《反对阐释》就对当时流行的精神分析主义与社会批评提出过质疑。她强调面对艺术时的直觉与感受力，反对那种轻视"表面之物"而去挖掘文本背后的"真实意义"的艺术阐释。她尖锐地指出："当今时代，阐释行为大体上是反动的和僵化的。像汽车和重工业的废气污染城市空气一样，艺术阐释的散发物也在毒害我们的感受力。就一种业已陷入以丧失活力和感觉力为代价的智力过度膨胀的古老困境中的文化而言，阐释是智力对艺术的报复。不惟如此。阐释还是智力对世界的报复。去阐释，就是去使世界贫瘠，使世界枯竭——为的是另建一个'意义'的影子世界。阐释是把世界转换成这个世界（'这个世界'！倒好像还有另一个世界）。"①人们通过这种阐释来"驯服"艺术作品。显然，在苏珊·桑塔格看来，"阐释"的最大弊端是对艺术品本身不尊重，是一种"强制阐释"，也就是张江所批评的"背离文本话语，消解文学指征"。

在苏珊·桑塔格的《反对阐释》出版的第二年，即 1967 年，美国文论家赫施的《解释的有效性》出版了。这部著作是针对伽达默尔的哲学阐释学而发的，也是针对当时在文学批评领域居于主流地位的"文本中心主义"倾向而发的。在赫施看来，文本有含义与意义之分，前者与作者创作意图直接相关，是不变的，后者则与解释想关，是变化的。他说："显见，作品对作者来说的意义（Bedeutung）会发生很大的变化，而作品的含义（Sinn）却相反地根本不会变。"②因此赫施强调文学阐释活动应该对作者的意图即文本的固定含义给予

---

① ［美］苏珊·桑塔格：《反对阐释》，程巍译，9 页，上海，上海译文出版社，2003。

② ［美］E. D. 赫施：《解释的有效性》，王才勇译，16 页，北京，生活·读书·新知三联书店，1991。

充分尊重。从某种意义上说，赫施的主张也是对那种"强制阐释"倾向的矫正。到了 20 世纪 90 年代初，意大利著名文学批评家安贝托·艾柯在《过度诠释文本》一文中在"作者意图"之外提出"文本意图""作品意图"以及"标准读者"等概念，旨在对文学阐释的范围予以限定，"试图在'作品意图'与'读者意图'之间保持某种辩证的关系"。① 也表现出对作者与文本固定含义的尊重，同样是对"强制阐释"或曰"过度阐释"的抵制。

美国著名批评家哈罗德·布鲁姆于 1994 年出版《西方正典：伟大作家和不朽作品》一书，在该书的序言中对一系列后现代主义文化理论提出尖锐批评，为之命名曰"憎恨学派"。他说："女性主义者、非洲中心论者……受福柯启发的新历史主义者或解构论者——我把上述这些人都称为'憎恨学派'的成员。"② 布鲁姆之所以对"憎恨学派"持憎恨态度，是因为他们都无一例外地试图"颠覆经典"，在布鲁姆看来，经典是具有原创性和审美价值的作品，代表了人类的崇高品质，具有永恒的艺术魅力，是不容亵渎的。他特别强调了经典的"美学尊严"与"美学权威"，对那种无视作品审美特性的政治性的、意识形态的批评表示强烈不满。他要维护的依然是文学作品自身的意义与价值，这同样是对形形色色的"强制阐释"的否定。

在近 30 年以来的中国文化语境中，西方文论一直处于绝对的强势地位，其"强制阐释"倾向也就显得格外突出，或许正是这个原因，张江教授的批判也较之西方学者的反思更加深入而全面，也更加具有

---

① ［意］艾柯等：《诠释与过度诠释》，王宇根译，77 页，北京，生活·读书·新知三联书店，1997。

② ［美］哈罗德·布鲁姆：《西方正典：伟大作家和不朽作品》，江宁康译，14 页，南京，译林出版社，2005。

现实的针对性。其《强制阐释论》一文从"场外征用""主观预设""非逻辑证明""混乱的认识路径"四个方面进行的剖析是细密的、说理的，因此也是极有说服力的。尤其这即使不是唯一的，也是为数不多的中国学者以平等对话的态度对西方文学理论给予的整体性的批判性解读，就显得更加难能可贵。

西方文学理论与其哲学、社会学等学科一样是一种具有很强反思性、自我批判性的话语实践，为什么会产生"强制阐释"这样的问题呢？这可能有两方面的原因。其一，追问真相的恒久冲动。所谓"追问真相"，我们用以指称这样一种思考方式：认为耳目感官所能及的经验世界是不可信的或者非根本性的，经验世界背后隐含着的才是真实的和根本性的。西方思想，从其源头古希腊哲学开始即有强烈的追问真相的冲动，这集中表现在对"本体"的痴迷上。古希腊哲学的主流是本体论，其核心是对人们生活的经验世界抱有深刻的怀疑，认为它们都不过是某种人的感官无法把握的"实体"的派生物或表征。这种实体可能是物质性的，如泰勒斯的"水"、赫拉克利特的"火"、德谟克利特的"原子"，等等，也可能是精神实体，如柏拉图的"理念"；也有介于精神实体与物质实体之间的，如毕达哥拉斯的"数"。总之在古希腊的本体论哲学看来，哲学的任务就是揭示并证明万事万物之后的"本体"。古希腊哲学为西方哲学奠定了基础，也构成了西方哲学"追问真相"的恒久冲动。这种冲动在中世纪演变为对"上帝"存在方式的追问，近代以来则演变为对主体能力，特别是认知能力的追问。无论经验论还是唯理论，都是如此。德国古典哲学把这种追问推到极致，每一种哲学都是无所不包体系，无论是"绝对同一性"还是"绝对精神"，或者还有"意志"，都是作为世界本体而存在的，都是哲学所要追问的"真相"。这种"追问真相"的冲动构造了西方2000多年的形而上学传统。

对这一传统有人称之为"概念形而上学"，也有人称之为"误置具体性"。19世纪后期，尼采开启了以反传统形而上学为旨归的现代哲学潮流，但在"感性""生命""存在""结构"等一旦成为哲学概念之后，我们在其中依稀可见"本体"的影子，追问真相的古老传统并没有断绝。这种追问真相的传统对于人们把握自在的客观世界——宇宙万物、社会构成、经济状况等是极为有效的，这也就是西方自然科学、社会学、经济学取得辉煌成就的原因所在。但是一旦面对精神存在，如文学艺术的时候，问题就出现了。在两种心灵之间，在实际上是"主体间性"的对话关系中采用那种对象化的、追问真相式的理论与方法就只能陷入"强制阐释"的谬误之中。事实上，从康德、谢林到黑格尔，当那些知识渊博、修养深厚的德国古典哲学家们面对文学艺术时，也同样存在"强制阐释"的倾向。

　　造成"强制阐释"的另一个重要原因是解构的冲动。尼采开启的对传统形而上学的反思与批判是一场伟大的思想革命，确实动摇了西方古代的本体论追问与近代的理性中心主义。作为这场思想革命的最终成果，后现代主义思潮对两千多年来的西方思想传统进行了方方面面的清理与颠覆。"解构的冲动"亦由此而代替了以往的"追问真相"的冲动。所谓"解构"，是指这样一种思考方式：面对一种学说、一种理论、一个命题或者一个文本，不是按照它们固有的思路给出赞成或否定的意见，而是通过揭示它们在形成过程中与其他诸种关联性因素的关系来打乱其表面的逻辑顺序，从而颠覆其合理性。任何完整、神圣的东西面对"解构"的利刃都会像被拆解的七宝楼台一样不成片段。用张江的话说，这种"解构的冲动"只告诉人们这不是什么，却不告诉人们这是什么，因此无法构成"知识性遗产"，可谓有见之论。正因为如此，解构的伟大意义在于破解神话，让人们从那些被建构起来的精神桎梏中解脱出来，可以大大拓展人们自由思想的空间。然而一旦面对文学艺术时，解构冲动就不那么有效了。何以见得呢？在某种意义上，文学艺术与宗教一样，是需要以"信"为前提的。宗教需要信仰，只有在信仰的框架内才能讲道理，一个不信教的人和一个虔诚的教徒讲道理是没有任何意义的。文学艺术则需要"信以为真"，就像做游戏，如果不信以为真游戏就无法进行下去。因此文学批评应该更多地尊重体验、感受、想象、联想、直觉等思维方式，如此才能真正把握作品的艺术性与审美特性。解构冲动则不管什么艺术品与非艺术品，都用同样的解读策略与方式来面对，只对作品背后的非艺术性因素感兴趣，完全无视文学艺术的独特性，因此必然导致"强制阐释"。

　　除了西方文论自身的原因之外，对于中国学界而言，"强制阐释"还有另外一种情况，那就是削足适履式的盲目照搬。30 多年来，我们在引进西方文论的时候常常会自觉不自觉地预设了它的合理性与先进性，每一种理论我们差不多都是当作"灵丹妙药"来看待的，诸如精神分析主义、原型批评、格式塔心理学美学、俄国形式主义、英美新批评、结构主义符号学、叙事学、后殖民主义批评、新历史主义批评、解构主义、女性主义批评、意识形态批评、文化批评等，每一家、每一派我们都曾经如获至宝般地对待过，一旦时髦过了，大家就弃之如敝屣了。这些五花八门的批评理论究竟解决了什么问题，恐怕谁也说不清楚。我们在接受和使用这些理论时差不多都没有什么批判眼光，都是囫囵吞枣式的照搬，完全不考虑在西方语境中产生的这些批评理论与我们的文学现实之间的错位现象，因此就更加凸显了其固有的"强制阐释"倾向。因此张江这篇《强制阐释论》的重要价值之一便在于启发我们以冷静的头脑、平等对话的态度对待形形色色的西方理论，既无"我注六经"式的仰视心理，亦无"六经注我"式的随意态度。

　　面对西方文论存在的这种"强制阐释"问题，我们是不是应该抵制西方文学理论的引进呢？当然不是，相反，我们应该了解更多的西方文论，以便更全面、更系统地吸收其有价值的因素，从而丰富和推进我们的文学理论研究与文学批评实践。为了避免"强制阐释"，我认为坚持"对话"立场是十分重要的。这种"对话"立场首先表现在对待西方文论的态度上。我们对西方文学理论的"强制阐释"倾向要保持足够的警惕，但是对这些理论的"有限合理性"也要给予充分认识。尤其需要注意的是区分"强制阐释"与"有限合理性"之间的界限。另外，有些来自西方的哲学、社会学、心理学等领域的理论与方法，当它们被引进我们的文学研究时，它们所导致的可能不是关于文学文本本身的艺术魅力与审美特性的讨论，而是对文学文本蕴含的意识形态、身份政治、政治无意识以及其他文化意蕴的揭示，其结论并非预先包含在理论与方法中的，而是对文本进行跨学科的综合性研究之后得出的合乎逻辑的判断。对于此类研究，也不能简单地将其归入"强制阐释"之列。对于中国学界来说，西方理论既不是解决一切问题的灵丹妙药，也不是致人死命的毒药，这里的关键就在于恰当的选择与利用，所谓"运用之妙，存乎一心"。而选择的标准则是我们的研究目的与研究对象的独特性。用中国文学经验来印证西方理论的合理性与普适性是毫无意义的，用西方的理论来重新命名中国的文学经验也不是有意义的学术研究，西方理论对于我们的真正意义在于：借鉴其发现问题、提出问题的视角与思考问题、解决问题的路径来发现并解决我们以前没有发现的问题，从而使我们的学术得以推进和深化。

二、从古代文论研究看阐释的有效性问题

　　这个题目的意思是，我们的古代文论研究有哪些问题可以提升到

阐释学的层面来思考。例如，我们的古代文论研究的目的何在？是追问真相还是意义建构？古代文论研究能够是客观研究吗？它应该是客观研究吗？究竟怎样的研究态度和方法才是恰当的？在这门学问问世以来的近百年中，这些问题其实一直困扰着每一位研究者。

所谓阐释的有效性是指一种阐释行为所得出的结论既符合阐释对象自身的逻辑，又符合阐释者所持有的理论与方法的逻辑，是二者相契合的产物。我们之所以说它是一种"产物"，这意味着它不是现成地摆在对象那里的，也不是先在地存在于阐释者这里的，而是一种建构，是一种新的意义的生成。说"你是你"，只不过指出了一个尽人皆知的事实，没有给出任何新的意义，算不得有效的阐释；说"你是我"，那完全是痴人说梦，明显地不符合事实，也算不得是有效阐释。这就是说，一种有效的阐释行为既不能是"我注六经"，更不能是"六经注我"，而是"我"与"六经"在相遇过程的相互碰撞、交融互渗之后的重构。就像郭象注《庄子》，没有《庄子》自然不会有此注，而没有郭象同样也不会有此注。故而此注既非原来的《庄子》，亦非与《庄子》相遇之前的郭象，而是二者的交融互渗之后的重构。其中既有《庄子》，又有郭象。

如果用这种阐释的有效性作为标准来衡量近百年来的古代文论研究，我们就不难发现许多问题，这些问题大体都可以归结为"强制阐释"。所谓"强制阐释"是张江的提法，主要是指一些西方理论面对文学现象时的粗暴与专断，完全不顾文学文本的实际，只是得出按着理论自身逻辑所导出的结论。这种情形在中国古代文论的研究中显然也是存在的。我们借用西方理论来阐释中国古代文论问题时很容易把古代文论当成是证明西方理论合理性的材料。例如，当我们用西方现代文学观念来阐释"诗言志"这样的古老命题时，当人们把这个"诗"和华兹华斯的诗、拜伦、雪莱或普希金的诗等量齐观时，它身上凝聚的复杂的历史文化因素就被剔除了，只剩下"纯文学"的内涵了。这时我们面前的这个命题已经完全脱离了它原有的历史语境，被阐释成了另外一个东西。人家明明说"诗言志，歌永言，声依永，律和声，八音克谐，无相夺伦，神人以和"，显然，"诗言志"的最终旨归是"神人以和"，故而不弄清楚"诗言志"与"神人以和"之间的关系就简单地认定"诗言志"的意思是"诗歌是表达思想情感的"，这就叫"六经注我"，或者"以今释古"，或者"强制阐释"。

古代文论研究首先存在一个"古"与"今"的关系问题。在中国特殊的历史语境中，古今问题常常可以置换为中西问题，因为中国一个世纪以来的现代学术既是一个"现代化"的过程，也是一个"西方化"的过程。因此我们在古代文论研究中存在的"强制阐释"问题也就具有了某种普遍意义：当中国学者接受了各种西方思想理论和方法，并用之以梳理、整理、规范、命名中国古代文献材料，按照现代学科分类撰写出诸如《中国文学史》《中国哲学史》《中国社会史》《中国文学批评史》等著作时，"以今释古"或者"强制阐释"的问题就必然地普遍存在了。为什么是"必然"呢？因为中西文化差异太大：这是两个各自独立发展了数千年的文化系统，它们都非常成熟了，拥有各自完善的概念体系、价值体系、逻辑体系、话语体系，方方面面都存在差异，以任何一方为基准来考量另一方都会出现"强制阐释"的问题。试想，假如王船山读到了笛卡儿的《哲学原理》会如何理解和评价？肯定会出现"强制阐释"的问题。那么我们的古代文论或者任何一门以古代问题为研究对象的现代学术应该如何自处呢？是否有一种有效的阐释方式？要回答这些问题需要先弄明白我们与古人的差异究竟何在这一前提性问题。在我看来，这些差异乃是造成今日古代文论研究中"强制阐释"现象的主要原因，而克服这些差异则是进行有效阐释的前提。

横亘在现代学术与古代研究对象之间的首先是价值体系的差异。这表现在以下三个方面：一是古以为是者，今以为非。例如，六朝的声律论，在那个时代，声律是诗文获得独立性的一种标志，是文学自律性诉求的话语表征，更深层的意义是文人身份的独立性诉求，亦即知识阶层欲摆脱政治伦理教化的束缚，寻求一个独立的精神空间的潜动机之体现。然而在许多现代学人看来，这纯粹是一种精神贵族的趣味，是士族文人精神空虚的体现。二是今以为是者，古以为非。例如，对于《诗经》中"国风"作品的阐释，现代以来，至少从"古史辨"派开始，绝大多数论者都以抒情诗目之，然而在汉儒眼中，则没有任何一首诗是抒写个人感情的，每一首诗都是政治诗，或美或刺，均有讽谏之功能。三是今人误读古人的价值取向。例如，古代文论中历来多有复古主张，从现代的角度看，似乎是一种退化论文学观，其实这是中国文化的一个特点，不独文学领域，整个社会政治、道德都是如此。所谓"三王"不如"五帝"，"五霸"不如"三王"。凡欲对现状有所改变，必以古人为说，标举复古大旗，实质乃在于革新。现代以来的中国文学批评史研究，见古人标举复古，常常以复古主义视之，实则不然。

对于价值观错位这一现象不能简单判定孰是孰非。我们所应持的态度是把古人的观点置于其产生的历史语境之中，揭示其能不如此的原因，则其意义与价值或者局限都将自然显现。

除了价值观念之外，现代学术话语与古代文论之间存在的思维方式上的差异是导致"强制阐释"的另一个重要原因。中国现代学术在西学的影响下形成，从清末民初以来，我们的思维方式、言说方式与古人是渐行渐远了。因此古代文论研究最为重要的，或者说前提是要弄清楚古人与我们在思维方式上的差异何在。那么古人在思维方式上究竟有何特点呢？

美国比较哲学家郝大维与汉学家安乐哲根据怀特海《思维方式》一书提出的"逻辑秩序""美学秩序"的观点对中国与西方文化在理解世界的方式上的差异进行了分析。在他们看来："逻辑秩序是人们从有序的对象的特殊性质中抽象出来的普遍原则"，而"美学秩序强调的是一种方式，而具体的、特殊的细节则以这种方式来表现自己是产生由这些互相关联的细节的复合体所构成的和谐的源泉"①。"逻辑秩序是由于构成秩序之具体事物的实际内容不感兴趣的规律性所揭示的，而美学秩序却揭示了一种由不可取代的个别的项所形成的特定统一性。……逻辑秩序揭示了规律的统一性；而美学秩序则揭示了独特的具体事物。"②用抽象的方式建构起来的秩序不是我们可见的经验的世界，而是世界的抽象形式，即由概念、逻辑编织成的关系网络，是一种逻各斯；而审美秩序的世界则是具体的、保留事物个别性、独特性的经验世界。前者是统一的、完整的、有规则的，因而是封闭的世界；后者则是开放的、永远处于流动变化之中的，因而没有最终统一性的世界。二者相同之处在于：都是对外部世界的主观建构，是人对世界的理解方式。只不过前者采用抽象的、逻辑的、因果关系的方式进行理解与建构，后者则采用"关联性思维"来理解与建构。据安乐哲的考察，"关联性思维"(correlative thinking)是西方汉学界在论及中国人的

---

① ［美］郝大维、安乐哲：《孔子哲学思微》，蒋弋为、李志林译，100、101 页，南京，江苏人民出版社，1996。另可参见［美］怀特海：《思维方式》，刘放桐译，55 页，北京，商务印书馆，2006。

② ［美］安乐哲讲演：《和而不同：比较哲学与中西会通》，温海明编，80 页，北京，北京大学出版社，2002。

思维方式时普遍使用的术语，从葛兰言、李约瑟、亨德森到葛瑞汉都曾经对此有过论述。安乐哲总结"关联性思维"的特点云：

> 与习惯于因果思维的人相反，进行关联思维的人所探讨的是：在美学和神话创造意义上联系起来的种种直接、具体的感觉、意识和想象。关联性思维主要是"平面的"，因为它将各具体的、可经历的事物联系起来考察而不诉诸某种超世间（supramundane）维度。关联性思维模式不假定现象与实在的分离，因为它认为对一个有着单一秩序的世界的经验不能确立一种本体论标准。①

这种按照"美学秩序"来理解与建构世界的思维方式，即关联性思维正是中国古代最为普遍的思维方式，在文学艺术的创作中就更是如此。法国哲学家兼汉学家弗朗索瓦·于连指出：

> 中国永远在寻求"不言"之言，寻求能让人产生联想，却毫无意谓的话，能令人看到，却什么也不表示的话。中国的"美学"实践，尤其是在绘画领域的实践，完全是在让我们意识到我们不断忽略的"道"之"显"。既是"道"之内在性，又是内在性之"道"。中国画不管画的是什么，一根竹子或一堆石头，其目的不是"再现"世界的一个方面，一片个别的风景，不是要描绘客体，而是表现

①　［美］安乐哲：《自我的圆成：中西互镜下的古典儒学与道家》，彭国翔编译，175页，石家庄，河北人民出版社，2006。

事物发展过程中连续的内在性。①

　　这就意味着，中国人的这种思维方式不是以主客体二分模式为前提的，不是"对象性"的，而是一种自我呈现式的。对于中国古代思维方式的这一特征，中国学者也有过诸多讨论，如"类比思维""圆型思维""意象思维""无类思维"等，不一而足。参考以上于连、安乐哲、郝大维等人的观点，对中国古人的运思方式可以抽绎出如下特征。

　　其一，以具象的方式达成抽象的目的。抽象是任何思考的基本属性，离开抽象人们几乎不能进行思考，甚至不会有语言产生。例如，古人用"牟"这个词指称牛的鸣叫声，这个字的读音与牛叫声相近，可以说是拟声造词，很具象。但在古人的文章中，"牟"却不仅指"这一头"，即个别牛的"这一次"叫声，而且可以指任何牛的任何时候的叫声，这就是说，这个很具象的词已然具有了抽象的意义。又如"骆"这个词原本是指白身黑鬣的马，可谓很具体了，但它同样是一种抽象，因为天下白身黑鬣的马并非一匹，这是具象中有抽象。反过来看也是如此，在中国古人那里即使最抽象的词语也同样带有具象的特点。譬如"道"，在中国古代可以说是最具有抽象色彩的词语了，所谓"形而上者谓之道"，因为谁也不能凭借感官捕捉到这个"道"。但是这个词的本义却是人所经由之处，即"所行道也"，这就具象多了，人人心目中的道路形象固然有别，却也毕竟大同小异，是可以"看"到的事物。又如"理"，也很抽象，天理、万物之理等，也具有鲜明的形而上的色彩，但这个词的本义是"治玉"，即对玉石进行加工，

　　① ［法］弗朗索瓦·于连：《圣人无意——或哲学的他者》，闫素伟译，58 页，北京，商务印书馆，2004。

然后才引申为"文理""条理"的。可见依然是抽象而不离具象,抽象中含着具象。

其二,"自得"——通过认识自己来认识世界。在古人眼中,天地宇宙、万事万物所由生、所由长的那个"道",其实也在人的心里:道家讲"为道日损",讲"坐忘""心斋",儒家讲"反身而诚,乐莫大焉"、讲"心即理",都是在这个意义上立意的。因此"合外内之道"——在自家内心与万事万物相通处定规则、立标准,有所言说——就成为古人运思与立言的基本精神。对此,古人称之为"自得":

> 君子深造之以道,欲其自得之也。自得之,则居之安。居之安,则资之深,资之深,则取之左右逢其原。(《孟子·离娄下》)

> 不可只把做面前物事看了,须是向自身上体认教分明。如道家存想,有所谓龙虎,亦是就身上存想。
> 理不是在面前别为一物,即在吾心。人须是体察得此物诚实在我,方可。(朱熹:《朱子语类》卷八)

把对对象的认识与对自身的认识统一起来,或者说通过认识自身来认识对象,这便是"自得"的真意之所在。认识的结果不是了解到对象中的某种道理或者现象,而是把自身提升到一个新的高度之中,使自身成为他所要认识的对象。

其三,寻求意义而不追问"真相"。中国古人不喜欢探问事物的纯客观的"真相",而总是在物与人或人与物的相通处来发问。因此就运思与言说的出发点来看,中国古人就有别于西方传统。例如,中国古人为什么不会提出"美是什么"这样的问题,这就与思考和言说的出发点直接相关。首先，中国古人对离开具象的抽象不感兴趣，而"美是什么？"是一个典型的形而上学设问，超越了世间一切具体的美的事物，试图寻求决定美之为美的那个普遍性，实际上是无解的。其次，中国古人从不相信在具体事物背后隐含着一种真相或本体、本质，从不鄙视眼前那鲜活的、具体的、感性的事物，认为这就是天地之道的呈现方式，此外并无更根本的决定者。而"美是什么？"又是一个典型的"本质主义"设问，试图寻找那个本质的"美"，一般的"美"，普遍的"美"，自然是走进了思维的误区。在中国古人眼中，唯有那些与人的生存具有关联性的存在物才是值得关注的。宇宙即是人的大身体，而人亦为宇宙之组成部分，在这种统一性中，古人创建了一个活泼泼的意义世界。

我们明了了古代思维方式的特点之后，随之而来的问题是：我们如何用现代人的思维方式和学术话语来言说古人？换言之，面对古代文论文本，如何才能进行有效的阐释？在这里我们似乎陷入两难之境了：如果站在古人的立场上，用古人的思维方式去思考和言说古代文论（假如这是可能的话），那么我们的学术还可以称为现代学术吗？如果我们用现代学术话语，借用现代学术的逻辑思维来阐释古代文论，那么阐释的结果还是古代文论吗？是不是已经被偷偷置换为现代文论了呢？这确实是一个难题，但我们必须做出选择。首先，我们必须明确，"古代文论"的研究对象毫无疑问是古代的，但它作为一门学问或一个学科、一个研究领域，则是现代的，属于现代学术范畴。这样一来，我们就不必为我们的阐释结果与阐释对象的不同而感到自责了，事实上，任何有效的阐释行为的结果都不同于其阐释对象，否则阐释就没有意义了。但是其次，研究对象对研究方法是有制约作用的，一种研究如果无视研究对象的特点，那只能是一种自说自话。所以当我们面对在价值观念、思维方式上与我们存在巨大差异的研究对象时，适当调整提出问题、分析问题的方式是很有必要的，否则我们就无法真正接近研究对象。在面对中国古代文论这种特殊话语形态时，我们不妨尝试下列几种阐释方式。

其一，"不涉理路"——让体验贯穿言说过程，而不是试图对体验进行抽象和概括。宗白华是位哲学家，也是位诗人，当他言说康德时，用的是抽象的概念与逻辑推理，而当他言说审美活动时，则充满了体验、感性：

> 艺术心灵的诞生，在人生忘我的一刹那，即美学上所谓"静照"。静照的起点在于空诸一切，心无挂碍，和世务暂时绝缘，这时一点觉心，静观万象，万象如在镜中，光明莹洁，而各得其所，呈现着它们各自的充实的、内在的、自由的生命，所谓万物静观皆自得。这自得的、自由的各个生命在静默里吐露光辉。苏东坡诗云：
>
> > 静故了群动，
> >
> > 空故纳万境。
>
> 王羲之云：
>
> > 在山阴道上行，
> >
> > 如在镜中游。
>
> 空明的觉心，容纳着万境，万境浸入人的生命，染上了人的性灵。所以周济说："初学词求空，空则灵气往来。"灵气往来是物象呈现着灵魂生命的时候，是美感诞生的时候。[1]

---

[1] 宗白华：《论文艺的空灵与充实》，见《美学与意境》，228 页，北京，人民出版社，1987。

这段话是对"空灵"这一艺术境界进行的阐释，用的是诗一般的语言。

其二，"不落言筌"——尽可能多地用描述的语言而不是下定义、下判断。在谈到艺术意境的创造时，宗白华说：

> 艺术意境的创构，是使客观景物作我主观情思的象征。我人心中情思起伏，波澜变化，仪态万千，不是一个固定的物象轮廓能够如量表出，只有大自然的全幅生动的山川草木，云烟明晦，才足以表象我们胸襟里蓬勃无尽的灵感气韵。……艺术家禀赋的诗心，映射着天地的诗心……山川大地是宇宙诗心的影现；画家诗人的心灵活跃，本身就是宇宙的创化，它的卷舒取舍，好似太虚片云，寒塘雁迹，空灵而自然。①

这本来是在讲一个很有学理性的道理，属于创作心理学范畴，在一般的研究论文或著作中，往往讲得很有条理、很玄奥，但在宗白华这里，完全是一种描述，简直就是一首抒情诗。我们谈论古代文论问题时，完全可以如此言说。

其三，"设身处地"——与古人处在同一境界。我们不是古人，也无法回到古代去，但是我们在谈论古人的思想时，应该把古人当作一个"对话者"而不是一堆僵死的材料。这就需要我们调整自己的立场，尽可能设身处地地接近古人、了解古人才行。陈寅恪曾说：

> 盖古人著书立说，皆有所为而发；故其所处之环境，所受之背景，非完全明了，则其学说不易评论。而古代哲学家去今数千

---

① 宗白华：《中国艺术意境之诞生》，见《美学与意境》，212 页，北京，人民出版社，1987。

年，其时代之真相，极难推知。吾人今日可依据之材料，仅为当时所遗存最小之一部；欲藉此残余断片，以窥测其全部结构，必须备艺术家欣赏古代绘画雕刻之眼光及精神，然后古人立说之用意与对象，始可以真了解。所谓真了解者，必神游冥想，与立说之古人，处于同一境界，而对于其持论所以不得不如是之苦心孤诣，表一种之同情，始能批评其学说之是非得失，而无隔阂肤廓之论。①

尊重古人、了解古人，把古人视为平等对话的对象，这应该是我们对古人进行有效阐释的一个重要原则。

第三节　"形式"问题

21 世纪初至今，国内学者对形式理论的研究在继承和扬弃 20 世纪研究成果的基础上呈现出了全面性、开放性和本土化的特点。涉及的内容包括对具体理论问题的探讨，对学术史脉络的梳理，对理论的传播、接受与影响的研究，比较研究以及运用理论进行批评实践的案例几个方面；研究方法、内容、视角和立场日益多样化，理论前沿的译介和探讨基本能与国外学术发展保持同步；且注重以比较诗学的视野关注西方文学的形式研究，进而反观中国的文学理论和批评传统，以拓宽旧的视野，启迪新的方法，力求对本土文论的进一步发展有所

---

① 陈寅恪：《审查报告一》，1 页，见冯友兰：《中国哲学史》下册附录，北京，中华书局，1961。

助益。

　　"形式"是西方美学和文艺学的核心术语之一，起源于拉丁词汇
"forma"，相当于希腊语中的"idea"，被认为是作品组织构造的原则。
其在学术史上出现频繁且被给出了多样阐释。形式与内容的关系问题
是形式研究的中心问题，形式研究者们在这一问题上的态度直接与其
理论建构和批评实践的逻辑起点相关，他们无论对外在于文本的因素
排斥与否，都乐于将形式奉为艺术的本体，认为是形式使语言表达蜕
变为艺术品，故而理论建构和批评实践的重心就被放到了文本形式
上。文学形式研究的三个主要派别：俄国形式主义、英国新批评和法
国结构主义都与中国结缘较早，但受具体文化社会语境的影响，其在
中国的传播和接受过程跌宕起伏，时而低靡时而兴盛；加之文学研究
经历了文化转向之后，形式理论体系的合理性、完整性以及集中的影
响力受到冲击，其强大的声势似乎被淹没在了众声喧哗之中。但"从
学术资源的被利用甚至被重构上来看，形式主义并没有消亡，而是融
入当下文学研究与人文学术研究的综合视野之中，生生不息"。[①]

　　21世纪初至今，国内学者对形式批评的研究在继承和扬弃20世
纪研究成果的基础上呈现出了全面性、开放性和本土化的特点。全面
性指研究涉及的话题囊括了具体理论问题的探讨，学术史脉络的梳
理，理论的传播、接受与影响研究，比较研究（包括不同流派的比较
和中西比较）以及运用理论进行批评实践的诸多案例等方面。开放性
在于研究方法、内容、视角和立场日益多样，对理论前沿的译介和探
讨基本能与国外学术发展保持同步。本土化主要体现在以比较诗学的
视野关注西方文学的形式研究；而比较的目的并不在于超越历史、超

---

　　①　汪正龙：《从学术立场重新认识形式主义》，载《文艺理论研究》，2006(4)。

越文化，而是通过比较来反观中国的文学理论和批评传统，以拓宽旧的视野，启迪新的方法，对本土文论的进一步发展有所助益。

一、形式主义文论在中国受关注之缘由

20 世纪 80 年代中期以后，在一个时期里，形式问题渐渐成为文学理论研究的重心所在，这不是没有原因的。我们可以参照学界关于欧美形式主义文论兴起原因的理解来分析中国的情况，或许会有某种新的发现。

科学主义或者客观化的科学追求一直被不少学者理解为俄国形式主义、英美新批评、法国结构主义兴起的重要原因。俄国形式主义的重要代表雅各布森、特尼亚诺夫等都明确主张文学理论与文学史都应该成为一种科学，因此"俄国形式主义的主要目标之一是促使文学研究的科学化"[①]。日尔蒙斯基说："诗学是把诗当作艺术来进行研究的科学。"[②]科学主义是 19 世纪在西方思想界居于主导地位的思维方式，由于自然科学取得了一系列辉煌成就，人们误以为在人文社会科学领域也应该以科学主义为主导。这种科学主义倾向虽然自 19 世纪中叶就开始有人提出质疑，但其影响却一直持续到整个 20 世纪，即使今天，也还是可以看到它的印记。科学主义对文学理论中的形式主义的影响主要表现在三个方面：其一，追问真相的冲动。科学主义之所以能够入侵人文领域并一度占据主导地位，主要在于它可以提供真相这一理论承诺。求知是人类本性，一旦当人们把文学现象当作对象来审

---

① ［荷兰］佛马克、易布思：《二十世纪文学理论》，林书武等译，14 页，北京，生活·读书·新知三联书店，1988。

② ［俄］维克托·日尔蒙斯基：《诗学的任务》，见［俄］维克托·什克洛夫斯基等：《俄国形式主义文论选》，方珊等译，209 页，北京，生活·读书·新知三联书店，1989。

视的时候，他们就希望彻底搞清楚文学究竟是怎么回事。他们会预设一个文学真相在那里，而科学主义方法就是揭示这一真相的手段。二是语言学方法的引入。我们知道，俄国形式主义、英美新批评、法国结构主义叙事学都受到索绪尔语言学理论的重要影响。所以，试图运用语言学的方法来解决文学作品问题，几乎可以说是形式主义文论的共同特征。语言学秉承的正是科学主义方法。三是学科独立性的追求。现代科学主义的重要特征之一就是越来越细的学科划分，研究者专业范围越来越狭小，所谓"窄而深"。正如汪正龙指出："形式美学对独立的文学学科（诗学）及其纯粹性的追求，迎合了使各门知识分门别类得到研究的学术发展的大的趋势与潮流。按照知识社会学的研究，启蒙运动以来，随着社会分工的细化和大学学科的设置，人们意识到知识的独立性与纯粹性，从而致力于各门知识分门别类的研究。"①现代学科的划分与企业管理的科层制度一样都可以视为科学主义或工具理性思维方式的重要表现，其根本目的是效率。在人文领域，学科的划分固然在一定程度上促进了学术研究的深入，但毫无疑问，也常常会破坏研究对象自身的整体性。文学是一个复杂的整体构成，任何试图从某一固定角度来审视文学的研究都必然是片面的。

在中国现代以来的学术研究中，科学主义始终是一股强大的势力。追问真相的冲动也常常是人文学科进展的主要动力。20 世纪 80 年代中国的文学理论研究一度就主要是以"揭示真相"为旨归的。这个"真相"就是文学的奥秘究竟在哪里？文学的本质究竟是什么？人人都想一劳永逸地解决问题。于是研究者各显神通，纷纷加入"解密"大军：持"老三论""新三论"者有之，持心理学、生理学理论与方法者亦

---

① 汪正龙：《西方形式美学问题研究》，5 页，哈尔滨，黑龙江人民出版社，2007。

有之，总之研究者都希望通过精细的、准确的、甚至可以量化的方法与手段来研究文学现象，从而揭示其真相，看看文学的奥秘究竟是什么。对形式的关注显然与这一科学主义语境有密切关系——因为人们总是在作者、创作动机、创作过程以及作品内容方面来探讨文学的奥秘，始终没有搞清楚文学是怎么回事，没有搞清楚文学的本质是什么，所以人们难免会猜想文学的秘密也许是在形式中。雅各布森不是强调文学之所以是文学而不是别的什么是因为它具有"文学性"吗？不是认为"文学性"仅仅存在于形式之中吗？因此，我们的研究者的热情就倾注于形式了。这就是说，科学主义的影响既是欧美20世纪20年代到60年代形式主义文学理论产生的重要原因之一，也是中国20世纪80年代形式主义文学理论受到重视的重要原因之一。另外，凡是形式主义文论研究都具有很强的技术性，这也是其科学主义内核的必然表现。21世纪以来，中国文学理论研究领域对形式主义文论已经不像20世纪80年代那样充满热情了，但是俄国形式主义、英美新批评、法国结构主义的许多观点、方法却沉淀为文学理论研究的一般性观点与方法了。换言之，形式主义文论的大量成果已经融汇于当下文学理论研究之中，成为其组成部分了。而同时，形式主义最初那种"揭示真相"的冲动与排斥其他研究路径的基本立场则被消解了。

在马克思主义文论家那里，几乎任何批评本质上都是政治批评，形式主义当然也不能例外。特里·伊格尔顿指出：

> 文学理论的问题在于，它既不能战胜又不能加入后期工业资本主义的统治意识形态。自由人道主义试图在一个对它有敌意的世界中以其对于技术主义的厌恶和对于精神完整性的培养来对抗或至少修正这些意识形态；某些种类的形式主义和结构主义试图

接受这个社会的技术主义的合理性，从而使自己与之融为一体。①

这就是说，形式主义文论是希望通过"接过""技术专制主义理性"这样一种后期资本主义时代的主流意识形态，使自己获得某种话语权。换言之，形式主义文论看上去是很"技术化"的理论，似乎与政治和意识形态相去甚远，但实际上依然暗含着强烈的政治诉求。

中国当代学术，特别是文学理论充溢着过多的政治性与意识形态性，所以拒绝政治也就成为一种具有普遍性的政治诉求。20世纪80年代的"审美"曾经是最具有政治性的一个概念，这是因为这个在康德美学意义上使用的概念被认为是最没有功利色彩的，是不涉及利害关系的，它指涉的是纯而又纯的高层次精神活动。在文学理论长期成为政治的直接工具的时代，拒绝政治就成为一代知识分子普遍的政治诉求，因此，这个最没有政治色彩的概念就成为一代知识分子最有代表性的政治性话语。"形式"概念也同样如此，在"内容"与"形式"二分的传统思维模式中，"内容"永远是第一位的、主导的，"形式"永远是第二位的、附属的。而在20世纪80年代之前的历史语境中，"内容"就意味着政治与革命。因此，当20世纪80年代的人文知识分子高举"形式"大旗的时候，其隐含的话语就是：拒绝充当政治的工具，还我精神的独立与自由。因此，从意识形态批评或政治批评的角度看，20世纪80年代的"形式"与"审美"都承担着一代知识分子的政治理想，是最具有政治性的文学理论话语。所以，在那个时期，"形式消灭了

---

① ［英］特雷·伊格尔顿：《二十世纪西方文学理论》，伍晓明译，218～219页，西安，陕西师范大学出版社，1987。

内容"①这一提法就具有无限的魅力。在这里，"形式"对"内容"的反叛就意味着精神对压制的反叛、自由对专制的反叛。这样，"形式"也就承担起表征中国一代人文知识分子政治诉求的重要使命。

关于形式主义文论，无论是在欧美还是在中国都还有其他的产生原因，如人们指出的，20世纪初期语言学的发展以及现代派文学艺术对形式与技巧的探索，等等。毫无疑问，这些都是形式主义文论产生的重要原因，在这里就不一一赘述。

21世纪以来，文学理论界关于"形式"的研究已然回归学术，成为一种纯粹学理性探讨，其政治性与意识形态性是难觅其踪了。或许，这正是当前人文知识分子精神状态之显现？在下面的讨论中，我们将考察21世纪以来中国理论界关于"形式主义"文论诸种新的研究成果。

二、具体理论问题研究

对俄国形式主义理论问题的研究讨论较多的几个话题是：核心概念的批判、形式主义与马克思主义的对话以及巴赫金对形式主义的批判。

自20世纪70年代末俄国形式主义研究在中国掀起热潮之后，其术语就受到了广泛关注，尤其是"文学性""陌生化""自动化"等核心概念。值得注意的是，以往的研究较为注重概念本身的学理性剖析和对模糊概念的澄清，研究范围多限于术语自身或学术流派内部。而20世纪初以来，学者们的研究更注重纵向和横向的拓展，将具体理论问题置于历时和共时的语境中加以考察。如"陌生化"的研究状况就明显体现出这一特征。邹元江提出："作为深刻触及了人的本质的'陌生

---

① ［俄］鲍里斯·埃亨巴乌姆：《论悲剧和悲剧性》，见［俄］维克托·什克夫斯基等：《俄国形式主义文论选》，方珊等译，40页，北京，生活·读书·新知三联书店，1989。

化'并不是'纯形式概念'，而是直接关涉文学艺术的'内部规律'，即文艺的本体论问题。"①其论述并非从概念的辨析入手，而是以考察陌生化意义上的"形式"产生的历史前提以及其与传统形式论的关系为先，在此基础上来说明陌生化的程序实际上就是形式变化的问题，而形式的变化直接指涉文学艺术的"内部规律"。他所谓之"并不是纯形式概念"正体现出了形式主义理论的理论延续性和意识形态背景。一方面从理论自身矛盾运动和不断发展的过程来看，形式主义者反对模仿论和反映论中内容对形式的压制，故而通过高扬艺术的形式创造来强调"纯形式"的合理性，而事实上，此种强调的确表现了对"内容为中心"的不满，却无法消灭内容。

以此观之，虽然从主观需求上来说，"陌生化"要求对"形式"的高度宣扬，但"陌生化"并非"纯形式概念"。另一方面，从俄国形式主义产生的时代背景来看，正如韦勒克所论述的："'形式'对这些俄国人来说，成了包罗无遗的口号，它几乎包括了构成艺术作品的每一样东西。俄国形式主义者在反抗围绕着他们的意识形态批评的时候，竭力反对将'形式'视为一种容器，反对只需要将现成的'内容'灌注进去就行了的观念。"②但形式主义者也并非简单地将"内容"归于"形式"，而是以"形式与材料"来替代"形式与内容"，材料除指旧时之"内容"外，还包括艺术作品的各种形式构成因素。杨帆也在其《陌生化，或者不是形式主义——从陌生化理论透视俄国形式主义》一文中提到：陌生化形式包含了丰富的审美内容，有其独特的思想深度和审美价值，是

---

① 邹元江：《关于俄国形式主义形式与陌生化问题的再检讨》，载《东南大学学报(哲学社会科学版)》，2004(2)。

② [美]勒内·韦勒克：《批评的诸种概念》，罗钢、王馨钵、杨德友译，70页，上海，上海人民出版社，2015。

一种辩证的"形式主义"。杨燕《什克洛夫斯基"陌生化"理论新探》一文则考察了什克洛夫斯基"陌生化"理论在后期的修正和发展，指出什氏后期认为在"陌生化"的指导下，艺术作品可以获得其思想意义，即所谓之内容，这一点是不可否认的。可见，形式主义批评对形式的偏向性在理论上实现了对传统"内容压倒形式"观念的反拨，在事实上是对19世纪俄国文学研究现状和社会文化环境的反思与对抗。杨建刚在《陌生化理论的旅行与变异》一文中则以开放的视野描述了俄国形式主义"陌生化"理论范畴从俄国到欧美的一个旅行和变异过程，其在不同时期和不同文化背景中呈现出各种变体，如布莱希特的"离间效果"、马尔库塞的新感性等，它们都遵循特有的逻辑模式发展变化，使陌生化理论日益丰富。杨向荣《俄国形式主义之后：西方马克思主义的反思与判断》亦通过类似的理论梳理得出结论："在俄国形式主义的语境中，陌生化是一种恢复个体感性的方式，而在西马学者的理论视域中，陌生化是一种恢复个体理性批判的方式。"①

在形式主义与马克思主义的关系问题上，学者们基本都认为二者关系的发展经历了一个由对抗到对话的过程。杨建刚认为苏联的马克思主义与形式主义基本是一种对抗关系，直到20世纪60年代西方马克思主义进行理论方向的调整之后，二者的对话才成为可能。杨建刚发表了多篇文章系统讨论了形式主义与马克思主义的对话问题：《形式主义与马克思主义——从对抗到对话的内在逻辑探析》分析了西方马克思主义对马克思主义与形式主义的理论过程，他认为从对抗到对话在政治层面意味着"资产阶级美学"与"无产阶级美学"从冲突到合

---

① 杨向荣：《俄国形式主义之后：西方马克思主义的反思与批判》，载《江西社会科学》，2010(4)。

作，在思想层面则体现了康德主义和黑格尔主义从矛盾到融合，从文化层面来说便是知识生产从分化走向了去分化；《形式的革命与革命的形式——俄国形式主义与西方马克思主义的形式观之比较》中，他将俄国形式主义美学视为一种指向文学内部的文艺美学，而认为马克思主义美学是一种面向现实领域的政治美学，基于价值立场的差异，二者在思想建构的基础、艺术本质和艺术功能等方面呈现出明显的差异性。此外，他还关注马克思主义与形式主义对话中的一些具体问题，并对西方马克思主义对待各种理论所持的对话与整合态度给予了充分肯定。汪正龙在《马克思主义与形式主义对话的可能性——西方二十世纪马克思主义文论与形式主义文论关系初探》一文中从理论形态、学术渊源和美学肌理三方面入手探讨了形式主义与西方马克思主义相结合的可能性，认为二者的对话并不对等，西方马克思主义对形式主义的吸收较多，而形式主义碍于自身的封闭性与对马克思主义的成见而对其较少借鉴。二者之结合和对话体现了形式研究与社会历史研究的并流趋势，对我国当代文论的建设有很好的借鉴作用。

此外，巴赫金对形式主义理论的批判也受到了国内学者的关注，综合来看，巴赫金并不反对形式主义对语言和形式的重视，但认为如果无视社会、历史因素，就会使文学研究与现实脱节。要对内容与形式、形式审美批评与社会学方法、语言符号与意识形态这几对范畴的关系进行考察和把握，在对话中寻求辩证综合才是较为有效的途径。相关文章有曾军《在审美与技术之间——巴赫金对形式主义"纯技术（语言）"方法的批判》、康长青《巴赫金的文学内容与形式思想》、黄玫《巴赫金与俄国形式主义的诗学对话》、杨建刚《在形式与马克思主义之间对话——巴赫金学术研究的立场、方法与意义》和范方俊《巴赫金与俄国形式主义的论争和对话》等。

21 世纪初以来，新批评的理论研究亦取得了一定的学术成果，诸多核心术语与代表人物的理论主张也得到了更为全面的介绍和更为深入的阐释，然而，该时期对新批评的研究重点并非理论探索，而是中西比较研究与批评实践两方面。对此下文将展开具体论述。

结构主义与文学理论的结合最典型的要数结构主义叙事学理论了。虽说西方对叙事的研究古来有之，但叙事学真正成为一门学科还是在结构主义叙事学处实现的。伴随着文学研究的文化转向，文学理论与文学批评都呈现出由"内"向"外"的发展趋势，当代叙事学也相应地迎来其"叙事转向"。自 20 世纪末西方叙述学从"经典"走向"后经典"以来，国内学者也紧随其后，将焦点从结构主义叙事学转移到了当代叙事学上来，《解读叙事》（希利斯·米勒著，申丹译）；《新叙事学》（戴卫·赫尔曼著，马海良译）；《作为修辞的叙事：技巧、读者、伦理、意识形态》（詹姆斯·费伦著，陈永国译）；《后现代历史叙事学》（马克·柯里著，宁一中译）；《当代叙事学》（华莱士·马丁著，伍晓明译）和《当代叙事理论指南》（詹姆斯·费伦主编，申丹、马海良等译）等相关论著相继出版。对叙事学的理论探讨也从结构主义叙事学转移到叙事学的发展变化过程和"后经典叙事学"上来，而具体理论问题也在此种发展和变化中呈现出其新的特质，如王红《叙事学中"时间范式"的发展》、李长中《后经典叙事学中的读者叙事》等文皆是对结构主义叙事学范畴之新探讨。此外，空间叙事学、修辞叙事学、女性主义叙事学、可能世界叙事学、身体叙事学和语料库叙事学等当代叙事学的新变体也受到普遍关注。叙事学的转折被看作一种"积极的转折"，其在吸收诸多外在因素的基础上克服了以往的些许偏激和局限，寻求历史文化语境中文学理论、叙事理论和批评实践的融合，这也是当代文论发展的普遍趋势。

三、学术史脉络的梳理

对于形式主义已然过时的说法，大部分学者是不赞同的，认为其理论资源对当代文论的建设依然有指导意义。在文学和艺术领域，并不存在知识的高度沿袭，故而过时与否不能成为衡量其价值的标准，甚至"过时"本身都是值得商榷的。文学理论的发展有其自身的历史延续性，此种历史性中充斥着传统与革新的辩证，在形成和发展过程中，每一模式都会不断地与异质因素发生碰撞，从而成为"变化的传统"，这样的"变化"在学术上是具有进步意义的。形式主义文论所塑造的诸多规范意识也并非一成不变，故而对其进行动态的学术史考察就很有必要。学术史脉络的梳理主要有两个方面：其一为对形式主义文论自身理论脉络的梳理，其二为对形式主义文论与其他理论资源（如语言学、新历史主义等）之间关系的考察。

对于形式主义文论自身的发展，学者主要持两种态度：一种认为其发展经历了语言学转向和文化转向后，"从俄国形式主义以诗歌语言形式为绝对的批评对象，发展到新批评包纳形式之外其他传统因素的批评理论，最后是结构主义的涵盖历史文化和读者范畴的阐释结构，体现了一种从表层到深层、从具体到系统、从极端到折衷的发展脉络"①。此论突出了理论内部的自我调整和进步，但简单地将俄国形式主义、新批评和结构主义视为形式主义文论发展的三个历史阶段是不符合实际情况的。另一种态度则认为形式主义文论由于执着于文本研究而显现出的封闭性愈演愈烈，最终会导致其走向自我终结，为兼容性较强的文化批评所代替。如蔚志建《二十世纪西方形式主义文论

---

① 王欣：《形式主义批评发展脉络探究》，载《国外文学》，2010(1)。

之路》、张永刚《形式主义的发展及自我终结》等文章都持这一观点。此种观点看到了形式主义文论的局限，并认为此种局限无法从内部突破，以至于使理论走向终结。但正如上文提到的，理论传统在与异质因素发生碰撞的过程中会发生不断的变化，在变化中突围也是可能实现的。

赵宪章《西方形式美学：关于形式的美学研究》一书是国内第一部对西方形式美学进行系统研究的理论专著。该书 1996 年由上海人民出版社初版，2008 年由南京大学出版社再版，全书将学术史的梳理灌注到了专题研究之中，围绕"形式的审美规律"和"历史与形式的美学关系"两条主线展开论述，对西方形式美学进行了较为全面的回顾。他对将形式研究之方法践行于文学研究领域的前景十分看好，并强调"文学研究应当通过形式阐发意义，而不是超越形式直奔主题"①。同时，他也提到"形式概念和形式美学虽然是'舶来品'，西方美学史是它的故园，但是，这并非意味着包括中国在内的东方美学史上没有关于形式的美学思想"②。在"元概念"的意义上，他把西方美学的"形式"与中国美学的"道"对应起来，将二者皆视为具有本体论和本质论价值的元概念。他认为"整个西方美学就是以'形式'为核心的美学，即'形式的美学'"③，而在中国美学中，"道"具有决定性意义且与"文"不可分割。他的基本思路还是在寻找中国美学中与"形式"处于同一理论层面的概念（换句话说即在比较中寻找相似概念），经过考察得出该概念非"形"非"神"，而是"道"。虽然也言之成理，但此种对比却似乎也没

---

① 赵宪章：《形式美学与文学形式研究》，载《中南大学学报（社会科学版）》，2005(2)。

② 赵宪章等：《西方形式美学：关于形式的美学研究》，20 页，南京，南京大学出版社，2008。

③ 赵宪章：《文体与形式》，125 页，北京，人民文学出版社，2004。

有得出实质性的结论。关于比较研究的话题，下文将仔细论及。与该书思路和观点基本相同的还有其《文体与形式》一书。而《文学变体与形式》一书中以汉语文体的历史演变为主题，着重探讨了先锋文学、网络文学、口语诗写作、超文本文学等汉语文体的现代演变，借以思考新形式出现带来的一些新文体。此书可以看作对前述二书的延续与补充。

刘万勇所著《西方形式主义溯源》则将讨论范围从"形式"缩小到了"形式主义文论"，考察了形式主义文论与古典文论的渊源关系，此种考察主要从五个方面入手，即哲学本体论对文学研究的意义、文学观念从"自律性"到"他律性"的转型、形式主义之形式观的演变、形式主义语言论文论的溯源和形式批评科学化的努力。其认为形式主义文论追求科学化的努力无可非议，但其科学性是值得质疑的，是主观独断性、简单化和绝对化的表现。

21世纪初以来，学者对新批评的介绍都比较注重将具体问题置于学术史脉络中加以考察。如吴学先所著《燕卜荪早期诗学与新批评》对燕卜荪不同时期的理论主张和著作进行了细致分析；李卫华所著《价值评判与文本细读："新批评"之文学批评理论研究》以"新批评"之批评对象、批评标准和批评方法为框架，贯穿该流派主要人物和核心范畴，对新批评理论进行了系统的介绍。赵毅衡所著《重访新批评》回顾了新批评派关于文学基本性质的理论，具体论述了文学与现实的关系、内容与形式的关系、作品的辩证构成、文本中心式批评等问题。乔国强所著《什么是新批评》亦阐述了新批评理论形成和发展的背景、分期、人物，并对诸多主要概念进行了细致辨析。

近年来，学者们都比较关注叙事学发展变迁的内在和外在逻辑线索，在划分叙事学发展阶段的问题上，都承认有结构主义叙事学之前的叙事理论、结构主义叙事学理论和结构主义叙事学之后的叙事理论，但在提法上存在不一致。如申丹在对叙事学的译介过程中将叙事学的发展分为经典叙事学和后经典叙事学两个阶段，并认为二者之间不是一种替代性的进化关系，而是相互促进、相互补充、延续共存的。经典叙事学(结构主义叙事学)之前的叙事理论则被视为经典叙事学产生的背景，因为"在基于结构主义方法的叙事学诞生之前，对叙事结构的研究一直从属于文学批评或文学修辞学，没有自己独立的地位"①。而胡全生则将叙事学的发展分为传统叙事学(20 世纪 60 年代前)、结构主义叙事学(20 世纪 60—80 年代)和新叙事学(20 世纪 90年代至今)三个阶段，认为三个阶段都应该受到重视，且"叙事学研究应特别关注叙事交际的语境，并坚持多样化和跨学科的研究方法"②。尚必武在《经典、后经典、后经典之后——试论叙事学的范畴与走向》一文中又强调经典叙事学应该有三个组成部分，即结构主义之前的叙事理论、结构主义叙事理论、与结构主义同期的其他叙事理论。此外，国内叙事学的研究发展也受到关注，如戴冠青就将近 30 年来中国对叙事学的研究分成了四个阶段：对国外叙事理论的译介阶段，叙事学在中国发展的成熟阶段(作品与理论互动)，叙述学的移植和创化阶段(本土立场与世界视野相结合，当下实践与历史遗产相结合)，中国学者对叙事学理论的补充和突破阶段。③ 综观诸文，我们便可窥见叙事学发展的大致面貌了。

考察形式主义文论与其他理论资源之间关系的文章也比较多见。如邹元江《偏离规范与陌生化——兼论席勒对俄国形式主义的影响》、

---

① 申丹：《叙事学》，载《外国文学》，2003(3)。
② 胡全生：《叙事学发展的轨迹及其带来的思考》，载《复旦外国语言文学论丛》，2008(1)。
③ 戴冠青：《西方叙事学对中国文学批评的影响》，载《江西社会科学》，2009(10)。

赵晓珊《论俄国形式主义诗学与小说叙事学的关系》、王进《试论形式主义与新批评学派的当代性渊源》、赵毅衡《新批评与当代批判理论》、陈本益《论新批评受实证主义的影响及其它相关问题》《艾略特影响新批评派的两个文学思想及其来源》、胡燕春《新批评派对于西方文学理论与批评的影响》《从新历史主义看新批评派对西方文论的影响》《解构主义对于新批评派的继承与超越》、李梅英《论新批评的人文主义文学传统》等。对不同理论资源之关系的梳理有助于我们从整体着眼把握文学理论的发展变化。每一种理论范型都不是凭空出现的，其构成成分也不具有唯一性。在不断变迁的社会历史语境中，各种理论资源就如同游弋的原子，时而碰撞，时而重组，从而显现出不同的物理和化学特性。我们需要把握变化的每一个成分及每一步程序，方能对其部分和整体有相对理性的把握。

四、中西比较研究

本书所探讨的"形式研究"主要指俄国形式主义、英美新批评和结构主义等西方传统理论，它们在西方文论的发展史上都是显性存在的。而自中国文学批评学科建立以来，中国文论中的"形式传统"一直都是一股隐性的暗流。中国学者在接受和传播西方"张扬的"形式研究之同时，出于文化认同的本能，自然会将其与本土文化联系起来加以考察，以在故旧中挖掘新鲜的宝藏。刘若愚在《中国文学理论》中提道："在历史上互不关联的批评传统的比较研究，如中国和西方之间的比较，在理论的层次上会比在实际的层次上，导出更丰硕的成果"，因为"文学理论的比较研究，可以导致对所有文学的更佳了解"。[①] 在

---

① ［美］刘若愚：《中国文学理论》，杜国清译，3页，南京，江苏教育出版社，2006。

形式研究问题上，比较的目的并不在于超越历史、超越文化，而是通过比较来反观中国的文学理论和批评传统，以启迪新的方法与视角，对本土文论的进一步发展有所助益。

在比较研究方面，学者们对新批评和叙事学的关注较多，大概是由于此二者与中国理论界结缘较早，至今发展势头不减，且和中国传统文学批评的联系也较为紧密。王金龙的《英美"新批评"理论的中国化》一文认为，新批评自 20 世纪 30 年代传入中国至今，在文论史上占据了重要地位，但其并未"化"中国，而是被中国化了。① 他的意思是强调国内学者多以自身的社会语境和文化传统为出发点，以解决中国文论的历史和现实问题为目的，将新批评理论当作一种理论资源来认识和运用，不是为了认识而认识，而是为了用而认识。正如车槿山所言："人文科学的一些理论与方法，产生于西方的传统和语境中，而后通过翻译、介绍传入中国，与本土资源结合起来，成为我们的学术利器。"②此种说法对国内叙事学研究的状况来说也同样适用。也有学者持不同的观点，如代迅认为新批评对中国文论的影响始终不大，其在中国基本处于一个边缘化的地位。③ 这一结论是通过比较分析中西文论在意识形态、运思方式等方面的异质性而得出的。然而即使如此，新批评对中国现当代批评实践的影响依然是不可忽视的。

新批评理论与中国文论的比较研究主要表现在与古代诗学和现代诗学的比较两个方面，其中又有几个较为集中的话题。其一为新批评与《文心雕龙》的比较，如殷满堂《刘勰的情采说与英美新批评的文学

---

① 王金龙：《英美"新批评"理论的中国化》，载《许昌学院学报》，2009(6)。

② 车槿山：《比较叙事学的设想》，载《中国比较文学》，2006(2)。

③ 代迅：《中西文论异质性比较研究——新批评在中国的命运》，载《西南大学学报（社会科学版)》，2007(5)。

本体论》、郭勇《〈文心雕龙〉"比兴"论解析——兼与新批评隐喻观念比较》、冉思玮《〈文心雕龙〉与英美新批评关于文学性的共同"诗心"》、车向前《新批评"复义"理论与刘勰的"隐秀"思想之比较——以〈复义七型〉与〈文心雕龙〉为例》等;其二为新批评与中国传统小说评点的比较,如王奎军《"新批评"与小说评点之可比性研究》、吴子凌《对话:金圣叹的评点与英美新批评》等;其三为新批评理论与钱锺书文艺思想的比较,如郭勇《从文化之"象"到文学之"象"——由新批评与钱锺书对"icon"的选用看中西文学观念的对话》《钱锺书与新批评》、唐玲《钱锺书与英美新批评》、裴恒高《新批评视野下的〈围城〉反讽研究》等。

在与叙事学相关的比较研究方面,国内学者大都以沟通、比较切入,而最终又归结到建构中国叙事学上来。西方结构主义叙事学的传入引发了国内学者对中国自身叙事传统的重新发掘和反思,"建构一种更具'世界文学'意味的叙事理论与叙事学,让中国叙事艺术在其中获得应有的位置,应属目前叙事学研究的当务之急"①。如谭君强《比较叙事学:"中国叙事学"研究之一途》认为"比较叙事学将在沟通中外叙事理论与实践、挖掘中国丰富的叙事理论资源、扩展与深化叙事学研究中显现出自己的优势,并对叙事学研究产生积极的影响"②。而自己的优势要得到显现,不仅要掌握和尊重东、西方叙事理论传统,而且需有从事实出发提出新问题、解决新问题的能力。建构中国叙事学方面的成果是较为丰厚的,早在 20 世纪末就有蒲安迪《中国叙事学》、杨义《中国叙事学》和傅修延《先秦叙事研究》等专著出版;21 世纪以来

---

① 傅修延:《叙事学勃兴与中国叙事传统》,载《江西社会科学》,2007(10)。

② 谭君强:《比较叙事学:"中国叙事学"研究之一途》,载《江西社会科学》,2010(3)。

又有祖国颂主编《叙事学的中国之路：全国首届叙事学学术研讨会论文集》、刘宁《〈史记〉叙事学研究》和杨义《文学地图与文化还原：从叙事学、诗学到诸子学》等书，刘永强《中国古代小说的叙事学研究反思》、王青《叙事学视域下小说评点者及其美学价值》和周新民《叙事学与近三十年中国小说理论批评形式观念的嬗变》等文问世。

如果说 20 世纪 80 年代形式主义文论在中国的接受与传播具有某种政治意味，那么 21 世纪以来的形式主义文论诸方法已经融汇于我们的文学研究之中，成为一种纯粹的知识性或技术性存在。这或许表明今日人文知识分子在专业化道路上更进一步了吧！

第四节 传统文论的现代意义问题——以于连的研究为例

法国汉学家弗朗索瓦·于连近年来在中国学界越来越受到关注。他对中国古代思想的阐释，特别是对言说方式与思维方式的阐释，给人留下深刻印象。他所持的那种比较哲学的方法与视域，使他能够揭示出中国古代思想的许多有价值的、中国学者不易发现的特点。在他的比较之下，中国古代思想与古希腊哲学两大传统各自的长处与局限凸显出来了，这对于中西学界关于自身传统的反思和今日之哲学研究路向来说都是有重要参考价值的。然而于连的研究却遭到了瑞士资深汉学家让·弗·毕来德的严厉批评。在《驳于连》一文中，毕来德极为雄辩地指出了于连研究的失误与局限，分析了中国传统思想的意识形态性质，打破了于连建构起来的中国神话。其效果是令人对中国古代思想的现代意义产生深深的怀疑，使西方哲学传统在中国古代思想映照下才显示出的偏颇被遮蔽，也使其在中西方文化的融会与互渗中建立新的思想传统的企图成为不切实际的幻想。两位汉学家的分歧不是偶然现象，也不是国外汉学领域才会产生的话题，这实际上是现代以来中国学界一直争论不休的一大公案，不仅关涉到对中国古代文化的评价问题，而且关涉到今后人们对理论言说方式的选择与建构问题。因此中国学界有必要介入这场讨论并给出明确的态度。

一、双方基本观点、主要分歧及其所涉及问题之重要性

先看于连的观点。于连是位多产的学者，迄今为止他已经出版学术著作 20 余种，其中译成中文的也有 6 种。这里我们仅从其具有代表性的《迂回与进入》与《圣人无意》两部著作概括其主要观点。

第一，中国古代思想是世界四大文明传统（古希腊、印度、阿拉伯、中国）中唯一在没有与古希腊思想传统发生联系的情况下独自发展起来的，因此通过中国古代思想这个纯粹的"他者视域"可以更加深刻地反思古希腊哲学传统。于连说："在我看来，中国是从外部正视我们的思想——由此使之脱离传统成见——的理想形象。"[①]从其具体研究内容及其结论来看，于连在了解中国思想这个堪为西方思想之参照物的"他者形象"的过程中发现了它的独特魅力，并认为找到了发现西方哲学之弊端的视角。

第二，中国古代思想是智慧，古希腊思想传统是哲学。于连描述"哲学"的特点说：

> 然而，哲学的历史就是从提出一个观念开始的，就是在不断地提出观念。哲学把一开始提出的观念当成原则，其他的观念都

---

① ［法］弗朗索瓦·于连：《迂回与进入》前言，杜小真译，3 页，北京，生活·读书·新知三联书店，1998。

是由此而产生的，思想由此而组织成了体系。这个首先提出的观念成了思想的突出点，有人为它辩护，也有人驳斥它。从提出的这一偏见开始，可以形成一种学说，可以组成一个学派，一场无休止的争论也就由此而开始了。①

又描述"智慧"说：

智慧是说不清楚的，智慧根本就不是供人理解的东西，而是供人思索的，或者更准确地说，就像润物细无声一样，一切都在过程当中，智慧是供人"品味"的。②

在哲学公然蔑视智慧的同时，我们仍然把一切"能够帮助我们活下去"的思想称为智慧，当初希腊人就是这么认为的，我们现在仍然没有放弃这种说法……③

又比较二者之异同云：

由此我们可以设想两种不同的统一思想的方式……哲学的统一是系统化，而智慧的统一则是变化。或者也可以说，哲学的逻辑是概括全貌，而智慧的逻辑是巡游各处（……）。智慧不追求建

---

① ［法］弗朗索瓦·于连：《圣人无意——或哲学的他者》，闫素伟译，9 页，北京，商务印书馆，2004。

② ［法］弗朗索瓦·于连：《圣人无意——或哲学的他者》，闫素伟译，14 页，北京，商务印书馆，2004。

③ ［法］弗朗索瓦·于连：《圣人无意——或哲学的他者》，闫素伟译，24 页，北京，商务印书馆，2004。

立一种观点，居高临下，尽可能宽广地包罗视野，而是在不停地拐弯抹角，（横向地）在思想平等的层面上巡游。在哲学的统一后面，我们看到的是希腊的模式，以展现在人们面前的观念为主，以范型和本相（eidos）为主。在智慧的统一后面，我们看到的是中国对"在变化中发展"的关注是对发展过程的关注。①

毫无疑问，于连的上述比较是建立在西方哲学自尼采以来100多年的自我反思的基础上的，是以深刻意识到西方自柏拉图以来形成的"概念形而上学"或"逻各斯中心主义"传统的严重缺陷为前提的。其借助于中国古人的"智慧"来解决西方哲学困境的企图是显而易见的，应该说这绝非一时心血来潮之举。

第三，中国古代思想之所以没有走向哲学关键在于这种思想不是从神话中生成的，由于没有神话和传说的虚假，思想也就不需要用"求真"来矫正或祛蔽进而得以重建。求真的冲动使思想走向哲学，但这种建立在"求真"基础上的哲学并没有解决"我们为什么要'真'而不要'非真'"的问题。因为在人文科学领域"求真"之举不仅永远不会找到可靠的答案，而且还会遮蔽许多其他的更有价值的思考。相比之下，智慧——使人能够更好地生存的经验与思想——对于人生来说就更具有有效性。于是于连设问道："我们能不能说，不是智慧没有达到哲学的高度，而是希腊哲学在只盯着'真'的同时，偏离了智慧呢？"②他的答案自然是不言自明的。

---

① ［法］弗朗索瓦·于连：《圣人无意——或哲学的他者》，闫素伟译，46～47页，北京，商务印书馆，2004。

② ［法］弗朗索瓦·于连：《圣人无意——或哲学的他者》，闫素伟译，87页，北京，商务印书馆，2004。

第四，智慧的根本之点在于没有固定立场和出发点，不从固定立场或一个点出发，就使其避免了片面与狭隘而拥有无可比拟的包容与平和的性质。相反，哲学则因为执着的探索而具有排他性与斗争性。于连指出：

> 由于中国圣人像儒家学者那样，主张"中庸之道"，以便时时刻刻与"可能"相合，而不滞留于任何一端，所以失去了一切抵抗的可能，在权力面前永远俯首帖耳；他们在生活中顺天应人，但也顺应了君主。①

也许正是中国"智慧"的这一局限使得于连尽管对中国古代圣人充满崇敬之情，但最终还是倾向于跟随苏格拉底到哲学之路上去探险。

我们再来看毕来德的观点。这位日内瓦大学汉学系资深教授对于连之于中国智慧的阐述进行了系统而尖锐的批评，其要点如下。

第一，于连的全部著作都是建立在"中国的相异性这一神话之上的"。"他的书有一个'一以贯之'的观念，即中国是一个与我们的世界完全不同的，甚至与它相对立的世界。"②为了彻底打破于连的神话，毕来德深入追索的这个神话的历史渊源——从 18 世纪耶稣会传教士的"中国来信"到伏尔泰等思想家的刻意宣扬，再到 20 世纪初法国作家塞加兰、汉学家葛兰言等人的渲染性描写，这个作为"他者"的"中国思想"或"文人思想"的神话被建立起来了。于连正是这一神话的当

---

① ［法］弗朗索瓦·于连：《圣人无意——或哲学的他者》，闫素伟译，214 页，北京，商务印书馆，2004。

② ［瑞士］毕来德：《驳于连》，郭宏安译，载《中国图书评论》，2008(1)。

代维护者。其实中国并不是与西方迥然不同的神秘世界，人类经验具有一致性，中国也不例外。只有从这种"人类经验的一致性"出发，我们才能了解一种文化的性质与特点。

第二，于连对中国智慧的阐扬忽视了这种智慧的意识形态性质。毕来德认为，尽管于连对于中国智慧的具体论述很有道理，但是——

> 他的错误在于，不曾一刻想到要对着这种思想进行批判。他没有看到，这种思想属于一个不能提出、不能讨论最终意图的世界。在这样的世界中，智力只能应用于方法、手段、计谋和处世的艺术。他没有看到"内在性的思想"天生就与帝国的秩序相联系，因为在这个秩序中，最终意图的问题是先决的，是由政权单方决定的。[①]

中国古代思想实际上是适应着古代的政治秩序而产生并存在的，是一种维护既定统治秩序的意识形态，是政治权力操控下的思想，因此只能在日常生活范围内发挥某种作用而不能追问"最终意图"问题。

第三，于连的研究只谈思想而不谈人和事：

> 他对"文人思想"谈论得很多，但从不谈论文人、其人其事，因此制造了一种梦幻的效果。[②]

[①] ［瑞士］毕来德：《驳于连》，郭宏安译，载《中国图书评论》，2008(1)。
[②] ［瑞士］毕来德：《驳于连》，郭宏安译，载《中国图书评论》，2008(1)。

于连将中国古人的思想与其言说者的是生平事迹、社会境遇剥离开来进行论证，也就使这种思想所蕴含的深刻而丰富的文化的、政治的意味被遮蔽了。

作为中国学者，我们对于连关于中国古代思想与古希腊哲学传统之差异的比较，对于连关于中国古代智慧之思维特点的分析很容易产生认同之感，感觉是很内行的见解，我们常常会为他深刻的洞见与缜密的论证所折服。但是对于毕来德的批评我们同样会感觉不是外行话，是言之成理的，甚至可以说是切中肯綮的。那么我们究竟应该如何来看待两位汉学家之间的分歧呢？换言之，我们究竟应该站在怎样的立场上来评价中国古代思想及其现代意义呢？

二、对双方分歧之评价

仔细分析于连的观点和毕来德的批评我们就会发现，二者的分歧实际上并不是存在于对中国古代思想本身特点的理解上，而是存在于对中国古代思想产生的文化历史原因及其功能的判断上——于连基本上是在谈论中国古代思想在思维方式与言说方式上的特点，对于这种思想传统产生的具体政治历史原因未予深究；相反，毕来德对于于连之于中国古代思想思维方式与言说方式特点的研究似乎不感兴趣，而是不能容忍于连脱离了具体文化历史语境来思考中国古代思想，而对其明显的意识形态性质视而不见。这就涉及了关于中国古代文化研究的一个极为重要的、具有普遍性的大问题：作为一种阐释活动，究竟何种立场是合理的？是从今日意义建构的目的出发而关注古代思想中蕴含的普遍性价值还是从揭示历史真相出发而时时扣住古代思想产生的具体历史的原因与效果？这也正是困扰着中国历史、思想史、文化史、文学史、文论史、美学史等关涉到中国古代思想文化的一切研究

领域的一个具有根本性的阐释学问题。在这里笔者提供一点浅见供有
识者批评。

从建构现代意义的目的出发研究古代文化，毫无疑问具有很大的
吸引力而且有着充足的理由：如果对当下没有意义，那么研究还有存
在的必要吗？然而这里的问题是：这种以当下意义为指归的研究是否
是对研究对象的歪曲？例如，如果过于推崇古代文化的价值是否是制
造神话？这里存在着如何处理"求用"与"求真"的关系问题。要回答这
个问题，我们首先必须弄清楚另外一个问题：一种过去的思想系统或
话语体系是否包含着某些可以超越历史语境的普遍意义和价值？是否
可以脱离其产生的具体语境而为后世提供意义建构的依据或资源？笔
者以为答案应该是肯定的。我们可以借助于哲学阐释学视角来看待这
个问题。在同一个大的文化传统中，那些负载着古人思想的各种古代
文化文本（历史流传物）是彼时彼地人们的话语建构，今人对这些文化
文本的阐释是此时此地人们的话语建构，这两种话语建构是同一思想
传统中两个不同的点，一方面二者包含着某种共同的东西，从而具有
相通性；另一方面二者又都具有与各自的现实之间的某种关联性或指
向性，因而必然存有差异。任何阐释都不可能是对被阐释者的客观展
现，而必然是一种有阐释者"先见"参与的话语重建。因此二者之间的
相通性与相异性都是合理的，各有各的存在意义。前者使传统原有的
东西得以传承从而获得某种一以贯之的性质，后者使传统增加其原本
所没有的东西从而生生不息，历久而弥新。人人都生活在传统之中，
因此接续传统使之延绵不息本身就是最重要的意义建构。按照学术规
范所进行的真正意义上的阐释活动本身就是传承意义和创造意义的
统一体。在对历史上流传下来的文化文本进行阐释时，文本的当下
意义就在古今融汇中被建构起来了。说古人的话语建构产生于古代

特定的文化历史语境，因而只能适用于古代，这显然是不符合实际情况的。

让我们回到于连这里。他对中国古代思想的阐释的确不是从具体文化历史语境入手的，他直接就对文本给出的信息进行了分析与比较。他揭示了这些文化文本所呈现出的运思方式和言说方式方面的种种特点，诸如"迂回"或"绕弯子"的表达策略、"隐喻"的修辞手段、"内在性"特征等。我们说的确如毕来德教授所指出的，于连在谈论这些特点时采取了超时空的论证方式，基本上没有涉及这些特点背后暗含的政治的或意识形态的因素。但是难道真得非要对那些历史上流传下来的文化文本进行政治的或意识形态的批评不可吗？难道除了西方马克思主义的政治—意识形态批评或者福柯的权力—话语批评以及德里达的解构批评这样"揭老底儿"式的阐释方式之外就没有任何有意义的面对"历史流传物"的态度与方法了吗？愚以为，答案必然是否定的。人类固然需要摘除假面具的"去蔽"工作，同时更需要寻找正当性与恰当性的意义建构，否则人类就无法继续存在下去。于连没有去暴露中国古代那些令人兴奋不已的思想背后让人战栗的政治成因和意识形态功能，但他是有权利这样做的。打个也许并不十分恰当的比方：面对长城，我们完全可以就它本身的雄伟壮丽和建造工艺、技巧来评价它，将其视为中国古人的智慧与才能的象征。我们完全可以不必去分析自秦始皇以降历代帝王为巩固封建统治而建造长城的动机以及建造长城所牺牲的百姓的财力、物力甚至于生命，我们无须非要把长城看作君主专制制度的象征不可，尽管也有理由这样看。我们赞美长城的雄伟壮丽绝对不会因此而使长城与之有某种关联性的封建意识形态复活。这就意味着历史流传物具有超越时空条件的特点，它的确具有某种普遍性意义。

　　我之所以认为毕来德的批评有合理性是因为这种批评代表着另一种面对历史流传物的态度、立场和方法。这同样是一种合理而有效的阐释路向，是人类自我意识的重要方式。其中积淀着西方思想100多年来自我反思的智慧与成绩。许多看上去是神圣的、具有普遍性的、甚至是习以为常的事物，其实都是某种权力角逐或政治策略的产物，都包含着极强的意识形态功能。即便是像中国古代那些琴棋书画、诗词歌赋一类雅得不能再雅的纯精神性存在物，也都带有十分强烈的政治性，是古代文人士大夫阶层身份自我确证的方式，有着明显的阶级"区隔"功能。① 因此，正如毕来德所说，中国古代思想的"内在性"等特征大抵与君主专制制度有着某种密切关联。因此，那种着眼于政治性或意识形态性的批评方式对于阐释中国古代文化文本也是极为重要、极为有效的路向之一。② 关于中国古代精神文化的许多神话的确可以通过这种研究来打破。

　　但是如果毕来德因为于连没有对中国古代思想进行意识形态批评而担心他的研究会导致封建专制主义的复活，就近于杞人忧天了。封建主义的东西的确在某种程度上还存在着，但这里有十分复杂的经济、政治、文化、历史的原因，唯独与学术研究无直接关系。于连式的研究只会给人们提供新的启发，而绝不会强化腐朽的东西。套用上文的例子来说就是，于连赞美长城的雄伟与壮丽，毕来德却批评他忘记了秦始皇之流的残暴。毕来德完全有理由研究长城与封建君主制度或意识形态之间的密切关系，但他却无权以此为理由来指责别人赞美

---

　　① 李春青：《文学理论与言说者的身份认同》，载《文学评论》，2006(2)。

　　② 李春青：《乌托邦与诗——中国古代士人文化与文学价值观》(北京师范大学出版社，1995)和《诗与意识形态：西周至两汉诗歌功能的演变与中国诗学观念的生成》(北京大学出版社，2005)基本上就是遵循这样一种阐释路向。

长城的雄伟与壮丽。在我看来，于连和毕来德两位汉学家代表的是两种可以并行不悖的研究路向。其实任何一种文化的思维方式或言说方式就其产生而言都有其十分具体的、独特的原因与功能，但是随着时间的推移，这种思维方式和言说方式流传了下来，而那独特的原因与曾经有过的特定功能却渐渐隐没到历史的黑洞之中了，为了认识的需要，我们有权把那些隐没的东西重新揭示出来；同样为了意义建构的需要，我们也有权利仅仅关注这种思维方式与言说方式本身的特点与意义。

三、于连的贡献

当然，要为一个受到批评的人辩护，最有力的证据还是这个人的行为本身。让我们来看看于连对中国古人思维方式与言说方式的研究是否真的有独到发现，是否真的具有启发性吧！限于篇幅，我们不可能对于连的研究成果进行全面介绍，这里我们仅通过两个例子来证明其研究的价值。

先来看看于连对"中"这个儒家核心范畴之一所做的解读。对儒学略有研究的人都很清楚"中"在儒学话语系统中的重要性与含义的复杂性。"喜怒哀乐之未发谓之中"，"中也者，天下之大本也"究竟何义？此外，诸如"中庸""中道""中行""刚中""时中"等概念如何理解？通常人们都用"不偏不倚"和"无过无不及"来解释"中"的含义，但是何谓"不偏不倚"却又不易把握，许多人甚至以为就是"折中"，就是"调和"，说白了也就是"和稀泥"的意思，这种理解当然是大错而特错了。对于这个"中"，于连的解释是比较到位的。他说：

> "中"的思想，并不是胆小或无可奈何，害怕极端，津津乐道

于折中，让人生活得不能尽兴；"中"的思想正是游刃于极端之间的思想，是在两极之间变化，因为它不会采取任何带有偏见的观点，不会将自己禁锢在任何观念当中，所以才能够展现现实的所有可能性。①

这是对儒家所恪守的"中"之精神比较恰当的解释。《中庸》引孔子语曰："君子中庸，小人反中庸。君子之中庸也，君子而时中。"朱熹注云："中庸者，不偏不倚、无过不及而平常之理，乃天命所当然，精微之极致也。"又云："盖中无定体，随时而在，是乃平常之理也。"②又注"道"云："道者，天理之当然，中而已矣。"③概括朱熹的意思，"中"并无固定含义，不是某种具体价值规范，其内涵完全视具体情境而定。也就是说，在任何情况下都依据"天理"——平常之理来行动就是"中"。所以"中"不是"折中"或"与两端等距离"的意思，而是"当然"，即"应当如此"或"恰当"的意思。因此儒家反对"执一"，即固守不变之理，因为这样会导致"举一而废百"④，而实际的情况总是处于变化之中的。在任何情况下都能找到在此一情境中最恰当的行为方式——这就是"中""中庸""时中"的真正含义之所在。可知这是很难达到的境界，既需要坚韧不拔的恪守，又需要明察秋毫的洞见与机敏。对此含义于连是完全把握了。他说：

---

① ［法］弗朗索瓦·于连：《圣人无意——或哲学的他者》，闫素伟译，26 页，北京，商务印书馆，2004。

② （宋）朱熹：《中庸章句》，见《四书集注》，27 页，长沙，岳麓书社，1987。

③ （宋）朱熹：《中庸章句》，见《四书集注》，28 页，长沙，岳麓书社，1987。

④ （清）焦循：《孟子正义》，541 页，上海，上海书店《诸子集成》影印本，1986。

我们不能在任何立场上停留，不固执于任何立场；为了做到这一点，就要在各种可能性之间变化。对待理论的立场也要这样吗？若果真如此，那也就是说，惟一可行的理论立场，就是不固守于任何一个立场，不停滞在走向极端的半道上，正确的做法应当是，像人的行为一样，完全依照所遇到的具体情况而定。①

当然，儒家在奉行这一"中"或"中庸""时中"的原则时是预设了儒家基本价值观念的合法性的，换言之，灵活性是建立在原则性基础之上的，但由于儒家持"变"这一开放性视域，于是即使是"仁义礼智"之类的儒家根本价值准则，其含义也应该随着具体情境的改变而有所变化。中国古人的智慧正是体现在对"变"与"不变"的灵活把握上的，"中"的奥妙也正在于此。因此孟子才强调既要"执中"，又要有"权变"，否则就是"执一"了。对此于连当然也是很清楚的。

我们再来看于连对于"悟""自得"等古代范畴的理解。禅家讲"悟"，诗论家也讲"悟"。儒家虽不直接使用"悟"这个概念，但也认同这样一种思维方式。儒家讲"自得"，诗论家也讲"自得"，道家虽然较少使用这个概念，但其"心斋""坐忘"的理路与儒家之"自得"亦有相同之处。对于这两个概念，以往论者往往语焉不详，或者云里雾里，神神秘秘，反而令人更糊涂了。何谓"悟"？"悟"什么？什么是"自得"？从何处而得？得到何物？的确是极为难于索解的。这个"悟"和"自得"无疑是关涉到中国古代思想（或云智慧）之根本特征的大问题。而对这样一个大问题，法国人于连却能理解得很透彻，这是难能可贵的，不

---

① ［法］弗朗索瓦·于连：《圣人无意——或哲学的他者》，闫素伟译，31 页，北京，商务印书馆，2004。

禁令人感佩。他说：

> "悟"表现为"遇到某种机会时"产生的结果。我们会说："原
> 来如此！"……我们通过"悟"所意识到的，不是看不到或者不知道
> 的事物，而是正相反，是我们看到的，知道的事物，甚至于是我
> 们知道得太清楚，是就在我们眼前的事物。换句话说，"悟"就是
> 意识到显而易见的事物。或者，从更加接近字面意义上说，"悟"
> 就是意识到现实的"实在性特点"。①

在于连看来，"悟"乃是对已知之物的重新发现，因此它不是对外
在事物的认知，而是对主体心理的自我觉察与自我把握。儒家的"反
身而诚""自省""求放心""致良知"也都是这样一种运思过程，这也正
是"自得"的真义之所在。盖中国古人的智慧不指向对外在事物的对象
性认知，而指向对自身内在世界的反向把握、操持。通过种种"去蔽"
工作(道家是"澄怀静虑""致虚极，守静笃"；儒家是"居敬穷理"；佛
家是禅定)，使自身原本具足的东西显露出来。对这种人本自具足的
东西，于连称之为"内在性的资源"②。他在论及《孟子》"自得之，则居
之安"的"之"字的含义时说：

> 的确，"之"是内在性资源，中国的智慧要帮助人们领"悟"
> 它；但是，这个"之"不是客体，也不是"清楚的观念"(a clear

---

① ［法］弗朗索瓦·于连：《圣人无意——或哲学的他者》，闫素伟译，66～67 页，北
京，商务印书馆，2004。

② ［法］弗朗索瓦·于连：《圣人无意——或哲学的他者》，闫素伟译，71 页，北京，
商务印书馆，2004。

idea）……但中国思想以"道"的形式（而不是以存在或上帝这一伟大客体的形式）所设想的，是这里所说的"自得"的体验，换句话说，"自得"是自发的体验，也就是从"自然而然"（sponte sua）的意义上说的"自然"，而不是自由的体验。①

于连清楚地意识到，中国古代智慧对于外部世界的真实性缺乏追问的兴趣，而仅仅关注于人类自身的事情，其对于人与自然之关系的思考也完全是基于对人类社会和人的内在世界的关心，因此中国古代智慧具有一种"内在性"特征，其思考是指向自身的，其所"悟"者乃自身所本有的，是人们本自具足之物在"去蔽"之后的自然呈现，此即谓之"自得"。后世儒者也称之为"发明本心"。孟子之"尽心"，《中庸》之"尽性"，荀子之"虚一而静，然后大清明"，廉溪之"诚"，伊川之"敬"，横渠之"大心"，象山之"收拾精神，自作主宰"，直至阳明之"致良知"与"知行合一"，都可以看作"自得"之注脚。对于这种"内在性资源"，根本无法采用对象化的认知方式，只有靠"悟"而得之。因此，可以说于连对中国古代智慧所面对之问题，所采取之方式，所呈现之特点有比较系统而深入的体察，绝非一知半解者的信口开河。当然，于连没有去探讨中国古代智慧之所以选择这样一条道路的社会历史原因，这在毕来德教授看来可能是很严重的缺陷，但在我看来，于连完全有权利这样做，因为他所操练的本来就不是政治—意识形态批评方法。于连清楚地知道，中国古代智慧并不是停留在哲学的童年时代，而是一条与西方哲学完全不同的，有着自己独特性和优长的思想

---

① ［法］弗朗索瓦·于连：《圣人无意——或哲学的他者》，闫素伟译，71页，北京，商务印书馆，2004。

道路，就此一认识而言，从黑格尔到毕来德，无数对中国文化发表过议论的人都难以望其项背。只是 20 世纪以来，某些有现象学背景的存在主义哲学家，如海德格尔、雅斯贝尔斯等以及有后现代主义视野的哲学家，如郝大维、安乐哲等人，为了解决西方哲学的自身的问题，在把眼光投向东方时，发现中国古人的智慧大有可以借鉴之处。在他们看来，中国古代智慧包含着许多现代西方哲学应该汲取的积极因素，并不是早已过时的古董。

尽管从哲学阐释学的角度来看任何对历史流传物阐释都是一个"视域融合"的过程，而其结果都只能是"效果历史"，我们还是认为如果从阐释目的出发，人文学科领域存在着两种可以并行不悖的研究路向：一是以"追问真相"为目的，打破神话、摘除面具，揭示各种文化文本背后隐含的深层文化逻辑、意义生成模式、意识形态性、权力关系等；一是以"意义建构"为目的，极力阐发各种文化文本中蕴含的那些超越具体语境的普遍性意义，目的是为当下文化建设提供可资借鉴的话语资源。前者的深刻、冷静令人震撼，后者的苦心孤诣则令人钦敬。二者是人类精神的两个轮子：一者反思，令人们不断检视自己曾经走过的弯路；一者进取，令人面向未来而奋勇前行。

第四章 转 向

随着后现代主义思维方式在中国学界产生实质性影响，随着文学理论研究领域"反思"意识的不断深化，21世纪以来中国文学理论研究出现了"三大转向"：从哲学转向历史，从理论转向阐释，从审美转向文化。这三大转向标志着中国文学理论研究的思维方式与言说方式都发生了根本性变化，也预示着文学理论未来的发展方向。

第一节 从哲学转向历史

当前中国文学理论界关于"理论"与"历史"的关系有诸多探讨。论者都意识到以往那种"理论"的思维方式与言说方式存在着问题，都试图为今日的"文学理论"寻找一条突破困境的可行之路。我们以为，走向历史，使理论"历史化"；回到历史语境，进行语境化研究——这应该是解决问题的有效路径之一。然而，如何才能做到历史化、语境化呢？走向历史的文学理论还是不是理论？其与文学史研究有何区别？这是需要深入探讨的问题。

21世纪初，希利斯·米勒的《全球化时代文学研究还会继续存在吗？》一文引发了国内学术界关于"理论之死"的争论。理论死了吗？理论为何会面临困境？中国当代文学理论的出路在哪里？学者们忧心忡忡，纷纷提出解决之道。在众声喧哗之中，占多数的声音似乎是：理论没有死，只要文学还在，就仍有文学理论一席之地。但是今天的文学理论确实不再有昔日的辉煌，面临着艰难的困境与挑战，走向历史、回归语境、联系现实则是文学理论走出低谷的最佳途径。然而如何才能"走向历史"？走向历史之后的文学理论如何保持自己的理论品格？诸多问题依然有待进一步探讨。

一、"理论与历史"问题论域中几个关键词

反思当前文学理论面临的困惑以及人们给出的解决之道，大致构成了"理论与历史"这一论域，在此论域中，下列几个关键词似乎是无法回避的。

逻辑的与历史的 "理论与历史"这个话题的另一种说法是"逻辑的与历史的"。我们以往的文史研究最为人们所认同的方法莫过于"逻辑的方法"与"历史的方法"的统一了。20 世纪 50 年代史学界关于"以论带史""史论结合"讨论的主要结果就是形成了逻辑的方法与历史的方法"统一"的观点。在今日的学界，这种提法或许不像以前那样普遍了，但是这种观念依然居于主导地位。追源溯流，这一观念是来自黑格尔。

在西方哲学史上，自柏拉图和亚里士多德之后，许多哲学家都热衷于在概念与逻辑的世界里编织一个个体系之网，从哲学本体论到哲学认识论、伦理学，"历史"似乎一直处在哲学思考之外。康德是经验主义与唯理主义两大哲学传统的集大成者，也可以说是整个西方哲学传统的集大成者，他的思考几乎深入人的精神世界的方方面面，并且探讨了人的不同精神领域之间的复杂关系，只是他依然缺少历史的视

野。到了黑格尔，情况才发生了变化。毫无疑问，从思辨哲学逻辑演绎的细密性、丰富性、深刻性来看，黑格尔可以说是前无古人的，是真正意义上的集大成者。然而他的伟大之处并不仅仅表现在这里，更重要的是他将眼光投向了"历史"之域。把"历史"引入哲学思考的范围之内是黑格尔的伟大贡献。由于黑格尔抱负远大，不仅要了解人类现实精神现象，更要弄清楚人类精神古今演变过程，所以他的哲学研究与哲学史研究就结合起来了。他发现，"哲学"与"哲学史"具有深刻的一致性，就是说，哲学系统的内在逻辑与哲学史先后展开的逻辑是一致的。他说：

> 我认为：如果我们能够对哲学史里面出现的各个系统的基本概念，完全剥掉它们的外在形态和特殊应用，我们就可以得到理念自身发展的各个不同的阶段的逻辑概念了。反之，如果掌握了逻辑的进程，我们亦可从它里面的各主要环节得到历史现象的进程……
>
> 我只须指出从上面所说的，即已昭示哲学史的研究就是哲学本身的研究，不会是别的。①

又说：

> ……哲学本身里，它是摆脱了那历史的外在性或偶然性，而

---

① ［德］黑格尔：《哲学史讲演录》第1卷，贺麟、王太庆译，34页，北京，商务印书馆，1959。

纯粹从思维的本质去发挥思维进展的逻辑过程罢了。[①]

按照黑格尔的观点，作为世界之本原的"精神"或"理念"本身是变化的而非静止的，其变化过程不是杂乱无章的，而是呈现出一种逻辑的秩序。对于这一逻辑秩序可以通过纯粹的哲学体系来呈现，黑格尔的《精神现象学》《逻辑学》的任务正在于此。对于"精神"或"理念"变化的逻辑秩序还可以从哲学史的演变中来呈现——只要"剥掉"不同时期的哲学的"外在形态和特殊应用"就可以了，其《哲学史讲演录》的任务就在于此。因此在黑格尔这里，哲学研究和哲学史研究的目的是一致的，二者殊途同归。

显然，在黑格尔这里，逻辑的与历史的是高度统一的，因为它们都是"精神"或"理念"的自我展开，是作为同一本原之表征而存在的。黑格尔并不是无视作为社会现实的历史，而是在他看来，作为历史事件之排列的历史乃是"精神"与"理念"展开过程的表征，是其"外在形态和特殊应用"，在研究过程中是要被"剥离"的，否则就不是真正意义上的哲学研究。黑格尔的伟大之处在于揭示了哲学与历史之间，或者说是逻辑与历史之间的密切关联，启示人们从这种联系中来考察人类精神发展演变的过程。然而在黑格尔这里，活生生的历史被概念和逻辑所取代了。哲学原本是作为历史事实之表征的符号存在，在他这里倒了过来，历史事实成了哲学符号的表征。尽管如此，黑格尔的哲学辩证法，特别是关于事物变化的对立统一、质量互变、否定之否定等"定律"的归纳，依旧是很了不起的发现，是可以在具体的历史事实中得到印证的。他关于一切事物都是一个不断发展变化的过程的伟大

---

① ［德］黑格尔：《小逻辑》，贺麟译，55 页，北京，商务印书馆，1980。

发现对马克思影响巨大。黑格尔的理论是高度思辨的，是唯心的，但是其许多见解与结论都可以在具体的生活和历史现象中得到证明，这说明这种思辨哲学是存在着合理性的。

康德以前的哲学家看到了人的精神世界却忽视了人的生命整体与人的历史。黑格尔看到了人的历史却依然无视人的生命整体的存在。黑格尔当年最激烈的批判者费尔巴哈看到了人的生命整体却又忽视了历史条件，于是他理解的人的生命存在还不是生活在社会联系中的具体的人。对黑格尔的逻辑的与历史的观点进行了矫正，并在矫正之后又充分予以继承的是马克思。这种矫正与继承，用马克思自己的说法叫作"扬弃"。马克思分别汲取了黑格尔与费尔巴哈具有合理性的见解，把理论思考置于历史条件之下，把对人的生命存在的思考置于具体的社会关系之中，从而在一个新的层面上设置了"逻辑的"与"历史的"统一。在马克思看来，历史具有先在的客观性，不以人的意志为转移。世界上没有静止不变的东西，因此人类社会的一切都处于不断的历史演变过程中。显而易见，马克思这一见解得益于黑格尔者良多。在这一见解的基础上，马克思试图进一步寻觅出历史演变的规律，特别是其发展的目标。分析以往的和现实的社会结构要靠资料归纳分析，而对"规律""本质""历史目标"的论述，则可供归纳的现成材料很少，因此在这里，逻辑的方法就起到了决定性作用：青年马克思在把人和动物进行对比时，发现了"自由自觉的活动"这一"人的类特性"；又通过检验人的这一"类特性"在社会生活中的实现情况，从而发现了人的"异化"；进一步追寻原因，马克思发现了资本主义雇佣劳动的不合理，进而揭示出资本主义生产关系的不合理，再进而揭示整个资本主义制度的不合理，并正式提出共产主义思想。这就是马克思《1844 年经济学哲学手稿》中表达的思想。马克思的社会革命理论显然就是逻辑的方法和历史的方法相结合的产物——马克思从逻辑上分析出"人的类特性"与现实社会之矛盾的时候，正值欧洲资本主义国家劳资矛盾日益尖锐之时，这种矛盾是资本主义制度不够成熟、不够完善的表现。于是马克思把他的逻辑分析与现实社会矛盾相结合，就形成了著名的无产阶级革命的理论。这就是《共产党宣言》里所表达的思想。

在马克思这里，"人的本质""人的类特性""社会历史规律"这类概念是用逻辑分析方法进行演绎的产物，其中浸透了欧洲大陆唯理主义思维方式的影响；而"雇佣劳动""异化劳动""资本"这类概念则是用历史方法进行归纳的产物，其中包含着英国经验主义思维方式的影响。可以说，被恩格斯称为马克思最伟大贡献之一的历史唯物论，正是"逻辑的方法"与"历史的方法"相结合的典范。如此看来，中国学界，自新中国成立以来，一直坚持"逻辑的方法"与"历史的方法"相结合的研究路径，不是没有原因的。这种"逻辑与历史相统一"的方法论还经常表述为"论从史出""史论结合""以论带史"等说法，在我国学界影响至深，至今依然居于主导地位。何为"论"？可以理解为理论观点、见解，或者具有普遍性的结论。"史论结合"就是强调理论观点、方法与历史材料的结合。然而具体言之，则在学界或者重"论"轻"史"，或者重"史"轻"论"，互相攻讦，从未消歇。

真正对这一方法论构成挑战的是后现代主义影响下的现代哲学、社会学与历史理论。从哲学角度看，逻各斯中心主义、本质主义都遭到解构，在这种思维方式下形成的许多观点、概念、规律都被视为毫无意义的符号、没有所指的空洞能指。从社会学角度看，从马克斯·韦伯到布迪厄、哈贝马斯和吉登斯，尽管我们随处可以看到马克思的影子，但是在根本方法上却发生了根本性变化。在他们这里，对社会演变构成重要作用的不再仅仅是经济因素或其他物质性因素，人的思想、文化传统、惯习都具有决定性作用。任何一个社会现象都是由无数个原因决定的，有时很难确定其中主要的与次要的。从历史理论来看，传统的客观历史观过时了，历史被视为一种"叙事"，是今人与古人"对话"的产物。历史的发展也不再具有鲜明的目标，在历史演变中，偶然性才具有最重要的意义，因此历史不是一个整体、一个连续不断的完整过程，而是断裂的、碎片化的。那些重大的政治事件、军事事件、历史人物不再被当作历史叙事的主角，反而是那些以往难以进入历史学家视野的边缘现象成为当下史学关注的重点。在这种情况下，马克思主义宏大的社会发展观自然受到冷落，而马克思对于工人阶级以及其他下层阶级生存状况、文化状况的关注却在以英国伯明翰学派为代表的文化研究那里得到继承与发展。

因此，所谓"逻辑的方法与历史的方法"的统一或者结合，实质上也就是"主观的"与"客观的"、"意义的"与"事实的"以及"建构的"与"解构的"统一与结合，是历史事实与人们对历史的理解的结合。这里的问题不在于这种结合本身是否合理，而在于参与"结合"的双方——逻辑的或理论的与历史的或事实的，它们各自是否是合理的。毫无疑问，在当今的学术语境中，纯粹思辨式的理论言说是不合时宜了，走向"历史化"应该是理论的一条出路。

"历史化" "历史化"是近年来学界一直倡导的研究路径。那么究竟什么是"历史化"呢？简单说来，历史化就是从历史角度看待一切问题，把任何研究对象都理解为历史的产物。这一研究路径同样离不开马克思的影响。毋宁说，"历史化"的研究路径乃是基于马克思一句名言："不是人们的意识决定人们的存在，相反，是人们的社会存在决定人们的意识。"①对于人的一切精神文化活动而言，社会存在都是第一位的，因此对社会存在的研究就必定是一切精神文化研究的入手处——这种研究策略就是真正意义上的历史化。黑格尔的辩证法把世上的一切存在都理解为一个不断变化发展着的过程。这一思想为马克思所接受，并把它改造为从社会历史角度考察一些精神文化现象的历史唯物主义方法。这种方法的根本之点就是历史化——把研究对象置于具体社会历史进程中予以考察，把它视为特定历史条件的产物。在马克思看来，人们创造历史，但不是随心所欲地创造，而是根据历史所给予的条件进行创造，这意味着，黑格尔的"历史的诡计"之说，在马克思这里依然以另外一种形式存在着。历史才是决定性的力量。然而历史并非一个主体，不是一种意志，它是各种因素共同构成的一个整体性存在，马克思把这种存在理解为一种结构——最终由经济因素决定的动态结构。生产力、生产关系、经济基础、上层建筑、意识形态层层相关，互为因果，决定着社会的发展演变。如此一来，马克思意义上的历史化也就是把研究对象置于这一社会动态结构之中来考察。鉴于许多马克思的拥护者和反对者都不约而同地把马克思这一社会结构理论简单化为"经济决定论"，恩格斯在 19 世纪 80 年代提出著名的"力的平衡四边形"，即"合力"之说，指出了历史发展的复杂性。②

---

① 《马克思恩格斯选集》第 2 卷，2 页，北京，人民出版社，2012。

② 《恩格斯致约瑟夫·布洛赫》："历史是这样创造的：最终的结果总是从许多单个的意志的相互冲突中产生出来的，而其中每一个意志，又是由于许多特殊的生活条件，才成为它所成为的那样。这样就有无数互相交错的力量，有无数个力的平行四边形，由此就产生出一个合力，即历史结果，而这个结果又可以看做一个作为整体的、不自觉地和不自主地起着作用的力量的产物。"(见《马克思恩格斯选集》第 4 卷，605 页，北京，人民出版社，2012。

20 世纪以来，世界发生了重大变化，马克思主义的"历史化"方法也相应作出调整。在这方面，美国著名马克思主义文化学者弗里德里克·詹明信具有代表性。我们知道，詹明信有著名的"永远的历史化"这一口号，表明他自觉坚持马克思历史唯物主义研究方法的决心。然而在这一坚持中，调整的幅度也够大了，我们看下面的论述：

> 就所谓的哲学或历史辩证法而言，辩证法思维寻求不断地颠覆形形色色的业已在位的历史叙事，不断地将它们非神秘化，包括马克思主义历史叙事本身，比如社会主义之必然性等等。①

这就是詹明信"简明实用地探讨辩证法"的路径之一。我们从这里看到的似乎更多的是后现代主义或解构主义的色彩，至少是解构主义化了的马克思主义。当然，詹明信毕竟是马克思主义者，在根本问题上依然坚持马克思主义立场，这主要表现在他对后现代主义精神文化现象的理解及其分析方式上。在他看来，后现代主义文化乃是晚期资本主义或后工业社会的必然产物，正如现代主义是垄断资本主义、而现实主义是市场资本主义的产物一样。这无疑是马克思主义的分析方法。至于分析方式，则詹明信运用了"主导符码"理论。在他看来，各种阐释学都有自己的独特的"主导符码"作为基本的"阐释模式"。

> 阐释模式有不同的形式：结构主义的"语言形式"或"语言交

---

① ［美］詹明信：《晚期资本主义的文化逻辑：詹明信批评理论文选》，陈清侨等译，36 页，北京，生活·读书·新知三联书店，1997。

流"、某些弗洛伊德主义和一些马克思主义的"欲望"、经典存在主义的"焦虑和自由"、现象学的"暂时性"（temporality）、荣格或神话批评的"集体潜意识"……马克思主义的主导符码是一个十分不同的范畴，即"生产模式"本身。①

正是"生产模式"这一"主导符码"使得詹明信的阐释行为牢牢地建基于对社会经济结构、生产方式的分析之上，一种精神文化现象无论多么五花八门、炫人眼目，但在詹明信的马克思主义阐释学看来，都不过是特定社会"生产模式"的表现形式。由于坚持了马克思主义阐释学的这一主导符码，詹明信的理论研究被充分"历史化"，从而成为一种典范，一种使理论走向历史的典范。而且理论的历史化也的确是詹明信的自觉追求，他说：

> 理论并不是来自子虚乌有，然后由喜欢理论的人接过去肆意发挥。理论来自特定的处境……如果人们把理论视为某种主观性的东西而与我们所谈的客观的文化、历史与社会现实对立起来，人们就是以一种非历史的方式看待理论。但理论是形势的一部分，因而理论的兴起本身成为一个关键的有待探讨的文化历史问题。②

詹明信这里所说的"理论"与我们所说的"文学理论"有所不同，他是在更为具体的意义上使用这个概念的，特指在晚期资本主义出现之

---

① ［美］詹明信：《晚期资本主义的文化逻辑：詹明信批评理论文选》，陈清侨等译，147 页，北京，生活·读书·新知三联书店，1997。

② ［美］詹明信：《晚期资本主义的文化逻辑：詹明信批评理论文选》，陈清侨等译，28 页，北京，生活·读书·新知三联书店，1997。

后形成的精神分析主义、结构主义、后结构主义以及后殖民主义、新历史主义等学术思想。但他对待"理论"的态度确实值得我们借鉴，这就是理论的历史化。

语境和语境化 理论的历史化有赖于语境化的研究路径。"语境"或"情景语境"原本是个纯粹的语言学概念，由德国语言学家维格纳于1885年提出，指的是语言环境或者语言交流的环境。英国著名人类学家马林诺夫斯基在20世纪20年代继承并重新界定了这一概念，后来他又提出"文化语境"的概念。在马林诺夫斯基看来，"情景语境"与"文化语境"这两个概念，前者属于"语言性语境"，后者属于"非语言性语境"；前者指在人们通过语言进行交流时的一个词语或句子所处的上下文关系，这是确定这些语言成分准确含义所必不可少的直接条件，后者则指对语言交流产生间接影响的那些文化心理因素。后来"文化语境"这一概念在哲学、社会学、文化研究、文学研究等领域被广泛使用。近年来在我们的文学理论领域，这一概念也已经随处可见了。那么，我们究竟应该怎样理解语境、文化语境或者历史语境呢？

在2012年的一次大型学术会议上，童庆炳大声呼吁文学理论研究回到历史语境，认为只有回到历史语境之中，文学理论才有出路。在谈到"语境"与"背景"的异同时，他指出："背景是指具有普遍性的语言环境，语境是指特殊性的语言环境。"[①]这是真知灼见。在一个相当长的时期里，中国学术界普遍使用着一个概念，叫作"时代背景"或"历史背景"。论文或论著在正式进入论题之前，总要先介绍一下"时

---

① 2012年8月8号上午，童庆炳在山东师范大学召开的"21世纪的文学理论：国际视域与中国问题"国际学术研讨会暨中国中外文学理论学会第九届年会上发表题为《回到历史语境》的大会发言。

代背景"或"历史背景",从天下大势到经济文化状况,最后才聚焦于论文主题。这种"戴大帽子"的写作方法在今天依然随处可见。从 20 世纪 90 年代以来,学界引进了"语境""文化语境"或"历史语境"概念,渐渐取代了"时代背景"或"历史背景"。然而二者究竟有何区别?使用者大都并不明了。常常听到有人说,以前叫"时代背景",现在赶时髦,都叫"文化语境"了,似乎二者名异而实同,只是换个说法而已。这也是许多学者不能真正进行语境化研究的根本原因。"背景"与"语境"存在根本性区别,正如童庆炳所指出的,一个是普遍的,一个是特殊的,不可同日而语。对于一种研究来说,所谓普遍的语言环境是指研究对象所处的一般性的、共同的外部条件,而特殊的语言环境则指这一研究对象所特有的外在与内在条件。例如,研究春秋战国时期的文学思想,诸侯争霸、礼崩乐坏、诸子争鸣肯定是一般性的时代背景,是研究者必须了解的。但是这种了解是远远不够的,因为同样是在这一时代背景之下,为什么儒家思想与道家思想、墨家思想与杨朱思想差异那么大呢?要寻找这里的原因就不能不重视特殊的语言环境,即文化语境或历史语境了。这就是"背景"与"语境"的差异。这两个不同的概念分别标示着两种完全不同的研究路径,前者往往是建构性的、宏大的叙事,后者则是阐释性的、微观的研究。或者借用前面引述过的提法,前者是"大理论",后者是"小理论"。

语境化是指一种研究策略,其主旨在于把研究对象置于具体语境中来考察,而不是抽象为一种独立的存在来考察。对此我们下面的讨论中将着重剖析。

二、文学理论如何走向历史

文学理论走向历史的根本之点就是把理论问题历史化。

理论走向历史似乎是当今学界一种普遍性倾向，从哲学到社会学再到美学、文学理论，人们都纷纷逃离纯粹的理论建构走向现象阐释，逃离抽象论证走向具体描述，逃离逻辑演绎与思辨走向经验梳理与概括，逃离一般性结论走向个别表述，逃离大叙事，走向小叙事，等等。这种倾向不是偶然，有其合理性与必然性，概而言之，在西方思想史上占据主导地位2000余年的那种"概念形而上学"思维方式的确存在着问题。至少从尼采以来的100多年中，西方学界对这种思维方式的反思到了20世纪后半期终于酿成一场声势浩大的思潮，这就是后现代主义思潮。在这种思潮的裹挟下，整个人文社会科学研究领域几乎全部改变了研究范式，那种被称为"宏大叙事""本质主义""逻各斯中心主义"的研究范式已经失去往日的辉煌。当然，这两种研究范式孰优孰劣、孰真孰假并不是一个可以简单回答的问题，它们分别确证并表征着主流知识人的两种身份，这两种身份在人类历史、文化史的演进中各自有着不可或缺的意义与功能。所以正如现代性与后现代性不能简单判断高下优劣一样，宏大叙事与微观研究也不可简单以对错论之。这也是个非常复杂的问题，在这里我们暂不置论。我们能够明了的是：一个时代有一个时代的学术，一个学者应该完成时代赋予他的任务，而不是硬要去扮演以往或未来时代的角色。还是让我们来探讨文学理论问题吧。根据上述讨论，文学理论研究有充分的理由走向历史，或者说，当下文学理论研究的合理路向就应该是走向历史，这大约是没有问题的。然而这里进一步的问题是：如何才能真正走向历史？

其实"历史"这个概念本身也是反思的对象，在以往的思维方式影响之下，"历史"恰恰是"宏大叙事"最有代表性的言说方式。所以在谈论如何走向历史，如何实践"历史化"策略之前，必须对"理论"与"历史"进行重新界定才行。我们这里说的"理论"或"文学理论"是指在我们的学科和研究领域存在着的一种言说方式或一门学问。我国学界从事这个学科或学问的人数众多，每年都有上百名"文艺学"专业的博士研究生毕业，每年都有数以千计的研究论文发表在各种刊物上。他们以一种论说的方式来谈论古今中外各种文学问题，主要是文学观念或文学思想问题，这种谈论就被称为文学理论。显然，这和前引弗里德里克·詹明信所说的"理论"以及特里·伊格尔顿在近著《理论之后》中所说的"理论"的含义是不同的。总之，在中国的文学研究领域，"搞理论的"这个短语通常是指那些用论说的方式谈论文学观念或文学思想等带有普遍性的话题的学者。

"历史"这个概念在我们的语境中也有具体所指，因为以往我们把研究古代或近现代社会政治、经济、文化发展过程的学科或学问称之为历史。在汉语中，我们也常常把过去的岁月称为历史。就学术史而言，以前人们通常认为历史是对发生过的事情的客观记录，或者说，历史学家相信自己所从事的就是客观记载发生过的事情。19世纪占据主导地位的是以兰克主义为代表的客观历史学派。历史学家都相信自己应该而且能够客观地记录历史的真实。到了20世纪，这种客观主义历史观受到普遍质疑与反拨，意大利的克罗齐、英国的科林伍德以及法国的年鉴学派都从不同角度对客观历史观进行了抨击。而对于20世纪80年代以海登·怀特为代表的美国新历史主义来说，客观历史观差不多已经成为不值一驳的陈词滥调了。因此，我们这里所说的"历史"显然不是指客观记录的事实，也不是指对事实的客观记录。这里的"历史"是指一种思考和言说方式，也可以说是一种研究范式，其基本特点就是面向事实而避免空论。可以说，文学理论走向历史的唯一途径就是面向事实，回到事实之中。我们所说的把理论问题历史化的根本目的就是避免空谈理论，即在概念和逻辑的世界里驰骋。从操作的角度看，我们所说的"历史化"有两层意思：一是把理论问题作为历史问题来谈；二是"历史地"谈论理论问题。

所谓把理论问题作为历史问题来谈当然不是在黑格尔的意义上说的。黑格尔的"哲学史就是哲学"之说是以二者背后的"精神"或"理念"的同一性为前提的，旨在强调哲学史演变的内在逻辑与哲学体系的内在逻辑的一致性。我们这里把理论问题作为历史问题来谈是想强调理论问题本身的历史性特征。因为任何一个共时性的理论问题都有其历时性的演变轨迹。我们的文学理论要避免空疏，避免泛泛而谈，就必须走向历史，而走向历史的第一步就是走向学科史。也就是说，把理论问题置于学科发展史的过程中来考察。这种研究路径通过梳理理论问题的学术史演变轨迹来加深对这一问题本身的理解，是文学理论走向历史的一条可行路径。例如，中国古代文论的重要范畴，诸如气、味、神、韵、雅、丽、风骨、格调之类，如果仅仅就其本身而论，很难明了其究竟包含着怎样的文化意蕴。而如果把这些范畴置于学术史演变过程来看，其含义的增减与改变就会清晰地呈现出来，在比较中，我们就可以更深入地理解这些范畴的丰富内涵。又如，产生于西方的"对话"理论具有极为丰富的理论的与实践的意义，但是究竟如何理解"对话"？纯粹的理论分析是难以回答这一问题的。如果把这一问题放到学术史流变中考察，通过了解巴赫金小说对话理论、哲学对话理论，进而了解伽达默尔阐释学意义上的对话理论，再进而了解哈贝马斯建立在"交往理性"基础上的社会学意义上的对话与商谈理论，我们就知道原来20世纪的人文社会科学领域是一个"对话"的时代，一切独白式的、发号施令式的的言说在这里都难免受到质疑或冷落。这就意味着，以往那种离开学科史来凭空建构某种理论的言说方式是不合时宜了。"文学理论史就是文学理论"——我们套用一下黑格尔的那句名言，或许可以更清楚地表达我们的意思。

"历史地"谈论理论问题就是把理论问题当作特定社会历史条件的产物来看待。是理论或精神在先还是社会存在在先，在哲学史上这曾经是区分两种对立的哲学体系的分水岭。柏拉图认为我们生活的现实世界是更真实的理念世界的某种表征；黑格尔认为包括人类社会和自然界在内的一切存在都是"精神"或"理念"的"外化"形式。按照柏拉图和黑格尔的逻辑，精神性存在，例如，理论言说就应该先于实际的社会现实。马克思的伟大贡献之一就是把被柏拉图和黑格尔颠倒了的关系重新颠倒回来，自从马克思主义在世界上传播开了之后，100多年来，柏拉图和黑格尔式的客观唯心论是不大有市场了。20世纪以来，"历史地"谈论理论问题渐渐成了具有普遍性的研究路径。马克思主义在20世纪出现诸多流派——精神分析主义的马克思主义、结构主义的马克思主义、法兰克福学派的马克思主义等，无论这些流派在观点和方法上有怎样的差异，从分析社会历史现象入手来考察某种精神文化现象乃是他们共同的研究模式。在马克思主义看来，任何一个理论问题都是现实社会经济生活、政治生活的表现形式。所以在考察一种精神文化现象时，他们总是从社会的政治、经济生活中去寻找最终的原因。例如，弗里德里克·詹明信对现实主义、现代主义、后现代主义的分析就是这样，而特里·伊格尔顿对"文学""美学"等概念以及现代主义文学现象的分析也是这样的。在一般人看来，"后现代主义"是个纯粹的理论问题，代表着人们思考方式与言说方式的某种深刻变化。但是在詹明信看来，后现代主义文化的种种表现是晚期资本主义，即后工业社会的必然产物，是社会现实的文化表征。又如"文学"

原本是个理论问题，在 20 世纪 80 年代，我国学界还非常认真地从学理上探讨"文学的本质"究竟是社会现实的反映，还是审美之类的问题。而在伊格尔顿看来，"文学在这里已经没有多少实际作用。我们也许正在把某种'文学'概念作为一个普遍定义提出来，但是事实上它却具有历史的特定性。"①他的意思是说，由于关于文学的种种价值判断是历史地变化着的，因此任何一种关于文学的普遍性的定义都是徒劳的。通过从社会历史角度对英国文学的考察，伊格尔顿揭示了"文学"一词的现代意义之所以在 19 世纪的英国出现，与英国成为世界第一工业资本主义强国，英国的中产阶级形成了"粗俗的功利主义"的"统治意识形态"这一现实直接相关，文学正是被作为与这种意识形态相对抗的"一个可以代替其他意识形态的完整的意识形态"而受到重视的，在这里文学也就成为"一种政治力量"，"它的任务是以艺术所体现的那些活力和价值的名义改造社会"。②

这就是"历史地"谈论理论问题，也就是把理论问题历史化。

三、关于"语境化"研究路径

理论问题历史化是文学理论走向历史的重要一步，但是要使理论问题真正走向历史，进入历史之中，还需要更细密更具体的研究方法，这就是语境化研究。如前所述，语境不同于环境或背景，语境是特殊的，是只有此一言说所具有的独特语言环境。例如，在南宋末期，理学渐渐成为士大夫意识形态之主流，在理学精神影响下，宋代

① ［英］特雷·伊格尔顿：《二十世纪西方文学理论》，伍晓明译，11 页，西安，陕西师范大学出版社，1987。

② ［英］特雷·伊格尔顿：《二十世纪西方文学理论》，伍晓明译，21～22 页，西安，陕西师范大学出版社，1987。

诗文理论普遍重视讲道理、发议论，追求理趣。在这样的情况下，严羽却能够独树一帜，大贬宋诗，高扬盛唐气象，反对诗歌中用事用典、讲道理发议论。是什么原因造成严羽此思想的产生的？这就需要重建其言说语境，具体包括：他的个人经历、趣味、个性，他的交往，他先前所接受的思想资源，他写作《沧浪诗话》的缘由契机，等等。由于史料的有限，这些条件很难都得到满足，但是必须尽量寻觅材料，只有占有到相当数量的材料，我们才能够对严羽的理论进行深入解读。此外，语境化研究还有三个要点。

第一，语境化研究最主要的也是最独特的在于其看待研究对象的态度。一般的研究总是把研究对象视为一个既定的、完成了的实存之物来看待，然后从外到内、从内到外地分析它的方方面面，语境化的研究却不是这样。这种研究是要把研究对象还原为一个不断展开着的过程。它永远处于形成之中，而不是已经成形。语境化研究就是要追踪对象形成的过程，把与这一形成过程有关联的各种因素进行细细梳理、分辨。因此，语境化研究是要深入到研究对象的"肌理"中去，考察它形成的内在机制。例如，巴赫金关于拉伯雷小说的研究，特别是对"狂欢化"的研究是一种历史化的研究，也是一种语境化的研究。他不是静态地、共时性地研究拉伯雷小说中的狂欢化因素，而是把这些因素与欧洲悠久的狂欢节民俗联系起来，从而使文本分析成为历史分析、语境分析。毫无疑问，这种语境化研究带有一种与生俱来的解构性质，因为任何看上去巍巍然的神圣之物，只要深入了解了其生成轨迹，揭示了其产生的缘由，它的神圣性、庄严性就会大打折扣，甚至消失殆尽了。然而学术研究毕竟不等于宗教信仰，不能无条件相信某一说教或观点，学术研究就是要深入到研究对象的肌理中去，了解它，剥离其外表的假象，呈现其内里的真实。

第二，语境化研究一般不会跟着研究对象给出的逻辑去思考，而是完全摆脱了对象的固有逻辑，从一个完全不同的角度来审视它。如詹明信对"快感"的研究就是如此。他没有去探讨"快感"本身的构成，如从生理学、心理学或者哲学的角度去研究，也没有去分析快感与美感、道德感之类的异同，而是把"快感"作为一个话题来考察。看这个话题在法兰克福学派那里，在法国符号学家罗兰·巴特那里，在女权主义者那里是如何被理解的，并通过对这些观点的分析来揭示"快感"与现实政治之间的密切关系。① 又如伊格尔顿研究"美学"或"审美"的概念，他没有像以往的研究者那样探讨这个概念的"内在规定性"，其所指涉的现象以及其表现形式，等等，伊格尔顿是把这个概念与资产阶级革命联系起来，把"美学"看作资产阶级在感性层面争夺领导权的努力。这种研究显然不同于以往的研究路径。按照这一语境化的研究思路，当我们面对中国古代文论中"神韵""风骨""滋味""典雅"这类重要概念时，除了对它们进行必要的训诂学考察之外，我们还可以追问其产生的具体语境，即它们何以在此一时期成为诗文评的重要概念，这一现象究竟意味着主体身份与主流精神文化怎样的变化，等等。就是说，语境化研究可以而且喜欢追问研究对象本身以外的关联性问题。

第三，语境化研究必然是一种跨文本、跨学科的研究。由于这种研究不限于研究对象所给出的知识范围，而是不仅要深入到研究对象的生成机制中，而且要追问其所表征的社会政治、文化意蕴，故而语境化研究就必然是跨学科、跨文本的。在这里打破了文学、

---

① ［美］弗雷德里克·詹姆逊：《快感：一个政治问题》，胡亚敏译，见《快感：文化与政治》，王逢振等译，135～151 页，北京，中国社会科学出版社，1998。

哲学、历史、政治、宗教之间的界限，是一种综合性研究。例如，我们研究苏东坡的文学思想，按照以往的研究方法，就是把他关于诗文的谈论从其卷帙浩繁的著述中剥离出来，然后分门别类地进行分析，再与前后同类观点进行比较，从而确定其含义及其在文学思想史上的价值，这是典型的非语境化研究。对于语境化研究来说，苏东坡关于诗文的谈论就会被置放在其政治、哲学、艺术、宗教等多方面的思想中来考察，看宋代的主流精神文化是如何呈现于其诗文谈论之中的。而且我们还要通过诗文文本以及关于其经历记载的分析，看他的精神旨趣、个性、趣味是怎样的，并进而探讨这些又是如何影响到他关于诗文的谈论的。如此一来，尽管仅仅是从关于诗文的谈论入手，但是研究的结果却是对东坡整体文化心理与精神状态的综合性研究。

四、走向历史的文学理论还是不是理论？

这个问题也可以置换为：历史化了的文学理论研究如何保持其理论品格？或者，走向历史的文学理论研究如何与文学史研究相区别？事实上，假如抛开学科体制的限制来看问题，学术研究哪里有什么不可逾越的鸿沟呢？学科设置彼疆此界、互设藩篱，其实是学术研究之大害。尽管如此，即使不考虑学科性质，只从纯粹的学术研究来看，走向历史的文学理论依然是一种理论言说，而不是文学史研究，换言之，文学理论走向历史只是文学理论思考方式与言说方式的调整而已，并不是宣布文学理论的消亡。对此我们可以从下面几个方面来理解。

第一，走向历史的文学理论所谈论的话题是理论问题而不是文学史问题。怎么理解这一点呢？文学理论，包括文学理论史、文学批评史的研究，区别于文学史研究的重要标志之一就是面对的问题不同。文学史主要关注文学现象的状态及其前后联系，研究诸如作家、作品、风格、流派、创作技巧的变化等，目的是为人们提供文学发生发展的历史过程。文学理论虽然有时也会论及这类问题，但它更感兴趣的是诸如某一文学观念的含义及其演变的原因，文学评价标准及其形成与变化的社会文化意义，关于文学的重要概念、范畴的含义与意义，文学观念与社会政治、哲学、宗教、道德观念之间的复杂关联，等等。其实选择研究对象，根本上就是发现问题。对于文学理论研究而言，并没有现成的研究对象放在那里等着我们去研究，这有待于研究者独具慧眼地去发现。文学理论研究者所发现或提出的问题与文学史研究发现和提出的问题肯定是不同的，因为二者各自的话语资源是不一样的。大体言之，文学理论研究就是要面对文学现象发问，这是一种无穷无尽、刨根问底式的发问，最大限度地扩大人们的思考范围，其追问的问题可以是虚无飘渺的，也可以说是与人们的生存紧密相关的；可以是形而上的，也可以是形而下的，文学理论研究的价值就在于极尽追问之能事。

第二，走向历史的文学理论与文学史的研究方式不同。一般说来，文学史研究总是以正面梳理、阐释为主，走向历史的文学理论则往往具有某种探索性、颠覆性，总是向着相反的方向追问。文学史研究以分析某位作家、某部作品或某种文学现象的特点、性质以及价值和意义为主，目的是确定其在文学史上的作用与位置。走向历史的文学理论则以揭示看上去简单的文学现象背后隐含的复杂性为主，目的是探寻更为复杂的文化历史蕴含。

第三，走向历史的文学理论与文学史研究的目的不同。文学史研究的目的是弄清楚研究对象"是什么"或者"是怎样的"；走向历史

的文学理论却是要研究"为什么"或者"何以会如此"。例如，面对
"诗言志"这样一个命题，文学史研究就会指出它究竟意指什么，其
美学意义何在，它与古代诗歌创作实践是否可以相互印证以及这一
命题在文学史占据怎样的地位，等等。而对于走向历史的文学理论
来说，它感兴趣的可能是这样一些不同的问题："诗言志"这个命题
产生的文化语境是怎样的？它隐含着怎样的历史文化意蕴？是什么
人创造、传承、使用了这个命题，为什么？这个命题与先秦诗歌的
政治功能以及周代贵族的"诗教"传统有何关联？等等。显然，前者
是纯粹的文学研究，后者则跨到了哲学、历史、思想史的领域。如
果用哈罗德·布鲁姆的标准来看，走向历史的文学理论或许应该归
到"憎恨学派"阵营之中了。

第四，尽管后现代主义极力否定"宏大叙事""本质主义""普遍规
律"等，但是我们必须知道，任何学术研究都必然具有一定普遍性和
概括性，离开了概括与抽象，就不可能有任何学术研究。即使是最有
代表性的后现代主义论著，也一定是建立在普遍性与概括性基础上
的。因此，文学理论与文学史研究也都是具有概括性和普遍性的，这
里的区别是：文学理论较之文学史研究具有更大的抽象性和概括性，
更关注一般性问题。当然这里的普遍性是"有限的普遍性"，不再是那
种所谓"放之四海而皆准"的无边的普遍性。

第二节　从审美转向文化

当前文学理论研究领域存在着"审美的"与"文化的"两种立场，各
自都有其深厚的理论背景。审美乌托邦主义和所谓"憎恨学派"可以说

是这两种理论立场的思想渊源，也分别是二者的极端表现。在我们看来，这两种理论立场都有一定合理性，但是又都只有在限定的语境中才是如此，所以是"有限的合理性"。在当下的文学理论研究中，虽然还很难说形成了多少成熟的流派，但诸多不同的，甚至对立的研究路径、研究立场同时并存则是不争的事实。例如，"审美的"与"文化的"就是一对既有联系，又存在内在冲突的研究立场。关于文学理论的著述多不胜数，大抵可分别归入这两大研究立场。

一、"审美的"与"文化的"——当前文学理论研究的两种立场

我们先来看看"审美的"立场。

20世纪以来，将"审美"作为文学主要特征来研究的理论流派在学界似乎颇有"市场"：无论俄国形式主义还是英美新批评，或许还有法国结构主义，这些理论虽然着眼点不尽相同，但落脚点却都将文学视为人类一种特殊的精神活动形式，都以揭示文学审美的独特性为旨归。审美论也一度成为20世纪80年代中国理论界的主流，对于此前文学理论那种政治化、机械化倾向是一种反拨和调整。在那样的文化语境中，"审美"成为了一个神圣的词汇，并出现了审美主义浪潮，渐渐形成了"审美意识形态说"与"审美反映论"两种观点。"文学的'审美'论消解了'文艺从属于政治'的公式……正是由于克服了文学本质的政治'从属论'和'工具论'，文学的审美本性得到了澄清，文学理论经过很长的发展过程，才获得了自己的学科意识，找到了自己的位置。"①审美论认为文学的本质特征首先是审美，这是文学之所以为文

---

① 童庆炳：《审美论—语言论—文化论：新时期30年文论发展轨迹》，载《黑龙江社会科学》，2008(4)。

学的特性所在，文学艺术的审美性不仅可以给人带来感官上的愉悦，更能够提升人的精神，使人获得一种超越现实的体验，"审美就是使人与当下的物质生活和一己的利害关系拉开距离，按照人应所是的眼光来反思自己的生存状态，从而达到人的自我超越的一条十分重要的途径"①。进入 21 世纪之后，随着文化研究的兴起，大众文化、消费文化不断对审美进行消解，这让持审美立场的学者深为不满。有学者认为不能简单将消费文化与我国的通俗文化画等号，倘若追逐着消费文化的潮流而去，那我们的文艺就只能是一味迁就人的感官，仅仅是浅薄的身体欲望的满足，却丧失了最根本的精神追求，而审美则"使感性与理性、有限与无限、经验与超验、个体与族类获得沟通，实现人对自身生存的自我超越……美不仅人人乐于接受，而且这种通过对美的直接感受和亲身体验所获得的人生启悟、人生理想，比之于任何理性说教都更能深入人心、影响持久，并更有可能内化为自己的行为动机和目标"②。也有学者提出新时期应建设"新审美主义"理论，在继承审美传统的基础上更加重视对文学形式的研究，以解决中国当下文学理论存在的脱离文学实际的问题。也有不少学者从学理上深入反思"审美主义"自身的缺陷，认为倘若过分夸大主体的感性本能，则会使人越来越走向自我封闭，而疏远整个世界，既缺乏与他人对话的主体间性，也隔离了社会生活。

我们再看文学理论研究中的"文化"立场。

大约是受到海外新儒家的影响，20 世纪 80 年代末国内学界就兴起了"中国文化热"，对文学理论研究已然形成相当大的影响；到了 90

---

① 王元骧：《文艺理论中的"文化主义"与"审美主义"》，载《文艺研究》，2005(4)。
② 王元骧：《文艺理论中的"文化主义"与"审美主义"》，载《文艺研究》，2005(4)。

年代，又有了文化研究的进入，文学理论界就顺理成章地出现了"文化转向"：以文化的视角取代了曾经处于中心位置的审美视角。就西方的文化研究来说，它甫一诞生，便与奉传统的文学经典为圭臬的"利维斯主义"格格不入，文化研究在出身工人家庭的霍加特与威廉斯的带领下接受并肯定大众文化，积极介入新兴的文化、政治运动中。因此，文化研究从诞生之日始便注定与传统文学研究不同，在运用跨学科研究方法的同时，也坚持政治性与批判性。进入中国理论界的文化研究依然维持了它的传统，其研究目的并不是要揭示文学文本的某种本质属性，也没有将文学文本当作审美的客体来寻觅它的"文学性"，而是企图揭示隐藏在文本背后的意识形态以及文化与权力的关系。"文化研究走出了文学的内部研究所建构的'审美城'，跳出了那种审美自主、艺术自律的观念，它非常突出政治性"①。文化研究当然也关注文本，只是与审美主义的关注文本有着完全不同的目的："文化研究也要做很多非常细致的文本分析的工作，只不过它要更进一步追问特定的文本为什么是这样构造的，它认为文本的构造方式本身不是自律的，而是有权力在起作用……跳出了文学艺术自主自律的那个框框。"②持相似观点的学者还从当下日常生活审美化说起，认为"审美似乎已不再专属于文学和艺术，审美性、文学性也不再是区别文学与非文学、艺术与非艺术的根本的或惟一的特征……以高雅艺术的形态呈现出来的精英艺术已经不再占据大众文化生活的中心，经典艺术所追求的审美性、文学性则从艺术的象牙之塔中悄然坠落，风光不再，而

---

① 陶东风、刘张杨：《从文学研究到文化研究——陶东风教授访谈》，载《学术月刊》，2007(7)。

② 陶东风、刘张杨：《从文学研究到文化研究——陶东风教授访谈》，载《学术月刊》，2007(7)。

一些新兴的泛审美/艺术门类或准审美的艺术活动……则蓬勃兴起"①。消费文化的涨潮，导致了日常生活审美化，而这一切又使得审美丧失了自己的自主性与独特性，因此应当将研究的目光由审美转向文化。一些反对此观点的学者则认为现在大兴于世的文化主义虽然可以让文学理论有更广阔的研究视角，但"真正属于美学文艺学范围的问题被放过了，研究者的视线问题总是落在艺术审美和它外部诸因素的关系上"②。

我们再来看把"审美"立场与"文化"立场相结合的尝试。

文化研究不断深入，同时也暴露出了许多的问题，如文化研究对日常生活审美化现象的肯定，就有迎合大众文化、消费文化之嫌："其对象已经从大众文化批评、女权主义批评、后殖民主义批评、东方主义批评等进一步蔓延到去解读城市规划、去解读广告制作、去解读模特表演……解读的文本似乎越来越离开文学文本，越来越成为一种无诗意或反诗意的社会学批评。"③于是有学者提出了文化诗学的道路，意在不隔断文学理论与实践相结合的品质的前提下，重新回到审美立场上来，将"审美"与"文化"结合起来，走既充满诗意又具备现实性品格的理论研究道路。持此观点的学者认为文学有三个向度：语言、审美以及文化，文学理论所要解读的对象首先应该是诗意的，充满了审美性与诗情画意，因为"审美是人的天性，只有人才审美，所以在审美和诗情画意追求的背后是对人性的完整性的渴望和对人的生

①　金元浦：《别了，蛋糕上的酥皮——寻找当下审美性、文学性变革问题的答案》，载《文艺争鸣》，2003(6)。

②　张弘：《面对"审美化"的当代美学文艺学》，载《东方丛刊》，2006(1)。

③　童庆炳：《审美论—语言论—文化论：新时期 30 年文论发展轨迹》，载《黑龙江社会科学》，2008(4)。

存意义的追问"①。因此作为人类用来解读文学文本这种纯精神的文学理论则应当从语言入手，从具体文本出发，"吸取其采用文化视角的优点，在充分重视文学的语言、审美向度的同时，开放文化的向度……从文学与现实的关系看，'文化诗学'拥抱现实，用文化精神回应现实，因而是不脱离现实的；从文学与艺术的关系看，'文化诗学'强调文学的诗情画意，强调艺术的品格，因而是关心艺术的；从文学理论的内部批评和外部批评的关系看，'文化诗学'力主把内部研究和外部研究贯通起来，既重视文本作品的语言，也重视文本的文化精神蕴含……"②从这种观点中，我们可以看到纯粹"审美"的与纯粹"文化"的研究立场的合理性与局限性，也看到了一种探索新的研究路径的可贵努力。但是，把"审美"与"文化""融合起来"的想法却不一定是可行的，关于这一点我们在后面的第五章第一节将详细论证。

二、审美乌托邦主义与"憎恨学派"

在西方，审美或艺术被神圣化是伴随着启蒙精神的出现而出现的，它们是作为人性——人的个性、情感、欲望、体验的显现而受到重视的。人性得到解放和张扬，最适合展示人性的文学艺术也因此而几乎堪与宗教、哲学这些原本高不可攀的精神门类相提并论了。鲍姆嘉通的《美学》和康德的《判断力批判》是对文学艺术以及全部审美活动这一神圣地位的理论确证。他们的美学思想大大提升了审美在人类精神领域中的地位。鲍姆嘉通使人的感性与人的理性一样获得相对独立

---

① 童庆炳：《"文化诗学"作为文学理论的新构想》，载《陕西师范大学学报（哲学社会科学版）》，2006(1)。

② 童庆炳：《文化诗学——文学理论的新格局》，载《东方丛刊》，2006(1)。

性，成了一个被研究的领域；康德的"审美无功利"说则使人的审美活动被纯洁化、神圣化，从此之后，审美之域仿佛成为凡夫俗子无法靠近的纯洁无比的心灵圣殿。人们不断赞美它，讴歌它，这就为后来的审美乌托邦主义提供了思想资源。席勒是应运而生者，他在康德的直接影响下擎起了审美乌托邦大旗，赋予审美以解决社会问题的伟大使命。正如哈贝马斯所说："席勒用康德哲学的概念来分析自身内部已经发生分裂的现代性，并设计了一套审美乌托邦，赋予艺术一种全面的社会—革命作用。"①从这种审美乌托邦的角度看来，资本主义发展所导致的人性分裂须通过一种"游戏活动"来弥合。艺术正是统合着理性冲动与感性冲动的最佳"游戏活动"，因此通过艺术或审美教育可以重新塑造出健康、完整的人性来。不难看出，席勒是想用艺术和审美来替代原本由宗教占据的位置以拯救世界。因此，从一开始，审美乌托邦就具有某种宗教的意味，可以说是已然失去至高无上地位的上帝的替代物。审美乌托邦之所以在后来的西方思想界一直保持相当大的影响，原因或许就在于此。哈贝马斯认为："对黑格尔和马克思来说，甚至对直到卢卡奇和马尔库塞的整个黑格尔派马克思主义传统来说，审美乌托邦一直都是探讨的关键。"②在黑格尔那里，艺术和审美作为"精神"或"理念"自我实现过程的一个环节而获得重要性。"美是理念的感性显现"，这一著名命题使艺术和审美问题与世界本体紧密相连。黑格尔虽然没有赋予审美和艺术解放人类的使命，但对于人类社会的发展来说，它们的作用同样是不可或缺的。马克思在其早期著作中把

---

① ［德］哈贝马斯：《哈贝马斯精粹》，曹卫东选译，409 页，南京，南京大学出版社，2004。

② ［德］哈贝马斯：《哈贝马斯精粹》，曹卫东选译，412 页，南京，南京大学出版社，2004。

审美和艺术活动理解为"人的本质力量对象化",是一种"自由自觉的活动",在人的全面发展、成为完整的人的过程中具有重要意义。从这个意义上说,黑格尔和马克思似乎的确都带有某种审美乌托邦倾向。例如,马克思认为诗歌与资本主义社会是天然敌对的,这显然是把诗歌乌托邦化了。

法兰克福学派的重要人物马尔库塞通常被称为现代审美乌托邦主义的代表。他沿着早期马克思和卢卡奇的思路思考现代社会人的异化问题。我们知道,马克思借鉴并改造了黑格尔和费尔巴哈的观点,提出了人的异化理论,认为资本和雇佣劳动使劳动这种原本最可以体现人的"类特性"——自由自觉的活动或人的生命活动——的行为异化了,人在劳动过程中不再是肯定自身、实现自身,而是使自身被奴役并受到戕害,于是人也背离了自己的本性,异化为非人。马克思给出的解决办法是改造社会,扬弃私有财产,实现共产主义。马尔库塞同样为资本主义社会中人的异化而愤怒,但他给出的解决办法已然根本不同于马克思,而是在某种程度上回到了席勒——主张通过艺术和审美培养人的自由精神,从而克服异化上。在马尔库塞看来,艺术和审美是在异化社会里保存和维护人的自由的有效方式。在现存的社会关系中,艺术是自律的,"在艺术自律的王国中,艺术既抗拒着这些现存的关系,同时又超越它们。因此,艺术就要破除那些占支配地位的意识形式和日常经验"①。换言之,艺术与审美天然地就具有反抗压迫的潜能:"艺术通过让物化了的世界讲话、唱歌、甚或起舞,来同物化作斗争。忘却过去的苦难和

---

① [德]马尔库塞:《审美之维:马尔库塞美学论著集》,李小兵译,204 页,北京,生活·读书·新知三联书店,1989。

快乐，就可把人生从压抑人的现实原则中提升出来。"①把审美与艺术从社会现实中抽出来，赋予其超现实的力量，这就是典型的审美乌托邦主义。马尔库塞似乎没有注意到，如果艺术这种克服社会异化的手段也被异化了，那该怎么办呢？再有，一个时代有一个时代的审美与艺术，这是符合马克思的历史唯物主义的，也就是说，艺术和审美也是历史的产物，同样具有特定的社会功能，而不是超社会、超历史的"精神实体"，因此试图让一个时代的艺术来解决这个时代存在的社会问题就显得不那么实际了，当然，"不实际"正是审美乌托邦主义的特点。

近几十年来，在后现代主义思潮和大众文化的双重冲击下，审美乌托邦主义似乎不大可能重新复活了，但是对于艺术与审美的纯洁、高雅依然存在着某种向往与留恋，不愿意承认当下文学艺术"泛化""世俗化""娱乐化"的现实。在这方面，哈罗德·布鲁姆具有代表性。在布鲁姆看来，阅读能力、文学修养是一种品位、一种教养，是文明社会所必不可少的，而文学经典则是人类精神的宝库。在 1994 年出版的《西方正典》中，他充分表达了他对经典的崇拜；而在 2000 年出版的《如何读，为什么读》中，他强调了文学阅读对于现代人的重要意义。他说："我促请你寻找真正贴近你的东西，可被用来掂量和思考的东西。不是为了相信，不是为了接受，不是为了反驳而深读，而是为了学会分享同一种天性写同一种天性读。"②这似乎把阅读与人性联系起来了，就是说，如果是人，就应该阅读。既然阅读，当然就要区分作品的高下优劣。布鲁姆对于文学经典给予极大的热情，但是布鲁

---

① ［德］马尔库塞：《审美之维：马尔库塞美学论著集》，李小兵译，257 页，北京，生活·读书·新知三联书店，1989。

② ［美］哈罗德·布鲁姆：《如何读，为什么读》，黄灿然译，14 页，南京，译林出版社，2011。

姆不同于那些传统的审美乌托邦主义者，他并不认为审美活动，如阅读经典对社会有什么实际的用处。他说："深入研读经典不会使人变好或变坏，也不会使公民变得更有用或更有害。心灵的自我对话本质上不是一种社会现实。西方经典的全部意义在于使人善用自己的孤独，这一孤独的最终形式是一个人和自己死亡的相遇。"① 如此看来，审美对于布鲁姆来说不是社会改造或者人性改造的工具，而是一种人的需求，因此是纯粹的个人的事情："但我本人坚持认为，个体的自我是理解审美价值的唯一方法和全部标准。"② 这就是说，审美不是一种社会行为，"美学权威和美学力量都是对能量的一种比喻或象征，这些能量本质上是孤独的而不是社会性的"③。当然也就不应该承担审美社会责任。这种个人性的、非社会性的审美活动也就不应该被理解为政治性的、意识形态性的。在他看来，20 世纪后半期出现的那种无视审美价值，以颠覆性、解构性策略对经典随意拆解、评说的研究是不能容忍的。对此，他称之为"憎恨学派"：

> 一些学术激进派人士近来甚至主张，跻身经典的作品是由成功的广告和宣传捧出来的。这些怀疑论者的同道们有时甚至进一步质疑莎士比亚的卓越名声，认为他名不副实……原创性正在成为个人事业、自给自足及竞争等词汇的文学同义语，这些词汇无

---

① ［美］哈罗德·布鲁姆：《西方正典》，江宁康译，21 页，南京，译林出版社，2005。

② ［美］哈罗德·布鲁姆：《西方正典》，江宁康译，16 页，南京，译林出版社，2005。

③ ［美］哈罗德·布鲁姆：《西方正典》，江宁康译，26 页，南京，译林出版社，2005。

法取悦于女性主义者、非洲中心论者、马克思主义者、受福柯启发的新历史主义者或解构论者——我把上述这些人都称为"憎恨学派"的成员。①

按照布鲁姆的观点，20 世纪六七十年代以后，在后现代主义影响下形成的文学批评、文化研究诸流派都可以归入"憎恨学派"的阵营之中。他认为这种无视审美，解构经典的研究路径在欧洲有着悠久的历史，一是源于柏拉图的道德主义，二是源于亚里士多德的社会科学。

假如我们为"憎恨学派"辩护几句的话，我们会说，布鲁姆的说法显然是有问题的。我们且不说柏拉图在《理想国》里对诗人"迷狂"状态的描写是真正体验过审美创造者的经验之谈，且在西方美学史上具有重要影响，也不说亚里士多德在《政治学》中关于音乐"净化"功能的阐释正是以个人的审美体验为依据的，即使就西方马克思主义、女权主义、新历史主义、解构主义等本身的思想资源而言，也与柏拉图、亚里士多德毫无关联，他们都是从后现代主义视角来看待经典问题的。他们并非"憎恨"一切经典，也不是"憎恨"审美价值，他们是在探讨隐含在表层后面更深刻的原因。他们是试图探索一条新的追问方式，从而提出新的问题，得出新的结论。至于文学经典及其审美价值，他们并没有否定它们，而是觉得这不是他们要追问的话题。例如，莎士比亚的《李尔王》，格林布拉特并没有说这部戏剧缺乏"审美价值"，也没有说它的语言不够美，结构不够巧，他感兴趣的是另外的问题，是文

---

① [美]哈罗德·布鲁姆：《西方正典》，江宁康译，14 页，南京，译林出版社，2005。

化问题而不是审美问题。所以我们可以说，布鲁姆坚持的是"审美立场"，"憎恨学派"坚持的是"文化立场"，二者是完全不同的。那么究竟应该如何处理这两种立场的关系呢？这无疑是一个比较复杂的问题。

三、审美的功能及两种研究立场的关系问题

布鲁姆批评他所说的"憎恨学派"时说：

> 一首诗不能仅仅被读为"一首诗"，因为它主要是一个社会文献，或者（不多见但有可能）是为了克服哲学的影响。我与这一态度不同，力主一种顽强的抵抗，其唯一目的是尽可能保存诗的完整和纯粹……在学界的马克思主义、女性主义和新历史主义表象之下，柏拉图主义的古老论题和同样过时的亚里士多德式社会疗法仍在我行我素。我认为，上述这些观念和一直受困的审美支持者之间的冲突永无竟时。①

布鲁姆在这里摆出了两种截然不同的立场，一是审美的，一是文化的或者社会的。在他看来，这两种立场是不可调和的。他把"审美价值"限制在"个人经验"的范围内，拒绝从社会和文化角度来谈论审美问题，这种立场在后现代主义思潮已然获得主流地位的今日学界显得颇有些孤立无依，但它是否具有合理性呢？

毫无疑问，布鲁姆的观点是具有合理性的，这种合理性乃基于一

---

① ［美］哈罗德·布鲁姆：《西方正典》，江宁康译，13 页，南京，译林出版社，2005。

个简单的道理和一个人人皆知的事实，这个道理是：任何实际的审美活动都是个人的心理体验过程；这个事实是：对于今天有阅读能力的人来说，只要你能够静下心来阅读经典——无论是莎士比亚、雨果、托尔斯泰还是李白、杜甫、曹雪芹，你一定会得到审美愉悦。即使面对今日的大众文化，如电影或电视剧，形式上是一群人或一家人坐在那里共同观看，但是审美过程依然是个人的心理经验，还是康德意义上的"共通感"使大家能够得到大体相近的感受。无论批评家是站在怎样的立场上来看待文学的或大众文化的作品，欣赏者都是凭着自己的个人体验来判断其美丑高下的。尽管传统审美与大众审美在形式、意义以及欣赏主体诸方面都存在着巨大差异，但是雅也罢，俗也罢，难也罢，易也罢，其接受过程都是一个个体心理体验的过程，最初的评价都是基于个人的感受做出的。所以把审美价值理解为一个个体经验的事情是有道理的。基于这样一种观点也可以生发出有意义的学术研究，如审美心理学、趣味研究、美感类型学等。事实上，布鲁姆的观点也并非完全孤立，如美国批评家林赛·沃特斯就持相近的主张，面对吉约里等人"美学死了"的判断，他说：

> 传统美学或许已经停止发生影响了，但是，美学研究已经渗入了无数领域且为人们所热切地探求着，并没有接受教授们的统一管理。维达尔、斯坦纳、吉约里可能并没有错，在他们所查找的地方确实没有美学，但是他们可能碰巧找错了地方。①

---

① ［美］林赛·沃特斯：《美学权威主义批判》，昂智慧译，5 页，北京，北京大学出版社，2000。

他并不认同传统的审美乌托邦主义，但他对当下的和未来的美学怀有信心。他认为美学的出路在于回到体验，他说：

> 法国批评家罗兰·巴特认为有必要在美学领域发动一场革命；在这场革命中，愉悦和狂喜、情感和感受成为人们关注的中心，从而把文学究竟是意识形态的奴隶还是脱离意识形态的这个长期缠绕着人的问题搁置在一边。①

对于罗兰·巴特的这一主张，沃特斯显然是十分赞同的。与布鲁姆一样，沃斯特也不再像传统审美乌托邦主义那样赋予审美与艺术社会改造功能，他主张回到体验，把关注点从艺术作品本身转移到艺术创作与接受过程的体验上。沃特斯极为反感现代主义文学艺术那种冷漠、故弄玄虚、拒斥激情的倾向，向往华兹华斯式的浪漫主义和托尔斯泰式的现实主义。他认为体验是活生生的心理事实，是无法抽象为概念的，对于那种总是试图从研究对象中抽象出意义的批评路径亦持否定态度。难能可贵的是，沃特斯并不是一个精英主义者，他并不是留恋19世纪的高雅艺术而轻视当前的大众文化，相反，他接受了本雅明的影响，认为鲜活的大众文化更具有生命力。他甚至提出号召：

> 请欣赏通俗艺术吧，这些抗议式的艺术拒绝谄媚。……本雅明要求我们从技术中认识到，维持真实性是一个可笑的目标，即使我们勉强可以做到。他提供给我们一种通俗诗学，它或许是我

---

① ［美］林赛·沃特斯：《美学权威主义批判》，昂智慧译，6页，北京，北京大学出版社，2000。

们未来可能进行的一切文化研究的绪论。①

这是很深刻、很有远见的见解。无论古典还是现代，无论高雅还是通俗，无论用怎样的传播媒介，审美最终都可以还原为一种体验，而且只有在个人的体验中才存在审美价值。

然而，布鲁姆、沃特斯等人的主张是不是就是艺术和审美研究的唯一正确立场呢？是不是对于审美和艺术就不可以进行社会学层面的研究呢？在我们看来，答案显然是否定的。其实不仅审美，世上许多现象都可以还原为个体心理体验，如宗教信仰就是如此。难道对宗教信仰也不可以从社会学层面来研究吗？审美与艺术毫无疑问是以个体体验为依托的，离开了个体体验，一切审美都无从谈起。但是对于一个民族、一个国家、一个社会、一个时代来说，审美和艺术又的的确确具有社会性特征，是一种社会文化现象，是一种历史现象。因此，我们在承认布鲁姆、沃特斯等人的观点有其合理性的同时，也坚持社会学研究的合理性。这可以从下列几个方面来看。

第一，审美是有社会功能的。审美绝不仅仅对个体心理发生作用，作为一种社会现象，审美还具有重要的社会功能。布迪厄曾深入分析过"趣味"的阶级"区隔"功能，很有见解，令人信服。"趣味"就是审美，它是以个人体验为依托的，但同时又是社会现象，是使贵族成为贵族，使上等人成为上等人的有效手段。从中国美学史的演变中亦可印证布迪厄的"区隔"理论。西周至春秋时期是礼乐文化时代，此期的审美与艺术活动都是贵族趣味的产物，是确证贵族身份的方式，处

---

① ［美］林赛·沃特斯：《美学权威主义批判》，昂智慧译，314～315 页，北京，北京大学出版社，2000。

处印着等级制的烙印。而到了魏晋六朝之后，琴棋书画、诗词歌赋渐渐疏离于统治阶层，成为文人趣味的表征。其社会功能在于确证了那种介于统治者与被统治者之间的知识阶层的独特身份。因此，审美这种看上去纯粹的个人体验行为，似乎仅仅诉诸人的情感，但从社会整体来看，则具有不可替代的社会功能，是完全可以而且应该从社会或文化层面来予以审视的。

第二，"憎恨学派"的追问是有意义的。按照布鲁姆的观点，那些不大顾及文学艺术的审美特性，一味追问其隐含的意义，其意识形态性、政治性的研究路径是毫无意义的，而且是对艺术与审美的破坏与亵渎。在我们看来，这种看法是站不住脚的。"憎恨学派"并没有说文学艺术没有审美价值，也没有说审美并不存在，或者对人们有害无益，他们只是从另外的角度看待艺术与审美罢了。他们完全有权这样做，而且他们的研究是具有合理性与启发意义的。审美和艺术的确具有某种独特性，它诉诸人的情感，不同于一般的意识形态性的文化符号，但是任何审美与艺术现象都是社会历史的产物，是代表着某一类人的精神旨趣或趣味的，它们产生于一定的社会结构，并且有着一定的社会功能。我们不用深入分析就可以了解，在只有极少数人可以受教育的古代，占主流地位的审美与艺术总是高雅的，因为它的主体，即知识阶层是社会精英；大多数人的趣味必然是粗俗的，因为它的主体是芸芸众生，不能掌控文化领导权。而在大众传媒时代，雅、俗显然是陈旧的评价标准了，因为社会大众的趣味成为娱乐文化的主流，大众文化不再听命于少数精英分子，对于拥有广大受众的今日审美文化而言，"雅"或"俗"显然不再是恰当的评价标准。

第三，"审美"与"文化"是两种完全不同的立场。通过以上分析、对比我们不难看出，对于文学理论研究而言，"审美"和"文化"是两种背道而驰的立场："审美"研究指向个体心理,指向体验;"文化"研究指向社会整体,指向意识形态或政治功能。"审美"研究是建构性的,呼唤价值与意义;"文化"研究是解构性的,破除神话,祛魅。"审美"研究是一种主观性较强的研究,处处带有研究者的情感、内省与体验;"文化"研究则是一种更为客观的研究,尽量隐藏研究者的情感好恶。

看今日学界,无论中外,似乎坚持文化立场的"憎恨学派"日益得势,坚持"审美"立场的"正典"派近乎式微。但是,我们的态度是,这两种研究立场的确是各有其存在的合理性,不应该做非此即彼的二元选择。审美立场的研究不应排斥文化立场的研究,反之亦然。但是有必要指出的是:对于审美立场来说,千万不要陷入已然声名狼藉的"本质主义"这一古老泥潭之中,以为"审美"是超历史的、超越文化语境的;"审美",无论多么诱人、多么令人沉醉,它都是有限的,是在一定社会条件下才有意义的,而且审美的确具有社会功能,因而具有政治性或意识形态性。对于文化立场来说,也不要永远沉迷于否定、解构的快感之中,必须承认在一定范围中,人文精神、人性价值,即真、善、美这类东西是有益于人类的,是不可缺少的。最后,让我们分别引述哈罗德·布鲁姆和特里·伊格尔顿的一段有代表性的话,来比较一下他们背道而驰的研究路向:

> 只有审美的力量才能透入经典,而这力量又主要是一种混合力:娴熟的形象语言、原创性、认知能力、知识以及丰富的词汇。[1]

---

[1] [美]哈罗德·布鲁姆:《西方正典》,江宁康译,20页,南京,译林出版社,2005。

在本书中，我试图通过美学这个中介范畴把肉体的观念与国家、阶级矛盾和生产方式这样一些更为传统的政治主题重新联系起来……①

第三节　文学研究与历史研究之关联

文学研究和历史研究本来就存在着某种密切的关联，彼此之间常常互相渗透，互相汲取，那种过于严格的学科界限不利于研究的深入。在文学叙事与历史叙事之间的相通性越来越受到关注的今天，文学研究的历史视角就显得愈加不可或缺了。同样，历史研究也从文学研究中得到启发。马克思、恩格斯从来都是从历史视角来考察文学的价值的，"美学观点和史学观点"作为一种研究方法，正是他们将文学研究与历史研究融合为一的标志。事实上，当今的文学研究与历史研究已然很难分开了。

从当今学术研究的整体走向来看，各人文学科之间的"边界"似乎越来越模糊了。人们对于"越界"（跨学科研究）的兴趣渐渐超过了"固守阵地"。② 其实在历史研究领域，早在 20 世纪二三十年代有学者就发现了这种跨学科研究的必要性③。法国著名历史学家、"年鉴学派"

---

① ［英］特里·伊格尔顿：《美学意识形态》导言，王杰、付德根、麦永雄译，8 页，桂林，广西师范大学出版社，1997。

② 例如，2005 年以来学界关于"文学理论的边界"问题的热烈讨论就表明了人们对这一问题的关注。

③ 1929 年法国历史学家马克·布洛赫和吕西安·弗费尔创办《经济与社会史年鉴》，标志着年鉴学派的诞生。运用跨学科的方法建立涵盖各人文社会学科的"总体史"是年鉴学派的主要目标。

代表人物布罗代尔指出："历史学家希望将他们的注意力集中到所有的人文学科上。正是这一点使我们的专业有了陌生的边界和偏好。所以不能设想在历史学家和社会科学家之间存在着与昨天一样的屏障和差别。所有的人文科学，包括历史学在内，都彼此受到影响。它们说同样的语言，或者说可以说同样的语言。"①在今天看来，这种见解依然有着重要的启发意义。就本书的论域来看，在文学叙事与历史叙事之间存在着密切关系及相通性早已成为学界的共识，那些为现代学科设置所割裂的研究领域正在重新得到整合。文学研究与历史研究之间也不再存在不可逾越的鸿沟。事实上，历史视域从来都是文学研究最主要的视角之一，而历史研究也常常从文学研究中汲取营养。如果说，"历史的也是文学的"与"文学的也是历史的"这样具有后现代色彩的提法并非毫无道理的臆说，那么"历史的文学研究"与"文学的历史研究"也自然应该是有意义的论题。至于说到"历史题材的文学作品"，这本来就是文学与历史的复合体，既有文学的特点，又有历史的影子，对这一类型的研究对象，历史的视角就更是不可或缺的了。

一、文学研究与历史研究的相通性

文学研究与历史研究的相通性首先表现在它们背后隐含的更深层的"言说模式"（思维方式与价值取向）的一致性上。换言之，这两个看上去彼疆此界的领域实际上经常是同一潜在的制约性因素的话语表征。在中国古代，关于历史与文学的言说都曾经是政治和社会伦理道德的手段。例如，《春秋》与《诗经》这两部分别代表中国历史与文学之

---

① ［法］费尔南·布罗代尔：《论历史》，刘北成、周立红译，37 页，北京，北京大学出版社，2008。

源头的先秦典籍，在长期传注解说过程中都被理解为指向当政者的政治性言说：《春秋》蕴含着"微言大义"，对"乱臣贼子"们具有"口诛笔伐"的功能；《诗经》则依靠"美刺"来劝善罚恶，汉儒甚至"以三百篇当谏书"。孔子虽然不具备改造现实政治的实际能力，但在历代的儒生们看来，由于他曾经整理各种古代典籍，特别是"作《春秋》"（孟子）和"删诗"（司马迁），因此就可以和夏禹、商汤、周文武、周公等品德高尚且事功卓著的帝王相提并论而毫不逊色。因为他传承了被儒家称为"道"的价值评价系统，使后世之人在立身行事上有所依凭而不至于沦为愚氓。中国古代的历史叙事也讲究"直书"或"实录"，历代都赞扬"在晋董狐笔，在齐太史简"之类的史德，但这并非为了追求历史的真相，而是要对执政者们形成压力，使他们不敢过分胡作非为，其目的还是政治性的。这说明"政治伦理功用"乃是中国古代的一种"言说模式"，直接决定着历史言说与文学言说的话语形态与价值指向。古代西方的情形似乎有所不同。古希腊的史学家，如希罗多德和修昔底德，都把追问真相视为历史叙事的目的。亚里士多德认为诗比历史更"富有哲学意味"是因为历史描述的是"个别事件"，而诗描述的是更带"普遍性"的事，换言之，诗可以比历史更接近真相，更真实，因为历史只是揭示个别的真实，而诗则揭示普遍的真实。这说明在古希腊的语境中，"追问真相"乃是一种"言说模式"，直接决定着人们关于历史与文学的言说，正如中国古代政治伦理功用是一种"言说模式"一样。这种情形并不是在某一特定时期才会出现的个别现象，而是一种"常态"。例如，19 世纪的西方思想界曾经被科学主义所统摄，形成了实证主义的言说模式，于是关于文学和历史的言说也都带上了科学主义或实证主义的印记。在文学上是"现实主义"以及"自然主义"的理论与实践；在史学上则是兰克主义盛行一时。除了一般价值观念和思维方式之外，一个时期里居于主导地位的意识形态对于文学观和历史观的决定性作用更是毋庸置疑的，面对历史材料说什么（选题）和怎样说（方法），常常都是被意识形态直接决定的，新中国成立以来的文学研究与历史研究都曾经是如此。

由此可见，关于历史和文学的言说常常为同一种更深层的因素所左右，因此也就具有相同或相近的社会功能。关于文学与历史的言说都不是"原发性"知识形态，而都是具有"继发性"——被另一种更根本的因素所制约——特征的。

由于文学研究与历史研究这种深刻的相通性，就使得二者常常纠结在一起，难以分拆。这有两种情形：一是研究者直接把文学现象作为历史研究的材料来看待，从文学的叙述与描写中发现有价值的历史内容。马克思、恩格斯就曾经这样来看待狄更斯或巴尔扎克的现实主义小说。例如，恩格斯认为巴尔扎克的《人间喜剧》是"一部完整的法国社会的历史，我从这里，甚至在经济细节方面（诸如革命以后动产和不动产的重新分配）所学到的东西，也要比从当时所有职业的史学家、经济学家和统计学家那里学到的全部东西还要多"①。在这里，巴尔扎克的小说显然是被恩格斯当作了解历史的真实材料来看待了。在中国则有陈寅恪"以诗证史"的研究实践。陈寅恪在著名的《元白诗笺证稿》中从政治制度、文人交往、社会风气等角度对元白诗文进行了独到解说，一方面从中看出了许多前人没有关注的史实，另一方面也对诗文之意义，特别是写作缘由多有发覆，既可以将此著作看作是历史研究，又可以将其看作是文学研究。另有一种情况是从历史的角度来考察文学的意义与价值。钱穆的《中国文学论丛》一书堪为典范。在

---

① 《马克思恩格斯选集》第 4 卷，591 页，北京，人民出版社，2012。

这部论文集中，钱穆以一个史学家的眼光对中国文学进行了多方面的阐述，其见解之精辟独到，常常是非专治文学史者所能企及。其云："欲求了解得某一民族之文学特性，必于其文化之全体系中求之。换言之，若我们能了解得某一民族之文学特性，亦可对于了解此一民族之文化特性有大启示。"又说："一部理想的文学史，必然该以这一民族的全部文化史来作背景，而后可以说明此一部文学史之内在精神。反过来讲，若使有一部够理想的文学史，真能胜任而愉快，在这里面，也必然可以透露出这一民族的全部文化史的内在真义来。"①从政治史、文化史、心态史的角度探究文学的特性正是钱穆全部文学研究的基本路向。沿着这一路向，他考察了《诗经》《楚辞》产生的政治动因与功能、韵文与散文产生演变的历史，论述了音乐、戏剧、小说的特性、唐代文人的生存境遇与文风之关系，等等，其方法与结论对于文学史研究都极具启发性。

二、文学研究的历史视角与历史研究的文学视角

从历史的角度对文学现象进行考察可以说是马克思主义文学研究的传统，在这方面，恩格斯关于歌德的研究堪称典范。恩格斯在 1846 年与 1847 年之交写了题为《诗歌和散文中的德国社会主义》一文，针对"真正的社会主义"的代表人物卡尔·格律恩关于歌德的评价提出自己的观点。格律恩在一本题为《从人的观点论歌德》的书中从费尔巴哈的人本主义出发，在关于"人"的抽象设定的意义上讨论歌德，认为歌德是"人的诗人"，"歌德身上除了人的内容外没别的内容"，"歌德

---

① 钱穆：《中国文学论丛》，29、96 页，北京，生活·读书·新知三联书店，2002。

在今天(他的著作也是如此)是人类的真正法典"①，等等。恩格斯则从
"美学的和史学的观点"来分析歌德，把他放回到具体的历史语境中来
审视，从而发现在歌德身上浸染的浓厚的"鄙俗气"，指出了他的两重
性，从而剥去了格律恩加在歌德身上的神圣光环，呈现了这位伟大诗
人的复杂性与真实性。恩格斯与格律恩的区别是十分清楚的：前者在
具体历史的关联中来剖析歌德，后者在抽象的观念中来想象歌德。此
外，马克思在《神圣家族》中对法国作家欧仁·苏的《巴黎的秘密》的精
彩批评、列宁在一系列论文中对托尔斯泰的深刻阐释，都是从历史的
视角考察文学的成功例证。

　　20 世纪以来，在马克思主义影响下的文学研究基本上继承了马克
思、恩格斯开创的这一从历史视角看问题的优良传统，从而在众声喧
哗的文学研究领域中独树一帜，卓然高标。从卢卡奇到法兰克福学
派，再到当今依然活跃在学术界的詹明信和伊格尔顿，都无不善于从
历史的宏大视野中审视文学的特性与功能，取得了令人瞩目的研究成
果。在众多的马克思主义文学研究者中，吕西安·戈德曼提倡的"发
生学结构主义文学社会学"可视为将文学研究与历史研究、文本研究
与社会研究、共时研究与历时研究融为一体的范例。其代表作《隐蔽
的上帝》(1956)一书在 17 世纪法国穿袍贵族及冉森教派、帕斯卡尔的哲
学、拉辛的悲剧三者之间寻觅相通之点，从而揭示了对三者发挥支配作
用的深层精神结构。社会存在、哲学思想、文学作品本来分属不同的研
究领域，但在戈德曼看来，它们之间存在着密切的关联性，社会存在的

_____

　　① 　此处关于格律恩《从人的观点论歌德》一书的引文以及恩格斯的观点均出自《诗歌
和散文中的德国社会主义》一文，见《马克思恩格斯全集》第 4 卷，254～257 页，北京，人
民出版社，1958。

具体样式和历史演变决定着人们的思想结构并进而决定文学作品的文本结构。在戈德曼看来，社会生活的整体性对一切精神文化现象都具有制约作用，因此要研究某种文化的或文学的现象，就应该把它置于社会结构的整体性中来考察。这是一种自觉的方法论意识。他说：

> 无论是马克思的还是弗洛伊德的分析，只要涉及经济、生物研究、政治史、文学史、哲学史、宗教史和科学思想史或者梦分析史、精神病史以及口误史，它们都达到了阐明最初显现为或多或少有时甚至完全没有意指的人类行为的有意指性——即结构性和功能性。①

马克思与弗洛伊德的共同之处在于：那些看上去并没有特殊意义的行为或事件，如果被置于特定结构之中来审视，就会呈现出某种意义来。对弗洛伊德来说，人类的一切行为都是人的无意识心理结构的表征；而在马克思看来，任何社会文化现象都必然是特定社会结构的产物，一方面具有结构性特征，同时也具有相应的功能性。它既属于这一结构的组成部分，同时又具有该结构所赋予的特殊功能。因此作为马克思主义者，戈德曼的发生学结构主义文学社会学就是要在社会的历史演变中，在宏观的社会背景上来研究文学现象，把后者视为深层社会结构的显现形式。同样也可以说，这种研究是从文学的角度来审视社会历史，从而揭示出一般的历史研究所无法发现的东西。

詹明信对于后现代主义文化的精辟研究也是从历史的视角展开

----

① ［法］吕西安·戈德曼：《马克思主义和人文科学》，罗国祥译，99页，合肥，安徽文艺出版社，1989。

的。他从资本主义的历史发展的角度审视现代文化的演变，认为自由资本主义与现实主义、垄断资本主义与现代主义、晚期资本主义与后现代主义之间存在着深层关联性。在晚期资本主义阶段，科技高度发达，产生了新的传播媒介，消费开始成为推动社会发展的主要动力，而工业生产不再成为主导力量，于是那种平面化、无深度的后现代主义文化出现了，这种文化整体上呈现"精神分裂症状"——没有一以贯之的精神作为主导，一切都碎片化了。这种关于后现代主义文化的研究被认为是最有深度和最富启发性的。

在后现代主义语境中，学科界限被进一步打破，对于福柯的"话语理论"和"知识考古学"来说，人类的各种知识形态都是某种权力运作的产物，是依据一定话语规则建构起来的。在这一点上，文学研究与历史研究并无不同。福柯的这种思想在后现代主义史学家海登·怀特那里得到充分发挥。在怀特看来，历史叙事与文学叙事一样是"通过情节编排进行解释"的行为，其基本手段也是想象与虚构。他指出：

> 换句话说，历史叙述者经常宣称他们在所论事件中发现了某种情节结构的形式，这些形式是在不同种类的艺术虚构，如神话、寓言和传说中常见的。在史学中，这种情节建构活动对同一组现象产生不同的甚至互相排斥的解释，比如，一个历史学家可能将某个现象建构为史诗或悲剧，而另一个历史学家可能将它建构为闹剧。[1]

---

① ［美］海登·怀特：《后现代历史叙事学》，陈永国、张万娟译，357 页，北京，中国社会科学出版社，2003。

这种后现代主义历史观导致的直接结果就是借助文学研究方法来考察历史。在《〈元历史：19 世纪欧洲的历史想象〉之前言：历史的诗学》一文中，怀特根据著名文学批评家弗莱在《批评的解剖》中所指示的线索，将历史叙事的"情节编排模式"分为四种：罗曼司、悲剧、喜剧、讽刺。他还用隐喻、换喻、提喻、反讽四种文学批评的基本术语来概括 19 世纪史学家们不同的历史意识。[①] 这表明，在怀特这里，文学研究与历史研究的界限已经被打破，文学研究可以为历史研究提供有效的手段与观察视角。

上述情形说明，文学研究可以成为一种历史研究，历史研究也可以成为一种文学研究，在这两大人文学科之间存在着极为密切的相关性。这里的关键是：一个研究领域如何有效地借鉴另一研究领域的经验来解决自己的问题，从而推进本研究领域的进展。

三、关于历史题材创作的研究方法问题

历史题材的文学创作无疑具有一种独特性，这种独特性主要来自于其创作题材——一般的文学创作直接取材于社会生活现象，而历史题材创作取材于已有的历史叙事。如果从后现代主义史学观的角度看，历史题材的文学创作就成了对按照一定模式进行的"情节编排"所作的再一次的情节编排，或者说是对话语建构所作的话语建构。如此一来，关于这类文学作品的研究就必然受到来自一般文学研究和历史研究的双重制约：既要符合文学研究的一般要求，又要在一定程度上接受历史研究的要求。于是这种研究就既不是纯粹的文学研究，又不

---

① ［美］海登·怀特：《后现代历史叙事学》，陈永国、张万娟译，376～380 页，北京，中国社会科学出版社，2003。

是纯粹的历史研究，就必然是一种"美学观点和史学观点"的结合的研究。在写给拉萨尔的著名的信中，恩格斯说：

> 您看，我是从美学观点和史学观点，以非常高的亦即最高的标准来衡量您的作品的……在我们中间，为了党本身的利益，批评必然是尽可能坦率的……①

这里所说的"美学观点和史学观点"是一种融合了文学视角与历史视角的综合性研究方法。如果结合恩格斯对拉萨尔作品的分析，我们可以窥见这种方法的基本路径。

拉萨尔的《弗兰茨·冯·济金根》是一部五幕历史剧，取材于德国历史上一次失败的骑士起义。拉萨尔为了表达他对德国当时政治形势的看法和自己的政治主张，在剧本中对骑士起义领袖济金根进行了理想化描写，把济金根塑造成一个农民的解放者形象，把起义失败的原因归结为具体措施的失当。马克思和恩格斯对剧本的分析与评价也是他们历史观与文学批评观的直接呈现。在马克思、恩格斯看来，从文学虚构的角度看，拉萨尔完全可以对济金根这个历史人物进行某种程度的理想化，例如，可以充分肯定他所领导的骑士起义的积极意义，甚至可以认为他起义的动机是解放农民。但是作为历史剧，必须从历史的角度对其人物进行描写，把他的所作所为理解为历史事件而不是个人行为。对于济金根的失败，应该将其理解为"历史的必然要求与这个要求实际上不可能实现之间的矛盾"的结果，而不应该将其理解为是由个人的"狡智"所造成的。换言之，对于重大历史事件应该从历

---

① 《马克思恩格斯选集》第 4 卷，443 页，北京，人民出版社，2012。

史，即从当时社会结构中而不是仅仅从个人行为中寻找原因。这就是历史的视角——从整体性的、宏观的角度看待研究对象。

对恩格斯所说的"美学的和史学的观点"不能理解为美学方法和历史方法的简单相加或重叠使用——先从美学的角度评价一番，再从历史的角度评价一番，而是应该理解为一种统一的研究路向——当你把对象作为文学来分析时，时时提醒自己它同时与历史叙事具有密切的关联性；当你把对象作为历史叙事来考察时，应告诫自己它同时也是文学叙事。既是文学的又是历史的，是带有历史视野的文学研究，是带有文学视野的历史研究——这才是"美学观点和史学观点"的精要所在。

"历史题材的文学创作"是文学叙事与历史叙事的结合，既是文学的，又是历史的，对于这样的文学作品，以"美学的观点和史学的观点"为基本的研究方法是再恰当不过的了。在运用这一研究方法时有三点需要注意。

第一，在文学与历史之间的张力平衡中展开研究。从最广泛的意义上，我们可以说任何文学叙事都具有历史性，而任何历史叙事也都具有文学性。但对于历史题材的文学创作来说就需要在文学因素与历史因素之间寻找一个平衡点，一个"度"。既有文学因素，又有历史因素，孰轻孰重呢？我们可以说司马迁《史记》中那些列传（包括部分本纪和世家）均可被视为既是历史的，又是文学的，但没有人认为这些是属于历史题材的文学创作，原因何在？很简单，就在于在这里文学的因素居于十分次要的位置，不足以改变其历史叙事的基本性质。《三国演义》同样可以说既是文学的，又是历史的，但人人都承认这是一部文学作品而非历史著作，原因也很简单，其中的历史因素不足以改变其文学叙事的基本性质。同样，《三国演义》虽然不是历史著作，却毫无疑问是属于"历史题材的文学创作"；而金庸的小说也大都有历史因素，但却无论如何也不能说是"历史题材的文学创作"，原因何在呢？关键在于这里有一个"度"，这也就是"张力平衡"的问题。只有文学的因素占到足够的比重，作品才是"文学创作"；只有历史因素占到一定的比重，作品才是"历史题材的"。"美学观点和史学观点"作为一种文学研究的方法，首先就是要确定在文学与历史之间的这一"张力平衡"，找到一个"度"，并在这种平衡或"度"中来展开研究。

第二，"美学观点"要求这种文学研究必须从最基本的文学特性上来考察作品，即从文学的虚构性、假定性、人物与情节的丰富、生动以及语言的优美、修辞的恰当等方面要求研究对象，而不能因为它是"历史题材的"而降低评价标准。

第三，"史学观点"要求这种研究为研究对象确定历史的标准或文学想象的边界。根据马克思、恩格斯关于《济金根》的批评实践我们不难看出，这一历史的标准并不是要求历史题材的文学创作必须处处符合历史记载，而是要求它必须符合历史发展之大势，即从社会历史的宏观背景中寻找人物的动机和事件发生发展的原因，而不能将这一切仅仅归因于个人的意愿与能力。换言之，成功的历史题材的文学创作应该把所描写的人物和事件作为某种深层社会历史动因的呈现形式，一种表征，而不是从个人的琐屑欲望中寻找着人物和历史事件的原因。换言之，一部成功的"历史题材的文学创作"，不仅其所描写的人物、事件要在相当程度上符合历史叙事，而且其所表达的思想也要具有相当的历史深度才行。

第五章　出　路

　　1982 年，美国学者格林布莱特在《文类》学刊上发表文章，将运用新的历史主义观点研究英国文艺复兴的一组文章称为"新历史主义"。1986 年 9 月，他在西澳大利亚大学做了《通向一种文化诗学》（"Towards a Poetics of Culture"）的演讲，用"文化诗学"这一提法替代了先前的"新历史主义"的批评主张。从学理上说，美国的新历史主义或文化诗学是针对旧的历史主义和文学批评中的文本中心主义而提出的，受福柯知识考古学影响很大，属于后现代主义思潮的范畴。格氏的观点提出不久即被刘庆璋、张京媛、王岳川等学者介绍到中国，引起了中国学界对"文化诗学"的注意。学者们试图借鉴这种方法来研究中国的问题，首先是古代文论的问题。1995 年蒋述卓在《当代人》第 4 期发表《走文化诗学之路——关于第三种批评的构想》，后来又编有《批评的文化之路——文艺文化学论文集》（中国社会科学出版社，2003）一书。他认为："中国古典文论的文化学研究实质是一个古典文论、传统文化走向现代化的过程。"1996 年李春青在《文艺争鸣》第 4 期上发表的《走向一种主体论的文化诗学》，同年《社会科学辑刊》第 6 期上发表的《中国文化诗学论纲——对古代文论研究方法的一种构想》以及 2001 年发表的《文化诗学视野中的古代文论研究》（《文学评论》2001 年第 6

期)、《论文化诗学的研究路向》(《河北学刊》2004 年第 3 期)等一系列文章中,根据中国古代诗学这一研究对象自身的特点,提出了文化诗学的方法论设想:这一方法是由三大阐释视角支撑的,即"主体之维""文化语境""历史语境"。接着刘庆璋、林继中发表《文化诗学的诗学新意》(《文艺理论研究》2000 年第 2 期)、《文化诗学学理特色初探》(《文史哲》2001 年第 3 期)等一系列倡导文化诗学的论文。此后程正民、顾祖钊、祖国颂、沈金耀等众多学者就文化诗学方法问题发表了大量相关论文。

特别值得重视、值得强调指出的是,从 1999 年开始,著名文艺理论家童庆炳在一系列论文与著作中全面系统地探讨了文化诗学的研究方法,强有力地推动了文化诗学的理论与实践研究。其中代表性的有《中西比较文论视野中的文化诗学》(《文艺研究》1999 年第 4 期)、《文化诗学的学术空间》(《东南学术》1999 年第 5 期)、《文化诗学是可能的》(《江海学刊》1999 年第 5 期)、《新理性精神与文化诗学》(《东南学术》2002 年第 2 期)、《文化诗学:理论与实践》(北京大学出版社,2015)等。在这些文章和著作中,童庆炳提出文学与文化的综合对话性、现实、精神价值与审美追求的结合、内部研究与外部研究的结合等一系列重要观点,对文化诗学的研究方法进行了深入论证与总结,从而使得这一研究方法走向成熟。经过 20 多年的努力,文艺学界已渐渐形成具有中国特色的"文化诗学"研究路向,并在中国古代文学、中国文学批评史、现代文学、文学理论等研究领域产生了广泛而深入的影响。

实际上在文学理论研究中历来存在着两大基本研究路径:一者可以称为"审美诗学",一者可以称为"文化诗学"。前者以个体性审美经验为研究对象,旨在阐释文学文本的基本构成、风格特征、修辞技巧等形式范畴以及文学的创作与接受过程的心理机制、文学的审美价值等，回答"是什么"和"怎么样"的问题。后者以审美经验与社会文化诸因素的整体关联性为研究对象，旨在揭示包括文本构成、修辞技巧等形式范畴在内的各种文学现象在形成过程中与各种社会文化因素的复杂联系，回答"为什么"和"意味着或表征着什么"的问题。就西方而言，审美诗学属于"现代性"范畴，是所谓"审美现代性"的重要表现形式；"文化诗学"则与"后现代性"相关联，是一种饱含反思性与颠覆性的文学理论研究路向。就中国的情况而言，则"审美诗学"与"文化诗学"又具有自己独特的文化渊源与理论特性。

第一节　文化诗学与审美诗学

文化诗学与审美诗学这两个概念的含义可能是非常复杂的，也可能是很简单的。就其复杂来说，用两部书的篇幅来分别探讨，也未必能够尽其义；就其简单言之，文化诗学就是以文化为核心或主要研究视角的诗学，审美诗学就是以审美为核心或主要研究视角的诗学①。无论哪种诗学，其研究对象都是文学现象，包括作家、文本和作品、读者、文学团体、流派以及文学思想、理论与批评实践等，否则便不能称之为诗学。因此这里所谓"核心"，不是指研究对象，而是指研究的视角与目的——文化诗学是从社会文化的角度来考察文学现象，并

---

① 在这里，无论是"文化诗学"还是"审美诗学"，都是在最广泛的意义上来使用的。所以，"文化诗学"完全可以具体细分为"文学文化学""文学人类学""社会诗学""历史诗学"乃至"宗教诗学""政治诗学""意识形态诗学"等，而"审美诗学"则可以进一步细分为"文本诗学""语言诗学"或"形式诗学""审美现象学""文艺心理学"等。

以揭示文学现象与各种社会文化因素之间的复杂关系为目的的；审美诗学则是从审美的角度来考察文学现象，目的在于揭示这些文学现象所包含的审美经验及其呈现方式。正因为如此，这两种诗学也就必然地有着各自不同的言说方式与话语形态，承担着各自不同的研究任务，是不可能相互包容或融合的。问题还不止于此，如果从更深层的逻辑来看，则文化诗学与审美诗学实际上是基于不同的社会状况与文化语境而产生的两种理论形态，在思想基础、社会功能以及言说者身份等方面都存在根本性差异，因此试图把二者"结合"起来的想法无疑是一种异想天开，不是实事求是的学术探讨。简言之，如果以审美为核心，那就不可能是文化诗学；如果以文化为核心，也就不可能是审美诗学。鉴于学界不少人对这个问题并没有清醒的认识，误以为把不同种类的好东西凑在一起就会成为更好的东西，故而我们有必要对这两种诗学理论的差异与联系展开讨论。在下面的阐述中，我们也将对这两种诗学在中西方各自不同的形成原因与演变轨迹予以梳理。

一、从哲学美学到审美诗学

审美诗学的产生是以"美学"和"文学"这两个概念获得现代意义为标志的。德国哲学家鲍姆加登第一次命名了这个学科，使美学成为一门与逻辑学、伦理学相并立的哲学分支。美学成为一个学科或一门学问的意义在于：它使人的感性，主要是感情与感觉，作为把握美的东西的能力而受到空前关注了，这是自笛卡儿以来的整个西方认识论哲学中未曾有过的。在鲍姆加登的基础上，康德在理论上使美感或审美能力（判断力）获得普遍性并且成为一个与快感、道德感以及知性都清晰区别开来的概念，更进而揭示了其独特性及其在人的精神结构中的位置。作为康德美学的继承者，谢林美学在人类审美经验上寄托了把握或显现作为世界本体和根本动力的"绝对同一"这一神秘存在的重大企望，席勒则第一次赋予了审美以弥合人性分裂、进而改造社会的伟大价值。于是一个令人心驰神往的审美乌托邦被建立起来了。至于歌德、施莱格尔和诺瓦利斯等人，则是通过创作充满激情的戏剧、诗歌、小说和散文作品而对美学这个学科的独立性做出贡献的。鲍姆加登、康德和席勒等人建立起来的这门新学问是他们各自哲学体系的一部分，因此可称之为哲学美学，它致力于探讨一般性的、普遍性的问题，试图从根本上揭示人的审美经验的一切奥秘。在这种哲学美学之后形成了声势浩大的"审美诗学"——我们用这个概念来概括那些基于康德等人的哲学美学原理而进行的关于文学艺术的理论言说——诸如费歇尔父子和里普斯的移情论、谷鲁斯的内模仿说、布洛的距离说以及现象学美学、表现主义美学直至俄国形式主义、英美新批评和法国结构主义叙事学等文学批评理论，可以说都是对康德所代表的哲学美学的继承与发展。经过一个多世纪的努力，一代又一代的精英知识分子们终于把美学和与之紧密相关的审美诗学打造成了一个纯美的精神世界，一座象牙之塔。在这里，一切都那么美好，那么绝假纯真，审美于是成为人类的精神家园和自由的象征，成了现实世界的无边苦海里的诺亚方舟和这个异化的世界里人性的最后避难所。然而到了20世纪后半叶，随着后现代主义的兴起，随着日常生活的审美化，人们开始以怀疑的目光审视这个美的世界了。那些敏锐的后现代主义理论家从不同角度对这个世界进行了颠覆性阐释。

从哲学基础或者思维方式的角度看，哲学美学被认为是一种概念形而上学或者逻各斯中心主义思维方式的产物。审美、美感、美的本质、审美理想、共通感等概念都被赋予了超越历史的品格，好像无论世界如何变化，审美家族的这些概念也是不会有任何变化的。审美于是具有了永恒的性质，从而成为形而上学最典型，却又最为隐秘的话语形态。针对传统哲学美学的这一特征，后现代主义理论家们提出了深刻反思与激烈批判，其中美国马克思主义文化学者弗里德里克·詹明信颇有代表性。作为一个马克主义者，詹明信对一切社会文化现象的阐释都是从历史的角度着眼的。他在讲到自己与康德的区别时说："我想我们同康德的区别在于强调历史。换句话说，我对那些'永恒的'，'无时间性'的事物毫无兴趣，我对这些事物的看法完全是从历史出发。这使得任何康德式的体系都变得不可能了。"①这段话揭示出了后现代学术与传统概念形而上学思维方式之间的根本性差异。在具体研究中，无论是涉及审美问题还是形式、结构等问题，詹明信都采取了"历史化"的阐释策略，即把研究对象看作历史的产物，都负载着特定的社会功能。在他看来，即使美或美感这样以往被视为纯而又纯的精神现象也是具体社会结构，根本上是经济结构的产物，而不是什么超越历史的永恒之物。在谈到当前西方社会美或美感的生产时他说："美感的生产已经完全被吸纳在商品生产的总体过程之中。也就是说，商品社会的规律驱使我们不断出产日新月异的货品（从服装到喷射机产品，一概得永无止境地翻新），务求以更快的速度把生产成本赚回，并且把利润不断地翻新下去。在这种资本主义晚期阶段经济规律的统辖之下，美感的创造、实验与翻新也必然受到诸多限制。在社会整体的生产关系中，美的生产也就愈来愈受到经济结构的种种规范而必须改变其基本的社会文化角色与功能。"②这样的阐释路径彻底

---

① ［美］詹明信：《晚期资本主义的文化逻辑：詹明信批评理论文选》，陈清侨等译，44 页，北京，生活·读书·新知三联书店，1997。

② ［美］詹明信：《晚期资本主义的文化逻辑：詹明信批评理论文选》，陈清侨等译，429 页，北京，生活·读书·新知三联书店，1997。

打破了传统形而上学那种离开社会现实，在概念世界里运思推演、探赜索隐的思考方式。詹明信的这种阐释路径既有经典马克思主义的历史视角，又带上了后现代主义的解构色彩，对于传统的哲学美学及审美诗学无疑具有极强的颠覆性。

除了以詹明信为代表的"历史化"或"回到历史"的研究路径之外，在美学领域还有另一种对传统哲学美学以及与之伴随的审美诗学具有颠覆性的口号：回到体验。美国学者林赛·沃特斯于 20 世纪末曾经在北京大学讲学，2000 年其讲稿以《美学权威主义批判》的书名在北京大学出版社出版。他在谈到这本书的主旨时说："本书的主旨就在于试图揭示出西方 20 世纪批评和理论上的另一种历史。这一历史的特征就是：在长期的压抑之后，感受和体验逐渐获得新生。法国批评家罗兰·巴特认为有必要在美学领域发动一场革命；在这场革命中，愉悦和狂喜，情感和感受成为人们关注的中心，从而把文学究竟是意识形态的奴隶还是脱离意识形态的这个长期缠绕着人的问题搁置在一边。"[①]从现代美学史的发展演变来看，这无疑是有根据的说法。远的我们可以举出狄尔泰，他早在 20 世纪初期出版的《体验与文学》中就已经特别强调体验在文学研究中的重要价值了。中期可以举出苏珊·桑塔格，她在 20 世纪 60 年代初期出版的《反对阐释》中同样反对用抽象的概念与逻辑来阐释文学艺术，对感觉与体验在艺术批评中的意义尤为关注。近的可以举出哈罗德·布鲁姆，他在 20 世纪 90 年代出版的《西方正典》中对形形色色的文化理论提出了尖锐批评，也同样强调了个人审美体验的重要性。这种可以称为"体验诗学"的文学理论与批

---

① ［美］林赛·沃特斯：《美学权威主义批判》，昂智慧译，6 页，北京，北京大学出版社，2000。

评倾向，现在依然势头强劲，对以追问文学的"审美本质"或其他审美经验的普遍性为目的的"审美诗学"构成了有力冲击。

审美诗学把文学艺术和审美打造成一个纯洁空灵的精神家园，赋予其某种特权，使之可以高居于各种精神文化门类之上，远离世俗，不带丝毫人间烟火之气。针对这一现象，当代批评家也给予了颠覆性批评。在这方面著名的马克思主义文学理论家特里·伊格尔顿具有代表性。伊格尔顿的文学批评是以政治批评著称的，他不仅直言不讳地承认自己的文学批评是一种政治批评，而且认为 20 世纪的各种批评流派本质上都是政治批评。因此在他的批评视野中，无论怎样的文学现象，包括各种关于文学的或审美的观念，无不带着鲜明的政治性或意识形态性。就对文艺的政治性或意识形态性的强调这一点来说，他似乎比当年的马克思和恩格斯更有过之而无不及。关于"美学"，他指出：

> 诞生于 18 世纪的陌生而全新的美学话语并不是对政治权威的挑战，但它可以解读为专制主义统治内在的意识形态困境的预兆。为了自身的目的，这种统治需要考虑"感性的"（sensible）生活，因为不理解这点，什么统治也不可能是安稳的。……理性必须找到直接深入感觉世界的方式，但理性这样做时又必须不危及自身的绝对力量。①

伊格尔顿认为美学和整个德国古典哲学的产生都有赖于一个新的社会阶层，这就是 18 世纪后期在德国产生的"职业文化阶层"，他们

---

① ［英］特里·伊格尔顿：《美学意识形态》，王杰、傅德根、麦永雄译，3 页，桂林，广西师范大学出版社，2001。

是中产阶级或资产阶级的精神代表。这个阶层骨子里虽然是反对封建专制主义的，但是对政治权威却又极端尊敬。"康德便可作为一个例证，他既是勇敢的启蒙思想家，又是个普鲁士国王的驯顺的臣民。"①在这种矛盾的精神世界中，他们创造了辉煌的，但也充满矛盾的德国古典哲学与美学。这种矛盾使得德国这一"职业文化阶层"没有勇气走上街头和广场，而是把全副精神用之于思想领域。因此，马克思把德国古典哲学的奠基者康德的哲学称为"法国革命的德国理论"②。这就意味着，美学虽然不是对当时政治权威的挑战，但它却是德国资产阶级知识分子思想意识的显现。"审美为中产阶级提供了其政治理想的通用模式，例证了自律和自我决定的新形式，改善了法律和欲望、道德和知识之间的关系，重建了个体和总体之间的关系，在风俗、情感和同情的基础上调整了各种社会关系。"③因此对于中产阶级或资产阶级来说，审美就具有极为特殊的意义。这个阶级经过长期努力在政治和经济领域都取得了历史性胜利，为了巩固这些胜利，他们还必须把"权力的结构"转变为"情感的结构"，而审美恰恰就是这一转变的重要媒介。在谈到康德美学中的"共通感"这一概念时，伊格尔顿指出：

> 为了把自己确立为真正带有普遍性的阶级，资产阶级所要做的不仅仅是按照少数破旧不堪的格言去行事。其统治性的意识形

---

① ［英］特里·伊格尔顿：《美学意识形态》，王杰、傅德根、麦永雄译，3 页，桂林，广西师范大学出版社，2001。

② 《马克思恩格斯全集》第 1 卷，100 页，北京，人民出版社，1956。

③ ［英］特里·伊格尔顿：《美学意识形态》，王杰、傅德根、麦永雄译，16 页，桂林，广西师范大学出版社，2001。

态必须既证明理性的普遍形式，又证明情感性直觉的无可置疑的内容。①

这样一来，康德所极力证明的"无功利性"的、"无目的合目的性"的审美或鉴赏判断，也就带上了鲜明的政治的或意识形态的色彩。由于"从某个角度来看，审美等于意识形态"②，那种试图把审美打造成象牙之塔或"人类精神家园"，从而赋予其永恒性、神圣性的努力就显得浅薄而幼稚了。

二、审美诗学与审美现代性

在伊格尔顿那里，美学这门学问是与资产阶级成为社会统治阶级相联系的，可以把它看作资产阶级在感性层面上建立统治地位的一种策略。然而这里似乎存在一个问题：资产阶级是一个极其重视物质利益的阶级，特别是 18、19 世纪的资产阶级，甚至可以用唯利是图来概括这个阶级的贪婪。那么他们何以要把审美描绘成纯而又纯的、不带丝毫功利性的精神现象呢？这是一个复杂的现象，伊格尔顿似乎并没有给予关注，但他提出的"职业文化阶层"这个概念却具有启发性。依我的理解，所谓"职业文化阶层"也就是资产阶级知识分子阶层，从这个知识阶层的角度来思考上面的问题或许就不那么难了：在资产阶级内部从事文化创造与传承活动的阶层与从事经济、政治活动的阶层存在某种内在的紧张关系，前者承担着对后者在精神文化上，特别是

---

① ［英］特里·伊格尔顿：《美学意识形态》，王杰、傅德根、麦永雄译，88 页，桂林，广西师范大学出版社，2001。

② ［英］特里·伊格尔顿：《美学意识形态》，王杰、傅德根、麦永雄译，91 页，桂林，广西师范大学出版社，2001。

价值观上进行批判、规范和引导的历史任务。一方面是社会现实层面的物质第一、利益至上原则，另一方面是精神层面的高雅、精致、玄而又玄、不食人间烟火，这既是现代性自身的紧张关系，同时也是现代性的内在需求。后者对前者的制衡正是"文化现代性"和"审美现代性"产生的现实根据。从马克思到哈贝马斯，再到齐格蒙特·鲍曼和吉登斯，100多年来许多社会学家与文化理论家都指出过这样一种现象：与资产阶级的产生和壮大相伴随的现代性可以分为两大层次，一是表现在经济、政治生活中的"务实的"或者"功利的"的现代性，一是表现在思想文化领域的"超越的"或者"精神的"现代性，这两种现代性之间是存在着矛盾的。第一个层面的现代性本质上是借助于马克斯·韦伯所说的"工具理性"而使经济生产和社会管理达到效率的最大化，这表现为一个"合理化"或者"理性化"的过程。正如有学者指出的："现代性理论依赖'理性化'这一基本概念来解释现代社会的独特性质。理性化指的是作为一种文化模式的技术理性的普遍化，具体说，是把计算和控制引入到一个社会的过程，并使这个社会相应地增加效率。"[①]正是这个层面的现代性导致了早期资本主义社会种种矛盾的激化，也使得文化现代性和审美现代性的产生成为必要。第二个层面的现代性原本主要是为着在思想观念层面的"祛魅"，即清除专制主义、蒙昧主义的思想传统而产生的，故而被称为"启蒙现代性"。但是随着资本主义的快速发展，随着中世纪的梦魇渐渐被人们忘却，这种启蒙现代性的主要任务就转变为对资本主义制度本身进行批判与反思了。如果说费尔巴哈代表了启蒙现代性原初功能的完成，那么马克思和恩

---

① ［美］安德鲁·费恩伯格：《现代性理论与技术研究》，朱春艳、唐丽译，载《马克思主义与现实》，2005(4)。

格斯可以说是启蒙现代性后一种功能的典型体现者。应该说，批判和规范所赖以产生的资本主义社会的方方面面，恰恰就是文化现代性或启蒙现代性的主要任务。

至于审美现代性则承担着更为艰巨的历史任务。一方面作为整个文化现代性的一部分，审美现代性需要对封建主义价值观进行否定与清算，这充分体现在从文艺复兴到启蒙运动直至批判现实主义的欧洲文学艺术之中，另一方面，审美现代性还作为对"启蒙现代性"的反思与批判而存在。这主要体现在自康德以来的美学理论以及现代主义或"先锋派"的文学艺术之中。这就意味着，审美现代性肩负着双重超越的任务：既要超越封建等级观念与神学蒙昧主义的旧框框，又要超越工具理性、科层制度带来的新限制。如果说康德美学旨在弥补以理性为核心的启蒙现代性的不足，席勒美学的主旨在于调和感性与理性之间的紧张关系，他们还都没有借助审美现代性来质疑和否定启蒙现代性的意图，那么到了费尔巴哈、叔本华、尼采乃至海德格尔和法兰克福学派那里，那面从笛卡儿到斯宾诺莎、莱布尼茨、黑格尔都一直高擎着的理性主义大旗就成了反思与批判的对象。费尔巴哈厌弃这个飘在空中的，实际上乃是"异化了的人的思维的理性"，呼唤"饱饮人血"的新理性，叔本华干脆将非理性的"意志"作为世界之本体，让意志取代理性而成为人类生活的动力和评价标准。至于尼采，更是对理性充满怀疑，他十分鄙视从柏拉图以来无数哲学家凭借理性来建构起来的一座座概念和逻辑的大厦，认为那是毫无意义的行为，他甚至把这种理性看作扼杀人的感性和生命力的邪恶力量。在海德格尔那里，正是传统的理性主义思维方式遮蔽了真正的存在，使人误把存在者当作存在本身，从而忘记了世界的真正意义之所在。到了霍克海默和阿多尔诺的《启蒙辩证法》这里，启蒙的理性主义被认为早已走向了自己的反面，成为一些人压迫另一些人的工具，甚至与极权主义有着密切联系。马尔库塞主张用充满美感与"爱欲"的"新感性"取代理性的主导地位；哈贝马斯提出用以"对话"为核心的"交往理性"取代传统理性来作为现代社会的基础。此外，后现代主义对理性中心主义的颠覆就更加彻底了。而在这一系列对理性主义的质疑与否定的学说中，始终可以窥见审美现代性的影子：文学艺术与其他审美活动被论者看作呵护自由、呵护人的生命完整性的有效方式。例如，我们从马尔库塞的论述中就可以强烈地感受到席勒的影响，他同样是把艺术或审美当成解决社会问题最有效的手段来看待了。这种从席勒到马尔库塞的"审美乌托邦主义"是审美现代性最典型的表现形式，而在文学理论与批评实践中，那"为艺术而艺术"的主张、把文学艺术或审美当作人类自我救赎方式，或人类精神家园的观点，以及形形色色的形式主义、文本中心主义都是审美现代性的具体呈现。就其阐释路向而言，均属于审美诗学范畴。

作为一个现代性范畴，审美诗学赋予文学艺术和审美某种神圣性与超越性，使之高蹈于社会历史之上，从而建成为一个纯粹的知识分子的精神乌托邦。

三、文化诗学与后现代性

以人的理性为核心的文化现代性在数百年间一直是促进社会进步，特别是使自然科学高歌猛进的巨大力量，为人类贡献良多。但是伴随着资本主义与科学技术的发展而来的种种社会问题也渐渐引起了人们的深刻反思。特别是给人类带来巨大灾难的两次世界大战，更让知识阶层对自己一直坚守的现代性信念产生了怀疑。而在纯粹的思想层面，现代性建立起来的那种总体化的、规训性的"宏大叙事"也越来越引发人们的反思。于是出现了后现代主义思潮，"后现代性"登场了。关于后现代性和后现代主义性质问题的观点很多，笔者同意这样的见解：后现代性并不是完全外于现代性范畴的一种新的历史阶段或文化模式，它是关于现代性存在问题的反思与质疑。有一位英国学者这样来理解所谓后现代性：

> 如今走向终结的是后现代性，因为它把自己理解为现代性的后继者。后现代性不再能够声称怀疑主义是自己的权利，因为正如我所主张的，怀疑主义是现代的一部分，而且可以追溯至公元前3世纪的皮浪主义。后现代性最好被理解为现代本身的反思和怀疑因素的深化，如果现代性是以一种自我立法的主体性（万物之首）的名义而对客体性进行的批判，那么后现代性就可以看作是这种主体性的消解。①

这意味着，现代性本身所具有的怀疑与反思精神乃是后现代性的思想资源。随着现代性进程中积累的问题越来越多，越来越严重，其自身原本具有的怀疑与反思能力就越来越指向自身，从而出现现代性自我消解的文化现象，这便是后现代性产生的逻辑轨迹。从这个意义上说，后现代性可以被视为现代性的"异化"形式，只不过这个"异化"不能从否定的意义上来理解。后现代性植根于现代性，原本就是现代性所固有的一种能力，当现代性出现问题时，它就通过怀疑与反思来破除现代性制造的种种神话。对于后现代性所具有的那种怀疑与反思

---

① ［英］杰拉德·德兰蒂：《现代性与后现代性：知识，权力与自我》，李瑞华译，7页，北京，商务印书馆，2012。

精神，即使以捍卫和重建现代性为自身使命的当代马克思主义者哈贝马斯也并不否认。他说："后现代主义对当代思想产生了积极的影响，对此，我不抱任何怀疑。理性使整个历史都服从于一种目的论，对这种理性的批判同对可笑的理性自负（理性自以为可以埋葬一切社会异化）的批判一样，都是令人信服的。强调断片、缝隙和边缘化，强调他性、差异性和非同一性，以及对局部和个别的特殊性的关注等等，都革新了昔日批判理论的主题……"①哈贝马斯所不能接受的是某些后现代主义理论家对现代性辉煌成果的无视以及只有消解而无建设的理论取向。而且在他看来，后现代主义的这种值得肯定的怀疑与反思精神恰恰证明了现代性本身的生命力而不是对它的否定。换言之，后现代性不过是现代性的一个环节而已。哈贝马斯认为现代性远没有完成，它将自身几百年中积累的种种问题清理之后，还大有可为。他本人就试图用"交往理性"取代"工具理性"来作为现代社会的思想基础，并试图重建历史唯物主义。

正如"审美诗学"是现代性在文艺研究领域的话语表征一样，文化诗学也是后现代性在这个领域中的现身。又正如"审美诗学"不是某种具体批评理论的专指，而是包含着所有以"审美"或"文本""修辞"本身为中心的批评理论与方法一样，我们这里说的"文化诗学"也是广义的，不是特指一种理论或方法，而是指一种研究路向，它包含但不限于格林布拉特和海登·怀特所代表的"新历史主义"，而是可以涵盖所有基于对审美诗学的批判性反思而从外部，即社会文化、历史状况角度审视文学艺术与审美现象的研究路向。说文化诗学与后现代性具有

---

① ［德］于尔根·哈贝马斯：《现代性的概念——两条传统的回顾》，见汪民安、陈永国、张云鹏主编：《现代性基本读本》上，131 页，郑州，河南大学出版社，2005。

内在关联性，正是因为它是作为对审美诗学的反思而出现的，因此它是整个现代性反思思潮的组成部分，当然也就是属于后现代性范畴的话语形态。各种各样的文化理论，当它们面对文学发言时，他们是文化诗学；詹明信与伊格尔顿的意识形态政治批评，当然还有雷蒙·威廉斯的文化唯物主义，也都是作为一种研究路向的文化诗学的代表性理论与方法。

文化诗学与审美诗学的根本性差异可以从下面几个方面看出。

首先，审美诗学追问"是什么""怎么样"，而文化诗学追问"为什么"。一般说来，作为一种批评理论或方法，审美诗学是沿着文本给出的线索展开的，就是说是在解释文本诸因素本身的含义、意义与价值。说好也罢，说坏也罢，都是针对文本自身的审美评价。文化诗学则不然，它不会停留在文本之上，不会按照文本自身的逻辑展开言说，或者说，文化诗学对文本应如何、是怎样这类问题缺乏兴趣，而是向着那些文本没有说出的东西发问。文化诗学感兴趣的是：文本何以会如此这般？它背后所隐含的种种文化性的、社会性的以及个人性的因素是什么？例如，拉辛的悲剧作品在戈德曼眼中主要不是结构严谨、冲突激烈，符合"三一律"的戏剧作品，而是17世纪法国社会状况、阶级关系的文本化，是"穿袍贵族"与冉森教派这一"集体主体"之精神倾向的话语呈现。又如，在巴赫金的视野里，小说不仅仅是一种虚构的艺术，而且更是社会习俗、文化心理乃至人的基本存在方式的形式化。再如，在詹明信看来，现实主义文学艺术与自由竞争时期的资本主义的生产方式有紧密关系，现代主义文艺表征着垄断资本主义的社会特征，而后现代主义的文化形式则是晚期资本主义生产方式的精神对应物。这就意味着，在文化诗学的学术视野中，对象本身如何并非其真正所要追问的，对象何以会如此，其背后隐含的社会文化因素是什么，才是其兴趣之所在。文化诗学并不是不去研究文学艺术与审美现象而去研究社会文化或政治历史问题，它只是不想停留在文艺与审美现象之上，而是要把这些现象视为更深层、更复杂关系的生成物。换言之，文化诗学是要追问文学艺术及其他审美现象如此这般的原因。即如"审美"和"文学""艺术"这些概念及其所标示的现象都是文化诗学研究的基本对象，只不过与审美诗学不同的是，文化诗学会把这些概念看作历史的产物，是特定社会文化语境所决定的，而且往往与某个社会阶层的利益与趣味紧密相关。总之，文化诗学不满足于审美诗学把视野封闭在文本内部的做法，而是要通过文学文本介入到对社会历史、社会文化的阐释之中，所以文化诗学也可以称之为"文学文化学"。

其次，审美诗学旨在发现或建构意义，文化诗学旨在揭示对象背后所隐含的复杂关联。正如文化现代性的主导倾向是建立种种"宏大叙事"或云"元理论"一样，审美诗学也旨在建构一个个"审美乌托邦"。审美诗学常常把文学艺术或审美与"自由""人的解放""人类精神家园""人的自我实现""人的全面发展""超越""诗意的栖居"等现代性的元理论范畴相联系，赋予其一种伟大的意义与价值。文化诗学则不参与对这些元理论范畴的寻觅与建构，而是把它们当作可以追问、反思和质疑的问题来看待。例如，一旦把这些范畴与言说者的身份联系起来考察，人们就很容易发现，原来它们所蕴含的不过是某个社会阶层或集团在某个特定历史时期的想象和趣味而已，绝非可以跨越时代的绝对价值。法国著名社会学家布迪厄关于"趣味"的"阶级区隔"功能的精彩分析就足以破除关于美和美感具有超越历史的永恒价值的神话了。

最后，审美诗学是"照着说"，文化诗学是"接着说"。冯友兰曾言：哲学史研究是"照着说"，哲学研究则是"接着说"。我们可以把冯友兰的这个意思稍微引申一下，"照着说"是关于研究对象说出来的东西的言说，"接着说"是对研究对象没有说出来的东西的言说。审美诗学是关于文学艺术作品所表现的东西及其表现方式的鉴赏判断，文化诗学则是关于文学艺术作品所表现出的东西及其表现方式的反思性批判。前者是在文本内部展开的非历史化、非语境化的分析与评价，后者则是在文本与外部因素的关联中展开的历史化和语境化的反思与批判。例如，面对李白的诗，审美诗学感兴趣的是作品中蕴含的思想情感、风格与趣味以及呈现它们的意象、意境和各种修辞方法。而在文化诗学的视域中，则要借助于作品给出的这些因素进而探讨诗人的身份问题、作品的意识形态性或政治性问题。在审美诗学看来，李白是一个大诗人，这是无须追问的；而在文化诗学看来，李白是如何成为大诗人的则恰恰是最有探讨价值的问题。诸如唐人眼中的李白是怎样的，宋人眼中的李白是怎样的，其原因何在，等等，都是有意义的话题。这就意味着，在审美诗学看来，李白是个大诗人是自明性的，是研究的前提而不是结果；而在文化诗学这里，这一说法本身就成了反思与讨论的问题，而不再是自明性的前提。又比如，对"吟咏情性"这一中国古代诗学的重要观点，在审美诗学看来，其含义是诗歌是用来表情达意的；而在文化诗学这里，则要进而追问这一说法在《毛诗序》那里，即经学语境中是何含义，其在六朝的玄学语境中是何含义，到了唐宋以后又是何种含义。还要进而追问，这一提法含义的变化与言说者身份有何关联？与特定的时代政治状况有何关联？等等。从这些例子来看，文化诗学是不承认所谓"定论"与"常识"的，许多"定论"与"常识"恰恰是文化诗学反思与质疑的对象。可以这样来表述：在文化诗学视域中，任何对象都处于变动之中，呈现一个生成的过程，而绝非固定不变之物。

总之，文化诗学与审美诗学是两种完全不同的文学研究方式，是基于两种不同的思想基础的学术研究路向。二者各有各的存在价值，却不能相互替代，也无法融为一体。

四、在文化诗学与审美诗学之间

作为一种文学研究的理论与方法，审美诗学关注的是个体审美活动，其指涉的范围包括文本构成及特征、创作和接受的审美经验等。一部作品无论包含着多么丰富的社会文化内涵，当它被一个审美主体所欣赏时，这些社会文化内涵都是不在场的。审美诗学的价值就在于可以揭示个体审美过程的种种经验与规律。审美诗学的捍卫者，如苏珊·桑塔格、哈罗德·布鲁姆等人，所要维护的正是这种个体性审美经验的意义与价值。在这一点上，审美诗学是具有合理性的。甚至康德的"审美无功利"之说，如果仅仅限于个体审美经验的某个时刻，也是无可厚非的。然而任何审美现象都不是孤立的，一首诗、一篇小说、一种文学主张或思潮总是与更大范围的社会文化因素相关联，换言之，审美活动既是一种个体性精神现象，更是一种社会文化现象，其形成过程永远是一个多重因素相互作用的结果。正是由于这种复杂性，审美诗学虽然有其存在的合理性与必要性，却又是远远不够的。既不愿也不能向着审美活动的复杂关联性发言恰恰就是审美诗学的局限性之所在。而这也正是文化诗学出现的必要性之所在。文化诗学并不否认个体性审美经验的存在，也不认为对个体性审美经验的研究毫无意义。文化诗学关心的是另外的问题，即审美活动与社会文化的关联和互动问题。它的任务是揭示诸如文学观念、文本形式、审美趣味等现象在形成过程中所受到的种种社会文化因素的影响，当然也进而对这些审美现象所表征的政治性、意识形态性予以阐释。如果说审美诗学是把文学观念、文本形式和审美趣味作为"所指"来加以把握，那么文化诗学就是把它们当作"能指"来展开分析。审美诗学所止步之处，恰恰是文化诗学开始之处。

这就意味着，对于审美诗学，文化诗学可以采取反思、颠覆与吸收、借用两种看上去迥然不同的策略。就反思与颠覆这一方面来说，自康德、席勒以降，审美诗学建构起来的种种神话需要文化诗学的重新检视。在文化诗学的视域中，那种超越历史和语境的、纯而又纯的审美是从来不曾存在过的；那种试图依靠审美和艺术来解决社会问题、人性问题的美妙构想是纯粹的乌托邦；那种把艺术形式视为自足自律、超越于社会生活之上的独立空间的观点也完全是一种幻想。但文化诗学并不是停留在对这种审美乌托邦的简单否定或颠覆上，而是进而揭示其产生的原因及其作为"能指"所表征的深层意蕴。例如，席勒的美学曾经影响着一代又一代的人文知识分子，在他的影响下，审美被赋予了崇高地位，成为自由的象征、人类的精神家园。然而在美国当代马克思主义文化批评家弗里德里克·詹明信看来，席勒美学不过是18世纪后期德国中产阶级政治诉求的特殊表现形式而已："美对于席勒是自由在感觉领域的真正显现；援引最常用的套话说，美是自由在感性现象领域内（……）所取的形式。这种限定足以提醒我们，席勒的体系主要不是一种美学体系，而仍然是一种政治体系：美的重要性对他来说，在于审美经验为未来的真正政治和社会自由提供切合实际的训练的可能性。"[①]这就把席勒美学与社会现实的紧密关联揭示出来了，同时，笼罩在"审美"上的那层神秘面纱也就自然脱落了。又

---

① ［美］弗雷德里克·詹姆逊：《语言的牢笼：马克思主义与形式》，钱佼汝、李自修译，74～75页，南昌，百花洲文艺出版社，1997。

如，詹明信对俄国形式主义和结构主义文学批评所奉行的"语言模式"的批评也是如此。基于对这两种批评理论深入细致的考察，詹明信精辟地指出：

> 我认为，用语言作模式或以语言为比喻的更为深层的理由必须在是否具有科学性或是否代表科技进步这些问题以外的其他地方去寻找。实际上，它就在当今所谓先进国家的社会生活的具体性质之中。这些国家给我们展现了这样一幅世界图像：在那里，真正的自然已不复存在，而各种各样的信息却达到了饱和的程度；这个世界的错综复杂的商品网络本身就可以看成是一个典型的符号系统。因此，在把语言学当作一种方法和把我们今天的文化比作一场有规律的、虚妄的恶梦之间存在着非常和谐的关系。①

这一见解是不可能出现于审美诗学的视域之中的。结构主义、俄国形式主义和英美新批评是审美诗学在 20 世纪最主要的表现形式。它们的共同目标是建立一个独立自足的精神世界，隔绝与社会生活的任何关系。在詹明信看来，这个世界恰恰是当今世界生活图景的象征形式，二者之间有着极为紧密的联系，这种批评理论暗含着知识阶层借躲进形式的世界之中来保持和确证自身独立性的企图。而在特里·伊格尔顿的反思中，则形式主义批评本质上同样也是一种"政治批评"，因为对现实政治的自觉疏离本身就是一种政治态度。

适当借用其理论与方法是文化诗学面对审美诗学时可能采取的另

---

① ［美］弗雷德里克·詹姆逊：《语言的牢笼——结构主义及俄国形式主义述评》序言，钱佼汝、李自修译，4 页，南昌，百花洲文艺出版社，1997。

一种策略。文化诗学固然摒弃了审美诗学的许多结论，颠覆了那些可以称为"宏大叙事"或"乌托邦叙事"的观点，但这并不意味着文化诗学与审美诗学毫不相干。事实上，文化诗学的许多方法正是来自审美诗学。或许正是在这个意义上詹明信强调了这两种诗学模式之间的联系，他说："卢卡奇教给了我们很多东西，其中最有价值的观念之一就是艺术作品（包括大众文化产品）的形式本身是我们观察和思考社会条件和社会形势的一个场合。有时在这个场合人们能比在日常生活和历史的偶发事件中更贴切地考察具体的社会语境。我想我会抵制把美学和历史语境分别对待，然后再捏合在一起的作法……总之，卢卡奇对我来说意味着从形式入手探讨内容，这是理想的途径。"[①]与新历史主义的代表人物海登·怀特的见解不同，詹明信并不认为历史就是文本。但是也与传统的历史主义不同，他承认"我们只能了解以本文形式或叙事模式体现出来的历史，换句话说，我们只能通过预先的本文或叙事建构才能接触历史"[②]。或许正是基于这样的思考，詹明信才对文本，以及以研究文本为主旨的审美诗学有着极大热情。他对俄国形式主义理论、结构主义叙事学、英美新批评都有着精深的了解，可以纯熟自如地运用其方法来分析文本。可以说，来自审美诗学的文本分析方法正是詹明信进行文化批评的入手之处。他的前辈卢卡奇和巴赫金也都是通过精彩细致的文本分析而深入作品的社会文化内涵之中的。可见通过文本来窥见历史，把文本形式作为历史文化的积淀或表征来审视，应该是文化诗学的基本研究路径之一。在这方面，审美诗

---

①　[美]詹明信：《晚期资本主义的文化逻辑：詹明信批评理论文选》，陈清侨等译，13 页，北京，生活·读书·新知三联书店，1997。

②　[美]詹明信：《晚期资本主义的文化逻辑：詹明信批评理论文选》，陈清侨等译，148 页，北京，生活·读书·新知三联书店，1997。

学积累的丰富的形式研究和文本分析经验就为文化诗学提供了宝贵的资源。

但是我们并不能因此而把这两种诗学模式混为一谈，或者认为二者是可以融合在一起的。就基本旨趣而言，二者有着根本性差异，是现代性与后现代性两种不同文化精神的产物。文化诗学对审美诗学的借鉴只是在方法上而不是在"本体"上。这两种研究范式各有各的"核心"：一为"审美"，二为"文化"，因此也就各有各的研究目的：一为个体性审美经验，一为社会文化的整体关联性。对于文化诗学来说，审美诗学的方法是可以借用的，但它绝对不会停留在文本、形式或审美上，它还要进而追问：何以会如此？巴赫金对拉伯雷小说文本的细致分析并不是他的研究目的，揭示文本特点与欧洲古老狂欢节风俗之间的联系才是目的。拉辛悲剧作品的结构形式无疑是戈德曼所关注的，但他并不想对悲剧结构形式本身有什么新的发现，而是要对17世纪法国社会结构、阶级关系、哲学思想与拉辛悲剧之间的深层联系予以揭示，从而深化人们对这段历史的认识，也从而深化对拉辛悲剧、帕斯卡尔哲学的理解。此外，在文化诗学的阐释框架中，那种推崇"纯文学"而贬低大众审美文化、恪守传统的"雅文化"、轻视当下的"俗文化"、重视纸质媒介而轻视电子媒介、重视文字而轻视图像的观点，都需要深入反思与重新考量了。

行文至此，有一个无法回避的问题出现了：文化诗学与20世纪60年代到80年代出现的各种各样的文化理论虽然不能画等号，但它们无疑是关系密切的。可以说拉康、阿尔都塞、罗兰·巴特、德里达、福柯、德勒兹、克里斯蒂娃、赛义德等一大批文化理论的代表人物都为文化诗学提供了理论资源，有力地促进了文化诗学的蓬勃发展。然而，时至今日，"理论死了"，各种各样曾经喧嚣一时的文化理论受到普遍的诟病与质疑，整个后现代主义思潮似乎已经成为明日黄花。在这样一个被称为"后理论时代"的文化语境中，文化诗学还能够存在下去吗？面对近年来出现的"美学的回归""回到文学本身"等理论主张，文化诗学将何去何从呢？这显然是一个值得探讨的大问题，是一个今日文学理论面临的重要抉择。对此我们可以提供如下几点思考。

首先，文学理论与批评作为人的自我意识的一种方式或一个维度呈现出一个不断深化的过程，它从来不会停留在一个深度上，更不会回到原有的层面，它可以说是一往无前的。文学理论与批评的言说对象，即文学现象同样如此。无论复古主义者如何标榜昔日的辉煌，文学永远不会重复以往，它同样可以说是一往无前的。这就意味着，"美学回归"的意思如果是要回到康德、席勒的话，那是绝无可能的，被破除了的神话是无法修复的，我们不可能也根本不需要再重建一个审美乌托邦，不可能再把文学艺术视为不食人间烟火的精神真空。人既然变得复杂了，就无法再回到简单。从另一个角度说，哲学美学也罢，审美诗学也罢，都与其言说主体的社会境遇以及由此而来的身份意识有着密切的联系，与社会之于知识阶层的需求有着密切联系。在社会条件及文化状况发生变化之后，言说者的身份意识及其精神诉求必然会相应变化。在现代性语境中，精英知识阶层是以理性、良知、正义的代表者言说的，是"以先知觉后知，以先觉觉后觉"式的言说，其旨在启蒙；在审美领域他们之所以精心建构审美乌托邦，打造一个个"精致的瓮"，把"审美"描述为纯而又纯、纤尘不染的象牙之塔，那纯粹是其自我认同的体现，是他们与权力集团及社会大众相区隔的方式之一，正如那种玄奥无比、高度专业化的思辨哲学也同样是这样的区隔方式一样。当社会已经成熟到不再需要"启蒙者"或者"立法者"的时候，当社会大众已经成熟到能够独立思考而不再以他人的是非为是非的时候，精英知识阶层势必被边缘化并渐渐退出历史舞台，审美也就必然从象牙塔中走向社会，走向民间，从而与社会大众的日常生活融为一体。审美生活化、艺术生活化、哲学生活化都将是无法阻挡的趋势。这就意味着，在美学和文学理论领域，回到那种具有强烈精英色彩，甚至带有精神贵族气息的哲学美学与审美诗学是不再可能了。

其次，既然审美诗学作为整体而言已经完成了自己的历史使命，那么这是否就意味着文化诗学会成为文学理论与批评的唯一可行的路向呢？这也同样是不可能的。文化诗学固然是对审美诗学的一种超越，在某种意义上也可以说是一种否定，但这种研究路向同样不能包打天下。因为文学世界本身就是极为复杂的，而它与社会文化的关联性就更为复杂，这就使得任何一种文学理论与批评的方法或路向都不可能解决文学的所有问题。文化诗学所能够解决的也仅仅是文学世界中某一个层面或者维度的问题。而诸如文学创作与接受的心理机制问题、文本结构问题、文学语言与修辞以及风格、技巧、体裁等方面的问题，都不是文化诗学所擅长的。而这些恰恰都是审美诗学的看家本领。这就是说，作为现代性成果之一的审美诗学，也如同整个现代性一样，尽管遭遇了反思与质疑，但其对于人类文化的伟大贡献是永远无法一笔勾销的。作为文学理论与批评的两种基本范式，审美诗学与文化诗学将长期共存，并且各自承担属于自己的任务。但是经过反思与质疑之后的审美诗学必然会有一个"脱胎换骨"的重大变化，那些关于审美的神话和乌托邦诉求毫无疑问是不合时宜了。所剩下的便是审美诗学有价值的部分，也就是那些关于创作与接受心理的近乎科学的研究方法，关于文本的细读与分析方法等。总之，个体性的审美经验的奥秘需要这些研究方法来探究。

最后，如前所述，像卢卡奇和詹明信所主张的那样，对于文化诗学来说，审美诗学的形式研究完全是可以取而用之的。例如，结构主义方法就是文化诗学比较容易借用的一种文本分析方法。我们知道，结构主义并不关心一个文本传达了怎样的意义，而是关心它是用怎样的方式、依照怎样的规则来传达意义的。而且结构主义所关心的还不仅仅是个别的文本特性，而是试图揭示某类文本所共有的传达意义的方式与规则。普洛普的"叙事功能"、托多罗夫的"叙事句法"、热奈特的"元语言"以及格雷马斯的"符号矩阵"，都是关于这种方式与规则的概括。文化诗学完全可以通过对文本构成的结构主义分析为进一步的历史化、语境化研究提供便利。换言之，借助于审美诗学文本分析的方法与技巧，文化诗学可以采取一种"循环阅读"的批评方法：首先分析文本结构等形式特征，概括出某些具有标志性的文本因素，然后将这些文本因素置于复杂的社会文化网络之中，考察其生成的原因、过程及其所表征的文化意蕴或意识形态性，然后再回到文本世界，对其具有文化符号意义的诸文本因素及其相互关系进行定位与命名，并进而揭示整个文本的文化的或者政治的意义。

五、中国语境中的审美诗学与文化诗学问题

为了更具有现实针对性，我们有必要稍稍涉及一下中国的情况。相比之下，在我们的文化语境中，审美诗学与文化诗学这两种文学研究模式均与西方存在很大差异，它们无论是在历史沿革、文化渊源方面，还是在研究方法或操作路径方面，都有自己的鲜明特征。

在中国，作为现代学术的审美诗学出现于清末民初，是中国文化现代性的主要标志。因此，相对于延续了上千年的"文以载道"传统，审美诗学是具有某种启蒙意义与批判精神的，无论是王国维对德国古

典美学的借鉴，还是刘师培的中国式的"纯文学"主张，莫不如此。稍后，诸如周作人的"为艺术而艺术"说，宗白华的"艺术意境"说，梁宗岱的象征主义诗歌批评，朱光潜、李健吾为代表的"京派批评"，等等，都是中国语境中的审美诗学，属于审美现代性范畴。然而毋庸讳言的是，由于特殊的历史语境，中国现代审美诗学长期处于边缘化状态，对文学艺术那种纯形式、纯审美的关注被以"救亡""革命"为基调的宏大声音给遮蔽了。

近30多年来，中国的审美诗学又有了新的含义与意义，而且还呈现出由"激进"向"保守"的转变轨迹。20世纪80年代初期，"审美"成为一代长期饱受思想禁锢的中国知识分子的精神乌托邦。让文学回归自身，不再充当政治的或阶级斗争的工具成为此时"审美诗学"的基本诉求。从今日文化诗学反思的立场上来看，20世纪80年代初的审美诗学正体现着知识分子寻求独立性、主体性的强烈愿望，其表面上追求纯而又纯的审美，是对康德美学的继承，但在骨子里却充满了政治性，表征着一代知识分子对话语权的争取与捍卫。此期的审美诗学代表了当时的时代精神，具有强烈的革命的和激进的色彩。从哲学美学领域展开的关于"美的本质""美的规律"的大讨论而引发出关于"异化"问题的争论就鲜明地显示出当时美学问题的政治诉求。在文学理论领域，"审美特征"论、"审美意识形态"论，"文学自律"说等，都是审美诗学的基本主张。到了20世纪90年代中期，随着大众文化的发展，随着西方文化研究理论与方法的引进，中国审美诗学的价值取向又出现了重要变化：从当年针对极"左"政治的先锋话语转变为针对大众审美文化的保守话语。近20年来，大众审美文化以山崩海啸般的气势席卷整个精神娱乐领域，这让终于在一定程度上摆脱了政治的纠缠获得相对独立言说权利的精英知识分子颇有些瞠目结舌、不知所措。从某种意义上看，大众审美文化给精英知识分子的打击比极"左"政治有过之而无不及：极"左"政治是只允许知识分子以一种声音言说；大众审美文化则不需要知识分子的言说。或者说知识分子言说与否对大众审美文化来说都是无意义的事情，它根本漠视甚至无视这种言说。于是那些试图坚守精英立场的人文知识分子们就把审美诗学当作抵御大众审美文化的有力武器了。他们继续宣扬"纯文学"的价值，推崇传统的文学经典，高扬"雅"的大旗，对大众审美文化持不屑一顾态度，或一言以弊之曰："俗"。他们对于一些激进的学者试图打破文学的边界，将文学批评扩展到大众审美文化领域的做法深恶痛绝，把来自欧美的"文化研究"视为异类，把"日常生活审美化"现象看作对"审美"的亵渎。在他们心中，当下的审美诗学业已承担起在滔天洪水中诺亚方舟的神圣使命了。

中国的文化诗学作为一种研究路径，可以说正是产生于对 20 世纪 80 年代建立起来的审美诗学的不满，这一点与西方文化诗学的产生原因相近。在"方法热""主体性""向内转""文艺心理学"这些 20 世纪 80 年代审美诗学关键词相继喧嚣一时之后，文化热、寻根热出现了。产生于 20 世纪 80 年代后期的文化热或文化转向乃是中国当下文化诗学产生的现实基础。海外新儒学的大量引进与现代以来学术史的重新发掘以及相伴随的对古代经典的重视，成为这一"文化热"的主要表现。20 世纪 90 年代以后，后现代主义在中国学界开始形成普遍的实质性影响，中国的文化诗学从中汲取了反思、质疑与批判的精神，并且把这种精神与"文化热"中形成的文化整体性关联的视野相结合，于是就形成了具有中国特色的文化诗学研究路径。可以说，中国传统文化所固有的文史哲不分的存在样态为中国文化诗学提供了施展的空间，因此中国文化诗学研究的主要成果表现在对中国古代文学思想、文论观念的研究之中。

通过以上阐述我们不难发现，近 30 多年来，我们的审美诗学与文化诗学与西方学界相比呈现出一种错位：20 世纪 80 年代的中国学界是审美诗学的天下，甚至当人们提到"美学""审美""文学"这类词语时都带有某种神圣感。而在这一时期的西方，以"新批评"和结构主义为代表的审美诗学早已式微，各种文化理论对审美诗学的"解构"已大体完成。而 20 世纪 90 年代中期以来，正当我们援引各种各样的文化理论来建构中国式的文化诗学的时候，西方却已经开始了"理论之后"与"美学回归"的讨论。对于这种"错位"现象，我们不能仅仅从学术影响的"时间差"角度来解释。后现代主义学说在 20 世纪 80 年代中期已经为国内学界所熟知，但当时却没有形成普遍性影响，这主要并非译介与传播的问题，根本上乃是社会现实的需要使然。

总之，在经历了 20 多年的发展演变之后，在汲取了后现代主义的反思与批判精神的基础上，今日中国的文化诗学正在成为一种更为有效的文学阐释路径。这种阐释路径以穷尽性地占有第一手研究资料为基础，以反思、质疑和重新检视一切旧有成说为手段，以梳理并呈现研究对象生成过程的复杂关联及其所表征的文化意蕴为目的。与美国的文化诗学或新历史主义批评相比，中国的文化诗学既不刻意追求边缘性的、非主流的、零零碎碎的材料，也不刻意回避对主体——无论是个体主体还是集体主体——的研究，更不刻意凸显"断裂"与"片段"，甚至不讳言"本质"与"规律"这些为后现代主义所忌讳的概念。这种文化诗学不预设立场与原则，不标榜解构与建构，而是在学术史的流变中提出问题，根据所能掌握的材料与重建起来的文化语境，有一是一，有二是二，是其所当是，非其所当非，使人们对所阐释的对象产生新的理解，获得新的意义。在具体操作的层面，则审美诗学提供的文本细读、结构分析、叙事研究、修辞研究等，都是文化诗学给予充分重视并加以运用的阐释方法。

第二节　文化诗学的操作路径

文化诗学这一研究路径的出现与 20 世纪 90 年代以来文学理论的转向密切相关，可以说它最有代表性地体现了这种转向。在操作层面上，迄今为止，我们所说的文化诗学大体有三种研究模式："主体—文化心理研究模式""语境化综合研究模式""政治的或意识形态的研究模式"。

文化诗学不是一种理论，而是一种研究方法或研究路径。对于"文化诗学"，国内学界已经说了 20 年之久了，但究竟应该如何操练这种方法，却似乎还是个有待解决的问题。人人都在说"文化诗学"，骨子里其实还是自己原本那一套，只不过贴上了"文化"的标签而已。就内在理路与逻辑来说，许多论者是混乱不堪，甚至自相矛盾的。这也是"文化诗学"虽然被嚷嚷了 20 年之久，却始终难成气候的主要原因。所以展开深入"文化诗学"之"肌理"的讨论，厘清种种问题，对于这种研究方法的发展成熟来说，显然是十分必要的。

一、文化诗学的研究路径

文学诗学既不是有着严密逻辑的理论体系，也不是一种有着严格规定的方法论。毋宁说文化诗学是一种大致的研究路向——凡是从文化的综合性、复杂性以及各文化门类与文化层次的关联性入手来考察文学艺术现象的研究，均可称之为文化诗学。就以往的研究经验看，大体上可以概括出三种研究模式，现分述如下。

其一，"主体—文化心理"模式。抓住文学艺术作品及其观念的主体，分析其文化心态，进而揭示文学艺术产生的文化心理动因及其所表征的主体之价值取向与人格理想。就中国的情况看，刘师培与鲁迅实为这一研究模式的奠基者。刘师培《中古文学史讲义》论及建安文学"清峻""华靡"风格形成的原因时，从政治形势、社会风尚、士人心态、帝王好尚等方面进行分析，视野宏通、见解精辟，可谓发前人所未发①。嗣后，鲁迅在刘师培的基础上更进一步，在题为《魏晋风度及文章与药及酒之关系》的著名演讲中，对魏晋文人的心态、行为方式、癖好等进行了细致生动的描绘与分析，从而较之刘师培更加深刻地揭示了此时期文章风格——清峻、通脱、华丽、壮大——产生的文化心理原因。② 到了 20 世纪 40 年代，王瑶在鲁迅的基础上更进一步，在《中古文学史论》一书中，他对魏晋士人由"清议"演变为"清谈"的过程进行了分析，指出"清谈"风气对审美趣味以及诗文风格具有重要影响，并进而探讨了世家大族精神旨趣在当时文坛的主导作用。③ 另外，李长之的《司马迁之人格与风格》《道教徒的李白及其痛苦》以及对陶渊明、韩愈等人的研究，也以文化、政治、宗教等综合性眼光审视研究对象。例如，对司马迁受齐文化与楚文化双重影响而形成复杂文化人格的分析，对道家学说与道教思想对于李白人格的决定性作用的分

---

① 刘师培：《中古文学史讲义》，见《刘师培中古文学论集》，北京，中国社会科学出版社，1997。

② 鲁迅：《魏晋风度及文章与药及酒之关系》，见《鲁迅全集》第 3 卷，北京，人民文学出版社，2005。

③ 王瑶：《中古文学史论》，北京，北京大学出版社，1986。

析，都具有宏通的视野，所见者深，远非那种就文学而论文学的研究可比。[1] 1949 年以后，由于苏联文学研究中的阶级分析方法长期居于主导地位，这种以鲁迅、王瑶为代表的研究模式在相当长的时期里就湮没无闻了。到了 20 世纪 90 年代初，罗宗强的《玄学与魏晋士人心态》一书出来，才算是接续了刘师培、鲁迅、王瑶、李长之等先贤开创的研究路径。罗宗强这部书从士人与君权的关系角度看士人心态的演变，把处士横议、清谈以及玄学的产生理解为士人与大一统政权疏离所导致的心态变化的产物。与这种"疏离"相联系，那种被士人奉行了数百年的儒家思想也就变得不那么神圣了，于是老庄思想便越来越受到人们的青睐，一种新的学术思潮产生了。在这样的情况下，居于主导地位的审美趣味也就发生了根本性变化，诗文书画也就成为士人们新的心境、新的人格理想、新的人生境界的表现形式。[2] 20 世纪 90 年代中期以来，持这一研究路径者日见其多。如果说中国有一种文学研究路径可以称之为"文化诗学"的话，那么刘师培、鲁迅、王瑶、李长之、罗宗强等人开创并坚持的研究实践就是一种中国式的"文化诗学"。

其二，语境化的综合研究模式。"文化诗学"（the poetics of culture）的提法来自美国学者斯蒂芬·格林布拉特（Stephen Greenblatt，又译斯蒂芬·葛林伯雷）。这是一种针对在欧美学界曾经影响巨大的形式主义批评和那种线性的、目的论旧历史主义或实证论的历史主义而提出的新的研究路径或批评模式。其核心之点在于：文学艺术或审

---

① 李长之：《司马迁之人格与风格》《道教徒的李白及其痛苦》，见《李长之文集》第 6 卷，石家庄，河北教育出版社，2006。

② 罗宗强：《玄学与魏晋士人心态》，杭州，浙江人民出版社，1991。

美并不是超越现实的、无功利的、纯净的，"而是一系列人为操纵的产物"，或者说"艺术作品是一番谈判（negotiation）以后的产物，谈判的一方是一个或一群创作者，他们掌握一套复杂的、人所公认的创作成规，另一方则是社会机制和实践。为使谈判达成协议，艺术家需要创造出一种在有意义的、互利的交易中得到承认的通货……我应该补充说，这里总要涉及到社会的主宰通货——金钱和声誉"。① 从研究路径的角度看，格林布拉特所表达的意思有二：一是说作为研究对象的文学艺术并不是"完成时"的，就是说，它们不是一个已经定型的、固定的存在物，而是一个生成的过程，这个过程中存在着各种力量的相互碰撞，就像"谈判"并"达成协议"一样。真正的文学研究不应该仅仅囿于文学文本发表关于语法、技巧方面的议论，而是要揭示这一不同力量角逐、协商的过程。这是文化诗学与审美诗学截然不同之处。二是说文学艺术作品作为"协商"的产物，实际上是各种力量相互平衡的产物，它蕴含政治的、意识形态的以至物质层面的利害关系。文学艺术不是"美"的化身，不是一片纤尘不染的纯净之地，它也充满了利益与利害，是权力的角斗场。这是对审美诗学的彻底颠覆。格林布拉特所代表的这种语境化综合研究模式可能是受到英国文化研究的影响，在进行"综合"研究时，不太注意那些传统主流话语，而是对以往不大被人注意的、边缘化的材料颇有兴趣。格林布拉特的莎士比亚研究，16世纪后半叶莎士比亚的家乡斯特拉福镇以及后来莎士比亚主要生活的城市——伦敦所发生的一切似乎都在其视野之中，他通过对此时期这些地区发生的事件以及日常生活与民风民俗的细致分析，试图重建

---

① ［美］斯蒂芬·葛林伯雷：《通向一种文化诗学》，盛宁译，见张京媛主编：《新历史主义与文学批评》，14页，北京，北京大学出版社，1993。

这位伟大文学家成长与活动的历史语境，最大程度地切近他的精神世界，以便对其政治观、世界观、文学思想有比较准确的把握，从而更深刻，也更接近实际地揭示莎士比亚那些伟大剧作的文化的与政治的意蕴。

从这种语境化的综合研究模式的角度来审视中国古代文学，可以设想一种不同以往的研究路径。例如，研究苏东坡，可以把苏东坡年谱、苏东坡的别集、《宋史》《续资治通鉴长编》以及以《邵氏闻见录》《东京梦华录》为代表的一大批宋人笔记放在一起来翻检、比对、梳理，凡是与当时文人士大夫衣食住行、读书、写字、科举、做官、文人交游、作诗、作文、作画相关的材料都联系起来，以东坡年谱为纲，构成一个具体的、生动活泼的生活情境，以此来看苏东坡的文学思想与哲学思想，就是一种关于苏东坡的文化诗学的研究了。毫无疑问，这样的研究会有许多新的发现，尽管在叙述过程中难免会像格林布拉特那样使用许多诸如可能、或许、大概、似乎、应该之类的词语，但对于苏东坡精神世界的体察肯定会深刻细微得多。这样的工作可能会很烦琐，但一旦完成，就会开创古代文学研究的新路径，会使人们对苏东坡，对宋代文人士大夫甚至整个中国古代社会都有一种新的理解和体验。

其三，政治的或意识形态的研究模式。如果说格林布拉特为代表的那种语境化的综合研究模式受福柯的知识考古影响比较大，那么这种政治的或意识形态的研究模式则受西方马克思主义，特别是詹明信和特里·伊格尔顿的影响比较明显。这种研究最突出的特点是认为一切文学艺术现象均具有政治性，是某种意识形态的特殊表现形式。举例来说，从这种研究模式出发来看中国古代审美趣味的历史演变，就可以根据不同历史时期精神文化"主导符码"①的变化来分析审美趣味的历史阶段性特征以及这些特征的意识形态内涵。在西周至春秋的贵族时代，"文"是标志性符号，是一个"主导符码"，它代表着贵族身份，是贵族社会礼乐制度与意识形态以及贵族精神旨趣的总称。"道"则是士人阶层主体精神与价值取向的标志性符号，体现着这个新兴的知识阶层规范制约现实权力、重建社会价值秩序的政治诉求。"雅"则是文人趣味的标志性符号，对包括诗文书画创作的精神生活的"雅化"追求乃是文人身份成熟的标志。"文""道""雅"这三个"主导符码"分别代表着中国古代自西周至清代 3000 多年间主流精神旨趣与审美趣味的历史演变，它们分别规定和制约着不同历史时期人们的话语方式。

上述三种研究模式有着不同的思想背景与理论资源，它们的相通之处在于都关注文本与其形成或发挥功能的外部语境的关系，而且把这种关系作为研究的主要对象，都不是把研究对象当作现成的或固定的存在，而是强调对象的构成性与动态性。而且更重要的是，这些研究模式都注重对文学艺术现象复杂的关联性的揭示，而这种关联性恰恰构成了这一种文化的整体性。正是在这个意义上，我们称其为"文化诗学"。

---

① "主导符码"是詹明信在《马克思主义与历史主义》一文中提出的概念。他认为，各种"阐释模式"都有一个"主导符码"(a master code)，如结构主义的"语言形式"或"语言交流"，某些弗洛伊德主义和一些马克思主义的"欲望"、经典存在主义的"焦虑和自由"、荣格或神话批评的"集体潜意识"等。这种"主导符码"对阐释模式发挥着引领与制约的作用。(见[美]詹明信：《晚期资本主义的文化逻辑：詹明信批评理论文选》，陈清侨等译，147页，北京，生活·读书·新知三联书店，1997)我们这里借用这一概念来指称不同历史时期精神文化的标志性符号。

二、文化诗学与文人价值问题

文化诗学致力于揭示文本或文化现象背后隐含的政治、意识形态、权力、利益等蕴含，这无疑是一种"追问真相"的研究。那么，这是否就是一种"憎恨学派"呢？在美国批评家哈罗德·布鲁姆看来："女性主义者、非洲中心论者……受福柯启发的新历史主义者或解构论者——我把上述这些人都称为'憎恨学派'的成员。"①布鲁姆之所以对"憎恨学派"持憎恨态度，一是因为这个学派否定原创性，二是因为他们否定文学作品的审美价值。而在布鲁姆看来，此二者正是一切伟大作品最重要的、不容亵渎的特性。

布鲁姆在这里的确触及一个非常重要的问题，一个 20 世纪后半叶以来一直存在的根本性问题。这就是：人文学术究竟应该干什么？它究竟能够干什么？从 20 世纪初的弗洛伊德主义以来，在人文学术领域，对人性或理性的赞美是越来越鲜见了，代之而起的是对人性的怀疑，对人的丑恶、动物性的揭露。在人们的学术话语中，人变得越来越渺小，不再是那个现代性语境中的"大写的人"了。两次世界大战使人的残酷性充分暴露，更进一步引起学界对人性的负面解读。整个后现代主义思潮基本上就是对人类制造的种种精神的、思想的、意识形态的神话的反思与颠覆，是人类自我意识一次飞跃性的深化过程。因此在这一语境中产生的各种文学理论与批评也都会带上否定性和颠覆性的特点。质疑成说、颠覆神圣性、动摇固定化可以说是各家各派共同的特点。这种学术倾向在文化守成主义者们看来肯定是难以被接

---

① ［美］哈罗德·布鲁姆：《西方正典》，江宁康译，14 页，南京，译林出版社，2005。

受的。我们不能说布鲁姆就是一位纯粹的文化守成主义者，作为"耶鲁四人帮"之一，他对后结构主义、解构主义乃至整个后现代主义思潮都有深刻的了解，而且也赞同其中许多观点。他提出"憎恨学派"之说，恰好暴露当下人文知识分子一种深层的矛盾心态：一方面对往昔的种种现代性神话不可能相信了，另一方面又不想完全放弃他们一直视为精神家园的人文价值。这是一个摆在后现代主义语境下每一个人文知识分子的共同困境，布鲁姆解决这一困境的办法是保留对传统经典的重视和对审美价值的笃信，但把经典和审美的价值限制在纯粹个人情感需求的范围之内，不再像席勒或马尔库塞那样赋予"审美"以重大政治责任。这大约是受后现代主义浸润之后的人文知识分子对传统人文价值采取的一种保护策略。这与福柯后期的"自我技术"概念有相近之处：我们可以把"自我技术"理解为福柯在后现代语境中对西方现代性语境中的人文价值，主要是个性主义的某种维护。破除了种种关于人性和理性的现代性神话之后，人们应该如何追求或创造人文价值，如何建构或看护人生的意义，就成为一个需要深入思考的问题。

严格说来，揭示真相并不是人文知识分子的最终目的，更不是唯一使命。人文学科存在的独特价值就在于它是关于人生价值与意义的学问。例如，哲学是无法揭示世界的普遍规律的，揭示自然界的普遍规律是自然科学的事情，认识人类社会的普遍规律，是社会科学的事情，二者之上并没有更加普遍的、无所不包的规律。因此，哲学实际上是人类自我意识的抽象形式，或者说，哲学是关于人类自身的存在价值与意义的理论思考，目的是为人们自觉选择人生道路提供参考与启迪。历史是关于人类曾经如何生存的回顾与反思，或者说是人类对自己已经走过的道路的检视，目的是为人们当下和今后的人生之路提供经验与借鉴。文学艺术则是人类的精神游戏，目的是通过对人生价值与意义的情感体验而获得自我理解与精神愉悦。哲学、历史与文学艺术是人文学科的三大基本类型，在此基础上又衍生出各种各样的"二级学科"，如文化研究、文学批评等。我们这里谈论的文化诗学也在其中。作为一种人文学科，文化诗学当然要进行意义与价值的建构。但文化诗学的意义与价值建构与以往的文学理论有所不同，这主要表现在下列几个方面。

第一，文化诗学不标榜价值，不预设意义，而是在对文学艺术现象的研究过程中让价值和意义自然呈现出来。格林布拉特对莎士比亚的研究与以往的莎士比亚研究的一个重要区别就是，他不是在仰视一位巨人，一个神，而是对莎士比亚的文学思想是如何形成的，他的作品是如何在 16 世纪后期伦敦的具体语境中被创作出来的以及究竟是什么动力推动着莎士比亚孜孜不倦地进行创作，是哪些重要因素影响到他的创作方向等问题进行细致分析。他动用了能够重建文化语境的各方面的材料，对当时伦敦剧院、剧团的构成及演员的生活状况、演出情况了如指掌，对伦敦当时的人口、行业及城市的行政构成如数家珍，更重要的是，他通过对大量材料的分析，大致上了解了当时伦敦人的价值观、宗教意识、爱好与时尚，等等，这些对于他准确把握莎士比亚的审美趣味、创作意图都具有非常重要的意义，让他知道了究竟是哪些东西刺激了莎士比亚的想象力，从而构成其作品中光怪陆离的场景与五花八门的人物。这种文化诗学的研究不必对莎士比亚这个出生并生长在斯特拉福小镇的外乡青年如何成为伟大剧作家加以赞扬，读者自然看出了他的伟大，这是一种可以理解的实实在在的伟大，而不是被神化了的空洞虚假的伟大。

第二，文化诗学看上去像是在揭示真相而不是意义建构，但实际上是通过揭示真相来进行意义建构的。例如，我们在研究中国古代的诗学思想时，审美诗学的研究往往是着眼于古代诗学超历史的价值与意义，如对诸如风骨、性灵、滋味、神韵一类概念的研究，就着力探讨它们的含义及其在诗文书画中的呈现，从而揭示其审美价值。文化诗学的研究则会把兴趣转向这些概念生成的文化历史方面的种种复杂关联及其所蕴含的意识形态内涵上，可能会涉及时代风尚、文人心态以及言说者的身份认同等方面。看上去这种研究是对那些令人神往的美妙概念的解构，实际上并不会对其之于当下精神生活可能具有的积极意义有丝毫损害。相反，当我们了解了这些概念审美意义背后蕴含的复杂文化意蕴之后，方能在更加切实的层面上发现其与我们当下生活的密切关联。因为只有建立在生活方式或存在方式层面上的相近性才构成了传统文化与进入今日生活的真正基础。正如我们仅仅知道传统儒学说了什么还远不足以让我们明了其现代意义，只有当我们弄清楚传统儒学何以会那样说，其所面对的问题是什么的时候，我们对儒学才做到了真正的理解，也才会真正知道传统儒学中究竟哪些是我们今天所需要的。

第三，文化诗学是一种研究路径而不是一种理论主张，因此不像某种理论，譬如女权主义、后殖民主义等那样预设一种言说立场。但这并不等于说文化诗学没有自己的立场与原则。作为一种人文学科范围的研究方法，文化诗学以一切人文价值为自己的底线，其研究目的不是消解、颠覆传统的人文精神与审美趣味，而是力求对它们有更深刻、更符合实际的理解与把握。

第三节　文化诗学的"对话"精神

"对话"理论是近年来我国文学理论界讨论较多的，也是最重要的理论话题之一。遗憾的是，关于这一重要问题的讨论基本上停留于介绍各种理论资源上，尚未能进入操作层面之中。毫无疑问，马丁·布伯的宗教哲学、巴赫金的社会学诗学、伽达默尔的哲学阐释学、哈贝马斯的交往理论都是"对话"理论的思想资源，是值得深入探究的。然而在我们当前的文学研究与文学理论建设中，"对话"理论究竟有什么意义？它为什么是重要的？在具体的文学研究与文学理论的言说中，"对话"理论如何呈现？这是一种具有指导性和可操作性的理论话语吗？这些问题似乎更重要些，可惜并没有得到足够的重视，更不用说很好地解决了。当下文学理论与整个文学研究都在寻找出路：因为它们确实是迷失了方向，不知道自身的意义何在，不知应该向哪里去。"对话"精神或许是摆脱困境的可行途径。

一、"对话"为什么是重要的？

"对话"之所以重要不是因为它是一种万能的钥匙，可以打开所有理论问题之锁。"对话"是人类自我意识深化的产物，是被人们意识到的人的基本存在方式。古代的宇宙本体论与神学本体论哲学把世界理解为某种具有超越性的物质实体或精神实体的派生物，人只有在特殊情况下方能对此物质的或精神的实体有所觉知。在强大无比、神秘莫测并具有超越性的"实体"面前，人是渺小的，完全是受动的。人只有通过领悟来接近那超验的"实体"才能提升自己，才能获得真知，人们在日常生活中积累的知识与经验都是不值一提的。在人的价值谱系中，宇宙本体的地位远远高于人的地位。

近代以来，以往的本体论哲学为主体哲学或主体性哲学所取代，人们把信心建立在自身能力的基础之上，这个能力就是"理性"。"理性"是主体性的内核，是人把握并改造世界的强大武器。在"理性"的基础上，人成为"主体"，可以认识和把握一切外在存在，而且不仅为自然立法，也为自身立法。在人的理性面前，自然、宇宙、人类社会都成为客体，成为有待于作为主体的人去认识和把握的对象。借助于这个无所不能的理性，人把一切存在都对象化了。于是乎在人们的价值谱系中，人的地位实际上高于对象世界了。然而到了19世纪，这个无所不能的理性开始受到质疑，先是谢林用非理性的"绝对同一性"来冲击无所不能的"理性"，接着是叔本华用同样属于非理性范畴的"意志"或"欲望"来取代"理性"作为世界与历史的动力，再后来是费尔巴哈直接呼唤"饱饮人血的理性"，要把人的"理性"从天上拉回到人的身体之中。然后是马克思，他把人与自然的"交换"关系作为人的全部能力生成与发展的基本动力，从宏观角度揭示出人的发展过程中主动与受动的辩证关系，从而把人与自然宇宙等外部世界拉回到平等相对的位置上。而海德格尔的存在论哲学，则把人置于更加微观的关系网络中来审视，指出了人如何在与一切人与物的具体联系中展开自己，构成自己。阿尔都塞则把"主体"理解为社会意识形态"询唤"的产物，因此"主体"甚至是先于"个体"而存在的。这就意味着，人与外在事物实际上乃处于一种平等的关系之中，二者之间是互为主动与受动、给予与接收、改造与被改造的辩证关系。在这些理论洞见的基础上，人们渐渐意识到，人其实是"对话"的产物——只有在与外在于自己的人与物的不断"对话"中，人才是人，人才成为人。因此如果说人有本质的话，那么"对话"就是人的本质。马克思说："费尔巴哈把宗教的本质归结于人的本质。但是，人的本质不是单个人所固有的抽象物，在其现实性上，它是一切社会关系的总和。"①人的本质即存在于"社会关

---

① 《马克思恩格斯选集》第1卷，139页，北京，人民出版社，2012。

系"之中，这种关系是敞开的、不断变化的，人的"本质"也就处于不断构成之中。在这一过程中，是"交往"构成"社会关系"的核心，而"对话"又恰恰是"交往"的基本方式。

这就意味着，人其实正是以"对话"作为最基本的生活方式，人在"对话"中成为他自己，离开了"对话"，人便不成其为人。但是，"对话"对人客观存在的重要性是一回事，人们认识到这种重要性并且以此调整和规划自己的行为则是另外一回事。巴赫金在对陀思妥耶夫斯基小说的解读中，悟出了"对话"对人的重要价值；伽达默尔通过深入考察人的阐释行为的历史，发现文化传统正是在历代阐释者与各种"历史流传物"永无停止的"对话"中得以传承与丰富的。阐释不是单向性的认知行为，其核心即是"对话"。而在哈贝马斯那里，"交往理性"被赋予成为现代社会之思想基础的重要使命，"交往"与"对话"就成为解决现代社会各种政治问题、种族问题、文化问题的基本方式。总之，从 20 世纪后半叶以来，"对话"渐渐成为文化学术研究中人们自觉追求的基本路向。

二、"对话"精神的中国资源

文化诗学所体现的"对话"精神是否完全来自西方文化呢？我们的回答是否定的。实际上，中国传统文化中也包含着某种"对话"精神，可以成为我们文化建构有价值的资源。中国古代似乎从来没有出现过类似希腊城邦的贵族民主制那样的政治制度，从西周的贵族等级制到秦汉以后的君主官僚政体，都是以专制为主要特征的。在政治一统的格局中，思想上也就缺乏众声喧哗的局面，人们似乎压根就没有培养出西方思想界那种"狂欢化"的兴趣与习惯。言说者总是以"立法者"的姿态在那里上演着"一言堂"的游戏。在这样的文化传统中，会有"对话"精神吗？然而答案却是肯定的，这种"对话"精神主要表现在下列三个方面。

第一，在"天人"关系上的"对话"精神。中国传统文化中有一种非常难能可贵的精神，就是对自己的生存环境——天地、日月、星辰、山川、动植——充满敬畏与亲近之感。古人清楚地知道人是依赖这一生存环境而生的，人就是它的产物。诸如"天地之大德曰生""生生之谓德""天地氤氲，万物化生"（《易传》）等说法，就是对生存环境的清醒认识，其中饱含敬畏之情。宋代大儒张横渠说："乾称父，坤称母；予兹藐焉，乃混然中处。故天地之塞，吾其体；天地之帅，吾其性。民，吾同胞；物，吾与也。"（《西铭》）这是对人与生存环境之关系的理解，其中充满感激亲近之情。然而中国古代思想家对天地自然却并非只有仰视而已，而是希冀通过挺立自身，来与天地自然处于同一高度，即平等对话的关系之中。《中庸》说：

> 唯天下至诚，为能尽其性；能尽其性，则能尽人之性；能尽人之性，则能尽物之性；能尽物之性，则可以赞天地之化育；可以赞天地之化育，则可以与天地参矣。

通过"尽性"[①]来提升自己，以达到参赞天地，与之并立而三的高度[②]。《易传》所谓"三才"，正是指天、地、人。根据儒家存心养性之道，人们通过"正心、诚意、格物、致知"的修养过程，可以达到"尽

---

① 朱熹注云："能尽之者，谓知之无不明而处之无不当也。"见（宋）朱熹：《四书章句集注》，33 页，北京，中华书局，1983。

② 朱熹注云："赞，犹助也。与天地参，谓与天地并立而三也。"见（宋）朱熹：《四书章句集注》，33 页，北京，中华书局，1983。

己之性"，即充分发挥自身秉受于天的本然之性的目的，然后就可以与天地自然相沟通、相契合，这就是所谓"合外内之道"。"合外内之道"是儒家真正意义上的"天人合一"，这就是人与天地自然平等"对话"的结果。在儒家看来，人作为天地之最有灵性者，作为"天地之心"，是有资格和能力与天地"对话"的。对话的结果便是人与自然的完美统一。老庄之徒讲"齐物"，说"天地与我并生，而万物与我为一"，向往"独与天地精神相往来"的理想境界，所表达的也是一种与天地自然平等对话的精神。冯友兰在《新原人》中提出"天地境界"之说，认为这是人的最高境界，观其所论，此一境界是对儒、道二家"天人合一"思想的总结提升，其实质也就是人与自然宇宙的平等对话。所以在自然观方面，中国传统文化确实有高人一筹之处。

第二，在思维方式上的"对话"精神。中国古代文化学术中存在的最普遍的运思方式是"体认"与"涵泳"。孔子说："知之者不如好之者，好之者不如乐之者"（《论语·雍也》），"知之""好之"都是表面知道，实际并未知，至少是知之不深。"乐之"则是真正懂得并且已把所知化为自身体验了。"体认""涵泳"正是这种"乐之"的运思方式。盖中国古代学术，根本上都是讲做人的道理，故其关键不在知其文义句义，而在于身体力行之。能身体力行者方为真知。"体认""涵泳"就是懂得并身体力行的意思，这也就是明儒王阳明"知行合一"之本义。

这种运思方式的前提是把自己和向你言说者置于同一境界之中，感受其所思所想，即禅宗所谓"心心相印""以心传心"。这是一种真正意义上的对话，是通过与对方的交流而在自家身上生成某种体验与感受，从而达到与对方心灵的默契融合。这是"对话"中的最高境界，是对对象的"真了解"。"所谓真了解者，必神游冥想，与立说之古人，处于同一境界，而对于其持论所以不得不如是之苦心孤诣，表一种之同情，始能批评其学说之是非得失，而无隔阂肤廓之论。"①中国古代学术的传承、交流都是践行这种"对话"精神的。这里的关键在于，通过"体认""涵泳"得到东西已经是自家的东西，而不再是对方的东西。孟子在《孟子·离娄下》中说：

> 君子深造之以道，欲其自得之也；自得之，则居之安；居之安，则资之深；资之深，则取之左右逢其原。

"自得"出来的道理，已经不再完全是对方传达给你的东西，其中包含了从自己的生活经验中体会出来的道理，在这里对方的言说只是起到启发的作用，"君子"不是对它照单全收。所以这里"君子""自得"出来的东西就是与之对话者给予的和自家经验的融合，是一种新的构成物。用伽达默尔的话来说，就是"视域融合"的产物，是类似于所谓"效果历史"的东西。朱熹在《朱子语类》（卷八）中说：

> 不可只把做面前物事看了，须是向自身上体认教分明。如道家存想，有所谓龙虎，亦是就身上存想。
> 理不是在面前别为一物，即在吾心。人须是体察得此物诚实在我，方可。

这就是说，在"对话"过程中，不能仅仅从对方获取，不能把自己置于被动接受位置，更主要的是要从自身寻觅。换言之，"对话"的过

---

① 陈寅恪：《审查报告一》，1页，见冯友兰：《中国哲学史》下册附录，北京，中华书局，1961。

程应该是生成性的、创造性的，结果是获得新的，即与对话双方原有的知识都有所不同的新知。

第三，在古代文学批评观念中蕴含的"对话"精神。孟子的"知人论世"与"以意逆志"之说是中国古代最早的诗学阐释学观点，其中蕴含了某种"对话"精神。《孟子·万章下》云：

> 一乡之善士斯友一乡之善士，一国之善士斯友一国之善士，天下之善士斯友天下之善士。以友天下之善士为未足，又尚论古之人。颂其诗，读其书，不知其人，可乎？是以论其事也。是尚友也。

这就是著名的"知人论世"说的来源。过去论者多以现代的认识论角度来解释"知人论世"的含义，认为为了真正理解一首诗，就必须了解作者的情况，而要了解作者的情况又必须了解其所生活的时代的情况——总之是理解为一种诗歌解释学的方法了。这种理解当然并不能算错，只是并没有揭示孟子此说的深层内涵。这里孟子真正想要表达的意思是"交友之道"。在此章的前面孟子先是回答了万章"如何交友"的问题，说"不挟长，不挟贵，不挟兄弟而友。友也者，友其德也，不可以有挟也"。然后又讲到贤明君主也以有德之士为师为友的诸多例子，最后才讲到有德之士之间亦应结交为友的道理。古代的有德之士虽已逝去，但是他们的品德并没有消失，所以今天的有德之士也要与古代的有德之士交友。与古人交友看上去是很奇怪的说法：古人已经死了，如何与之交友呢？这恰恰是孟子的过人之处——试图以平等的态度与古人交流对话：既不仰视古人，对之亦步亦趋，也不鄙视古人，对之妄加褒贬。"尚友"的根本之处在于将古人看成是与自己平等的精神主体。与古人交流对话的目的当然是向古人学习，以使自己的品德更加高尚。所以，"知人论世"之说实质上是与古人对话，向古人学习美好品德的方式，用今天的话来说就是将古人创造的精神价值转化为当下的精神价值。这绝不仅仅是一种解诗的方式。如果沿着孟子的思路进行进一步的阐释，我们就会得出这样一个结论：孟子的"知人论世"说可以理解为一种"对话解释学"——解释行为的根本目的不是要知道解释对象是怎样的（即对之做出某种判断或命名并以此来占有对象），而是要在其中寻求可以被自己认同的意义。这也就是上文我们提高的"体认"一词的含义。"体认"不是现代汉语中的"认识"而是"理解"加"认同"。对于古人，只有将他们视为朋友而不是认识对象，才能以体认的态度来与之对话。因为古人在其诗、其书之中所蕴含的绝不是什么冷冰冰的知识，而是他们的生命体验与生存智慧，是活泼泼的精神。故而后人就应该以交友的态度来对待之，就是说要把古人当作可以平等对话的活的主体，而不是死的知识。读古人的诗书就如同坐下来与友人谈话一样，其过程乃是两个主体间的深层交流与沟通。通过这种交流与沟通，古人创造的精神价值或意义空间就自然而然地在新的主体身上获得新生。由此可见，孟子的"知人论世"之说实际上包含了古人面对前人文化遗留的一种极为可贵的阐释态度。在当今实证主义的、还原论的研究倾向在人文学科依然有很大市场的情况下，孟子的阐释态度尤其具有重要的现实意义。

三、我们的文学理论如何体现"对话"精神？

"对话"并不是一种方法，也不是一种观点，对话是一种精神，一种言说立场。坚持"对话"的立场或精神，对于今日文学理论的研究具有重要意义。文学理论原本是一种最缺乏对话精神的言说方式。就我国以往的情况看，20 世纪 70 年代以前，作为意识形态话语的文学理论承担着向整个文学领域发号施令的重任，是绝对权威，当然不允许有丝毫对话性。20 世纪 80 年代以后，以科学主义为依托的文学理论，总是以一种真理发现者的姿态出现，每一种文学理论的言说，都自认为是对文学奥秘的彻底揭示，是对复杂的文学问题的真正解决，这里也不存在对话性。而以人文主义为依托的文学理论，则自觉承担着张扬人性和人道主义的伟大价值，是启蒙者，面对的是需要唤醒的群氓，茫然四顾，眼前根本看不到可以对话的对象，于是只能自说自话。21 世纪以来，在文学理论领域，人们的理论建构热情确实是消退了，谁都知道当年那些"宏大叙事"其实是毫无意义的话语泡沫，一弹即破。然而，当人们把兴趣转移到介绍、研究西方文学理论的时候，往往是介绍什么、研究什么，什么就是最好的，是最有价值的，对研究对象没有真正意义上的批判性，这也同样是缺乏对话精神的表现。

具有对话精神的文学理论话语应该是讨论性的，就是说，提出任何一种理论观点都要把它放到讨论的语境中来进行。这意味着需要把各种相近的观点放在一起来比较，看各自的合理性与局限性，在各种观点的碰撞中寻找新的、更加合理的观点。一篇文学理论文章或一部文学理论著作，不再一味寻求概念与逻辑的所谓"自洽"与"圆融"，不再仅仅执着于论证的完整、严密，而是更加致力于寻求讨论的丰富性与深度。即使没有结论，这种讨论也是极有价值的。因为理论问题往往是原本就没有什么固定的、一成不变的结论的。具有对话精神的文学理论注重探索性和开放性，避免建构画地为牢式的封闭性体系；在对话中不断探索，在各种观点的碰撞中呈现问题自身的复杂性与矛盾性，避免用独断的、单一的结论遮蔽研究对象自身的丰富性。

面对各种理论资源，文学理论也同样应该坚持对话的立场。以往那种独白式的文学理论在面对以前的理论资源时常常把它们看成一堆可以随意使用的材料，把它们当作证明自己理论观点的佐证。在对话性的文学理论看来，以往的理论资源都是活生生的主体言说，包含着活的精神。即使是千百年前的古人，也是如此。因此对这些理论资源首先要保持一种尊重，要以平等的精神待之。既要避免"我注六经"，即仰视古人，把自己置于毫无对话资格的"听众"或"述者"的地位；又要避免"六经注我"，即任意曲解古人，以"赋诗断章，予取所求"式的态度剥夺古人的"对话"资格。在这里必须对古人保持一份"了解之同情"，把他们留下来的文化文本看成活的精神、活的声音，看成一个活的主体，善于倾听他们并与之讨论。这样一来，"一个通向未知领域的新的视界打开了。这发生于每一真正的对话。我们离真理更近了，因为我们不再固执于我们自己"①。"对话"之所以为"对话"就在于改变自己，使自己不再固执于原来的自己，这样才有所进步，有所深入。因此，"对话"是走近真理的主要方式。哈贝马斯所主张的建基于"交往理性"之上的"共识真理"，也正是"对话"的产物。

对话性的文学理论具有的讨论性、开放性，还表现在与其他相关理论言说的关系上。例如，文化研究是一种与大众文化的兴起相伴随的新的研究领域，正如大众文化与传统的文学艺术具有相关性，却不是一回事一样，文化研究与传统的文学批评、文学理论也具有相关性，但同样也不是一回事。那么我们的文学理论应该如何面对文化研究呢？如果文学理论"固执于原来的自己"，可能会对文化研究视而不见，但如果以对话的态度面对它，我们就会发现"一个通向未知领域

---

① ［德］伽达默尔、杜特：《解释学 美学 实践哲学：伽达默尔与杜特对谈录》，金惠敏译，21页，北京，商务印书馆，2005。

的新的视界打开了"。文化研究面对的都是当下的、鲜活的审美文化现象，对于我们传统的封闭的文学理论来说具有极大的启发意义。文化研究在研究方法上的灵活性、多元性也对文学理论突破固有框架具有借鉴作用。因此，在文学理论与文化研究的对话中，一种新的理论生长点就出现了。正如乔纳森·卡勒所说："如果把文学作为某种文化实践加以研究，把文学作品与其他论述联系起来，文学研究也会有所收获。"①尽管从某种意义上说，文化研究是文学理论和文学批评的"泛化"，但反过来它又对文学理论的发展变化具有促进作用。

第四节　文化诗学的比较视野

文化诗学的研究路径特别重视比较的视野，这是因为，不同文化传统既存在着重大差异，也存在着某种相通性。对一种文化来说，另一种文化就是一个"他者"，因而也是一面镜子，可以用来加深文化的自我意识。当然，通过比较，两种文化系统还有可能互相交融，从而形成新的文化。一个多世纪以来的中国现代文化可以说就是在比较中形成的，文论传统也同样是如此。

一、为什么比？

我们当下的文学理论研究确实面临着一种认同的困惑：我们现行的这套文论话语是自己的吗？是鹦鹉学舌般地说着人家的话吗？我有

---

① ［美］乔纳森·卡勒：《当代学术入门：文学理论》，李平译，50 页，沈阳，辽宁教育出版社；牛津大学出版社，1998。

没有，或者能否有，抑或该不该有自己的独特性？"五四"前后的学者们似乎没有这种困惑，因为他们还惊艳于"新学语"的强大魅力；20世纪五六十年代的学者也没有这种困惑，因为他们还沉浸在来自苏联的马克思主义阐释框架前所未有的有效性中。在全面引进西方理论与方法数十年之后的今天，学者们却困惑了。原因何在？一言以蔽之，认识到失去自我之故也。那么如何才能重建自我呢？在种种方法与路径中，比较无疑是不可或缺的。比较源于差异，而差异正意味着自我的存在。通过中国古代文论与西方文论的比较，我们可以认清昔日之我；在今日之我与西方他者以及古代之我的比较中，我们可以看清今日之我的真实样貌。中国古代文论源远流长，自成系统，原本不存在比较的问题。但在今日，古代文论这一昔日之我已然成为"他者"，唯有将此一"他者"与西方文论之彼一"他者"相比较，明了二者之差异，方能对这一昔日之我有清醒的了解。我究竟是谁？是开着汽车、穿着洋服的古代文人士六夫，还是黄皮白瓤的"香蕉人"？或许是"外之既不后于世界之思潮，内之仍弗失固有之血脉，取今复古，别立新宗"①的新我？这些疑问都需要在比较中才能找到答案。毫无疑问，中国现代以来的文论是在西方文论巨大影响下产生并发展起来的，甚至可以说，一个世纪以来的中国文论走过的就是一个"西方化"的过程，这一过程也可以称为一种"自我他者化"现象。但在我看来，"自我他者化"并不能使原有之我纯然变为他者，其结果只能是一个既不同于原有之我，又不同于他者的新我。于是就出现了中国固有文论（原有之我）与西方文论（他者）的关系问题。换言之，"新我"必然是原有之我与他者结合所孕育出来的"第三者"。在这一论域中，下列问题就显得格外具

---

① 鲁迅：《文化偏至论》，见《鲁迅全集》第1卷，57页，北京，人民文学出版社，2005。

有追问的意义：一百余年来我们的文论话语形态及其所蕴含的思维方式、价值取向究竟是怎样的？它与古代传统有何关联？现代汉语所承载的文论究竟在多大程度上被西方化了？我们今后的文论研究应该向何处努力？"建设有中国特色的文论话语"这样的提法是有意义的吗？是可能的吗？中国古代文论真的具有现代意义吗？凡此种种，都需要通过比较才能得到合理的解答。总之，通过"他者"而窥见"自我"，进而借助"他者"来重建和丰富"自我"乃是比较的真义之所在。

从某种意义上说，一个世纪以来的中国现代文论发展史，也就是一部比较文论史。中国现代文论的开创者们，如梁启超、王国维、杨鸿烈、朱希祖、朱光潜、宗白华、李长之、钱锺书等人，都是在中西文论比较中探寻建设中国现代文论之路的。然而令人遗憾的是，这种比较大体上呈现出一个愈演愈烈的"自我他者化"的过程——在比较之后被保留下来的中国固有资源越来越少，来自西方的因素越来越多，结果是原本作为"他者"的西方文论渐渐成为我们的新的"自我"。当年的学人都真诚地为找到这个新的"自我"而欢呼，颇有觉"今是而昨非"之叹。然而久而久之，人们就发现这个新的"自我"并非真我，不过是别人的影子而已，于是自20世纪90年代以来，重建"自我"便成为中国当下文学理论研究的普遍诉求。正是在这样一种普遍诉求之下才出现了"中国古代文论的现代转换"问题，因为人们意识到，只有秉承了中国"固有之血脉"的"自我"，才是真正的"自我"。然而是"转换"还是"转化"，借用赵宪章的话来说，都是一个有"说法"而无"做法"的问题，也就是缺乏可操作性。因此"转换"之声响了20年，文学理论的研究依然是"中自中""西自西"，并未出现成功"转换"的范例。在当下语境中，如果我们不想自外于世界学术潮流，不想"穿越"为古代的文人士大夫，我们应该做而且能够做的，既有说法，又有做法的，就是比较。换言之，对于中国这样一方面拥有悠久而灿烂的传统文化，一方面又是所谓的"后发现代性"国家的学术研究来说，比较几乎就是一种宿命，只有在比较中我们才有可能重建"自我"，才有可能创造出属于中国的文论话语系统。有人可能会说，为什么要强调"中国的"呢？很简单，就因为我们身后那几千年的文化积淀太过雄厚，太过丰富，是无论如何都挥之不去的，任何中国人都无法假装它不存在，唯有善加利用，与外来因素相结合才能重建真的"自我"，才能真正开创出新的文论传统。这正是"取今复古，别立新宗"之真义所在。旅美华裔学者刘若愚尝撰写《中国诗学》与《中国的文学理论》等著作，始终贯穿比较的视野，他说："我相信，在历史上互不关联的批评传统的比较研究，如中国和西方之间的比较，在理论的层次上会比在实际的层次上，导出更丰硕的成果……如此，文学理论的比较研究，可以导致对所有文学更佳了解。"①刘若愚并非为比较而比较，而是把建设一种中西融汇的"世界性的文学理论"作为其比较的目的，这可以说是对鲁迅等前辈学人的继承与发展。其他如陈世骧、叶嘉莹、叶维廉、高友工等海外华裔学人都借助比较的手段揭示并阐发了中国古代文论的独特性，并进而彰显出中国古代文论的现代意义。他们的研究也有力地证明了在现代文论建设中"比较"的不可或缺性。

二、比什么？

明了比较的必要性之后，"比什么"的问题便随之而至。从理论上说，其属于文论范围，举凡思维方式、审美趣味、话语形态、文化意

---

① ［美］刘若愚：《中国的文学理论》，田守真、饶曙光译，4页，成都，四川人民出版社，1987。

蕴等方方面面都是可以比较的。然而由于中西文论都依托于各自极为丰富复杂的文化传统，故而笼统的、整体性的比较必然会流于空泛肤廓。所以有意义的比较应该是具体的，可以把握的。陈世骧在那篇影响颇大的短文《中国的抒情传统》中说过："当我们说某样东西是某种文学特色的时候，我们的话里已经含有拿它和别种文学比较的意味。我们要是说中国的抒情传统各方面都可代表东方文学，那么我们就已经把它拿来和西方在做比较了。"① 陈世骧长期生活在西方世界，在他的学术视野中自然而然就会产生一种比较的习惯。其"中国抒情传统"之说正是在与西方的史诗、戏剧及小说的比较中才揭示出来的。可以说在这里，陈世骧是在比较宏观的层面上进行的比较，也正是由于这个原因，有不少学者对于中国真的存在一个抒情传统持怀疑态度。这足以说明宏观的、整体性比较是困难的。刘若愚的《中国的文学理论》一书可以说是一个全方位的中西文论比较，但其着手之处都是具体的。在"形上学"层面，他阐释了"道"及其与之相关的"神""兴趣""神韵""格调""境界"等在中国古代文论中的重要地位，并以之与西方的模仿论、表现论、象征主义、现象学美学进行比较，从而凸显出中国文论的独特性之所在。在这部著作中，刘若愚对中国文论中的"形上学"与杜夫海纳美学思想的比较，特别是中国的"道"与海德格尔的"存在"的比较给人留下深刻印象。② 此外，刘若愚在论及中国文学理论中的表现论、技巧观念、审美理论、实用理论等时，也都进行了中西的比较。叶维廉的比较就更加深入一些。他更重视两种诗学体系的深层

---

①　陈世骧：《中国的抒情传统》，见《陈世骧文存》，1 页，沈阳，辽宁教育出版社，1998。

②　[美]刘若愚：《中国的文学理论》，田守真、饶曙光译，86～90 页，成都，四川人民出版社，1987。

意义生成模式，即所谓"模子"的比较。何为"模子"？他说："所有的心智活动，不论其在创作上或是在学理的推演上以及其最终的决定和判断，都有意无意地必以某一种'模子'为起点……'模子'是结构行为的一种力量……"①从叶维廉的论述看，这种"模子"不仅表现在诗歌作品中，也表现在文学批评中，不仅表现在文类、语言中，也表现在思维方式中。任何一种文化传统都具有属于自己的"文化模子"，它会以不同形式呈现于这一文化系统的方方面面。这就意味着，诗学比较实际上必然会牵扯到两种文化系统的不同层面，所以他认为比较诗学不能仅仅停留在"表面的相似性"，而应该追求一种"寻根的认识"。② 这可以说是真知灼见。

陈世骧、刘若愚、叶维廉等海外学人的比较诗学研究是有启发意义的。基于他们的经验，我们可以说，在各种层面的诗学比较中，关键词，或者说核心概念、范畴、命题的比较不仅是可行的，而且是最重要的。每个关键词都意指一种文化话语系统中某个基本范畴，从而构成整个文论话语系统不可或缺的核心与支撑，它不仅表征着一种文论话语系某个方面或层面上的重要意涵，而且关涉到文论话语蕴含的复杂的文化意蕴。因此关键词的比较就可以从某一具体角度切入到两种文论系统内部，揭示其表层的异同与深层的原因。然而由于文化的差异，并不是任何一个关键词都具有可比性，所以在进行中西文论关键词比较的时候首先就是选择。那么怎样的关键词才具有比较的意义呢？首先，进行比较的关键词应该属于同一类属、同一层级，如语

---

① 叶维廉：《东西比较文学中模子的应用》，见《叶维廉文集》第 1 卷，26～27 页，合肥，安徽教育出版社，2002。

② 叶维廉：《东西比较文学中模子的应用》，见《叶维廉文集》第 1 卷，45～46 页，合肥，安徽教育出版社，2002。

言、修辞、创作心理、文体、风格、接受等，这是最基本的可比性问题，不属于同一层级或类属的词语是没有可比性的。其次，两个词语的意涵要有一定的交集，整体上呈现某种相似性。对中国比较诗学乃至整个中国比较文学界影响甚巨的美国学者厄尔·迈纳指出："显然，首要问题是必须确信被比较的事物具有足够的相似性。没人会去进行同一事物的比较，这属于完全相反的另一类型的错误……"①这就是说，完全不同的事物和完全相同的事物都不具有可比性，只有既具有相当程度的相似性，又是各自独立的两种不同的事物才具有可比性。就文论而言，像"神思"与"想象"这样一对概念肯定是有可比性的，因为二者都是关于文学创作主体心理的概念，有着很大的相似性，同时又由于二者植根于迥然不同的两种文化系统，所以又具有重要差异性。通过比较可以发现它们各自的特点。又如"比兴"和"隐喻"也有比较的意义，因为二者都是关于文学修辞方面的概念，通过比较可以发现中西文论在语言表现形式方面的异同。这就是说，只有找到可比性——差异性与相似性共存并保持某种平衡——的情况下，比较才是可行的。有时候看上去很相似的两个词语其实完全不搭界，也就无法进行比较。如中国文论的"风神气韵"之"神"与西方文论的"精神"（spirit）就缺乏可比性，因为二者是两个层面的概念，可以说没有意义的交集点。又如，虽然可以确定是属于文学形式范畴，中国文论中的"势"这个概念在西方文论传统中就很难找到可以比较的对应概念；而西方文论中出现频率很高的"语体""语象"之类，在中国文论中也难以找到可以比较的对象。

---

① ［美］厄尔·迈纳：《比较诗学：文学理论的跨文化研究札记》，王宇根、宋伟杰等译，29 页，北京，中央编译出版社，1998。

三、如何比？

在我们明了了"比什么"的问题之后，接下来自然就是"如何比"的问题了。比较诗学是一门大学问，并不是把两个关键词放在一起指出其异同就完事了。在"全盘西化"观念影响下出现了"自我他者化"现象，导致一种"认同式比较"，即指出中国文论的某观点或关键词与西方文论某观点或关键词相同或接近，以"求同"为主。这种比较表面上强调了西方有的我们也有，而且可能比西方更早，而实质上不过是证明西方文论的正确性和普适性，还是西方中心主义的。这种比较显然是没什么意义的。现代以来，有不少中国学者提出"学无中西，学无古今""人同此心，心同此理""东海西海，心理攸同；南学北学，道术未裂"的观点，旨在追求一种普适性的、放之四海而皆准的学术，然而在葛兆光看来，其真正的作用却只是为中国学界敞开胸怀接纳西学扫平障碍，并未使中国固有学术获得具有普遍性的现代意义。这样的"求同"显然不应该是关键词比较的目的之所在。真正有意义的比较是一个不断深入的探索过程。找到意义的交集点、共性从而确定可比性仅仅是比较诗学的前提而已，当真正进入比较的过程中时，我们就立刻会发现，我们面对的其实是两个同样复杂的世界：由不同的语言、修辞、概念、范畴、逻辑、价值观念、思维方式等构成的两种文化体系。那么如何展开我们的比较呢？两种基于迥然不同的文化体系的文论话语系统各自都有着非常复杂的含义、意义与关联性，因此笼统的整体比较几乎是不可能的，即使可能也只能处于一种表层的对比，不可能真正深入进去。这就意味着，"尽管困难重重，但比较诗学只能建立在跨文化研究的基础之上"①。

把"跨文化研究"作为比较诗学的基础可谓真知灼见。因为只有深入到文化系统深处，才能真正触及不同诗学话语的根本所在。这里还以刘若愚的诗学比较为例来说明这一点。他的《中国的文学理论》在比较中西表现理论时指出三点差异，一是西方的表现论特别重视"想象力的创造性"，中国文论不大讲创造性；二是西方的表现论重视"激情"，中国文论不讲激情；三是西方表现论强调直觉与自然表现，不大讲技巧，中国文论则在强调自然和直觉的同时也注重技巧。② 这种比较的意义在于，他敏锐地指出了中西文论之"表现论"的差异，是"同中见异"的比较。一味"求同"或一味"求异"的比较都是缺乏积极意义的，唯有追问"同中之异""异中之同"并且进而发掘出其深层文化原因的比较才是有意义的。以此观之，刘若愚的比较无疑是走在正路上的，但显然还是不够的，因为他的比较仅仅是表层的对比，还没有深入两种文化系统的深层中去，还没有揭示出导致这种种差异的深层文化历史原因。在刘若愚的基础上，我们还可以把这种"表现论"上的中西差异看作两种文化体系差异的显现，看作两种迥然不同的知识主体精神旨趣的诗学表征。举例来说，中国文论中一直讲"诗言志""吟咏情性"以及"诗缘情""情景交融"等，确实很重视"情"的价值与意义。但中国文论中的这个"情"与西方浪漫主义文论中的"情感"却有很大区别。中国文论的"情"的意涵偏重于"情趣"，其含义甚广，是指一切的主观感受与审美体验而言，诸如文人雅士面对春花春鸟、秋月秋蝉引

---

① ［美］厄尔・迈纳：《比较诗学：文学理论的跨文化研究札记》，王宇根、宋伟杰等译，343 页，北京，中央编译出版社，1998。

② ［美］刘若愚：《中国的文学理论》，田守真、饶曙光译，127 页，成都，四川人民出版社，1987。

发的欣喜之感，漂泊异乡的游子的羁旅之情，因仕途多舛而发不遇之叹，乃至于无来由的孤独、莫名的惆怅等情绪，一概属于这个"情"的范畴。因此中国文论的"情"主要是指文人趣味，是中国古代文人士大夫阶层文化心态与精神旨趣的一种呈现方式。西方文论的情况则不然。其所谓"情"乃偏重于"激情"。我们知道，西方文论史上比较集中地强调情感的是18、19世纪之交的浪漫主义文学流派，而浪漫主义乃是资产阶级追求自由民主的革命精神之表征。所以浪漫主义的"情感"是激情，内涵是革命的政治情感，是积极进取的资产阶级精神的体现。雪莱、拜伦、华兹华斯、歌德、席勒、施莱格尔、诺瓦利斯等，莫不如是。这就意味着，比较中西文论中的"情"或"情感"这一关键词，根本上乃是两种文化主体的比较，因而也就是两种文化传统的比较。

文论关键词往往是一种文化系统的集中体现，其形成过程必然会与各种文化因素发生联系，并将这些文化因素转化为自己的内涵。所以关键词的比较就不能不深入两种文化系统的复杂关联性之中。一个文论关键词在产生和流传过程中往往会派生出一系列的相关语词，从而构成一个庞大的"词族"或"概念族"，每一个派生语词或概念都标志着这一关键词某一方面的含义与意义，因此文论关键词的比较往往也就成为两大"词族"或"概念族"的比较，而不能仅仅局限于两个词语之间的比较。一般而言，文论关键词的比较应该触及两大文论系统两个层面的文化底蕴：一是价值取向，二是思维方式。因为只有这样的比较才可以从根本上揭示两个文论关键词异同的深层原因，进而对构建当下文论提供可靠的借鉴。在中国古代，自秦汉以降，文人士大夫一直是文学创作与接受的主体，也是主流文论话语的创造者与传承者。这个社会阶层有自己的价值观，表现为社会理想与个体人格理想两大方面，这些都会影响到文学思想并通过一系列关键词呈现出来。文论关键词的比较当然不能无视这些关键词之中所蕴含的价值取向。另外，"天人合一"观念一直是中国古代文化的基本特征，在这一观念基础上形成的类比思维或关联性思维方式渗透到文论话语的方方面面，这与西方建立在主客体对立思维方式之上的文论话语有着根本区别，关键词比较当然也应该予以足够的关注。例如，"道"这个词语，既是中国古代哲学的关键词，也是中国文论关键词，如果把这个词和西方的"逻各斯"或者"理念"等进行比较，一方面我们必须注意到"道"这个词语中蕴含的文人士大夫的社会理想与人格理想，另一方面还要注意到它所体现的中国古代思维方式。这些都是"道"不同于"逻各斯"或者"理念"这类语词的根本所在。又如，把中国古代哲学与文论中共有的关键词"体认"和西方的"认知"进行比较，我们就会加深对中西文化思维方式之差异的认识；而如果把中国的"体认"再和西方的"体验"相比较，我们又可以发现中西两种思维方式在某一时期所呈现出的"趋同"现象，这对于理解中西文论乃至整个中西文化的差异与关联具有重要意义。

　　文论关键词的比较是一门大学问，关涉到许多复杂因素，需要有合理的方法才行。但是比较本身并不是目的，更不是为了争优劣高低。比较的最终目的在于为当下的文论建设提供可资借鉴的资源。通过文论关键词的比较，一方面可以更清醒地认识中国传统文论的特点之所在，进而更准确地判断其价值与意义；另一方面也可以更深刻地了解西方文论的特点，并进而判断其可以借鉴与吸纳的因素。如果能够通过中西文论关键词的比较，使之相互触发、彼此融汇，从而形成一个更加具有当下意义的"第三者"，那就是比较的最高境界了。

第五节　文化诗学的思维方式

作为一种有价值的研究方法，文化诗学在思维方式上也应该追求独特性。这种独特性不能凭空臆造，它必须来自对中西两大文化传统思维方式的反思与继承的基础之上。中国古代学术有自己独特的话语形态，其背后隐含着独特的思维方式。与西方传统哲学那种主客体二分模式的、对象性和概念形而上学的思维方式不同，中国古代学术呈现一种心物交融、物我一体的，具有直觉性、类比性的被称为"关联性思维"的运思方式。在中国古代，这种思维方式常常用"体"或"体认"来标示，可以说与西方传统哲学的"认识"或"认知"大异其趣，我们有理由把中国古代学术上居于主导地位的思维方式称之为"体认认知"。有趣的是，19世纪后期以来，西方哲学从不同角度、以不同方式反思着自己的传统，对那种长期占据主导地位的形而上学思维方式不满，相继提出体验、存在之领悟、默会认知等概念，力求在身心统一中寻找人类思维的奥秘。这一反思的学术旨趣在某种意义上与中国传统思维方式具有了相通性，这就提供了一种对话的可能，也为人们在中西两大文化传统的这种"接近"或"趋同"中看到了未来学术的走向与希望。

文论曾长期附属于哲学，所以谈论文论的思维方式从根本上说就是谈论哲学思维方式。中国古代有没有哲学？答案自然是肯定的；中国古代有没有西方意义上的哲学？答案则是否定的。为什么会出现这种情况？那是因为中国古人没有西方传统意义上的那种思维方式，反过来说也是如此。思维方式不同，学术的性质、意义就不同。同样是高度进化的、具有很高文明程度的人，何以会有迥然不同的思维方式？那是因为在其思想源头之处，那些引领潮流的思想家们感兴趣的问题不同，因而其思维指向就不同。所谓思维指向也就是思维的动因，是决定一个人如此思考的根本原因所在。那么古代的中国人和西方人为什么会有不同的思维指向呢？原因其实很简单：他们面临着完全不一样的社会的和自然的状况，也遭遇到完全不同的需要迫切解决的现实问题。简单说来，在雅思贝尔斯所说的那个"轴心时代"，即公元前800年至公元前200年，在中国百家争鸣的先秦时期和哲学大繁荣的古希腊时期，迥然相异的社会与自然状况激发着彼时一流大脑去思考完全不同的问题。在中国，延续了五六百年并创造了灿烂文明的贵族制度崩溃了，人们长期奉行的价值规范与行为准则被破坏了，这不仅导致了天下大乱、战争频仍，而且让人们无所适从，在精神上彷徨无措。于是在乱世中产生的知识阶层就全力以赴去思考他们所面临的社会动荡问题与精神无所依托的问题。故而诸子百家尽管各道其道，众声喧哗，但归根结底均可统摄于解决社会问题与个体精神问题两大系统之中。社会的有序化与心灵有所依托就成为先秦知识阶层，即士人们的基本思维指向。其他事物，诸如天地宇宙、自然万物都是作为这两大基本思维指向的关联体才获得关注的。这也就为后世2000多年中国古代学术的发展确定了基本轨迹。以智者学派为代表的古希腊哲人们没有遭遇先秦士人阶层那样的社会大变局，尽管也多次发生过波希战争、伯罗奔尼撒战争等，但都没有破坏希腊人的生活方式与社会秩序。借助于航海的便利，希腊人早已习惯了对诸如埃及的宗教、波斯的哲学、腓尼基的文字、巴比伦的天文等各种知识的接受与综合，渐渐养成了探索世界奥秘的强大冲动。正是基于这一冲动的普遍性，亚里士多德才会说："求知是人类的本性。"[①]认识未知世界，这就是希腊人的基本思维指向，从而也就成为 2000 多年中西方哲学的基本思维指向。

一、中西学术思维方式的主要差异之所在

关于这个话题，从清末民初以来，不知多少学者都已经谈论过了。例如，梁启超指出：

> 我国学者，凭冥[瞑]想，敢武断，好作囫囵之词，持无统系之说。否则注释前籍，咬文嚼字，不敢自出主张。泰西学者，重试验，尊辩难，界说谨严条理绵密。虽对于前哲伟论，恒以批评的态度出之，常思正其误而补其阙。故我之学皆虚，而彼之学皆实。我之学历千百年不进，彼之学日新月异，无已时，盖以此也。[②]

这里确实揭示了中西学术思维方式方面的一些重要差异。在当年那个认为中国"事事不如人"的特殊语境中，在极力倡导维新的改良家梁启超眼里，中国古代学者的思维方式自然是落后的。以史学为主业的梁启超持这样的观点，受过严格的西方哲学训练的冯友兰就更是如此。在冯友兰看来，只有那些可以运用逻辑的方法说清楚某种道理的言说方可称之为哲学，至于"所谓直觉，顿悟，神秘经验等"都算不得哲学方法，凡是不能用语言文字清楚表达出道理的言说都算不得哲

---

① ［古希腊］亚里士多德：《形而上学》，吴寿彭译，1 页，北京，商务印书馆，1959。
② 梁启超：《国民浅训》，见《梁启超全集》第 10 卷，2845 页，北京，北京出版社，1999。

学，也算不得学问，只能是一种经验。① 这就预设了逻辑推理、论证的方法之于哲学绝对必要性，也就排除了在哲学研究中运用非逻辑推理的可能性。从这样的立场出发来看中国古代哲学，自然也就更多地看出不足与差距：

> 中国哲学家之哲学，在其论证及说明方面，比西洋及印度哲学家之哲学，大有逊色……西洋近代史中，一最重要的事，即是"我"之自觉。"我"已自觉之后，"我"之世界即中分为二："我"与"非我"。"我"是主观的，"我"以外之客观的世界，皆"非我"也。"我"及"非我"既分，于是主观客观之间，乃有不可逾之鸿沟，于是"我"如何能知"非我"之问题，乃随之而生，于是知识论乃成为西洋哲学中之一重要部分。在中国人之思想中，迄未显著的有"我"之自觉，故亦未显著的将"我"与"非我"分开，故知识问题（狭义的）未成为中国哲学上之大问题。②

这里所说的"'我'之自觉"显然是指自笛卡儿之后西方近代哲学"主体性"的确立。由此而形成严格的"主客体二分模式"正是近代西方哲学的思维基础。在此基础上，被哲学史家称之为"主体形而上学"的哲学传统形成了。而反观中国，从来就没有形成"主客体二分模式"，因此也就不可能产生"主体形而上学"，亦即近代西方认识论哲学的传统。在冯友兰看来，这正是中国哲学"大有逊色"之处了。冯友兰的观点在中国现代以来的哲学界是有代表性的。相近的见解也见之于文学

---

① 冯友兰：《中国哲学史》上册，4、11 页，北京，中华书局，1961。
② 冯友兰：《中国哲学史》上册，8～11 页，北京，中华书局，1961。

理论与批评领域：

> 但我们虽推崇像严羽的那样有条理的《沧浪诗话》，范德机的《木天禁语》，徐祯卿的《谈艺录》，叶燮的《原诗》，我们却不以他们都是完全纯美的，都可以和欧美诗学的书籍相抗衡的；我们不过是以他们是有建设"诗学原理"的意思罢了。所以我们现时绝对的要把欧美诗学书里所有的一般"诗学原理"拿来做说明或整理我们中国所有丰富的论诗的材料的根据，这就是本书以下几章所要努力的事了。①

杨鸿烈的这一见解颇具代表性。在 20 世纪二三十年代开创中国文学批评史研究学科的那批学人，基本上都是以欧美文论为准则来考量中国古代诗学思想的。在他们看来，中国古代虽然有丰富的诗学思想，但缺乏严密的逻辑思维，缺乏完整的体系，需要研究者借助欧美的一般"诗学原理"加以"说明或整理"。在他们看来，欧美文论才是"科学的"。这一现象在中国各门现代学术初创时期是具有普遍性的，我们的各种学问，诸如中国哲学史、中国文学史、中国文学批评史等，都是用来自西方的标准剪裁中国固有之材料的结果。那么我们不禁要问，如此运用西方思想标准和逻辑思维方式整理而成的哲学和诗学还是它们原本的样子吗？材料一旦被概括提升为"一般原理"，它还能保持自身的独特性吗？在我看来，这至少会遮蔽其中那些与西方"不一样"的因素，而这或许正是中国哲学和诗学中最有价值的东西。

无论是中国学术还是西方学术，根本上都是各种关系的产物。由

---

① 杨鸿烈：《中国诗学大纲》，31 页，北京，商务印书馆，1930。

于自然界构成了人们最直接的生存环境，故而促进人的知识生产的最重要的关系是人与自然宇宙的关系。中国学术与西方学术的根本差异也正是在这里得以显现。简单说来，在人与自然的关系中，中国人求其同与通，西方人求其异与别。正是这种差异导致了中西两大文化系统迥然不同的思维方式与话语形态。

中国古代确实缺乏现代意义上的自然科学，但这并不意味着中国古人不重视自然宇宙。恰恰相反，这或许正说明中国古人对自然宇宙过于重视，过于依赖了。这可以从两个方面来看。首先，在中国古人眼中自然万物是一个巨大的生命体，它自我运转，生生不息。人也是其中的一份子。这种生命的化生与运演是最可敬畏的事情，它涵摄一切，无远弗届。上古时期，也与许多民族一样，中国古人也把自然界生命的化生运演视为某种超越的生命力量的意志行为，这种超越力量被命名为"上帝"（简称"帝"）或"神"，稍后也称为"天"或"天命"。到了处于"轴心时代"的诸子百家这里，自然界依然被视为巨大的生命体，一切都息息相通，但那种居于主宰地位、具有人格和意识的超越力量基本上消失了，从此之后，关于自然宇宙的言说也就变为一种"内在性"的知识系统，其标示性概念也由"上帝""神"变为"道"或"天道"。[①] 由于此时的中国学人，即士人阶层的全部兴趣都聚焦于社会人生之中，故而对于前人的关于自然宇宙的种种言说以及他们自己对于自然万物的理解，都统统纳入其社会与人生的价值观建构工程之中了。他们把自然宇宙在前人眼中所具有的那种超越性与神秘性转换为某种具有内在性的神圣性，从而拉近人与自然宇宙的关系，使之成为人们可

---

① "天""天命"这些概念在诸子的言说中还常常出现，但它们都褪去了那种人格和意识色彩，从而成为可以与"道"或"天道"互换的概念。

以模仿、效法的对象，并进而使其成为社会人生价值观的最终本原和依据，正是在这个意义上，那些执着探索中国古代哲学独特价值的海内外新儒家们才提出"内在超越"这一看上去自相矛盾的提法。这样一来，宇宙大生命不再是遥不可及的另一个世界的存在，而是成为人世间的一部分，成为人的身体与精神的延伸与扩大。在此前提之下，当古代思想家谈论天地自然时，总是把它们与社会人生联系起来，视为一体。《周易》的卦爻系统就是在这样的观念基础上建立起来的，《易传·说卦》云：

> 昔者圣人之作《易》也，将以顺性命之理。是以立天之道，曰阴与阳；立地之道，曰柔与刚；立人之道，曰仁与义。兼三才而两之，故易六画而成卦。分阴分阳，迭用柔刚，故易六位而成章。

"三才"是贯通的，都可以分别被乾、坤二卦所统摄，在这一阐释框架之下，世上并无不可知之物、不可说之理。道家则更是以强调人与天地万物的一体性为最高追求，《庄子·内篇·齐物论》云：

> 古之人，其知有所至矣。恶乎至？有以为未始有物者，至矣，尽矣，不可以加矣。其次，以为有物矣，而未始有封也。其次，以为有封焉，而未始有是非也。是非之彰也，道之所以亏也。道之所以亏，爱之所以成。……
>
> 今且有言于此，不知其与是类乎？其与是不类乎？类与不类，相与为类，则与彼无以异矣。虽然，请尝言之。有始也者，有未始有始也者，有未始有夫未始有始也者。有有也者，有无

也者，有未始有无也者，有未始有夫未始有无也者。俄而有无矣，而未知有无之果孰有孰无也。今我则已有谓矣，而未知吾所谓之其果有谓乎，其果无谓乎？天下莫大于秋豪之末，而大山为小；莫寿于殇子，而彭祖为夭。天地与我并生，而万物与我为一。既已为一矣，且得有言乎？既已谓之一矣，且得无言乎？一与言为二，二与一为三。自此以往，巧历不能得，而况其凡乎！故自无适有以至于三，而况自有适有乎！无适焉，因是已。

天地万物原本浑然一体，了无间隔，人也是其中的一部分。但后来人们非要为之分类、为之命名，为之设定评价标准，于是自然宇宙的一体性被破坏了。因此回到原初那种人与自然的一体性状态就成为道家哲学的最高旨趣。

中国古人把自然宇宙视为与人的世界密切联系的整体，并以之作为人世间一切价值的本源与依据。《老子》第二十五章云：

有物混成，先天地生。寂兮寥兮，独立而不改，周行而不殆，可以为天地母。吾不知其名，字之曰道，强为之名曰大。大曰逝，逝曰远，远曰反。故道大，天大，地大，人亦大。域中有四大，而人居其一焉。人法地，地法天，天法道，道法自然。

或许是因为无论是从时间上还是从空间上看，人都显得渺小得多，所以在老子这"域中四大"之中，人处于最低的位置，天、地、道都是人所效法的对象，因而也是人世间一切价值的最终依据和来源。

儒家同样如此，《易传·系辞上》云：

> 天尊地卑，乾坤定矣。卑高以陈，贵贱位矣。动静有常，刚柔断矣。方以类聚，物以群分，吉凶生矣。在天成象，在地成形，变化见矣。是故，刚柔相摩，八卦相荡。鼓之以雷霆，润之以风雨，日月运行，一寒一暑，乾道成男，坤道成女。乾知大始，坤作成物。乾以易知，坤以简能。易则易知，简则易从。易知则有亲，易从则有功。有亲则可久，有功则可大。可久则贤人之德，可大则圣人之业。易简而天下之理得矣。天下之理得，而成位乎其中矣。

在这里，天地自然的存在样态本身就为人世间的价值秩序确定了榜样，一切都在规定之中。天地秩序成为人世间秩序的模板，天地变化也成为人世间社会更迭的预演，而"易简之道"更成了贯穿自然宇宙与社会人生之中颠扑不破的至理。

从老庄和《易传》的以上言说来看，似乎古人是要以"自然"为人类社会立法了，其实刚好相反，他们不是按照自然界本身的法则来理解自然界的，也不是要把真正的自然法则作为人世间效法的对象，他们是按照社会价值观的标准来理解自然宇宙的。换言之，自然宇宙在中国古人眼中被关注的不是它自身的特性与价值，而是它们相对于人而言的象征意义。在这里，自然秩序就被理解为价值秩序，进而成为人世间是非善恶评价的最终依据。于是"求同"便不可避免地成为中国古人关于自然宇宙之一切言说的根本特征。在中国古人看来，除了直接的使用价值之外，天地万物都是作为社会价值的象征而存在的。对天地万物的理解于是也就成了借助自然物来印证社会价值观念与秩序的合理性与神圣性：天地就是如此，人世间当然也必须如此！正如超越性的上帝是基督教世界里一切价值的最终依据一样，在儒家和道家的世界中，无私覆私载、默默化育万物的天地也是作为最高价值本原而存在的。于是中国古人在面对天地自然的时候，不是去探寻自然自身的奥秘，而是寻找天地自然与人世间的相同相通之处，从而借助于人们对自然永恒性的敬畏来强化社会价值秩序。

西方传统文化走的是另一条路。古希腊哲学家已经清楚地划出了人与自然的界限，智者派哲学家普罗泰戈拉明确指出："人是万物的尺度，是存在者存在的尺度，也是不存在者不存在的尺度。"[①]尽管这里包含着某种相对主义倾向，但毫无疑问的是，在这里人已经被理解为认识的主体了。在普罗泰戈拉眼中，"万物"，即一切外在事物，都是作为被动的、被认识的对象而存在的。许多古希腊哲学家都有名为"论自然"的著作或文章，正体现出他们探究客观世界奥秘的强烈兴趣。他们热衷于追寻"元素"和"本原"，认为总有一种物质性的东西首先产生出来，并又构成万物。这就是所谓"本原"，水、火、气、原子等，都是这样的本原。这种探寻万物之本原的哲学就是所谓本体论哲学。到了柏拉图那里，古希腊的本体论哲学发生了重大变化，他不再把某种物质性元素作为本原了，而是创造出了一个抽象概念来做世界本原，这就是"理念"。"理念"是万物的本原或本体，人们能够看到的事物都是"理念"的显现而非其本身。例如，各种各样、千姿百态的美的东西都是由于有一个"美本身"，即"美的理念"存在之故。但人们的感官无法直接接触这个作为"本体"或"本原"的美，只有靠"回忆"。美

---

① ［古希腊］柏拉图：《泰阿泰德》，见北京大学哲学系外国哲学史教研室编译：《西方哲学原著选读》上册，55 页，北京，商务印书馆，1981。

的事物是这样，万事万物莫不如此，都是由一个看不见摸不着的"理念"的世界所决定的。哲学的任务就是通过现实世界而到达理念世界。作为古希腊本体论哲学的最高形态，柏拉图理念论哲学奠定了此后2000多年西方哲学的基本研究路向——追问真相。外在世界，包括自然宇宙与人类社会都是外在于认识主体的客观存在，都是可以通过人的主体能力来认识的。

二、体认与认知

从以上的对比中我们可以看出，中西传统学术在精神旨趣与思维方式上从"轴心时代"起就具有两种完全不同的走向：先秦诸子以确立并强化社会价值秩序为指归；希腊哲人以追问世界本原为目的。一者把哲学思考与政治诉求融为一体，一者把哲学与政治学严格区分开来。二者可谓大异其趣。源头如此，中西哲学后来的发展也呈现出两种不同的面貌。就最终指归而言，二者依然或为社会价值秩序寻求本体依据，或执着于寻觅事物奥秘，追问真相；与此相关，在认知方式上也就判然有别：中国哲学标举"体认"，西方哲学坚守"认知"。

"体认"一词之语义乃由作为动词的"体"而来。体（體），《说文》："总十二属也。从骨豊声。"何谓"十二属"？许慎没有解释，据段玉裁注，这是对人体各个部分的分类。《释名》："体，第也。骨肉毛血表里大小相次第也。"可知这个字的本义是名词，指人的整个身体。如《论语·微子》："丈人曰：'四体不勤，五谷不分，孰为夫子？'"由此又衍生为物体之体、文体之体、体式之体、体用之体。由于人之行为均由身体而发，故而亲力亲为之事亦得称之为"体"，于是"体"便获得动词之义，一般均含有"亲身去做某事"的意思。《周易·文言》："君子体仁足以长人，嘉会足以合礼，利物足以和义，贞固足以干事。"孔疏："仁则善也，谓行仁德，法天之'元'德也。"①可知这里的"体仁"意为行仁德。《荀子·修身》："体恭敬而心忠信，术礼义而情爱人。"这里的体是躬行，即亲身体验、践行之义。由躬行、实践某事又进而衍生出亲身感知、了解某事或某种道理的意思。《易传·系辞上》："阴阳合德，而刚柔有体，以体天地之撰，以通神明之德。"这里"以体天地之撰"之"体"即亲身体察、了解之义。

将"体"用之于对形而上道理的把握则有"体道"之说。《庄子·知北游》专门讨论如何才能"知道""安道"与"得道"的问题。讨论的结果是"道"不可以依靠一般的"思虑"而得到，也不能够被占有，唯有"体"可以近于道："夫体道者，天下之君子所系焉。今于道，秋毫之端万分未得处一焉，而犹知藏其狂言而死，又况夫体道者乎！视之无形，听之无声，于人之论者，谓之冥。冥所以论道，而非道也。"何为"体"？郭注云："明夫至道非言之所得也，唯在乎自得耳。"②用"自得"来训"体"可谓知言之论。何为"自得"？老子有云："故从事于道者，道者同于道。"王弼注："与道同体，故曰同于道。"③对"体道"者而言，"自得"就是"与道同体"，亦即将自己提升到"道"之中，或者使自身成为"道"。在老子那里，"体道"或者"与道同体"的办法是"损"："为学日益，为道日损，损之又损，以至于无为。无为而无不为。"④所谓"损"，也就是把后天习得的种种仁义道德说教全部摒弃，回复心灵的本然自在状态，而这种状态就是"道"的境界了。韩非子论"体道"云：

① （魏）王弼注、（唐）孔颖达疏：《周易正义》，15页，北京，北京大学出版社，2000。
② （晋）郭象：《庄子注》，241页，上海，上海古籍出版社，1995。
③ （魏）王弼：《老子注》，13页，上海，上海古籍出版社，1995。
④ （魏）王弼：《老子注》，27页，上海，上海古籍出版社，1995。

"能保其身夫能有其国，必能安其社稷。能保其身必能终其天年，而后可谓能有其国、能保其身矣。夫能有其国、保其身者，必且体道，体道则其智深，其智深则会远，其会远众人莫能见其所极。"又云："体天地之道，故曰无死地焉，动无死地而谓之善摄生矣。"又云："郑长者有言：'体道无为无见也'。"①这是从法家的视角对《老子》思想的进一步发挥。除了道家、法家之外，儒家也有"体道"之论："故治之要在于知道。人何以知道？曰：心。心何以知？曰：虚壹而静……未得道而求道，谓之虚壹而静……知道察，知道行，体道者也。虚壹而静，谓之大清明。万物莫形而不见，莫见而不论，莫论而失位。"②由此可知到了战国后期，"体"已经成为诸子公认的把握最高知识或道理的基本方式了。

中国古代学人为建立社会价值秩序、提升个人精神境界而选择的运思方式在先秦即已初步定型，后来经过千百年的发展，至北宋时期终于在理论上达到成熟圆融之境。宋儒所标举的"体认"乃是对先哲关于"体道"之"体"的进一步完善与发展。在宋明儒者心性之学的言说中，"体认"一词随处可见。我们可以随意举几个例子来看：

> 问仁。曰："此在诸公自思之，将圣贤所言仁处，类聚观之，体认出来。"③

---

① 此处所引《韩非子》均见王先慎：《韩非子集解》，《诸子集成》第 5 册，上海，上海书店《诸子集成》影印本，1986。

② 《荀子·解蔽》。此处所引《荀子》均见王先谦：《荀子集解》，上海，上海书店《诸子集成》影印本，1986。

③ （宋）程颢、程颐：《二程遗书》，230 页，上海，上海古籍出版社，2000。

问："'吾道一以贯之'，而曰'忠恕而已矣'，则所谓一者，便是仁否?"曰："固是。只这一字，须是子[仔]细体认。一还多在忠上? 多在恕上?"曰："多在恕上。"曰："不然。多在忠上。才忠便是一，恕即忠之用也。"①

问："情、意，如何体认?"曰："性、情则一。性是不动，情是动处。意则有主向，如好恶是情，'好好色，恶恶臭'，便是意。"未动而能动者，理也；未动而欲动者，意也。②

耳之德聪，目之德明，心之德仁。且将这意去思量体认。将爱之理在自家心上自体认思量，便见得仁。仁是个温和柔软底物事。③

心即道，道即天。知心则知道、知天。……诸君要实见此道，须从自己心上体认，不假外求始得。④

澄曰：澄于中字之义尚未明。曰：此须自心体认出来，非言语所能喻。⑤

从宋明儒者这些谈论中，我们不难对"体认"这一概念所呈现出的

① （宋）程颢、程颐：《二程遗书》，362 页，上海，上海古籍出版社，2000。
② （宋）黎靖德编：《朱子语类》第 1 册，96 页，北京，中华书局，1986。
③ （宋）黎靖德编：《朱子语类》第 1 册，114～115 页，北京，中华书局，1986。
④ （明）王阳明：《传习录》上，见《王文成全书》卷一，四部丛刊本。
⑤ （明）王阳明：《传习录》上，见《王文成全书》卷一，四部丛刊本。

思维特征有所了解。

第一，体认的对象不是外在事物自身客观存在的特性与规律，而是所面对的事物与人相关的某种道理。所以"体认"与其说是要了解外在事物，毋宁说是要唤醒主体自身所具有的某种潜能。这就意味着，作为一种运思方式，体认只适用于人文社会领域，而不适用于对自然宇宙之客观规律的认识。诸如仁、爱、忠、恕、道、中等概念都属于心性之学的范畴，所关涉的都是修身养性、居敬穷理的工夫与境界问题。

第二，"体认"运思的基本方式是全身心投入其中，通过感受、体验而达到自我证得。用朱熹的话说，是"置心在物中究见其理"或"是将自家这身入那事物里面去体认"。而用今天的哲学术语来说，则"体认"是非对象化的思维方式，即把被体认者视为与自己有着密切关联性的东西，而不视为外在于自己的自在之物。例如，面对"仁"这个词语，体认者不能把它看作某种客观存在的道理，不能仅仅停留在对其字面意思的理解，而是要在自己心中激发起关于"仁"的感觉，是心理进入"仁"的状态，从而成为一个仁者。

第三，"体认"的过程主要不是从外部获得新知识，而是唤醒自身的道德意识。这也就是所谓"自得"。可以说，"自得""体认"与"涵泳"乃是儒家心性之学最基本的工夫范畴，是儒家修身养性的主要方式。在儒家典籍中，"自得"最早见于《孟子》和《中庸》。《孟子》云：

> 君子深造之以道，欲其自得之也。自得之，则居之安。居之安，则资之深。资之深，则取之左右逢其原。故君子欲其自得之也。[1]

---

[1] （宋）朱熹：《四书集注·孟子集注》，419页，长沙，岳麓书社，1993。

《中庸》云：

> 素富贵，行乎富贵；素贫贱，行乎贫贱；素夷狄，行乎夷
> 狄；素患难，行乎患难：君子无入而不自得焉。①

作为儒家修身的重要手段，"自得"与"反求诸己""反身而诚，乐
莫大焉""发明本心"均有其密切关联，是一个自我改造、自我提升的
过程。寻觅、发掘、培育自家身上本自具足的"四端"，使之成为行为
之主宰，这就是孟子所说的"先立其大者"，也就是"自得"。因此，体
认、自得、涵泳根本上乃在于使人达到一个道德的自觉，培育出一个
道德主体，从而从"自在存在"上升到"自为存在"。张横渠的"大心"之
说，程明道的"浑然与物同体"之谓以及陆象山所谓"收拾精神，自作
主宰"云云，都是讲这种通过涵泳、体认而到达的"自得"境界。

第四，"体认"并非仅仅指对自己内心的关注，它还含有"合外内
之道"的意义。程明道说："吾学虽有所受，天理二字却是自家体贴出
来。"②这里"体贴"二字便是"体认"的意思。"天理"乃是天地万物自然
之理，也包括人世间的至上道理，是"合外内之道"的体现。可见"体
认"作为一种思维方式正是要打通天人之际，寻找一条贯穿自然宇宙
与社会人生的大道。在这个意义上说，"体认"既是古代根深蒂固的
"天人合一"观念的产物，同时也是实现"天人合一"理想的有效路径。

第五，"体认"在根本上不是认知外在世界的思维方式，而是修身
养性的方式，因此在运思过程中就不追求概念的明晰性，而是追求体

---

① （宋）朱熹：《四书集注·孟子集注》，35 页，长沙，岳麓书社，1993。
② （宋）程颢、程颐：《二程外书》，36 页，上海，上海古籍出版社，1992。

验的当下性、鲜活性。力求使那些书本中、文字上的道理内在化、心灵化，成为一种活泼泼的当下体验。体认的结果不是清楚明了的结论，更不是对词语字面意思的了解，而是一种混沌的、整体性的心灵活跃状态。正如元代儒者胡祗遹所说："圣人之言近而远，小而大，简而富，但患学者不能涵泳玩味扩而充之，用未能尽，若只是解字，说过有何意味？故为学在体认，不在念。"①宋明儒者特别喜欢用"活泼泼"的说法来形容体认天理的那种心理状态，正是强调一种当下性和鲜活性。

总之，从根本上看，"体认"是一种综合性心理体验，绝不仅仅是对对象的知觉、了解，还包含着情感、意志、理解等复杂心理活动。可以说"体认"本质上是"知行合一"的：在"知"之中蕴含了情感、意志与意向，所以已经是在"行"了。即如王阳明经常举的例子，当一个人真的知道"孝"的意思时，在他的心中已经产生对父母的敬爱之情与侍奉之念，即所谓孺慕之情，这里既有"知"，又有"行"，是知行合一的。在西方哲学意义上的纯粹认知领域，"知"和"行"是完全分开的，不能相混淆；在以道德理性为根基的中国古代哲学中，则"知"即是"行"，"行"即是"知"，二者不可截然二分。在这个意义上说，王阳明之所以成为一代宗师，正在于他比其他儒者更加精准地把握了中国古代文化精神之真谛。他明白，"体认"的关键不在于获得知识，而在于心灵的改造与提升。

从古希腊开始，寻求客观知识，追问真相就成为西方哲学的基本旨趣，至今依然如此。"世界是由什么构成的？"是古希腊哲学家最感兴趣的问题。无论是泰勒斯和阿那克西曼德代表的米利都学派，还是

---

① （元）胡祗遹：《语录》，见《紫山大全集》卷二十五，三怡堂丛书本。

毕达哥拉斯学派，无论是赫拉克利特还是爱利亚学派，直至集大成的柏拉图与亚里士多德，无不对世界的基本构成元素充满追问的兴趣，都试图解决万物的"本原"问题。他们建立起来的所谓"本体论"哲学无疑是一种追问真相、建立客观知识论的学问。柏拉图认为人的一切知识都来自于"回忆"，因为真实的世界并不是我们的耳目感官能够接触的这个世界，而是其背后存在的"理念的世界"，这个世界只有靠"回忆"才能够把握到。这是因为人的灵魂是不死的，灵魂在某个时期曾经进入到这个"理念的世界"，获得了关于这个世界的知识，只不过在灵魂投生时忘记了，需要"回忆"才能够重新唤醒。柏拉图这种带有神秘主义色彩的"理念论"对后来的西方哲学影响巨大，它不仅成为基督教哲学的主要源头之一，而且是在西方长期占据主导地位的"概念形而上学"传统的主要源头。这主要表现在两个层面：一是其知识来自于"回忆"的思想成为后世先验论的思想资源；二是其"理念"论成为西方哲学"追问真相"传统的永恒主题——人看见的东西是不真实的，不重要的，只有其背后隐含的东西才是最真实的、根本性的，才是原因和真相。基于古希腊哲人这种追问万物之"真相"的冲动，亚里士多德概括出了哲学研究的学术规范与基本指向：

> 古今来人们开始哲理探索，都应起于对自然万物的惊异；他们先是惊异于种种迷惑的现象，逐渐积累一点一滴的解释，对一些较重大的问题，例如日月与星的运行以及宇宙之创生，作成说明。一个有所迷惑与惊异的人，每自愧愚蠢（……）；他们探索哲理只是为想脱出愚蠢，显然，他们为求知而从事学术，并无任何实用的目的。这个可由事实为之证明：这类学术研究的开始，都在人生的必需品以及使人快乐安适的种种事物几乎全部获得了以

后。这样，显然，我们不为任何其它利益而找寻智慧；只因人本自由，为自己的生存而生存，不为别人的生存而生存，所以我们认取哲学为唯一的自由学术而深加探索，这正是为学术自身而成立的唯一学术。①

这既是对古希腊哲学探索的总结，也是对后来哲学发展路径的规定，相比之下，可以说与中国先秦诸子的学术旨趣大相径庭。这就意味着，追问真相，或者对客观知识的认知乃是西方哲学的主要兴趣之所在。

从笛卡儿之后，西方哲学的主要兴趣从本体论转向认识论，建立起被一些哲学史家称为"主体形而上学"的哲学体系。外部世界的构成以及知识本身不再是讨论的热点，比较而言，哲学家们更关心思维与存在的关系问题，也就是说，人们是如何获得知识这一问题成为近代哲学追问的核心问题。人们意识到，关于世界的一切知识都是以认识的主体，即"我"或"自我"为前提的，只有弄清楚主体把握存在的方式，才能够判断知识是否反映了客观世界。由于对作为认识基础的主体能力理解不同，就出现了唯理论与经验论两种哲学认识论。前者把理性，即人的抽象概括、分析推理能力视为知识的来源及可靠性保证，后者则认为知识来源于感性经验。二者的分歧仅在于对认识过程主体能力的理解不同，都没有超出"思维与存在"的框架，因此都是"主体与客体"二元对立思维方式的产物。可以说，正是以笛卡儿和洛克等人代表的近代认识论哲学使在亚里士多德那里已经初露端倪的主客体二元对立思维模式得到强化，并成为此后数百年间西方哲学的基

---

① ［古希腊］亚里士多德：《形而上学》，吴寿彭译，5页，北京，商务印书馆，1959。

本思维模式。从这种思维模式出发，西方哲学强化了人相对于外在世界的主体性，从而把揭示世界客观性确定为哲学的基本任务。

从以上的简单比较中我们可以看出，中西哲学确实是在两条完全不同的道路上演进的。其根本差异在于：在人与自然的关系中，中国哲学求其同，西方哲学究其异；在思维方式上，中国哲学以"合外内之道"为目的，标举"体认"，西方哲学以揭示世界的客观性为目的，倡言"认知"；"体认"之关键在于从总体上把握人与外在世界相通处，故而可以称之为"类比思维"或"关联性思维"，"认知"之关键在于从主体出发剖析、辨识作为客体的外在世界之特性与规律，故而可称之为"对象性思维"或"因果性思维"。这两种哲学各自建构起庞大的话语体系，分别塑造了中西文化的基本品格，各有其功，难分轩轾。然而到了 19 世纪后半期，这两大哲学系统却呈现出某种"趋同"倾向。

三、从体验到默会

以康德为代表的德国古典哲学对于自笛卡儿以来形成的近代认识论哲学进行了批判性反思。德国古典哲学家一方面试图协调经验论与唯理论之间的分歧，另一方面又试图弥合近代哲学中客观认知与价值诉求之间的割裂。康德对"判断力"展开研究，并以之作为联结认知理性（理论理性）与道德理性（实践理性）的纽带。谢林通过"绝对同一"这一本体范畴将主体自我与客体对象连接为不可分割的整体。黑格尔则把主体与客体、经验与理性、认识与价值统统纳入到"绝对精神"辩证运动的过程中，把那些看似彼此独立，甚至对立的因素视为相互依存并相互转化的同一事物的两个方面，从而真正完成了对近代认识论哲学的超越。但是问题并没有得到彻底解决，哲学依然没有走出"概念形而上学"的藩篱，还是远离着活生生的现实生活与有血有肉的人。

于是叔本华试图用非理性的"意志"来取代抽象的理性作为哲学的基础，但由于其悲观主义倾向的不合时宜，在当时可谓和者盖寡。只是稍后到了费尔巴哈这里才终于以其振聋发聩的声音终结了德国古典哲学：在他看来，作为德国古代哲学集大成的黑格尔哲学不过是中世纪神学的翻版而已，"绝对精神"就是没有人格的上帝。思辨哲学的本质与基督教哲学的本质一样，都是异化了的人的本质。他主张让哲学从天上回到人间，把人们对彼岸世界的热情还原为对此岸世界的热情，让"饱饮人血的理性"成为哲学的核心与基础。费尔巴哈这种"人本主义"的呐喊唤醒了无数一流的大脑，首先就是马克思。在费尔巴哈的影响下，马克思开始了对人的哲学的探索。他不仅在人与自然的"交换"关系中发现了人成为人的历史过程，而且进而发现了社会关系对人的本质的决定性影响。在继承并超越费尔巴哈的过程中，马克思把人理解为社会实践的产物，把社会改造作为人的解放的必经之路，从而建立起了历史唯物主义的哲学体系。到了 19 世纪后半叶，尼采横空出世，高举个体存在与感性生命的大旗，对整个西方形而上学传统发起攻击，狄尔泰、马丁·布伯、柏格森、弗洛伊德等继其后，从不同角度对以"理性"为中心的概念形而上学进行了深刻反思与批判。其后，海德格尔以人的当下存在，即"在世界之中"为基点，把人的全部行为的展开过程与世界对于人而言的生成过程统一起来，把"存在的澄明"，即人对自身的展开与世界的生成这一统一过程的觉知作为"真理"来把握，从而彻底超越了传统形而上学"追问真相"的思维指向，使人对自身的理解以及人对世界的理解达到空前的深度。从 19 世纪中叶以来，哲学家们这个不断深化、不断探寻的过程不仅体现着人们对自然和自身认识的不断更新，同时也体现着人类思维方式的转换。这里有三个关键词值得特别注意，这就是：体验、领悟、默会。

　　"体验"原本是一个日常用语，在理性中心主义占主导地位的时代，这个词并没有作为一个概念而上升到哲学的高度。到了 19 世纪后半期，在高扬感性、生命、意志的哲学思潮中，"体验"一词开始受到空前重视，终于在狄尔泰那里成为一个重要的哲学概念。根据伽达默尔的考察，在德国文献中，体验（Erlebnis）这个词是在 19 世纪 70 年代才与"经历"亦即"经验"（Erlebn）这个词区分开来的。此时人们是这样来理解"体验"一词的独特含义的："如果某个东西不仅被经历过，而且它的经历存在还获得一种使自身具有继续存在意义的特征，那么这种东西就属于体验。"①狄尔泰在其 1905 年出版的《体验和诗》这部著作中首先在这一意义上把"体验"一词用之于对文学艺术的阐释之中，从而使这个词获得"概念性功能"。关于这个概念的具体内涵，伽达默尔指出：

　　　　与笛卡尔的 res cogitans（被思物）术语相联系，狄尔泰通过反思性（Reflexivität）、通过内在存在（Innesein）去规定体验概念，并且想从这种独特的所与方式出发在认识论上为历史世界的认识进行辩护。在解释历史对象时所追溯到的最初的所与并不是实验和测试的数据，而是意义统一体（Bedeutungseinheiten）。这就是体验概念所要表达的东西：我们在精神科学中所遇到的意义构成物（Sinngebilde）——尽管还是如此陌生和不可理解地与我们对峙着——可能被追溯到意识中所与物的原始统一体。这个统一体不再包含陌生性的、对象性的和需要解释的东西。这就是体验统一

体（Erlebniseinheiten），这 种 统 一 体 本 身 就 是 意 义 统 一 体（Sin-
neinheiten）。①

　　在这里伽达默尔用"所与"（Gegebenheiten）这个词来意指过去的精
神创造物（历史和艺术）作为研究对象而存在这一现象，这与自然物作
为研究对象这一现象是根本不同的。这也正是人文科学或精神科学与
自然科学的差异之所在，也是狄尔泰标举"体验"这一概念的原因所
在。简言之，自然物是一种客观的物质存在，研究者完全可以在"主
客体二元对立"的框架下对之展开客观分析，可以运用"实验和测试"
等实证性的科学方法来研究。历史和艺术等精神创造物并不是物质性
的客观存在，不是不证自明的东西，它们是人的精神的客观化、符号
化，所以要真正理解其内容与意义，就需要引进"体验"的方法。在这
里，"体验"的关键在于：在研究者意识中已经先在地存在着研究对象
（所与物）的某些因素，从而构成"原始统一体"，而通过研究所得到的
不是属于研究对象的客观知识，而是"体验的统一体"，即研究者的体
验与作为研究对象的"精神创造物"中包含的前人体验的统一。这两种
体验相融会，也就构成了研究的结果，即"意义统一体"。从伽达默尔
的阐述中我们不难发现，狄尔泰的"体验"之说与其提出的"视域融合"
及"效果历史"说有着深刻的内在关联性。

　　19 世纪是自然科学飞速发展的时期，细胞学说、生物进化论、能
量守恒定律等科学发现极大鼓舞了人们对科学的热情，以至于许多哲
学家相信，只有用自然科学的方法进行的研究才是有价值的，这就导

---

　　① ［德］汉斯-格奥尔格·加达默尔：《真理与方法：哲学诠释学的基本特征》，洪汉鼎
译，83～84 页，上海，上海译文出版社，1999。

致了实证主义思潮的泛滥。面对这种科学主义的挑战，也有一些哲学家认识到问题的严重性，开始思考人文科学的独特性问题。狄尔泰就是其中最有代表性的一位。在他看来，用自然科学的方法研究精神或人文领域的现象是有问题的，人文科学必须有属于自己的方法。"体验"就是他找到的人文科学基本方法。他在谈到人文科学的独特性时说：

> 于是出现了一种特殊的经验领域，它具有内在经验中的独立起源和自己的材料，从而成为一种特殊的经验科学的主题。只要没有人主张，通过歌德的头脑结构或身体属性推导出其激情、诗歌能力和智性反省，歌德就会变得更容易理解，那么这一种学科的独立地位就是无可争议的。既然什么都是依据这种内心体验而存在于我们面前，既然构成一种价值和目的的东西也都仅仅存在于我们的感情和意志的生动体验中，那么内在经验的科学就包含了决定自然可以存在于我们的认识论原理，以及解释各种意图的存在、最高的善和价值的我们行动的原理；我们所有应付自然的实践行为，都是以此为基础的。[①]

在狄尔泰看来，人文科学的研究对象是人的精神活动，这是不能运用机械的自然科学方法把握的对象，因而需要一种适合于这一研究对象的方法，即"内在经验的科学"来面对。这种"内在经验的科学"的基本方法就是"体验"："如果说在自然科学中，任何对规律性的认识只有通过可计量的东西才有可能……那末在精神科学中，每一抽象原理归根到底都是通过与精神生活的联系获得自己的论证，而这种联系

---

① ［德］韦尔海姆·狄尔泰：《人文科学导论》，赵稀方译，9页，北京，华夏出版社，2004。

是在体验和理解中获得的。"①在狄尔泰这里，"体验和理解"作为人文科学的方法，与自然科学的分析的、实验的或者可计量的方法的根本不同在于其非对象性的，超越了主客体二分模式的特点。在体验中，对象和研究者是浑融一体的，借用佛家语，是心心相印的，这里不仅有理性的投入，更有感觉、情感、想象和直觉的投入，是一种生命整体的激活状态。毫无疑问，狄尔泰的"体验"与中国古人的"体认"在意指上已经极为接近了。

在狄尔泰的"体验"之后，最接近于中国古人之"体认"概念的是"领悟"。"领悟"(verstehen)是海德格尔在《存在与时间》中提出的重要概念。我们知道，"存在"问题是海德格尔哲学的核心，他对"存在"与"存在者"的著名划分使其哲学思考突破了自柏拉图以来的整个西方哲学的思考框架而深入到存在论或"基本本体论"的层面。在这一层面上，海德格尔展开了他对"在世界之中"的人，即"此在"，以及只与"此在"这一特殊"存在者"相关联的"存在"的细密思考。在海德格尔的逻辑中，"存在"并非任何一种实体，也不是任何一种实体的属性，"存在"本身并不存在，否则它就成了"存在者"而非"存在"了。"存在"只对"此在"来说才成其为"存在"。"此在"与其他无数"存在者"的根本区别就在于它能够领悟存在，换言之"存在之领悟"就是"此在"的本质规定：

> 此在是一种存在者，但并不仅仅是置于众存在者之中的一种存在者。从存在者状态上来看，这个存在者的与众不同之处在于：这个存在者为它的存在本身而存在。于是乎，此在的这一存

① 转引自刘放桐等编著：《新编现代西方哲学》，125 页，北京，人民出版社，2000。

在机制中就包含有：这个此在在对它的存在中对这个存在具有存在关系。而这复又是说：此在在它的存在中无论以任何一种方式、任何一种表述都领会着自身。这种存在者的情况是：它的存在是随着它的存在并通过它的存在而对它本身展开出来的。对存在的领悟本身就是此在的存在规定。①

在这里，"此在"与"存在"之间连接的纽带是"领悟"。换言之，"存在"只对作为"此在"的人来说才存在着，因为在所有的"存在者"之中，只有"此在"才能与自身的存在建立起"存在关系"。而对"此在"来说，则"存在"乃是存在于"领悟"之中的。这就意味着，实际上"领悟"正是"此在"的一种存在方式，同时也是"存在"现身之处。或者说，如果没有"此在"对"存在"的领悟，"存在"也就无从现身而处于遮蔽状态。换言之，"存在之领悟"对于"此在"的存在来说具有至关重要的意义，而且它还构成了"此在""在世界之中"展开自身的全部行为的基础：

　　　　存在之领悟不仅一般地属于此在，而且它随着此在当时的存在方式本身或成形或毁败，因此，可以对存在之领悟作出多种解释。哲学、心理学、人类学、伦理学、政治学、诗歌、传记与历史记述一直以形形色色的方式和等等不同的规模研究着此在的行止、才能、力量、可能性与盛衰。②

---

① ［德］马丁·海德格尔：《存在与时间》，陈嘉映、王庆节译，15～16页，北京，生活·读书·新知三联书店，1987。

② ［德］马丁·海德格尔：《存在与时间》，陈嘉映、王庆节译，21页，北京，生活·读书·新知三联书店，1987。

这无疑是说，诸如"哲学、心理学、人类学、伦理学、政治学、诗歌、传记与历史记述"等人文学科都是在"存在之领悟"的基础上进行的理性思维活动。"存在之领悟"是一种"源始性"的、"非对象性"和"前概念性"的思维状态，是"此在"对自身和其他各种存在者的感受、体验和领会。在海德格尔这里，离开的"存在之领悟"，一切科学都是不可能产生的。对于"存在之领悟"这一思维特征，海德格尔有过很生动、形象的描述：

> 对于更宽泛意义上的物的日常经验既不是客观化的，也不是一种对象化。譬如，当我们坐在花园中，欢欣于盛开的玫瑰花，这时，我们并没有使玫瑰花成为一个客体，甚至也没有使之成为一个对象，亦即成为某个专门被表象出来的东西。甚至当我在默然无声的道说(Sagen)中沉醉于玫瑰花的灼灼生辉的红色，沉思玫瑰花的红艳，这时，这种红艳就像绽开的玫瑰花一样，既不是一个客体，也不是一个物，也不是一个对象。玫瑰花在花园中，也许在风中左右摇曳。相反，玫瑰花的红艳既不在花园中，也不可能在风中左右摇曳。但我们却通过对它的命名而思考之、道说之。据此看来，就有一种既不是客观化的也不是对象化的思想与道说。①

海德格尔在这里说的"既不是客观化的也不是对象化的思想与道说"，即是指一种"存在的领悟"状态。在这里没有主客体之分，没有思维与存在之分，人之所思与所思之物融为一体，无法分拆。所谓

---

① ［德］马丁·海德格尔：《〈今日神学中一种非客观化的思与言问题〉的神学谈话中主要观点的若干提示》，孙周兴译，见刘小枫选编：《海德格尔与有限性思想》，19 页，北京，华夏出版社，2002。

"道说"是海德格尔在受到老庄道家学说影响之后创造的一个概念，用以区别那种日常生活的、被工具化了的语言言说，意指可以显现"存在"的言说，亦即呈现"存在的领悟"的言说。在海德格尔看来，只有那种没有被工具化的的本真语言的言说，如诗歌和艺术，才能够成为"道说"。根本上说，"道说"实际上是对不可说之物的言说，它不是用语言来标示、限定或定义事物，而是借助于语言唤醒人们心灵深处的"存在之领悟"，从而使世界显现出来。用他的话说就是："澄明着和掩蔽着之际把世界端呈（Reichen）出来，这乃是道说的本质存在。"①"道说"不在于告诉你什么，而在于向你呈现什么。

海德格尔之所以如此重视"存在之领悟"，这是与他的整个存在论哲学框架密切相关的。他认为此在之"在世"（In-der-Welt-sein）不同于以往人们理解的那样，先有一个现成的世界，然后人生活于其中。海德格尔的"世界"与"此在"是同时共在的，是彼此依赖并相互生成的。"在世"也就是"在世界之中"，其义是说人与其生存之"世界"相互呈现、相向展开，"此在"生存于"世界"之中，"世界"亦存在于"此在"之中，"此在"之生存活动既是认识世界的过程，也是构成世界的过程。在这里，人与世界是"浑然同体"，不可分拆的。因此，人也就不能置身于世界之外把世界作为客观对象来认识，不能对世界产生"对象性"认识，在这里只有"领悟"——既是对世界的领悟，也是对自身生存活动的领悟，根本上是让世界呈现出来。"领悟"的价值在于：人无法处身于世界之外来认识这个世界，只有"在世界之中"来"领悟"它，因此"领悟"就成为人们对世界的一切认识活动的前提与基础。换言之，"领悟"是"此在"的存在方式，因而也

---

① 孙周兴选编：《海德格尔选集》，681页，上海，上海三联书店，1996。

是"世界"的源始性的存在方式。

英国哲学家波兰尼的"默会知识"（tacit knowledge）概念可以说是对海德格尔"存在之领悟"说的直接继承。在 1958 年出版的《个人知识》一书中，波兰尼论述了"个人知识"的可能性，认为以往一般意义上的"知识"都是普遍公认的、客观的、非个人的，但实际上存在着一种属于个人的、非对象性的知识，那就是"默会知识"。他是这样描述"默会知识"的："一种存在于人的认识活动中，无法用言语表达，但却起着决定性作用的某种主体的功能性隐性意知系统。在相当大的程度上，一切信息的沟通都得依靠唤醒我们无法明言（tell）的知识，而我们所拥有的一切关于心理过程（mental process）的知识——比如关于感觉或者有意识的知性活动的知识——也是以某种我们无法明言的知识为基础的"①。这种"默会知识"存在于人的心理过程中，而且对人的行为和认识活动发挥着重要作用，但却无法明确说出来。它既不是那种意识中的概念和想法，也不是弗洛伊德的"无意识"，这显然是一种特殊的知识形态，是以往人们所长期忽视了的。波兰尼的重要贡献在于使人类知识界开始注意到在人类明确的、可以清楚地说出来的知识系统之外，还存在着一种无法言说的知识形态，而且在某种意义上说，后者具有更加重要的作用。在波兰尼看来，以往那种追求纯粹"客观性"知识的观点是不正确的，因为任何知识都是经过作为生命个体的人的心理活动而获得，都不可避免地带有"个人性"，所以他把提出"个人知识"的说法：

---

① ［英］迈克尔·波兰尼：《科学、信仰与社会》，王靖华译，66 页，南京，南京大学出版社，2004。

　　本书的目的是要表明，通常被认为是诸精密科学的属性的完全客观性是一种错觉，事实上是一种虚假的理想。但是，我并不试图在拒绝作为理想的严格客观性的同时而不提出一种替代。我相信这种替代更值得明智的效忠。这就是我所说的"个人知识"。①

　　在波兰尼这里，这种"个人知识"并不是和"普遍知识"或"集体知识"相区别的概念，而是用来代替"纯粹的客观知识"的概念，因为在他看来任何知识都不可能是纯粹客观的。这是因为，知识的形成过程是离不开"默会"这一特殊环节的："尽管人类在知性上能优越于动物的主要原因是人能使用语言等各种符号，……这种使用本身——积累各种题材之细节，深思熟虑，不断重考，然后将之用符号表述出来的过程——是一个意会的、非批判性的过程。"②

　　与海德格尔一样，波兰尼之所以如此强调"默会知识"的重要性，最主要的原因在于他也是在存在论层面上来看待人的一切精神活动的，在这种观点看来，任何知识都被理解为人的存在方式："我们把自己的精神存在主要归结于艺术作品、道德、宗教礼拜、科学理论和我们接受下来作为我们的寄寓之所和心灵发展之土壤的其他言述体系。"③由于人的存在用海德格尔的话说是"在世界之中"，用波兰尼的

---

　　①　［英］迈克尔·波兰尼：《个人知识：迈向后批判哲学》，许泽民译，26 页，贵阳，贵州人民出版社，2000。

　　②　［英］迈克尔·波兰尼：《科学、信仰与社会》，王靖华译，119 页，南京，南京大学出版社，2004。

　　③　［英］迈克尔·波兰尼：《个人知识：迈向后批判哲学》，许泽民译，238 页，贵阳，贵州人民出版社，2000。

话说叫作"寓居"，都是指人与世界彼此交融、相互建构的状态，故而人的一切行为，包括精神活动，甚至包括人的非理性的情绪情感，都是人与世界打交道的方式，都具有存在论意义。从这个意义上说，无论是自然科学还是人文科学，都离不开人与世界那种身心合一的浑融一体的亲密接触，都是这一接触的产物。以往那种一味追求知识的客观性的观点的问题恰恰在于忽视了这一知识形成过程的重要环节："客观主义完全歪曲了我们的真理观，它提升了我们能够知道和能够证明的东西，却用有歧义的言语掩盖了我们知道但不能证明的东西，尽管后一种知识被隐含在我们能够证明的东西里并最终必然对它们加以认可。"①波兰尼的贡献就在于启发人们对那种言语言说但在人对世界的理解中非常重要的认知方式予以高度关注。

四、"体认认知"：两种思维方式的趋同与发展

从狄尔泰的"体验"到海德格尔的"领悟"再到波兰尼的"默会"，三者之间无疑存在着紧密的学理关联。可以说，这是西方哲学一个世纪多以来反思"理性中心主义"传统，反思"主客体二分"模式、反思"主体形而上学"和"概念形而上学"的标志性成果，在西方哲学史上有着重大意义。而在客观上，这一成果体现出西方哲学与以"体认"为标志的中国传统哲学的某种"趋同"倾向，而此一现象，更值得学界高度关注与深入研究。这种"趋同"主要表现在物我合一、心物浑融的思维指向上。当然也可以说是表现在对"主客体二元对立思维模式"的拒斥与超越上。

---

① ［英］迈克尔·波兰尼：《个人知识：迈向后批判哲学》，许泽民译，439页，贵阳，贵州人民出版社，2000。

对于中国哲学来说,"天人合一"原本就是其基本观念。如果笼统言之,所谓"天人合一"是指人与自然宇宙是一个不可分割的整体,人的个体生命属于生生不息的宇宙大生命的组成部分。如果具体言之,则"合外内之道"实为"天人合一"思想之核心观念。所谓"合外内之道",就根本而言,就是使人自身的价值规范与自然宇宙的运行规律统一起来,也就是通过人的自觉努力,使自身秉持的人伦规范符合天地自然之道,即"以人合天"。那么"天地自然之道"是什么呢?对于道家来说,"天地自然之道"就是万物的本然自在性,就是自然而然、自己而然,也就是"无为",根本上是反对人为了一己之私的刻意而为。对于儒家来说,则"天地自然之道"主要体现在自然宇宙那种生生不息、化生万物的功能和有条不紊的森然秩序。道家效法自然,否定人为秩序的合理性;儒家敬畏自然,主张人应该根据自然秩序来建立社会秩序。二者都是"天人合一"的,但价值取向却刚好相反。原因也很简单,天地自然并无不同,只是儒道两家所取者不同而已。然而儒道两家也有其共同之处,那就是在他们看来,"天地自然之道"并不外在于人,并不是超越于人世之上,而是一种"内在性"的存在。因而人们把握天地自然之道的方式就不能是对象性的,不是纯客观的,而是只能是"体"或"体认"。对于人与天地自然之道的这种关系,张载的《西铭》颇可说明:

乾称父,坤称母;予兹藐焉,乃混然中处。故天地之塞,吾其体;天地之帅,吾其性。民吾同胞;物吾与也。大君者,吾父母宗子;其大臣,宗子之家相也。尊高年,所以长其长;慈孤弱,所以幼其幼;圣其合德;贤其秀也。凡天下疲癃残疾、惸独鳏寡,皆吾兄弟之颠连而无告者也。于时保之,子之翼也;乐且不忧，纯乎孝者也。违曰悖德，害仁曰贼；济恶者不才，其践形，惟肖者也。知化则善述其事，穷神则善继其志……富贵福泽，将厚吾之生也；贫贱忧戚，庸玉女于成也。存，吾顺事；没，吾宁也。①

这里讲了几层意思：一是说，人和万物一样，为自然宇宙所化育，同时也是自然宇宙的一部分。正因为如此，人应该把自然宇宙视为父母，把他人视为兄弟，而把万物视为同侪友朋。二是说，人世间的道德规范与天地之道是一致的，仁爱孝顺之类的美德就是人对自然宇宙的固有秩序的遵从与效法。三是说，作为个体生命，应该自觉的遵从天地之道，安时而处顺。这里讲的"穷神""知化"值得特别注意，这不是指人对大自然的客观认知，而是指人对自然宇宙之道的体认。换言之，人是依靠对默默无言的宇宙自然之道的体认而建构起社会道德秩序的。其所存之"心"，所养之"性"，都并非纯粹的个人品性，而是与宇宙自然之道息息相通的，故而"存""养"作为修德工夫，亦即是对天地之道的"体认"。整体言之，这篇文字比较集中地展现了中国古人在"天人之际"处寻求价值本原的努力，也显示出"体认"作为运思方式的特点之所在。

对于狄尔泰的"体验"、海德格尔的"存在之领悟"、波兰尼的"默会知识"来说，也同样是在从不同的角度谈论一种"物我合一""心物浑融"的境界。在伽达默尔看来，狄尔泰拈出"体验"概念旨在张扬生命整体性在人们认识世界过程中的重要意义，反对理性主义以及与之相关的实证主义。与感觉或感知不同，"体验"是指人作为

① （宋）张载：《西铭》，见《张载集》，62～63 页，北京，中华书局，1978。

生命整体与世界相交接、融汇的产物，是"生命客观化与意义构成物中"的结果。"体验"的结果也不是客观认识或客体之真相，而是"生命"本身与其所交接的事物共同构成的"意义统一体"。因而，"体验"既不是主观的，也不是客观的，而是"心物交融""物我一体"的。

海德格尔的"存在之领悟"同样具有这一特征。在海德格尔的存在论视域中，既没有纯粹的主体，也没有纯粹的客体，人（此在）与世界是一种相互展开的、相互呈现的关系。人的各种行为，身体的和心理的，同时也是世界向人展开的过程。这就意味着，人理解外在世界的过程也就是此在"在世界之中"的过程，在此在与世界之间呈现一种浑然一体的状态。海德格尔指出：

> 世界并不是此处存在的可数或不可数、熟悉或不熟悉的纯然聚合。但也不仅仅是加上我们对这些物的总和再现的想象框架。世界世界化了，它比我们自以为十分亲近的那些可把握的东西和可认识的东西在存在中更加完整。世界从来不是立于我们面前让我们观看的对象。只要世界作为诞生与死亡、祝福和诅咒从而使我们进入存在的道路，那么，世界便从来不是作为相对于我们主体的对象。在此，相关于我们根本存在的历史性决断才会发生。……一块石头是无世界的，动物和植物也同样没有世界。……与此相反，农妇却有一个世界，因为她居于存在者的敞开之中，和万物所是的敞开之中……①

---

① ［德］马丁·海德格尔：《诗·语言·思》，彭富春译，44～45 页，北京，文化艺术出版社，1991。

按照海德格尔的理路，人作为此在不是外在于世界的，或者说，并没有一个先在于人的"世界"，"在世界之中"是此在的存在方式，因此人无法站在世界之外客观地认识这个世界，但人可以通过"存在之领悟"来把握世界，而把握世界也就是"存在之澄明"。在这个意义上我们可以说，海德格尔的"存在之领悟"与中国古代的"体认"具有某种深刻的一致性。

波兰尼的"默会"也同样具有身心合一、物我一体的特点。首先，在波兰尼这里，认识不仅是人的心灵的事情，同时也是整个身体的事情，是全身心的投入，而且难以清楚地表达出来的身体参与在认识过程中具有更重要的作用。其次，"默会认识"的前提是"寓居"，而"寓居"也就是海德格尔的"在世"。正如国内"默会认识论"的研究专家郁振华教授指出的："……波兰尼从默会认知的 from-to 结构引申出一个重要结论：我们的认知活动是通过寓居而展开的（knowing by indwelling）。在此基础上，波兰尼断言：'寓居就是在世'，揭示了默会知识论和海德格尔的'在世'思想的关联。"①从某种意义上说，波兰尼正是在海德格尔存在论的层面上进一步展开自己关于人的认知行为的思考的。在他看来，人对世界的认知首先表现为人的一种存在方式，因此"默会认知"实际上也就与海德格尔的"存在之领悟"具有了密切关联。

与对"主客体二元对立"思维模式的拒斥与超越相联系，上述从"体认"到"默会"的思维方式特别重视在认识活动中的"身心合一"，即全身心投入。这无疑是对西方传统的"理性中心主义"的突破。"体认"的本质是"知行合一"，不仅知道，而且做到。"体验"也同样如此。如伽达默尔所说："每一个体验都是由生活的延续性中产生，并且同时

---

① 郁振华：《人类知识的默会维度》，125 页，北京，北京大学出版社，2012。

与其自身生命的整体相联……由于体验本身是存在于生命整体里，因此生命整体目前也存在于体验之中。"①"体认""体验"以及"领悟"和"默会"等都不是一种单纯的智力活动，而是一种生命活动，是交织着感性与理性、生理与心理、物质与精神等各种因素的复杂的生命过程。可以说，从"体验"到"默会"，这里呈现出西方哲学在思维方式上与东方传统思维方式"趋同"的趋势，东方哲学，包括老庄、孔孟与佛学对西方的影响与渗透无疑是一个重要原因。在现象学和存在主义哲学系统中，马丁·布伯、海德格尔、雅思贝尔斯等人都直接受到过中国古代哲学的影响，从而促进了他们的哲学转向。当然，更重要的原因还是西方哲学发展自身的问题，即传统概念形而上学越来越远离人们的现实需求与生活经验了，成了虚无缥缈的东西，活生生的人和人的现实生活反而长期被忽视。19 世纪中叶以后西方哲学家们就已经意识到了这一点，于是一个半世纪以来，西方哲学走上了向人"回归"的长征之路。19 世纪末 20 世纪初以来的生命哲学、现象学、精神分析主义、存在主义、空间哲学、身体哲学都标志着这种向自身回归之途的一个阶段或者环节。体验、领悟、默会之所以受到空前的重视，也正是因为它们较之可以清楚说出来的概念表达、逻辑推理更切近人的生命整体，更能够呈现人的本真存在状态。

对于西方近代以来产生的从"体验"到"默会"思维与中国传统的"体认"思维之间存在的这种明显的相通性，我们可以视之为中西思维方式上的"趋同"现象。正如张祥龙教授所言，在古代，西方哲学与中国哲学走着两条完全不同，也不相交的道路，而到了近代，这两大哲

---

① ［德］汉斯-格奥尔格·加达默尔：《真理与方法：哲学诠释学的基本特征》，洪汉鼎译，89 页，上海，上海译文出版社，1999。

学传统呈现出趋近的倾向。但是由于各自有着不同的思想渊源，又面对着不同的现实问题与需求，故而即使在这一"趋同"的倾向中，差异毕竟还是相当明显的。这主要表现在两个方面：其一，中国古人选择"体认"作为运思方式是因为他们的学术，或者所思所想都是关涉着人伦关系的，原本就是在"我与你"而不是"我与它"的关系中产生出来的，故而中国古人没有"对象化"或"客观化"的需求。西方人则不然，他们的思考并不限于人伦范围，他们之所以认识到"体验""领悟"与"默会"的重要性，是因为他们经过长期反思发现，那种传统哲学的"对象化"的、"概念形而上学"的思维方式并不能真正解决人类知识的全部问题，而且很容易给人们造成新的精神桎梏，从而遮蔽一些对人类而言更重要的东西。因此他们强调生命整体、感性、身体等在认知活动中的重要性，目的乃在于把被压抑的生命力进一步释放出来，进而解放人们的思想。这与中国传统学术运用"体认"的方式来"究天人之际"是有着根本差异的。其二，在中国古人那里"体认"是修身养性、成圣成贤的"工夫"范畴，其根本之处乃是知行合一，这是他们在长期道德实践中总结出来的。在西方哲人那里，"体验""默会"等本质上依然是认识范畴，是自康德以来西方哲学对人自身认识能力不断反思的合乎逻辑的结果，也可以说，是更接近人的认识的实际过程了。

通过以上阐述，我们对现代以来西方哲学与中国传统哲学在思维方式上的那种"趋同"现象有了一个大致的勾勒与描述，我们揭示了西方的"体验""领悟""默会"与中国的"体认"这两种思维方式之间的异中之同与同中之异。那么接下来我们应该做什么？在我看来，在这里比较孰优孰劣是没有意义的，有具有学术意义的是，通过这种阐释、描绘与比较，我们可以发现一种趋势，一个在东、西方哲学思维相互渗透、融合的基础上呈现出来的人文科学研究的新方向。因此我们应该做的是在综合的基础上进一步去探寻并建构起一种具有现代意义的思维方式，其中既包含有上千年的中国古代智慧，也含有一个多世纪以来西方哲学苦苦探索的成果。对于这种思维方式，我们可以将其命名为"体认认知"。为什么用"体认认知"这个词呢？这是因为从语义的丰富性角度看，与"体验""领悟""默会"相比，作为纯粹汉语词汇的"体认"有着突出的优点。这主要表现在下列几个方面：第一，"体认"这个词包含着"整体感知"的意思，因为"体"原本就是指整个身体而言。"认"则是分辨、识别之义，故而"体认"即是从整体上分辨、识别，也就是全身心地去认识的意思。所谓从"整体上"或"全身心地"究竟何义呢？用现在的学术概念来表示，也就是在感性与理性、直觉洞见与逻辑判断的结合中来展开认知。事实上，人原本就是一个生命整体，在与世界照面之时，本来就是全身心的投入，而不仅仅是"理性"在运作。以往认识论过于看重"理性"的作用而有意贬低"感性"的意义，这无疑是一种"理性中心主义"的谬误。第二，如前所述，"体认"带有"知行合一"的含义。在中国古人那里，知即是行，行即是知，能知不能行，只是未知。这里所谓"行"并不一定是去做事情，而是指在"知"的过程有真情投入其中，真心相信其所知。一旦面临实际的情境，他就会自然而然地去践行其所知。这是王阳明在"传习录"中反复说明的道理，也是宋明理学的真谛之所在。对于现代人来说，"知"与"行"相分离已经成为根深蒂固的普遍现象了，故而倡导"体认认知"是具有现实意义的。第三，"体认"含有"自得"之义。所谓"自得"含有"自己而得"或"得之于己"的意思，可以说与西方现代知识论强调认知的个体性具有相通之处。知识必然具有共同性、普遍性，否则便不成其为人类的知识。但作为具体存在，知识又有着个体性特征，由于知识的获得不仅仅是概念演绎和逻辑推理，而是"体认"，是一个身心合一的过程，故而人人得到的知识都必然带有个人的、无法言说的因素。中国古人强调"涵泳""自得"等"体认"工夫，可以说是对这种知识的个体性的尊重。第四，更为重要的是，从老庄、孔孟以降，中国古代学术在两千多年的发展历程中，"体认"一直是基本思维方式，积累了大量相关经验，为发展具有现代意义的"体认认知"提供了宝贵的思想资源。

五、"体认认知"对文论之影响

无论中国还是西方，文学理论与批评的核心概念总是受到来自哲学的影响和制约的。中国的"体认"和西方的"体验""领悟""默会"等概念也同样是如此。而且，这些概念所标示的思维方式与审美活动有着某种深层的相通性，这就使得它们对文学理论与批评的影响远大于一般的哲学观念。

"体认"二字所标示的是中国古代学术的基本运思方式，无论儒、释、道，均是如此。同时这个概念也是古代文论言说的基本运思方式。事实上，在中国古代围绕着"体认"思维方式形成了一个"词族"或"概念族"，诸如"体悟""感悟""神思""妙悟""涵泳""自得""静观默察""澄怀静虑""迁想妙得"等实质上都关涉到"体认"所标示的思维方式。对此我们可以做如下阐释：首先，"体认"是古代文学阐释的基本方法。我们可以孟子的观点为例来说明这一方法。孟子说："故说《诗》者不以文害辞，不以辞害志；以意逆志，是为得之。"朱注："言说《诗》之法，不可以一字而害一句之义，不可以一句害设辞之志，当以己意迎取作者之志，乃可得之。"[1]在这里朱熹把"志"理解为"设辞之志"，即诗人做诗的根本动机，可谓言之有据。又以"迎取"释"逆"，

---

① （宋）朱熹：《四书集注·孟子集注》，439 页，长沙，岳麓书社，1993。

也是极为恰当。然而"迎取"究竟该作何解？朱注可谓语焉不详。如果与孟子"知人论世"说相联系①，则愚意以为，这里的"逆""迎取"只能是"体认"，即体会与体察义。孟子的意思是说"说诗者"面对古人的诗歌，须进入诗人做诗的情境之中，设身处地地揣摩、感受、体察、理解其为诗之动机。只有这样，他才能够真正体会到诗歌所承载的诗人之情感和意念。孟子之所以强调"知人论世"，正是因为这是"说诗者"体认诗人内心世界的必由之路。孟子开创的这种以"体认"为核心的说诗方法对中国诗学阐释学具有奠基作用，可谓影响至深。在后世的《诗经》传注中，"体认"这个概念就经常出现了。例如，明儒李先芳说："或谓《诗序》为卫宏、毛公所作，诸儒多疑之。即为二公所作，然自汉以来，经师授受，去古未远，后学所当遵守体认，以求诗人微意……"②清儒钱澄之说："……或诸家异同并载，以俟折中；或特标己意，微有体认，大约以补章句说中所未尽有。"③这说明在《诗经》的解释传统中，"体认"乃成为人们探讨诗作意蕴的重要方法。其次，除了《诗经》解释之外，"体认"也成为一般的诗学概念：既是指诗人捕捉诗情、锻炼词句的基本方法，同时也是读诗者获得诗中意蕴的主要方式。例如，宋人杜范诗云："反躬深体认，莫浪付诗情。"④又董嗣杲诗云："空云驾我登天池，江山秋渺无津涯。涉溪蓦栈借仗藜，光景体

---

① 《孟子·万章下》："颂其诗，读其书，不知其人，可乎？是以论其世也，是尚友也。"朱注："论其世，论其当世行事之迹也。言既观其言，则不可以不知其为人之实，是以又考其行也。"

② （明）李先芳：《读诗私记》卷一，文渊阁四库全书本。

③ （清）钱澄之：《田间诗学·凡例》，7～8页，文渊阁四库全书本。

④ （宋）杜范：《赋夏肯父所性堂》，见《清献集》卷二，文渊阁四库全书本。

认归裁诗。"①又刘克庄诗云:"四时推移景迭新,二诗体认理尤清。爱莲亦既见君子,看竹不须通主人。"②前二首言体认之于作诗的重要性,后一首言体认之于读诗的意义。可知无论作诗,还是读诗,均离不开体认二字。

西方近代以来对于传统形而上学思维方式的反思与批判始终与文学艺术密切关联。甚至可以说,他们是在谈论哲学问题,同时也是在谈论美学或者艺术问题。对这一反思思潮而言,借助于美学和艺术的思维方式来颠覆传统形而上学似乎是一种行之有效和普遍适用的方法。毫无疑问的是,他们所强调的感性、生命、体验、领悟、默会等,根本言之其实都与审美经验相近。尼采的成名作《悲剧的诞生》是其二十七岁时完成的,这是一部文学理论著作,也是一部哲学著作,其主旨乃在于借助于高扬充溢着感性生命力量的希腊艺术精神,来冲击和颠覆西方自柏拉图以来的形而上学传统。狄尔泰的"体验"概念最初就是在其关于歌德、荷尔德林等人的文学批评论文中提出来的。与尼采一样,狄尔泰也是希望把文学艺术中普遍存在的思维方式泛化为包括哲学在内的普遍的学术思维,从而打破理性中心主义给人们带来的精神桎梏。至于海德格尔,"诗"与"思"始终都是紧密相连的,在他这里"真理"即"存在之澄明",而诗歌和艺术则是使存在澄明的最佳方式。在他看来:"艺术品以自己的方式敞开了存在者的存在。这种敞开,即显露,亦即存在者的真理产生于艺术品中。在艺术品中,所是

---

① (宋)董嗣杲:《天池寺夜与主僧觉翁圆上坐谈浯溪山水之胜信笔因赠长句》,见《庐山集》卷三,文渊阁四库全书本。

② (宋)刘克庄:《题宋谦父四时佳致楼》,见《后村集》卷十六,上海古籍出版社 1987年影印本。

的真理将自身设入作品。艺术乃是真理将自身设入作品。"①海德格尔所追求的是"诗意的栖居",其实也就是生活艺术化的意思。可见海德格尔的"存在之领悟"本身即具有重要的美学意义与文学理论价值。波兰尼孜孜以求的"默会认知"与"默会知识"也同样与审美能力密不可分。在论证"默会认知"的重要性时,波兰尼从康德关于"判断力"的论述中找到了有力的根据。"康德称作天赋的智力的这种判断力的机能,用波兰尼的术语来说,就是我们的默会能力。"②我们知道,在康德那里,"判断力"是其"第三大批判"研究的对象,是专指审美能力而言。波兰尼强调康德判断力与默会能力的一致性,说明在他这里,默会认知本质上乃是一种近似于审美判断的主体能力。他所强的"个人知识"或者"知识的个人性"以及知识的"不可言说性",都是审美活动的特性。可见波兰尼与他的前辈一样,也是借助于审美和艺术的思维方式来解决西方哲学困境问题。但是通过波兰尼的研究,默会知识就不仅仅适用于审美领域,而是关涉到人类的全部知识:人类知识或者直接就属于默会知识,或者是以默会知识为基础的。这或许意味着,人类的审美活动与其他各种活动之间并不是截然分开的,在思维方式上审美活动与各种认知活动之间存在着深层的关联性。

---

① ［德］马丁·海德格尔:《诗·语言·思》,彭富春译,40 页,北京,文化艺术出版社,1991。

② 郁振华:《人类知识的默会维度》,185 页,北京,北京大学出版社,2012。

图书在版编目（CIP）数据

新传统之创构：中国当代文学理论的学术轨迹与文化逻辑/
李春青著. —北京：北京师范大学出版社，2019.11
（当代中国文学理论批判丛书）
ISBN 978-7-303-24820-9

Ⅰ.①新… Ⅱ.①李… Ⅲ.①中国文学－当代文学－
文学理论－研究 Ⅳ.①I206.7

中国版本图书馆 CIP 数据核字（2019）第 133759 号

营　销　中　心　电　话　010-57654738　57654736
北师大出版社高等教育与学术著作分社　http://xueda.bnup.com

出版发行：北京师范大学出版社　www.bnup.com
　　　　　北京市西城区新街口外大街 12-3 号
　　　　　邮政编码：100088
印　　刷：北京玺诚印务有限公司
经　　销：全国新华书店
开　　本：787 mm×1092 mm　1/16
印　　张：27.75
字　　数：346 千字
版　　次：2019 年 11 月第 1 版
印　　次：2019 年 11 月第 1 次印刷
定　　价：86.00 元

策划编辑：周劲含　　　　　　　责任编辑：李双双
美术编辑：王齐云　　　　　　　装帧设计：王齐云
责任校对：李云虎　　　　　　　责任印制：马　洁